El secreto de la contadora de historias

Sejal Badani

El secreto de la contadora de historias

Traducción de
Isabel Murillo

Papel certificado por el Forest Stewardship Council®

Título original: *The Storyteller's Secret*

Primera edición: marzo de 2020

Printed in Spain – Impreso en España

ISBN: 978-84-9129-420-7
Depósito legal: B-502-2020

Compuesto en MT Color & Diseño, S. L.
Impreso en Liberdúplex, Sant Llorenç d'Hortons (Barcelona)

S L 9 4 2 0 7

Penguin
Random House
Grupo Editorial

Para Benee Knauer.
Siempre te estaré agradecida por tu amistad,
tus consejos y tu apoyo, y por haber creído
en todo momento en esta historia.
Eres un ser realmente especial.
Gracias, querida amiga

PRÓLOGO

Verano de 2000

El veinte por ciento de las mujeres sufre un aborto alguna vez en su vida. Y, de entre ellas, el ochenta por ciento pierde su bebé durante las primeras doce semanas de embarazo. Si eres mayor de treinta años, tienes como mínimo un doce por ciento de probabilidades de sufrir un aborto, un porcentaje que aumenta a cada año que pasa.

Soy capaz de recitar de memoria estas estadísticas y muchísimas más. He estado investigando el tema sin cesar desde que empezamos a intentarlo. De eso hace ya cinco años. Desde entonces, he pasado horas interminables en la biblioteca y en internet, confiando en que aparezca un nuevo estudio o un nuevo fármaco que mejore las probabilidades de llevar un embarazo a buen puerto y dar a luz un bebé sano. Pero los resultados son siempre los mismos: por cada bebé que nace, hay muchos que no terminan con éxito su gestación. Por cada mujer que acuna un pequeño en brazos, hay otra que anhela poder consolar el llanto de un niño. Por cada pareja que consigue llenar su hogar con una familia, hay otra que nunca llegará a conocer la paternidad.

Miro la imagen de la ecografía que tengo en la mano. Primero la pongo de lado y luego boca abajo. He memorizado las líneas sinuosas en blanco y negro que rodean la única imagen que tengo de mi bebé. Le doy el color que no tiene el retrato e imagino que el líquido que lo envuelve, a él o a ella, es calentito y transparente, como el agua de una bañera. Estoy convencida de que el sonido chirriante que emiten al entrar en contacto con las vías las ruedas del tren que cojo a diario para ir al trabajo se altera y a mi bebé le parece una sinfonía que lo acuna hasta dejarlo dormido. Y que el miedo que impregna hasta la última célula de mi cuerpo no alcanza jamás el útero. Mi bebé vive en un mundo de felicidad y alegría, confiando en su futuro.

—Jaya. —La puerta del despacho se abre apenas unos centímetros, lo suficiente para que Elizabeth, la becaria, pueda asomar la cabeza—. Patrick al teléfono. —Confusa, mira mi teléfono y me doy cuenta entonces de que hay dos lucecitas que parpadean—. Te he estado llamando, pero no contestabas.

—Lo siento, estaba trabajando en un artículo —digo. Elizabeth mira el monitor y ve que la pantalla está negra, pero no comenta nada. La verdad es que no he oído sonar el teléfono ni que llamaran a la puerta—. Enseguida atiendo la llamada. —Espero a que cierre la puerta antes de descolgar—. ¿Patrick?

—Hola, cariño.

Su voz me resulta tan familiar como la mía. Llevamos juntos desde la universidad y ocho años de casados, de modo que conozco todos sus matices y lo que significa cada uno de ellos. El saludo rápido me da a entender que está mirando la pantalla del ordenador y sujetando el teléfono entre la oreja y el cuello. Es última hora de la tarde, así que lo más seguro es que vaya ya por su quinto café. Cuando estudiaba Derecho, intentó acabar con ese vicio y lo consiguió. Pero, en cuanto empezó a trabajar en el bufete más importante de Nueva York al año de terminar los estudios, su ingesta diaria pasó a ser de entre seis y ocho tazas.

—¿Quieres que pase por el chino a comprar algo para esta noche? —De fondo, lo oigo teclear y después remover papeles—. O, si lo prefieres, podemos cenar hamburguesas y patatas fritas. Otra vez —dice, en plan de broma.

Sería la cuarta vez esta semana, pero, en las catorce que llevo embarazada, las hamburguesas han sido mi único antojo. En el anterior embarazo fue la comida italiana, y en el anterior a ese perdí por completo el apetito y tenía náuseas constantemente.

—Patrick. —Sin quererlo, presiono con fuerza la imagen que tengo en la mano. Y, con la otra, aprieto el auricular contra mi oído hasta hacerme daño—. Es que... —Me interrumpo, sin saber cómo decírselo.

Patrick deja de teclear e inspira hondo.

—¿Jaya? —Noto la congoja en su voz y, al percibirla, se me corta la respiración. No es necesario que diga nada más: lo sabe—. ¿Has llamado a la doctora?

—Todavía no —murmuro.

—¿Cuándo has empezado a sangrar?

Su tono de voz se transforma en el que suele emplear en los tribunales, mientras que el mío se debilita hasta volverse casi inaudible. Es nuestro baile, el que aprendimos por necesidad, no por gusto. A cada paso que damos, yo titubeo y él se fortalece.

Nunca pensé que yo acabaría siendo así, aunque he aprendido que la vida rara vez funciona como esperamos. Patrick es la excepción a la regla. En su caso, todo ha ido siempre según el plan. Nacido para ser abogado, parece cobrar vida cuando se planta delante de jueces hastiados y jurados escépticos. Con su belleza clásica, su voz profunda y su aguda inteligencia, ha conseguido ganar casos suficientes como para llegar a ser uno de los socios más jóvenes de toda la historia de su bufete. Y eso era justo lo que él esperaba, y lo que tenía planeado, cuando se licenció en la facultad de Derecho.

Yo, en cambio, elegí el periodismo. Mi amor por la palabra escrita, junto con mi obsesión por los hechos y los datos, lo convertían en la carrera perfecta. Mi madre, decepcionada con mi elección, siempre se preguntó por qué no me decantaba por la medicina.

—Hace dos horas —reconozco.

Espero una réplica que me informe de quién es Patrick en estos momentos: el abogado, el hombre o el afligido padre.

—Nos vemos en la consulta —dice en tono cortante.

Sigue siendo el abogado. Con esta faceta, podrá abstraerse con los detalles médicos sobre el aborto y aceptarlo de un modo que a mí me resulta imposible. Envidio su fuerza y me gustaría tenerla también yo, pero esta me esquiva cada vez que intento alcanzarla.

—Nos vemos allí.

Cuelgo antes de que ninguno de los dos pueda decir nada más. Me niego a separarme de la imagen y la guardo a buen recaudo en el bolsillo de mi traje pantalón.

Me acaricio la barriga y espero una señal que me diga que todo va bien. Que no hay necesidad de ir corriendo a ver a la doctora ni de preocuparse por lo que pueda encontrarme. Me digo que el bebé sigue sano y salvo en mi vientre, esperando a que llegue el momento de nacer. Y espero, y sigo esperando. Al ver que no se produce ninguna señal, que no hay ninguna pista, empujo la silla bajo el escritorio y apago el ordenador. Le doy al interruptor de la luz, sumergiendo el despacho en la oscuridad, y salgo por la puerta.

Me cuesta abrir los ojos por culpa de la anestesia. Parpadeo varias veces y consigo centrar la imagen de Patrick y la ginecóloga, que están hablando en voz baja en la esquina de la habitación.

—Necesitará guardar reposo al menos una semana —le está diciendo la doctora a Patrick—. Nada de levantar pesos ni de actividades estresantes.

—¿Cuándo podremos volver a intentarlo? —Aparto sin miramientos la debilidad que me aplasta y encuentro mi voz. Se vuelven los dos a la vez, sorprendidos al verme despierta—. ¿Cuántos meses?

Intercambian una mirada que me da a entender que ya han estado hablando del tema.

—Cariño, ahora concéntrate en ti.

Patrick se acerca y me acaricia el pelo.

—¿Cuánto tiempo? Dímelo, por favor.

Y noto que las palabras salen fragmentadas, como esquirlas de cristal.

Entre este embarazo y el anterior esperamos seis meses. Patrick quería esperar más, pero yo estaba impaciente y desesperada por tener un hijo a quien amar. Cada embarazo exigía meses de tratamientos de fecundación in vitro que conllevaban inyecciones, fármacos y un seguimiento detallado de mis fechas de ovulación. Y cada aborto que seguía al embarazo era un fracaso que superar y una batalla que costaba comprender.

—El útero ha sufrido una perforación durante el proceso de dilatación y legrado. —La doctora echa un vistazo al informe antes de mirarme a los ojos—. Es raro, pero puede pasar.

El impacto reverbera en mi organismo. Mis ojos buscan rápidamente a Patrick, que tiene la vista fija en un punto indeterminado de la pared. Me coge la mano, la única señal que recibo de su dolor. Mi mano, sin vida, se deja agarrar.

—¿Y has podido cerrar el agujero?

Noto que el dolor se instala en mi garganta e impide el paso del aire.

—Sí. —Como si yo fuera un estudio científico, me explica mi futuro con palabras secas y carentes de emoción—. Ha sido un corte pequeño. Deberías recuperarte completamente y sin complicaciones.

—¿Y eso qué significa? —pregunto.

—Que tienes que esperar al menos un año —responde, con una rotundidad que me niego a aceptar—. Comprobaremos que todo esté correcto pero, de media, es el plazo de tiempo que recomendamos.

—Tiene que haber otra manera. —La desesperación me envuelve como una soga y empieza a apretarme hasta que el cuerpo se me queda entumecido. Después de tres abortos y un tsunami de emociones, busco un bote salvavidas y no lo encuentro—. ¿Y no puedo tomar nada para acelerar la recuperación?

—Jaya. —Patrick se pasa una mano por el pelo. Respira hondo y añade—: Ya hablaremos más adelante de todo esto, ¿vale?

Y sin darme tiempo a replicar, Patrick le dice alguna cosa en voz baja a la doctora. Ella asiente y sale de la habitación. Estrujo entre los dedos la sábana de la cama del hospital mientras la veo marcharse. No doy más pistas de mi desolación.

—¿Cómo te encuentras?

En cuanto nos quedamos a solas, Patrick baja la barandilla de la cama para sentarse a mi lado.

Una punzada de dolor me atraviesa el abdomen y la pelvis. Después de los abortos, nos han dado infinidad de razones por las cuales mi cuerpo se niega a gestar un bebé hasta el final del embarazo, pero ninguna de ellas me aclara cómo solucionar el problema.

—Tendría que haber sido una dilatación y un legrado como los otros. —Calculo el tiempo que nos llevará desde que empecemos una nueva ronda de fecundación in vitro hasta conseguir el embarazo. Impulsada por la desesperación, decido tomar medidas—. Tenemos que buscar otro médico. A lo mejor no es necesario esperar todo un año.

—Cariño. —Patrick espera a que lo mire a los ojos antes de continuar—: ¿Por qué no nos centramos ahora en tu recuperación? Del resto, ya nos preocuparemos después.

—Haré una búsqueda de especialistas y encontraré el mejor. —Ni siquiera escucho lo que Patrick me está diciendo. Mi cabeza es un torbellino de ideas. Formular un plan me ayuda a alejarme de la realidad de lo que acaba de pasar—. Seguro que mi padre conoce alguno.

—No quiero que busquemos otro médico —replica con cautela Patrick.

—¿Por qué?

Ante su silencio, me siento en la cama.

—Porque ya no estoy seguro de si esto es lo que quiero.

JAYA

Tres meses después

2000

1

Cuando tenía cinco años, le pedí desesperadamente a mi madre un perro. La raza o el tamaño me traían sin cuidado. Simplemente quería algo mío para poder amar y abrazar. Y mi madre me sorprendió, justo tres días después, con un cachorrito atado con una correa. Era perfecto. Iba con el perro a todas partes y por las noches dormía con él. Unos meses más tarde, el perro se escapó del jardín y se perdió. Pasé horas sentada en la cama llorando, con mi madre observándome sin decir nada desde el umbral de la puerta de la habitación. Al final me quedé dormida, agotada por el dolor. A la mañana siguiente descubrí que mi madre me había tapado con una manta durante la noche y había apagado la luz. Jamás mencionó absolutamente nada sobre aquella pérdida.

Miro las olas rompiendo contra las rocas. A lo lejos se oye la sirena de un barco navegando por las aguas del río Hudson. Me arropo mejor con la chaqueta. El peso que gané con el bebé ha desaparecido por completo, robándome esa capa de calor que tanto anhelo. El frío del aire gélido traspasa la lana y estoy temblando.

Me quito las gafas oscuras y levantó la cara hacia el sol que asoma por detrás de las nubes. A pesar de que estamos solamente en octubre, la temperatura ha bajado de forma sustancial y nos alerta de que el invierno está próximo. El frío y la nieve no me molestan. Son una excusa para envolver mi cuerpo con capas de ropa y poder esconderlo al mundo. No siempre he preferido mi propia compañía a la de los demás, pero, como ya he dicho, jamás imaginé que mi vida sería lo que es ahora.

Protejo las manos bajo los muslos y me recuesto en el banco. Sentada, escuchando los cláxones de los coches y el sonido atronador de las sirenas de los barcos, agradezco que su potencia acalle los ecos de tristeza que llenan mi cabeza.

—Siento el retraso.

No me giro.

—Está bien —digo, aunque ambos sabemos que estoy mintiendo. Nada va bien, y me pregunto si algún día volverá a ser todo igual—. ¿Qué tal el trabajo?

—Bien.

¿Es eso lo que somos ahora? ¿Dos personas que se repiten como loros? Patrick se sienta a mi lado en el banco. El viento le levanta el pelo castaño de la frente. Lleva al cuello la bufanda que le compré hace dos inviernos. Comprarle cosas es algo que me sale ya natural. Conozco su marca favorita de zapatos, el diseño de corbatas que prefiere y el corte de trajes que le gusta. Entre el noviazgo y el matrimonio, nos conocemos el uno al otro mejor que nadie. Pero la enorme cantidad de tiempo que llevamos juntos no otorga un manual sobre cómo gestionar el dolor.

—Estupendo. —Vuelvo a mirar el agua, preguntándome si las respuestas que busco estarán en sus profundidades—. Eso es bueno.

Posa la mano sobre la mía y nuestros dedos se entrelazan de inmediato. Mis ojos se trasladan con tiento hasta los de él. Han pasado tres meses desde el aborto. Y, desde entonces, apenas hemos hablado.

—¿Recuerdas el primer día de clase del penúltimo curso? —No espera mi respuesta—. Entraste en el aula con el cabello recogido en un moño y sujeto con un lápiz. Llevabas unos vaqueros gastados y una sudadera con la frase: «Si a la primera no lo consigues, es que lanzarte en paracaídas no es lo tuyo».

—Me encantaba esa sudadera vieja y andrajosa. —La tiré cuando empezamos a vivir juntos al terminar la universidad. Tenía un agujero en la manga que se había ido agrandando y alcanzaba ya el hombro—. Y, además, no es que a ti te gustase mucho lo del paracaidismo.

—Mi error fue dejarte elegir el lugar de nuestra segunda cita. —Noto que la presión de sus dedos sobre los míos aumenta. Sin poder evitarlo, le devuelvo el gesto y agradezco el calor de su mano—. De haberlo sabido...

—¿Habrías dicho que no? —Sorprendida, le miro a los ojos y espero una respuesta. Aunque sabía que aquel día estaba nervioso, se vistió con el mono y entró de un salto en el avión sin poner ningún pero.

—¿Habrías aceptado otra cita si te hubiera dicho que no? —pregunta entonces él.

—Adoraba el paracaidismo —reconozco. La primera vez que me atreví a saltar fue al empezar la universidad. Para una chica tan convencional como yo, fue una forma agradable de alejarme de mi existencia diaria. Se convirtió en mi droga, en mi excitante natural—. Habría sido bastante duro que me hubieras dicho que no.

—En ese caso, me alegro de no haberlo hecho —replica. Muevo la cabeza en un gesto de asentimiento y entiendo lo que no dice, que no se arrepiente en absoluto de todos los años que hemos pasado juntos—. Hace mucho tiempo que no vas.

Y es verdad. No he vuelto desde que empezamos a intentar tener un hijo. Después del primer aborto, Patrick me pidió, y luego me suplicó, que habláramos, pero yo le dije que no había nada de que hablar. Me concentré en volver a quedarme embarazada, segura de que con ello solucionaríamos las heridas que el primer aborto había provocado. Pero los posteriores fracasos solo sirvieron para distanciarnos aún más.

—Tendrías que volver a ir —sugiere en tono amable—. Lo adorabas.

—A veces, con adorar algo no es suficiente, ¿no crees? —Ambos sabemos que no me refiero al paracaidismo. Me suelta la mano, y aunque ansío volver a cogérsela y apretársela con fuerza, lo dejo correr—. ¿Has encontrado piso?

Nuestra separación se ha ido produciendo por fases. Después del aborto, Patrick empezó a dormir en la habitación de invitados. Los fines de semana adquirió la costumbre de salir de excursión con los amigos o ir a Florida a visitar a su familia. Me pregunté en voz alta si nos estábamos separando. Cuando me respondió diciéndome que estaba buscando apartamento, otro fragmento de mí, ya desgastado, se rompió del todo, pero no dije nada.

—Sí. —Responde tan bajito que apenas lo oigo—. A dos manzanas de ti. De una sola habitación. De momento, es una cosa subarrendada durante seis meses mientras busco algo permanente.

Una parte de mí ansía creer que ha decidido quedarse cerca por mí, pero el lado lógico de mi cerebro me dice que es una cuestión de conveniencia. Nuestro actual apartamento está a un simple paseo de su trabajo y de todos nuestros lugares favoritos. Me pregunto si coincidiré con él en nuestro restaurante habitual o me lo encontraré leyendo el periódico un domingo por la mañana en la cafetería donde sirven los *bagels* recién salidos del horno y el propietario sabe exactamente cómo nos gustan. Patrick los prefiere poco tostados y rebosantes de queso fresco, mientras que yo...

—¿Jaya?

Por el tono en que dice mi nombre sé que ha estado repitiéndolo.

—Lo siento. —Me froto la sien, confiando en que el gesto me ayude a volver a la realidad—. Estaba perdida en mis pensamientos. —Me giro hacia el otro lado, negándome a dejarle que vea lo que estoy escondiéndole, que estos apagones son cada vez más frecuentes—. ¿Qué me decías?

—Si se lo has dicho ya a tus padres. —Duda antes de añadir—: Lo nuestro.

—Sí. —Me masajeo entonces el cuello para liberarlo de la tensión antes de girarme hacia él—. Los llamé la semana pasada. —Un barco navega lentamente por delante de nosotros y rememoro mentalmente aquella conversación—. Mi padre me preguntó qué tal lo llevaba y mi madre guardó silencio.

—Jaya —empieza a decir Patrick, pero lo interrumpo haciendo un gesto evasivo con la mano.

—Iré a verlos el fin de semana y se lo explicaré personalmente.

—¿Necesitas que te acompañe? —Me sostiene la mirada—. Para ayudarlos a entenderlo mejor.

Patrick es el hijo que nunca tuvo mi padre. A pesar de que mi madre aceptó nuestra unión y parecía satisfecha con ella, siempre mantuvo la distancia que guardaba con todo el mundo.

—Da igual que vengas o que no vengas. —A pesar de que está intentando aligerar mi carga, ambos sabemos que nada cambiará el desapego de mi madre—. Ella seguirá negándose a profundizar sobre el tema.

Veo que las arrugas de las comisuras de la boca de Patrick se tensan y sé que está reprimiendo lo que en realidad querría decir. El espacio entre nosotros empezó a agrandarse cuando nos pusimos a intentar lo del embarazo. Él se volvió más retraído a medida que yo me impacientaba cada vez más con tantos años de tratamientos de fecundación in vitro y problemas de fertilidad. Todas nuestras discusiones giraban en torno a los pasos que había que dar para poder concebir. Cuando por fin me quedé embarazada por primera vez, fue como si todos aquellos meses de desconexión no hubieran existido. Juntos lo celebramos e hicimos proyectos sobre la próxima incorporación a la familia. Cuando doce semanas más tarde sufrí el aborto, yo me derrumbé y él se distanció. Mi dolor lo abarcaba todo y no dejaba espacio ni para nuestro matrimonio ni para él. Y ahí se inició un ciclo que se repitió a lo largo de los otros dos abortos.

Se levanta y se envuelve mejor con la bufanda, asfixiando el poco oxígeno que aún pueda quedar entre nosotros.

—Pasaré a última hora del domingo a recoger el resto de mis cosas.

—Ya estaré en casa. —Aunque aún tiene su llave, actúo como si se tratara de una visita que se está autoinvitando.

—Perfecto, hasta entonces.

Me muero de ganas de pedirle que se quede, pero no me salen las palabras. Se me seca la boca y formar frases me resulta imposible. En los ojos me queman las lágrimas, pero no acaban cayendo. Me quedo viendo cómo se marcha hasta que lo pierdo de vista. Solo entonces miro al frente y sigo contemplando las aguas del Hudson. Cuando cae la noche y las luces de la ciudad empiezan a llamarme, inicio la larga caminata de vuelta a casa.

2

Cuando tenía siete años, quise aprender a montar en bicicleta. Mi madre me compró una con ruedines, pero yo se los quité enseguida. Apenas llegaba con los pies a los pedales. Me subía cada día a la bicicleta y cada día me caía. Hubo una caída especialmente dura que acabó con diez puntos de sutura en la frente. Después de aquello, mi madre se llevó la bicicleta y la guardó bajo llave en el garaje. Cuando me enteré y discutimos, me dijo que o lo dejaba correr o esperaba a ser un poco más mayor para volver a intentarlo. No le hice caso y saqué a escondidas la bicicleta del garaje. Al día siguiente, me rompí el brazo y me partí el labio bajando por una cuesta. Mi madre regaló de inmediato la bicicleta a un vecino.

Cuando le pregunté por qué lo había hecho, me respondió:

—A veces, Jaya, cuando las cosas te hacen daño, es mejor olvidarse de ellas.

Estoy delante de la puerta de la casa de mi infancia, en una de las despejadas zonas residenciales de las afueras de la ciudad.

Acaricio la llave y dudo entre introducirla en la cerradura o llamar al timbre. Finalmente, guardo en el bolsillo el objeto de metal y pulso dos veces el timbre.

—¡Cariño!

Mi padre abre la puerta y me estrecha enseguida en un fuerte abrazo.

—Hola, papá.

Mis palabras se pierden en su ropa y su risa reverbera de su cuerpo al mío. Un olor a cebolla y ajo combinado con especias impregna la casa.

—Mamá lleva el día entero cocinando, ¿a que sí?

—Necesitaba una excusa. —Me rodea por los hombros con el brazo y me guía hacia la cocina—. Te ha preparado todos tus platos favoritos. —Duda unos instantes antes de preguntar—: ¿Qué tal estás, cariño?

Agradecida por su esfuerzo, sonrío pero no le digo la verdad.

—Estoy bien, papá.

Mi padre pasó mi infancia en el trabajo. E, incluso cuando estaba en casa, cedía la responsabilidad de mi educación y de la organización del hogar a mi madre. Ella marcó la pauta de nuestra relación madre-hija y la cimentó hasta dejarla en lo que es hoy en día: dos desconocidas unidas por un vínculo de sangre.

Mi madre sale de la cocina con un delantal ridículo que pregona a todo el mundo que el chef siempre tiene la razón. Igual que ha hecho antes mi padre, me da un abrazo, pero el de ella es más rápido y sus brazos apenas me envuelven.

—Llegas justo a tiempo para la cena. —Mira hacia el recibidor y luego vuelve a mirarme—. ¿Dónde has dejado las bolsas? Creía que te quedabas todo el fin de semana.

Lleva recogido su cabello castaño claro con un pasador. Sus ojos verde oscuro contrastan con su piel aceitunada. Crecí envidiando la belleza natural de mi madre. En nuestra pequeña comunidad, era admirada por todo el mundo por su hermosura. Ella siempre ha ignorado los cumplidos, ha vestido con sencillez y casi ni se maquilla.

Le enseño el bolso enorme que llevo.

—Es solo una noche. He puesto algo de ropa aquí dentro. —Con ganas de cambiar de tema, levanto la tapa de una de las cazuelas que hay en los fogones y aspiro hondo—. Huele de maravilla.

Mi madre guarda silencio y, cuando habla a continuación, lo hace tan bajito que tengo que forzar el oído.

—Necesitas estar con la familia. Sobre todo ahora que Patrick te ha abandonado y...

—Patrick no me ha abandonado. —Mi tono de voz suena más duro de lo que pretendía—. Juntos hemos decidido que nos teníamos que separar.

Miento. No ha sido una decisión. Han sido años de llanto y lamentaciones por parte mía y de alejamiento por parte de él, hasta llegar a un lugar desde donde ya no podía oírme.

—¿Porque no podéis tener niños? —pregunta mi madre, sorprendiéndome. Entrelaza las manos.

Mis padres llegaron de la India recién casados, me tuvieron a mí, su única hija, después de que mi padre acabara sus estudios como médico y se estableciera profesionalmente. «Fuiste una bendición —solía decirme mi padre de pequeña siempre que le preguntaba por qué no tenía hermanos ni hermanas—. No habría sido justo para las demás familias tener más hijos de lo que nos correspondía».

Pero nunca tuve la sensación de haber sido una bendición para mi madre. Sino más bien una decepción. Lo vi en su forma de fruncir los labios cuando perdí el concurso de ortografía de quinto curso en la última ronda, en el modo en que su expresión se endureció cuando me cargué un pompón en las pruebas para ser animadora y no conseguí entrar en el equipo, o en la mirada remota de sus ojos ahora, cuando piensa en mi incapacidad para parir un hijo.

—Sí. —Levanta la cabeza al oír mi respuesta, pero no dice nada. Trago el nudo que se me ha formado en la garganta, desesperada por recibir apoyo pero sabiendo que es mejor no buscarlo en ella—. Por lo de los niños.

—Lena. —Mi padre me da unos golpecitos cariñosos en la espalda y taladra con la mirada a mi madre—. Jaya acaba de llegar. Sentémonos a cenar y déjala que descanse un poco.

Coge platos y cubiertos y pone la mesa para tres. Mi madre y yo lo observamos como estatuas congeladas en el tiempo. Lleva también las bandejas con la comida y luego aparta dos sillas de la mesa. Mi madre toma asiento en la cabecera, y mi padre y yo nos sentamos a un lado y otro de ella.

—¿Qué tal te encuentras? —pregunta mi padre, médico por encima de todo.

—Bien —respondo, mintiendo—. Mi cuerpo se está recuperando.

Como nunca me he confiado a ellos, tampoco les cuento ahora la verdad; que los momentos de oscuridad me siguen por todas partes y que el dolor del legrado es un recordatorio diario de mi pérdida.

—¿Dónde vas a vivir?

Mi madre deja el plato sin tocar. Ha unido las manos delante de ella y tiene la cabeza inclinada, como si estuviera en un entierro.

—Patrick ha encontrado alojamiento. —Limito mis palabras a hechos desprovistos de emoción—. Un subarriendo de seis meses. Una sola habitación. En el mismo barrio.

—¿Y te quedarás sola en ese apartamento? —La mirada de mi madre se desplaza hacia mi padre y regresa a mí antes de anunciar—: Tú te vienes a vivir con nosotros, Jaya.

Mi cuerpo entero se pone rígido solo de pensar en volver a meterme en la cajita donde vivía de niña bajo la mirada de desaprobación de mi madre.

—Estoy bien, mamá —digo, ignorando la sugerencia.

Conociendo nuestro historial, doy por sentado que cambiará de tema. No puedo imaginar que me quiera de nuevo en casa mucho más de lo que yo estoy ansiosa por volver.

—No estás bien —replica, sorprendiéndome—. Puedes mentirte a ti misma, mentirnos a nosotros y mentir a quien tú quieras pero, por favor, reconócelo. No estás bien.

La oscuridad empieza a insinuarse.

—No quiero hablar del tema —contesto, desesperada por acabar con la conversación—. No quiero hablarlo contigo.

Después de tantas decepciones con los embarazos, estoy demasiado cansada para ahora congraciarme con ella.

Mi madre se levanta y devuelve pulcramente la silla a su lugar. Sin decir nada más, sale de la cocina y sube a su habitación. Durante el silencio que sigue, la vergüenza se apodera lentamente de mí.

—Lo siento. —El estómago me ruge de hambre, pero ignoro su llamada. Respiro hondo para controlar las emociones que amenazan con desbordarse. Levanto la vista y me encuentro con la mirada de dolor de mi padre—. No esperaba que fuera a hablar del tema.

—Tu madre te quiere.

Me cuesta contener una carcajada.

—El concepto de amor de mamá se limitó a llevarme al colegio y alimentarme.

El sentimiento de culpa me censura de inmediato. A pesar de que mi madre siempre fue una persona distante, cada vez que hacía algo por mí —prepararme meticulosamente mis platos favoritos, plancharme perfectamente la ropa, estar presente entre el público en cualquier acto escolar observándome con ansiedad— me convencía a mí misma de que aquello era amor. Mi madre siempre estuvo físicamente presente en cualquier aspecto tangible. Era la conexión intangible lo que nos faltaba.

—No puede venir ahora pidiéndome que la involucre.

—Tu madre lo hizo lo mejor que pudo —replica despacio mi padre.

—Ya lo sé, papá. —Intuyendo que es mejor esquivar una discusión, sacó algunos *tuppers*—. Podríamos guardar la comida en la nevera.

—Jaya. —Espera a que le mire antes de continuar—. Lo está pasando mal. —Noto una punzada de rabia. Yo también lo estoy pasando mal, pero mi padre siempre se ha puesto del bando de mi madre cuando ha tenido que elegir—. Ha recibido noticias de la India —me explica—. No tiene la cabeza donde tendría que estar.

—¿De la India? ¿Qué tipo de noticias?

Mi madre se negaba a hablar sobre su infancia en la India y nunca habíamos ido allí de visita. Con ganas de saber cosas, le había preguntado repetidamente de niña acerca de su país natal, pero la respuesta era siempre la misma: «Concéntrate en el futuro, Jaya, no en el pasado». Los padres de mi padre habían fallecido antes de que yo naciera y, siendo también hijo único, tenía poca familia a la que ir a ver. Recuerdo vagamente las contadas veces que los hermanos de mi madre vinieron a visitarnos desde Inglaterra y Australia.

—¿Papá? —digo, al ver que mira preocupado hacia la escalera.

Me indica con un gesto que pasemos al despacho con paneles de madera de cerezo en cuya decoración mi madre ha dedicado horas hasta dejarlo perfecto. Las molduras son motivos tallados en roble y el suelo de madera oscura está cubierto con una alfombra egipcia. Una lámpara de sobremesa de anticuario aporta luz a la estancia.

Viendo lo feliz que le hacía decorar el despacho de mi padre, le pedí que me ayudase a redecorar mi habitación. Con diez años de edad, buscaba desesperadamente la manera de conectar con ella. Mi madre exploró distintas opciones y me vino con una docena de muestras de pintura para la pared y diversas fotografías de revistas de decoración. Y se marchó después de decirme que decidiera yo. Tomando su desapego como un rechazo, hice caso omiso de todo lo que ella había seleccionado y pinté la habitación de negro y el mobiliario del mismo color. Y a pesar de que aquel periodo gótico duró todo un año, mi madre jamás pronunció ni una sola palabra que diera a entender su desagrado.

Mi padre saca una carta arrugada de un cajón del escritorio. La lee con fatiga y con una cautela inesperada. En cualquier circunstancia, mi padre ha sido invariablemente una persona rebosante de energía mientras que mi madre se ha mostrado en todo momento comedida y cautelosa. Mi padre siempre ha aportado ligereza, un contraste con la pesadez de ella. Pero, con todo y con eso, jamás se ha separado de su lado.

—Tu madre la tiró sin decírmelo. La encontré en la papelera. —Me pasa la carta con manos temblorosas—. Su hermano se puso en contacto con ella para pedirle que volviera a casa. Su padre, tu abuelo Deepak, está enfermo.

Querida Lena:

Espero que cuando recibas esta carta estés bien, hermanita. Te escribo porque nuestro padre está muy enfermo. Ravi, que sirve en la casa desde que éramos pequeños, cree que no le queda mucho tiempo más en esta tierra. Dice Ravi que nuestro padre tiene algo para ti. Jamás te pediría que regresaras a un lugar que te causó tanto dolor, pero considero que no habría cumplido con mi deber como hermano si no te hubiera informado del estado en que se encuentra nuestro padre. Samir, Jay y yo nos despedimos de él hace décadas, cuando nos marchamos de la India. Sea cual sea la decisión que tomes, te apoyamos y te queremos.

Tu hermano,

Paresh

Sin preguntarlo, afirmo con total seguridad:

—No va a ir.

—No, no va a ir. —Mi padre se recuesta en su asiento y el cuero chirría bajo su peso—. Nada de lo que yo pueda decirle le hará cambiar de idea. —Se frota los ojos con el dedo índice y el pulgar—. Pero lo que sí sé es que su decisión la tiene preocupada. Temo que se arrepienta de ello el resto de su vida.

Estoy acostada en la cama de mi infancia y contemplo los rayos de luna que se filtran por la ventana y rebotan en el techo. El reloj emite un pequeño «bip» cuando cambia la hora. Las tres de la madrugada. Agotada, ansío dormir, pero el sueño me rehúye. Me pongo de lado sobre el costado izquierdo, luego sobre el derecho. Me apoyo en un antebrazo y aplasto la almohada hasta dejarla bien plana y vuelvo a intentarlo. Viendo que es imposible, la arrojo al suelo y trato de conciliar el sueño posando la cabeza directamente sobre la sábana.

Me incorporo de golpe al oír un sonido abajo. Siento unos pasos, luego la puerta de la nevera que se abre. Recuerdo lo mucho que le gusta a mi padre picar cualquier cosa a altas horas de la noche, me pongo la bata y bajo sin hacer ruido. El rayo de luz que se cuela por debajo de la puerta de la cocina guía mis últimos pasos. Abro la puerta oscilante de madera y encuentro a mi madre sentada a la mesa, con la cabeza entre las manos. Se sobresalta con mi entrada y nos quedamos mirándonos.

—Pensé que era papá que estaba picando algo —murmuro, retrocediendo automáticamente un paso.

—Me apetecía un vaso de leche —replica mi madre, aunque no veo el vaso por ningún lado—. ¿Quieres que te prepare alguna cosa? —Se levanta sin esperar mi respuesta, saca un cazo y un poco de leche para calentar. Mientras se calienta la leche, abre una caja de galletas y la deja en la mesa—. Has perdido mucho peso con eso de los bebés...

Se interrumpe a media frase, como arrepintiéndose de lo que acaba de decir, y se queda en silencio.

—Estoy bien.

Con incertidumbre, me quedo observando el espacio que hay entre nosotras.

—Esta mañana me he levantado tarde. —Se restriega las manos mientras mira el suelo—. Y luego siempre me cuesta dormir. —Justo antes de que la leche se derrame, retira el cazo del fuego y vierte el líquido blanco en dos tazones que deja en la mesa, al lado de las galletas. Viendo que yo sigo de pie, murmura—: Deberías beberla ahora que está caliente.

Tomo asiento y mi madre no vuelve a sentarse hasta que ve que le doy un mordisco a una galleta. Es la cuidadora perfecta, atenta a todas mis necesidades como si fuera una criada excelente. En el silencio, me oigo masticar y luego tragar un sorbo de leche. Mi madre me observa, concentrando la mirada en todos mis movimientos. Viendo que el silencio se prolonga, digo por fin:

—Papá me ha contado lo de tu padre. —Y hago una pausa antes de añadir—: Ojalá hubieses dicho algo.

—No tiene importancia.

Su cara se tensa y su cuerpo parece retraerse sobre sí mismo.

—Es tu padre. —Sorprendida, intento comprender a una mujer que apenas conozco—. Por supuesto que tiene importancia.

—Déjalo estar, Jaya.

Utiliza el mismo tono de voz que cuando yo era pequeña, un tono que no daba cabida ni a discusiones ni a réplicas. Noto que se me tensa la espalda y que se me eriza el vello de la nuca.

—¿Se está muriendo y te niegas a ir a tu casa? —Veo que entrecierra los ojos, una señal de advertencia, pero estoy tan cansada que me da igual—. ¿Por qué?

—Cuidado con hablar sobre cosas que desconoces —dice.

—Pues entonces, cuéntamelas. —De pequeña, escuchaba con envidia cuando los demás niños relataban las visitas a sus abuelos. Recuerdo que suplicaba a mis padres poder conocer a un abuelo y una abuelastra de los que no sabía absolutamente nada. Pero mis peticiones y mis súplicas fueron respondidas siempre con un no rotundo, seguido por el silencio. Ahora, viendo que me ha sido negado el poder crear mi propia familia con hijos, me aferro a la única que tengo—. ¿Por qué nunca jamás hablaste de él? ¿Por qué nunca fuimos a visitarlo?

—No es asunto tuyo.

—Sí que lo es. —Noto la oscuridad girando a mi alrededor. Parpadeo para mantenerme centrada, pero durante unos segundos todo se vuelve negro. Cierro los ojos y respiro hondo. Cuando vuelvo a abrirlos, mi madre tiene la cabeza baja y mira fijamente la mesa. Me paso la mano por la cara para reorientarme—. Él también es mi familia —le recuerdo—. ¿Por qué lo odias tanto?

—No lo entenderías. —Responde en voz baja, pronunciando las palabras con lentitud, separándolas a intervalos regulares—. Para, por favor.

Se levanta, dispuesta a marcharse.

—Apenas si me mencionaste dos palabras sobre él durante toda mi infancia. —Mueve la cabeza lentamente para mirarme y noto que se retrae—. Jamás fuimos a visitar a tus hermanos. ¿Y ahora ignoras a tu padre? —Parece que me esté impulsando la necesidad de hacerle daño, aunque sea solo para distraerme de mi propio dolor—. ¿Quién eres? —Se aparta, como si acabara de darle un bofetón. Veo que se le llenan los ojos de lágrimas y me inunda un sentimiento de culpa—. Mamá —susurro, pero se tapa la cara pidiendo silencio.

—Después de casarme, mi madrastra me hizo prometer que jamás volvería a la India. —Le tiembla el labio inferior—. Y mi padre secundó su exigencia.

Sorprendida ante esta revelación, le pregunto:

—¿Y qué tipo de padre haría una cosa así?

—El tipo de padre que sabía que eso era lo mejor.

Levanta una mano frágil y se tapa la cara. Respira hondo antes de mirarme a los ojos.

—¿Mamá? —Busco en mis limitados conocimientos una razón por la que un padre podría exigir una promesa de ese calibre a una hija, pero no encuentro explicación. Veo que mi madre se va, pero la detengo—. Dime por qué, por favor.

Me han estado negando respuestas durante mucho tiempo. Nadie me ha aclarado por qué mi cuerpo rechaza gestar un hijo. He perdido al hombre que amo sin ninguna razón evidente. Jamás he entendido por qué mi madre tenía que guardar distancias conmigo, como si le diera miedo acercarse más a mí.

Lo único que suplico ahora es un retazo de verdad. La periodista que hay en mí anhela conocer la historia que podría llevar a un padre a exigir una cosa así. La hija que hay en mí necesita entender por qué mi madre accedió a esa exigencia. Pero a pesar de que se enciende un destello de esperanza, la llama se apaga enseguida. El día de hoy demuestra que no existe diferencia alguna con cualquier otro día. Veo la negativa de mi madre antes incluso de que haga el gesto de negación con la cabeza.

—Mi promesa fue el precio que tuve que pagar por haber nacido. Es todo lo que necesitas saber.

Y, con voz cansada, me desea buenas noches.

3

Me siento en el sofá del salón de mi casa y me masajeo la nuca para aliviar la tortícolis que me ha producido quedarme dormida con la cabeza apoyada en el reposabrazos. Las horas se enlazan unas con otras y las noches se transforman en días. No he hablado con mi madre en los dos días que han transcurrido desde la discusión, ni tampoco espero hacerlo.

Tropiezo con una lata vacía de refresco light mientras me sacudo los trocitos de queso adheridos a la camiseta. Recojo la basura y la tiro en el cubo. Con las manos vacías, me dispongo a limpiar el resto cuando noto que las piernas se doblan bajo mi cuerpo. Me agarro al mostrador de la cocina para mantener el equilibrio. En cuestión de segundos, todo se queda oscuro. Mi cabeza se llena de imágenes de los niños que no he podido dar a luz. Me quedo sin fuerzas y voy deslizándome, pegada a la pared, hasta que me quedo sentada en el suelo.

Estos episodios se han vuelto bastante frecuentes. La pérdida de la noción del tiempo en cada uno de estos incidentes, en los que el dolor me engulle y me quedo ciega, incapaz de ver el mundo exterior, no tiene explicación. Cuando emerjo, parece que el tiempo se ha parado, pero, cuando miro la cara de los demás, me doy cuenta de que se ha detenido solo para mí.

Asustada por lo que me está pasando, pedí cita con un médico. Y después de someterme a todas las pruebas imaginables, el médico me declaró sana. Cuando conocí su conclusión me eché a reír y me pregunté cómo se me había pasado por la cabeza que existiese la posibilidad de diagnosticar el desamor.

El último embarazo fue el que más aguantó. Nos negamos a conocer el sexo por miedo a echarle mal de ojo al embarazo. Pero cuando superé las doce semanas no pude evitarlo. Al salir del trabajo, entré en una tienda de artículos para bebé y compré ropita en tonos neutros y juguetes para llenar el futuro cuarto del pequeño. Y a lo largo de las dos semanas siguientes decoré la habitación hasta que quedó perfecta.

Respiro hondo repetidamente hasta que la niebla se disipa. Me envuelvo el vientre con los brazos y apoyo la barbilla en las rodillas. Miro fijamente la nada que se extiende delante de mí y dejo vagar la mente hasta vaciarla de pensamientos. Soy un vacío completo, sin pensamientos y sin imágenes de los bebés y de Patrick. Sin pensamientos relacionados con la carta o con el abuelo que nunca he llegado a conocer. Ni siquiera con el silencio de mi madre durante mi infancia.

—¿Jaya? —Me enderezo de golpe al ver a Patrick en la entrada de la cocina. Tiene la frente arrugada en un gesto de preocupación y se acuclilla hasta quedarse a la altura de mis ojos. Las llaves del apartamento se columpian en sus dedos—. ¿Estás bien?

—Sí, claro. —Me da rabia que me haya sorprendido en una posición tan vulnerable. Me levanto de un brinco y paso por su lado para ir al salón—. Ni me he enterado de que habías entrado.

—Te avisé al cruzar la puerta. —Extiende el brazo para darme la mano pero yo, que dudo si haría bien estableciendo el contacto, me aparto de la trayectoria antes de que me toque—. No has oído nada, ¿verdad?

Me sujeto con ambas manos al respaldo del sofá y suplico en silencio tener fuerzas suficientes. Examino el apartamento con la mirada y lo veo a través de los ojos de Patrick. Encima de la mesa hay periódicos enrollados y platos sucios amontonados. Nada que ver con la casa de la mujer que necesitaba que todo estuviera en su lugar para que la vida tuviera sentido.

—He intentado reunir todas tus cosas. —Había pasado horas dividiendo los recuerdos de nuestra vida juntos—. Si he olvidado algo, cógelo, tú mismo. —Y, con ganas de estar a solas, añado—: Iré a comprar algo de café mientras vas recogiendo.

—He pensado que tendríamos que hablar. —En el hogar que construimos juntos, Patrick parece un desconocido. Espera a que le preste atención antes de añadir—: Stacey y yo hemos salido juntos.

Pasmada, repito sus palabras en mi cabeza, convencida de que lo he oído mal. A lo lejos, capto el sonido de la puerta al fondo del vestíbulo abriéndose y cerrándose. Al otro lado de la ventana, los taxis tocan el claxon para abrirse paso. Los ruidos parecen amplificarse para ahogar sus palabras.

—¿Jaya?

En un par de zancadas se planta delante de mí. De forma instintiva, retrocedo hasta que mi espalda topa con la puerta. Observo sus facciones, que conozco tan bien como las mías, y veo un desconocido. A pesar de todos los pasos que nos han ido separando, jamás me imaginé que los suyos estuvieran llevándolo hacia otra persona. Y mucho menos hacia una amiga de mis tiempos en la universidad. Enojada por mi ingenuidad y por su traición, aparto la vista antes de encontrarme con su mirada. Creo ver mi dolor reflejado en sus ojos y me regaño por mi estupidez.

—No quería que te enteraras por boca de otros. —Ante mi silencio, se explica—: Estábamos tomando una copa al salir del trabajo y en el mismo local había unos cuantos periodistas de tu periódico. Nos vieron juntos.

La negrura que ocupa ahora un espacio permanente en el fondo de mi cerebro empieza a avanzar y me amenaza con perder de nuevo la noción del tiempo. Me niego a que me vea en este estado de vulnerabilidad, así que lucho por contenerla.

—No me extraña que no me devolviera las llamadas. —Consigo a duras penas que esas palabras superen el estrecho canal de mi garganta. Me duele la cabeza, pero tengo el resto del cuerpo entumecido—. Supongo que contarle a tu amiga que te estás acostando con su marido debe de resultar incómodo.

—No es eso. —Se encoge y se pasa la mano por el pelo, la señal que delata que está preocupado. Sus palabras están cargadas de dolor y arrepentimiento, pero estoy tan enfadada que todo eso me da igual—. Solo estábamos hablando.

—¿Hablando? —Confusa, pregunto—: ¿De qué? —Al ver que guarda silencio, repito la pregunta—: ¿De qué?

—Hablando de la vida. De nuestras esperanzas.

Sus palabras son concretas. Como si yo fuera un miembro del jurado al que hay que convencer.

Gracias a los años que hemos pasado juntos, sé que me esconde algo más. Asustada, le pregunto:

—¿Hablasteis sobre nuestros...?

Me callo antes de pronunciar la palabra «bebés».

—Sí —responde, leyéndome los pensamientos.

Noto que se me corta la respiración y me flaquean las rodillas como reacción a sus palabras. En todo el tiempo que estuvimos juntos, jamás hablamos del asunto con nuestras amistades; tenía asumido que era un tema demasiado sagrado como para comentar con personas ajenas.

—¿La quieres?

La acidez del estómago asciende y se me instala en la boca.

—No —dice en voz baja—. Por supuesto que no.

—Conociendo a Stacey, seguro que espera que sus sentimientos sean correspondidos. —Me sujeto con fuerza al pomo que tengo a mis espaldas para mantener el equilibrio. Sé que lo mejor que puedo hacer es marcharme, pero mis pies se niegan a moverse—. Stacey sueña con el matrimonio. —Me estrujo el cerebro intentando recordar los detalles—. Una casa con jardín rodeado por una valla blanca y la parejita de rigor. No sé cuántas veces ha mencionado lo del reloj biológico. —Como si estuviéramos comentando qué tal nos ha ido la jornada, le señalo la ironía de la situación—. Seguramente podrá llevar un embarazo a buen puerto. Sin embargo, su problema siempre ha sido encontrar la pareja adecuada.

Se pone serio y, por primera vez desde el último aborto, veo su dolor. Me pregunto si es así como terminan la mayoría de los matrimonios, con una discusión calmada sobre la persona que te sustituirá.

Y aunque podría contarle muchas más cosas —la ambición de Stacey por ascender en la carrera profesional, sus neurosis y lo de aquel amor de la universidad que la dejó plantada cuando ella decidió optar por un trabajo en Nueva York—, me lo guardo para mí. Ya se enterará con el tiempo. Al fin y al cabo, las relaciones son eso, ¿no? Ver todo lo bueno de entrada y luego, lentamente, ir incorporando lo malo hasta que obtienes la imagen completa.

—¿Por qué? —Ya sé que es masoquismo, pero necesito saberlo—. Si no sientes nada por ella, entonces por qué...

Veo que duda y estoy segura de que no va a responderme, pero entonces dice:

—Porque escucha. Porque habla. —La angustia me desgarra por dentro. Bajo la cabeza, pero ya es demasiado tarde. Él lo ve e intenta tocarme—. Jaya...

Me aparto.

Cuando empezamos a salir, fue como si se abriera ante mí un mundo nuevo. Conocí por vez primera el amor incondicional y la aceptación. En Patrick encontré una felicidad que nunca creí que pudiera existir. Estaba segura de estar viviendo un cuento de hadas, pero ni él es un caballero de brillante armadura, ni yo una princesa. Somos dos personas cuyo amor ha pasado de la luz a las sombras.

—Tendrías que estar con alguien que pueda hacerte feliz. —Se me parte el corazón al concederle la libertad. Y con todo el amor que he llegado a sentir por él, digo en un susurro—: Te lo mereces.

Juego con nerviosismo con un mechón de pelo antes de abrir finalmente la puerta. Oigo que me llama, pero da igual. Su llamada ha dejado de ser el faro que me guía.

4

—No vayas, por favor.

Mi madre unió las manos, como si estuviera rezando.

La decisión de viajar a la India fue fácil. Después de la conversación con Patrick, pasé días escuchando sus palabras: «Porque habla». Se repetían como un eco en mi cabeza dondequiera que fuera. Tras pasar tanto tiempo perdida, llegué a la conclusión de que una huida sería la solución. Los abortos me habían usurpado mi identidad. En mi desesperación por tener un hijo, todo lo demás se había ido por la borda, incluida yo misma.

Cuando le comuniqué a mi jefa que quería coger una excedencia, me ofreció la posibilidad de escribir artículos sobre mi viaje en el blog de una amiga suya. Oferta que acepté agradecida y emocionada por la posibilidad de seguir escribiendo.

Una vez consolidado mi plan, fui a casa de mis padres para contárselo. A mi madre se le llenaron los ojos de lágrimas cuando me rogó que no fuera. Vacilé al verla tan suplicante, pero mi dolor me hizo imposible acceder a sus deseos.

—Cuéntame, por favor, qué es lo que te da tanto miedo —le pregunté una última vez.

—Te estoy pidiendo que no vayas. —Habló con resolución, negándome ser su confidente—. Con eso tendría que ser suficiente.

—Lo siento. —Ambas seguíamos guardando nuestros secretos. Yo no le expliqué que ya no sé quién soy. Ni que me habían arrancado las raíces y ahora vivo a la deriva. Con el viaje a la India, estoy huyendo de mi realidad con la esperanza de salvar mi cordura—. Tengo que ir. Lo hago por mí. —Dejó caer la cabeza y, ante su silencio, susurré—: Y por ti.

Levantó la cabeza de golpe. Le cogí la mano durante apenas un segundo antes de marcharme.

A bordo del avión, aliso la carta arrugada de mi tío. La leo una vez más antes de guardarla en el bolso. Poso la mano sobre mi vientre vacío y miro por la ventanilla ovalada. El avión se detiene por fin en el aeropuerto de la zona central de la India. Me pongo una chaqueta fina sobre la camiseta y el vaquero antes de coger la bolsa del ordenador y la mochila.

Una pareja agotada que se sienta a mi lado hace callar a sus hijos. La envidia se apodera de mí cuando la madre coge al más pequeño en brazos y lo acuna para que deje de llorar. Bajo la cabeza y respiro en el interior del cuello de pico de mi camiseta y culpo de mis repentinas náuseas al olor a pañal sucio y curri que impregna el avión.

Finalmente, los pies de todo el mundo se ponen en movimiento. Sigo a los pasajeros en su desfile por delante de las azafatas y me adentro en el calor sofocante de la gigantesca terminal. La humedad me inunda los pulmones y la ropa se amolda a mi cuerpo como si fuese piel. De camino hacia el punto de recogida de equipajes o hacia un vuelo de conexión, los viajeros me dan empujones y nadie se disculpa. Por encima de mí, enormes tuberías de acero cruzan de un extremo al otro el techo y alguna que otra golondrina vuela libremente.

Un rugido de voces llena el amplio espacio abierto. Me adentro un paso más en la terminal y veo un montón de mendigos durmiendo pegados a las mugrientas paredes. Una mezcla de olor a humo de tabaco y a sudor impregna el ambiente. Viajeros demacrados se apresuran por un suelo lleno de arañazos en busca del vuelo que los llevará a su destino. Maleteros con chaquetilla naranja y pantalón blanco empujan carritos llenos de maletas. La megafonía repite constantemente el nombre de distintos pasajeros y el personal del aeropuerto ayuda a los viajeros a localizar sus puertas de embarque.

Me detengo un instante para asimilar mi entorno. Por muchas fotografías que haya visto, nada me ha preparado para la realidad del país natal de mis padres y los contrastes que guarda con el mío. Sin saber muy bien dónde ir, miro los carteles que cuelgan del techo y, de pronto, me veo rodeada por un grupo de niños.

—*Memsahib*, compra. ¿Gusta?

Entre sus delgados dedos sujetan sus mercancías como si fueran tesoros. Son apenas un manojo de huesos cubiertos con harapos. Sus caras suplican mientras sus palabras ensalzan las virtudes de las baratijas que me ofrecen.

Vivo en Nueva York y estoy acostumbrada a los mendigos. Y sintiéndome tan culpable como siempre, doy mi respuesta habitual: un gesto negativo con la cabeza y un ademán de marcharme. Pero nunca me había enfrentado a niños. Verlos suplicando de aquella manera, ver que algunos apenas comienzan a andar, me revuelve el estómago. Miro a mi alrededor para averiguar cómo reacciona la gente, pero nadie parece sorprendido por su presencia. El dolor que ha pasado a ocupar un lugar permanente en mi corazón se repliega sobre sí mismo.

Encuentro por fin mi voz y saco un fajo de billetes.

—Sí. Gracias.

Con los ojos abiertos de par en par, cogen el dinero que les ofrezco y se marchan corriendo. Los sigo con la mirada y veo que pasan de un pasajero al siguiente hasta que se pierden entre la muchedumbre.

Guardo los collares de plástico en el bolso y sigo las señales en dirección a la recogida de equipajes. Cada paso que me aleja de la puerta de la terminal, me adentra en el corazón de la India. Miro las caras que me rodean. No reconozco a nadie y aun así sé que, en este lugar que no he visitado jamás, soy un reflejo de todos ellos.

Arrastro las maletas hacia la puerta de salida y desde allí sigo una flecha que indica «Transporte». El cielo está brumoso, cubierto con una niebla artificial. El sol se esconde detrás de una nube, pero su gesto apenas alivia el sofocante calor. Un avión sobrevuela la terminal y asciende hacia el cielo. A primera vista, la escena recuerda cualquiera de las muchas grandes ciudades a las que he viajado. Los coches recogen pasajeros. Los agentes con chalecos reflectantes de color naranja tocan el silbato con el fin de que el tráfico no se detenga.

Veo una parada de taxis y me pongo a la cola. Una familia no para de hablar delante de mí mientras un hombre de negocios espera detrás. Cuando me llega el turno, el taxista coge mi equipaje y lo carga en el pequeño espacio del *rickshaw* destinado a las maletas. Es joven y alto. Bajo su exagerado bigote cuelga un cigarrillo.

Cuando me pregunta mi destino, le respondo con el nombre del pueblo que he memorizado. Mi abuelo sigue viviendo en la misma casa donde se crio mi madre. El lugar donde ella nació y que yo desconocía hasta hace muy poco. Cuando mi padre se puso en contacto con mi tío Paresh para contarle lo de mi viaje, fue él quien nos ayudó con los últimos detalles.

El conductor se sumerge en el laberinto del tráfico y miro por la ventanilla abierta, negándome a perderme ni un instante de este nuevo mundo. Como una turista, observo excitada el paso por delante de las edificaciones modernas y las autopistas que rodean el aeropuerto antes de que el asfalto se transforme en gravilla y luego simplemente en tierra. La animada actividad del aeropuerto continúa en las calles, donde la gente parece ir corriendo a todos lados. Tengo que mirar dos veces y río sorprendida cuando veo las vacas sumarse a las masas, exigiendo espacio para pasear tranquilamente.

—¿Acaso no hay vacas en su país? —pregunta el conductor, siguiendo la dirección de mi mirada.

—No paseándose tan tranquilamente —respondo—. ¿Es normal? —añado, porque, aunque sé que las vacas son sagradas, jamás me las habría imaginado caminando tranquilamente por las calles sin vigilancia alguna.

—Sí. Y lo mismo sucede con los cerdos, los perros y cualquier otro animal que tenga ganas de explorar. —Sorprende mi mirada por el retrovisor—. ¿Está aquí por temas de religión? —Veo que lleva una cruz de oro colgada al cuello.

De pequeña, rara vez acudíamos a actos religiosos. En una ocasión le pregunté a mi madre por qué, y, en un excepcional momento de revelación, reconoció que de niña había dejado de creer en Dios.

—No, nada que ver con la religión —respondo.

—Entonces, ¿por qué ese pueblo? En Madhya Pradesh hay muchas ciudades —dice—. Seguro que le gustan más.

Serpenteamos por el centro de la ciudad y llegamos a una carretera de dos carriles flanqueada por campos de cultivos abrasados por el sol. A lo lejos veo ovejas pastando. Mujeres esqueléticas con saris envolviéndoles la cintura y anudados entre las piernas cargan en la cabeza con cubos de agua. En sus caderas, se balancean bebés lloriqueantes con el fular que los sujeta como única protección del fuerte sol del mediodía. Llevamos delante un pequeño camión que tira de un remolque cargado de comida.

Asimilo el paisaje, hipnotizada por escenas que solo había visto en el cine. Todo aquello con lo que me he criado contrasta con la absoluta pobreza que me rodea.

—Es por mi madre —murmuro, antes de decir la verdad—. Y por mí.

Durante el resto del trayecto, miro por la ventanilla y me pierdo en mis pensamientos.

Tres cuartos de hora más tarde, después de kilómetros de campos desolados desnudos de vegetación, entramos en un pueblo lleno de casas decrépitas diseminadas entre casas aún más pequeñas. Igual que en el aeropuerto, las multitudes llenan las calles. El conductor avanza por las callejuelas de tierra y los lugareños se apiñan y observan nuestra llegada. Una chica con túnica y pantalones me saluda tímidamente con la mano antes de echar a correr.

Cruzamos una calle de tierra. En esta zona, las casas están más distanciadas entre sí y separadas por campos de cultivo. Al final de una larga explanada, delante de una casa de cemento correctamente mantenida, el taxista se detiene por fin. Es un edificio blanco con pequeños fragmentos de pintura desconchada. Un tramo de peldaños de hormigón conduce hasta un porche donde una hamaca se balancea sin propósito a merced del aire seco. Macetas con plantas decoran una extensión de césped bien cuidado. La casa siguiente debe de estar a mil metros cuadrados de distancia. La calle sin asfaltar contrasta con el edificio moderno.

El taxista descarga mi equipaje. Abre los ojos como platos al ver mi generosa propina y se despide de mí con una reverencia. Lo veo marchar hasta que se convierte en una motita en la distancia. Respiro hondo, cojo las maletas y subo despacio la escalera de la casa que fue el hogar de mi madre hasta los dieciocho años, edad en la que se casó. Llamo a la puerta, pero no responde nadie.

—¿Hola? —digo sin levantar la voz y luego más fuerte.

El ladrido de un perro a lo lejos rompe por fin el silencio. No veo el animal y me planteo si me habré imaginado el sonido. Vuelvo a llamar y me aparto de la puerta, empezando a dudar de la decisión de haberme alejado tantísimo de todo aquello que me es familiar.

—*Yaha kaun heh?* —grita desde lejos una voz ronca.

—¿Hola?

Ahora estoy segura de que no son imaginaciones mías. Bajo corriendo las escaleras, en dirección a la voz.

—¿Amisha? —pregunta la voz.

Después de bajar las escaleras, doblo la esquina de la casa y estoy a punto de chocar contra un anciano. Anda ligeramente encorvado y tiene el pelo gris oscuro. La tradicional camisa larga de algodón le llega hasta las rodillas y lleva puesto un pantalón suelto a juego. Calza unas sandalias de cuero gastadas. Un labrador mestizo de tamaño considerable menea la cola a su lado.

—*Namaste.* —A pesar de mi limitado conocimiento sobre las costumbres hindúes, sé lo bastante como para unir las manos y hacer una leve reverencia. Como desconozco si el hombre habla inglés, señalo la casa y digo muy despacio—: Mi madre, Lena, se crio en esta casa. —El hombre entrecierra los ojos y se queda mirándome—. Acabo de llegar de América. Recibimos una carta informándonos de que mi abuelo, Deepak, está enfermo.

Su jadeo de sorpresa me induce a callar. Extiende el brazo, pero deja caer la mano antes de establecer contacto. Las lágrimas se acumulan en sus ojos y empiezan a resbalar por sus ajadas mejillas.

—Has venido —musita en un inglés forzado, superado por la emoción. Su cuerpo se pone a temblar y las lágrimas adquieren velocidad—. Al final has venido.

Confusa, miro hacia la puerta y luego miro de nuevo al hombre.

—¿Eres mi abuelo? ¿Deepak?

El hombre niega con la cabeza.

—Soy Ravi. Un criado de la casa de tus abuelos. —Hace una pausa para respirar hondo y coger aire. Noto que se me empieza a revolver el estómago al ver su expresión—. Lo siento mucho. —Y, al oír lo que dice a continuación, me quedo sin habla—. Llegas tarde. Hace justo dos días esparcimos las cenizas de Deepak.

5

La humanidad se equivoca. —Después de entrar en la casa donde mi madre vivió su infancia, Ravi enciende una a una las lámparas de aceite—. Oscureciendo con su ignorancia el conocimiento. Pero cuando la luz persigue esa oscuridad del alma, su fulgor y su claridad acaban poniendo de manifiesto la verdad. Como si un sol de sabiduría extendiese sus rayos al amanecer».

—Es precioso. No lo había oído nunca.

Aunque anhelo poder preguntarle sobre la muerte de mi abuelo, espero a que llegue el momento en que esté preparado para hablar de ello.

—Es del Gita. Algunos lo definen como un libro de poesía. —Señala las lámparas—. Lo utilizamos tanto en momentos de celebración como de duelo.

—¿Y mis tíos? ¿Vinieron? —pregunto, aunque sé por la carta de Paresh que no pensaban desplazarse.

Su rostro me da la respuesta antes que él.

—Ninguno.

—Lo siento. —La disculpa suena vacía incluso para mis propios oídos—. Mi madre... dijo que no podía.

Ravi es un desconocido y no puedo contarle lo que me dijo en verdad mi madre.

—Tu abuelo ya lo sabía, pero siguió esperando de todos modos. Creo que eso fue lo que lo mantuvo con vida hasta que su cuerpo aceptó lo que su mente era incapaz de asumir.

Mientras sigue encendiendo las lámparas, paseo por la pequeña estancia acariciando con cautela el antiguo mobiliario. En una esquina hay una silla de mármol oscuro tallada con un intrincado motivo al lado de una urna dorada. Las paredes están pintadas de un cálido color marfil y el suelo está cubierto con una alfombra cara. El perro de Ravi lo sigue fielmente hasta que enciende la última lámpara.

—¿Cómo se llama? —pregunto.

—Lo llamo Rokie. Parece que le gusta, así que todos contentos. —Me devuelve la sonrisa y me indica que tome asiento en un sofá balancín típico del Rajastán, adornado con piedras preciosas, que ocupa el centro de la estancia—. Siéntate, por favor.

—Gracias. —Me instalo entre los mullidos cojines de terciopelo, agotada después del largo viaje—. Hablas muy bien el inglés.

—Crecí en una época en la que los británicos insistían en que aprendiéramos su idioma. En su momento me pareció una pérdida de tiempo, pero ahora —me señala con un gesto— lo agradezco.

—¿Cómo murió? —pregunto por fin.

No puedo lamentar la muerte de un hombre al que nunca llegué a conocer, pero, teniendo en cuenta todas las pérdidas que he sufrido, me parece injusto tener que sumar otra más. Y además ahora, con su fallecimiento, jamás encontraré la respuesta que vine a buscar.

—En paz.

Acaricia la cabeza de Rokie y el perro emite un ladrido de aprobación antes de sentarse.

—Siento mucho no haber llegado a tiempo.

—A lo mejor aún estás a tiempo.

Me dispongo a preguntarle a qué se refiere, cuando veo que coge un cojín grande de un sofá y lo pone en el suelo para sentarse en él. Avergonzada al ver que él se queda en el suelo mientras yo permanezco cómodamente sentada, me levanto rápidamente.

—No, por favor, siéntate tú aquí.

—Tu abuela, Amisha, siempre me decía: «Ravi, si te colocas cerca de la tierra puedes oír sus secretos». Y entonces se echaba a reír y se subía a ese mismo asiento donde tú estás ahora y decía: «Así que cuéntame todo lo que averigües».

Me indica que vuelva a tomar asiento y él se acomoda en el cojín.

—¿Conociste a mi abuela? —Era una mujer rara vez mencionada. Murió joven, de modo que oír hablar de ella era como tener sobre la cabeza un nubarrón oscuro y amenazador. Siempre que mis tíos se referían a ella durante alguna de sus visitas, lo hacían con discreción y con escasos detalles. Y, en cuanto se la mencionaba, era como si la cara de mi madre quedara oculta tras un velo y de inmediato se cambiaba de tema. Pronto se dejó de hablar de ella por completo—. Sé que murió hace muchos años.

—Así es, aunque a veces tengo la sensación de que fue ayer mismo. —Ravi saca unas gafas del bolsillo de la camisa y limpia los cristales con el faldón de la prenda—. Mi nieto insiste en que son mejores que los ojos que llevan ofreciéndome sus servicios desde hace más de ochenta años. —Se las pone y parpadea para centrar la visión—. Y, cuando de pronto descubro que soy capaz de ver con claridad, pienso que debe de tener razón.

—¿Cómo era? —Hace apenas unos minutos ha pronunciado su nombre, llamándola, como si aún estuviera viva y no fuese solo un recuerdo—. Amisha, me refiero.

—Tenía un rostro bondadoso y un corazón fuerte. Cuando te he oído, he pensado que era su voz transportada por el viento. —Cierra los ojos—. Estaba seguro de que volvía a tenerla detrás de mí, pero cuando has vuelto a gritar he comprendido que estaba equivocado. —Abre los ojos y me hace un guiño—. He venido por temor a que perdieras la voz con tantos gritos.

—Solo la he visto una vez en una fotografía —me veo obligada a reconocer.

Descubrí la foto siendo una niña. Guardada en una caja de zapatos, enterrada debajo de recetas antiguas y cupones de descuento. En la imagen se veía una mujer buscando alguna cosa en la distancia, protegiéndose los ojos del resplandor del flash. Cuando le pregunté a mi madre quién era, me la cogió sin decir palabra y se marchó con ella a su habitación. Jamás volví a ver la fotografía.

—Tu abuela era de la opinión de que las fotografías ocultaban la verdad de las personas y ofrecían tan solo una ilusión. —Hace una pausa antes de añadir—: Pero estoy seguro de que habría pensado de otra manera de haber sabido que una fotografía sería el único recuerdo que quedaría de ella. —Rokie le gruñe a un pájaro que se ha posado al otro lado del cristal cubierto de polvo de la ventana. Vemos que corre hacia la puerta—. ¿Qué tal está tu madre?

Su pregunta esconde una desesperación que no alcanzo a comprender. Como no estoy dispuesta a compartir demasiadas cosas con un desconocido, le doy la respuesta que parece esperar.

—Feliz.

La alegría ilumina el rostro de Ravi.

—A tu abuela le gustaría saberlo.

—¿Eras amigo de ella? —pregunto con curiosidad.

—Yo era un criado de la casa, pero el corazón de tu abuela era tan benevolente que me consideraba su amigo.

Su voz se quiebra como si fuera un hombre atormentado. Aparta la vista, negándose a mirarme a los ojos. Traga saliva repetidamente y aprieta los puños. Es como si de repente su cara se hubiese quedado sin sangre, como si estuviese poseído.

—¿Va todo bien?

Oculta algo, estoy segura, pero, cuando busco su mirada, su rostro se cubre con una máscara.

—Sí —musita. Controla sus emociones y recupera por fin la voz—. Era uno de sus muchos dones, ver más allá de las circunstancias de la vida de cada uno y aceptar a la persona. —Su cuerpo se tensa y baja la cabeza, como si estuviera avergonzado—. Soy un *dalit.*

Pronuncia la última palabra como si fuera una sentencia que espera que le sea conmutada.

—¿Un intocable?

Asiente.

—Dentro del sistema de castas hindú, la gente nos considera menos que humanos. Nos golpean o nos vejan por razones mínimas. —Trago saliva y pienso que la periodista que hay en mí está entrenada para saber escuchar sin reaccionar—. Concebidos con frecuencia por accidente, muchos de los míos mueren antes de superar la infancia.

En clase de historia, a través de libros de texto y de fotografías, aprendí que el sistema de castas ha definido a los hindúes durante generaciones. Las personas se ubicaban en una posición de valor predeterminada según su nacimiento. Los intocables eran el rango más bajo y a menudo se les consideraba carentes de cualquier valor.

Furiosa con un sistema que no comprendía, pregunté al respecto, primero a mi maestra y después a mi padre. Me dio la única respuesta que podía darme, que la historia había demostrado una y otra vez lo difícil que era cambiar las cosas que la gente consideraba como verdad. Argumenté teóricamente sobre la injusticia de aquel sistema. Pero ahora, escuchando las palabras de Ravi, me avergüenzo de mi ingenuidad y de no haber entendido plenamente la verdad que respalda esta práctica.

—Lo siento.

La frase me parece inadecuada cuando ya la estoy pronunciando.

—No lo lamentes —replica Ravi, sorprendiéndome—. Si conocí a tu abuela fue gracias a ser una persona no deseada, una carga para la sociedad. —Su rostro se dulcifica al mencionarla—. Solo por eso viviría cien veces como intocable. —Se percata de mi mirada compasiva y sonríe—. Tu abuela era una mujer adelantada a su tiempo. Era la jefa de esta casa y puso a trabajar en ella a diversos miembros de mi familia. Fue nuestra salvadora.

Habla de ella con veneración, con un cariño que se transforma en frialdad cuando menciona a mi abuelo. Me doy cuenta del contraste y me pregunto por el motivo de esa diferencia. Pero, antes de que me dé tiempo a pedirle que se explique un poco más, se levanta del cojín y me indica que lo siga.

—Ven, te enseñaré su palacio.

Ravi me muestra el resto de la casa y proclama con orgullo que fue una de las primeras que tuvo electricidad, un lujo que yo he dado siempre por sentado. Es a duras penas el equivalente a una casita de campo normal y corriente de Estados Unidos. A cada paso que doy, intento imaginarme a mi madre jugando por los pasillos, comiendo en la cocina y durmiendo en esta casa. Me pregunto cómo se sentiría la noche antes de casarse, y si lloraría al tener que abandonar el lugar donde había pasado su infancia. Intento visualizarlo y no logro comprender cómo debió de sentirse mi madre cuando, después de contraer matrimonio, su padre le exigió que no volviera nunca más a casa.

Al llegar a la última habitación, Ravi me enseña la cama —un colchón fino encima de un somier de muelles— como si fuera el rescate a pagar por la libertad de un rey. Me hace entrega de un conjunto de llaves oxidadas y me promete que volverá por la mañana. A pesar de que tengo reservado un hotel en el pueblo, me alegro de poder alojarme en la casa donde pasó su infancia mi madre y comprender así mejor esa parte de ella que se niega a compartir.

Vencida por el agotamiento, me tumbo en la cama y, a través de la red de la mosquitera, observo las cuatro paredes desnudas. Los pensamientos sobre mi madre siguen persiguiéndome durante toda la noche. Con la mirada clavada en la oscuridad, espero que el misterio de su infancia se revele. Los minutos se transforman en horas y caigo dormida sin obtener la respuesta a mis preguntas.

En cuanto sale el sol, un gallo empieza a cantar. Saco una mano de debajo de la colcha y busco infructuosamente el despertador antes de caer en la cuenta de que el sonido es de un animal vivo. Con un gemido, me tapo la cabeza con la fina almohada, pero el gallo es implacable.

Ravi entra en la habitación tras llamar brevemente a la puerta.

—Supongo que no te importarán las canciones de nuestros animales. —El gallo sigue cantando al fondo, insistiendo en despertar incluso a los muertos. Ravi sujeta una bandeja con una taza y un plato de comida—. He oído tus protestas desde el salón. —Abre la puerta con el pie para que pueda pasar Rokie—. Te preguntaría si estás vestida, pero, como estoy casi ciego, creo que no importa.

—Estaba tan cansada anoche que ni me cambié. —Paso la mano por la abertura de la mosquitera para coger la bandeja. Aspiro el aroma que desprende la comida—. No era necesario que me trajeras nada. Huele de maravilla. Muchas gracias.

—Eres su nieta —dice Ravi, como si no fueran necesarias más explicaciones—. Té chai y *ghatiya,* un desayuno de verdad.

Veo unos ganchitos amarillos de harina frita y una taza de té chai con una capa de espuma.

—No lo he probado nunca. —Bebo con cuidado un sorbito. La intensa combinación de jengibre fresco y leche me calienta la boca—. Está delicioso —digo, canturreando casi mis palabras de aprobación.

—Puedes dar las gracias a nuestra cabra por la leche. —Ravi sonríe cuando nota que levanto una ceja en un gesto inquisitivo—. Está en el campo, detrás de la casa. Es de esta misma mañana.

Observo con curiosidad la espumosa mezcla antes de beber otro sorbo.

—Pues tengo ganas de que me la presentes.

—Tu abuela siempre insistía en que esta era la única manera de empezar la mañana. —Ravi apoya la mano en la vieja silla de piedra que hace conjunto con el escritorio—. Termina tu desayuno y luego te enseñaré dónde puedes ducharte. No querrás asustar a la cabra cuando la conozcas —dice, bromeando—. Y más tarde seguiremos hablando.

Se marcha y como un poco. El gallo deja por fin de cantar. En el silencio, me imagino contándole a Patrick lo que he visto hasta el momento. Cuando nos conocimos, yo era callada y reservada, una forma de ser que debí de aprender de mi madre. Patrick me ayudó a ser más extrovertida, escuchándome con interés siempre que hablaba. Era la persona a quien le contaba todo, lo bueno y lo malo, hasta que ya no me quedó nada bueno que contarle. Nos vimos brutalmente inmersos en un ciclón de esperanza y dolor. Compartir mi pesar significaba revivir el pasado con la única persona que ya lo había experimentado. Me sentía demasiado débil como para cargar con su dolor además de con el mío, de modo que me pareció mejor dejar de compartir sentimientos con él.

Los recuerdos del pasado dan vueltas en círculo a mi alrededor, un recordatorio del tiempo en que mi matrimonio era más fuerte que las circunstancias. Repaso los años como si fueran fotogramas de una película hasta que me sitúo unos instantes antes de que me contara lo de Stacey. Al acordarme, el dolor me avasalla de nuevo.

Dejo a un lado la comida y me acerco a la ventana, donde el sonido de niños jugando se filtra por la abertura. Después de quitar el polvo del alféizar, empujo el pestillo hasta que cede. Abro y veo unos niños en un campo de tierra dando patadas a un balón medio deshinchado. A su alrededor hay campos con escasa vegetación y casas similares a esta. Sus vocecillas se agrandan con las risas.

Cierro rápidamente la ventana y corro el pestillo. Con la espalda apoyada en la pared, respiro hondo. Pese a lo segura que estaba en cuanto a mi decisión de venir aquí, ahora me pregunto en qué estaría pensando. Estoy completamente sola en un lugar que no tiene nada para mí y donde no hay nadie que se preocupe por mí.

—¿Es esto la ducha? —pregunto, mirando el arcaico baño.

Ladrillos de arcilla roja apilados forman las improvisadas paredes. Las ramas de un árbol frondoso proporcionan la intimidad necesaria y hacen las veces de tejado. En el centro del cuarto de baño exterior hay un pequeño desagüe. De esquina a esquina, apenas hay espacio para una persona.

—Aquí tienes tus tres cubos de agua. —Ravi señala los dos cubos que hay al final de la pared—. Son para enjabonarse pero están muy calientes, de modo que ve con cuidado. —El tercero, me explica, es de agua templada para aclararse. Me entrega una pastilla pequeña de jabón—. Es madera de sándalo. Va muy bien para el cuerpo y para el pelo. —Ravi se gira para marcharse pero se para—. Ay, casi se me olvidaba. Los geckos pueden ser muy curiosos, así que estate atenta.

—Espera un momento, ¿qué has dicho? ¿Geckos?

—Sí. —Se protege los ojos de la luz con la mano y examina el árbol—. Aquí tenemos muchos y al parecer pierden el miedo cuando ven a alguien duchándose. —Sonríe al verme tan pasmada—. Más de uno ha caído sobre esta vieja cabeza..., deben de pensar que es un nido. Qué disfrutes del baño.

Vigilo la presencia de algún reptil caprichoso mientras me lavo rápidamente. Me enjabono los brazos primero y luego el vientre, recorriendo las leves estrías que me dejó el último embarazo. Jamás imaginé que una sola vía en mal estado pudiera llegar a provocar el descarrilamiento de un tren entero. Ahora me siento imbécil por haber creído lo contrario.

En vez de lavarme el cabello, dejo caer el agua caliente para que me alivie la tensión de la nuca. Al terminar, me seco con una fina toalla. Me pongo mi vestido floreado y me recojo el pelo mojado en una cola de caballo.

—En el pueblo de al lado hay un hotel e hice una reserva antes de emprender el viaje.

Me columpio en la hamaca del porche y bebo a sorbos el *sharbat* que Ravi me ha preparado con limones recién exprimidos. Los cubitos de hielo empiezan a fundirse con el calor.

Ravi está tallando la punta de una ramita con un cuchillo. Esculpe la madera hasta que los extremos quedan transformados en finas cerdas. Terminado el trabajo, me hace entrega del palo.

—Para lavarte los dientes.

Cojo el trocito de madera y lo examino. Tiene la longitud y el diámetro de una pajita y las cerdas del extremo recuerdan una escoba. Pienso que de ninguna manera me meteré eso en la boca.

—Gracias, pero ya tengo cepillo de dientes.

Intento devolvérselo pero lo rechaza.

—Esto es mucho mejor. Ya lo verás. —Al ver que sigo tendiéndoselo para devolvérselo, dice—: Lo he hecho para ti. Y estoy casi ciego.

Como no quiero herir sus sentimientos, lo dejo a mi lado. Esboza una leve sonrisa y sé que me ha puesto a prueba.

—¿Cómo puedo pedir un *rickshaw*? —pregunto, con la intención de desplazarme hasta el hotel por la tarde.

—No lo necesitas para nada. —Coge otra ramita e inicia de nuevo el proceso—. Esta es tu casa.

—No quiero abusar...

—Esta era la casa de ella y ahora, durante todo el tiempo que desees, es también tu casa.

La voz entrecortada de Ravi se apaga. Me mira y se dispone a seguir hablando cuando algo detrás de mí le llama la atención. Me giro para ver, pero no hay más que la pared.

—¿Ravi? —digo, cuando veo que su expresión ha cambiado. Sus ojos se llenan de tristeza—. ¿Va todo bien?

—Hay momentos en los que estoy seguro de que la estoy viendo —confiesa en voz baja—. Está en el porche, regañándome en broma por no haber hecho correctamente mis tareas. Por supuesto, muchas tareas le correspondían a ella, pero siempre estaba ocupada escribiendo. Cuando relataba una historia, sus ojos adquirían una luz única. Cobraba vida. —Levanta las manos para acompañar sus palabras—. Siempre gesticulaba cuando contaba sus historias. Te obligaba a escucharla aunque no tuvieras tiempo para ello. —Mueve la cabeza y regresa al presente—. Has viajado hasta muy lejos para escuchar simplemente las cavilaciones de un anciano.

—¿Era una contadora de historias?

Siento al instante una conexión con ella, una conexión que nunca he sentido con mi madre. Siempre me he preguntado de dónde vendría mi amor por las palabras.

—Sí. —Aprieta los puños—. Era joven, y daba la impresión de que la muerte le era totalmente ajena. Podía pasar horas y días enteros escribiendo. En sus historias, encontró la felicidad. —Se acaricia con un pulgar la palma de la otra mano. Cierra los ojos y mueve de un lado a otro la cabeza—. Te pido disculpas. A mi edad, parece que prefiero los tiempos pasados al presente.

—¿Conservas alguno de sus escritos? —Pienso en la carta que me ha traído hasta aquí—. Mi tío decía en la carta que mi abuelo tenía una cosa para mi madre. ¿Serían sus relatos?

Contengo la respiración a la espera de que responda que sí. De que me diga que puede darme algo de esa mujer que nunca llegaré a conocer. Pero al ver que hace un gesto negativo, disimulo la decepción.

—Ya no existen. —Suelta el cuchillo que ha estado utilizando. Cae a sus pies con un ruido metálico y rebota hacia el otro peldaño. Rokie ladra al oír el sonido—. Lo donó todo. Después de eso, prometió que nunca jamás volvería a escribir.

—¿Por qué?

—Eran sus posesiones más preciadas y todo lo que le quedaba para donar.

Sus frases parecen acertijos y no da más explicaciones.

—¿Entonces sabes lo que mi abuelo quería darle a mi madre?

—Sí. —Su rostro se ofusca y la expresión de calidez se transforma en otra de desapego—. Lo sé. Pero, para que te lo diga, antes te tengo que contar una historia.

—¿Una historia?

—Una historia que tu abuela me repitió con todo detalle durante los meses previos a su muerte. Un relato que es su propia historia, la de tu abuelo y la de tu madre. —Inspira hondo y sus ojos se llenan de dolor—. Una historia que he tenido que mantener en secreto hasta ahora.

—¿Por qué hasta ahora? —pregunto, confusa ante su reacción.

—Porque ahora tu abuelo ha muerto.

Duda, y me doy cuenta de que elige con cuidado sus palabras. Echa hacia atrás su cuerpo encorvado, como si quisiera marcar distancias entre lo que acaba de decir y su propia persona.

—Le hizo prometer a mi madre que nunca regresaría a la India —le revelo, y presto atención a su reacción. Ravi abre mucho los ojos, sorprendido, y luego baja la vista en un gesto de desesperación—. Me dijo que era el precio que había tenido que pagar por haber nacido.

—No lo sabía. —La respuesta de Ravi es fría y sus labios contienen su rabia—. Por mucho que fuera mejor para ella no volver nunca al lugar que tanto daño le hizo, no tendría que haberla obligado a hacer esa promesa.

—¿Hacerle daño cómo? —pregunto en voz baja.

El dolor que transmiten las palabras de Ravi funciona como una señal de advertencia. Mi instinto me aconseja salir huyendo de aquí, rechazar su ofrecimiento y dejar que los secretos de mi madre sigan tal y como están. Pero la parte de mí que está destrozada, la que anhela algo distinto a mi dolor implacable, exige conocer la verdad.

—Esta historia dará respuesta a todas tus preguntas —dice lentamente Ravi—. Pero para escucharla tienes que quedarte aquí.

Recuerdo lo que he dejado en casa, fragmentos de una vida arruinada.

—Me quedaré.

El rostro de Ravi muestra su alivio.

—Bien. Esta era su casa y también la de tu madre. Te pertenece.

Ravi se levanta y me indica que le siga. Echamos a andar tranquilamente y pasamos por delante de algunas construcciones de adobe entremezcladas con casitas similares a la de mi abuela. La calle muta de la tierra al asfalto. Hay parcelas llenas de vegetación y otras marrones e improductivas. Las hojas abrasadas de los árboles permanecen inmóviles bajo el ambiente seco. De las ramas más bajas cuelgan frutos llenos de mordiscos de pájaros. Pasamos por delante de un molino de viento en desuso y, de pronto, el pueblo se vuelve más moderno y presenta tiendas y puestos de mercado repletos de clientela.

Ravi guarda silencio y se limita a murmurarle cosas de vez en cuando a Rokie, que sigue fielmente sus pasos. Yo ando rezagada, y mi nerviosismo batalla con la impaciencia de poder escuchar por fin la historia de mi madre. Con la esperanza de atemperar ambas cosas, me concentro en las escenas y los sonidos de un pueblo cuyos habitantes me observan con recelo y me ven como la extranjera que realmente soy.

Ravi me guía hacia un edificio bajo de arenisca marrón que se divisa a lo lejos. A su lado hay una casa más pequeña, de diseño similar. Saca una llave, abre una verja y me indica que lo siga. Una vez dentro, me observa, a la espera de mi reacción.

En cuanto cruzo el umbral, me detengo y miro a mi alrededor.

—¿Un jardín? —Maravillada ante tanta belleza, paseo entre las hileras de flores variadas y olorosas. Me agacho y aspiro el aroma de una flor blanca con un halo amarillo alrededor de un punto central de color negro—. Es impresionante.

—Alisos blancos, creo que son —dice Ravi—. Tu abuela nunca se cansó de enseñarme cosas. Y, después de tantos años, mi cabeza teme caer en el olvido.

Señalo un conjunto de flores, al lado de la fila de alisos.

—Casias rojas que empiezan a florecer —indico.

—Veo que conoces las flores —contesta Ravi mientras huelo la potente fragancia que desprenden las flores rosadas.

—A mamá le gusta la jardinería y a veces la ayudaba. —Eran las escasas ocasiones que compartíamos. Trabajábamos en silencio y codo con codo, plantando y recortando flores y arbustos—. Esto es maravilloso.

Hago un gesto para abarcar la amplia diversidad de plantas y flores, algunas aún por abrirse. El polvoriento pueblo que acabamos de cruzar ofrece pocas oportunidades de que un jardín de este estilo exista dentro de sus límites.

—Era de tu abuela en su tiempo —dice Ravi—. Ven.

Me guía hasta un banco situado bajo un haya. Las hojas frondosas ofrecen buena sombra y protegen del sol implacable.

—Siéntate y te contaré su historia.

AMISHA

La India bajo el gobierno colonial de la Corona británica

Décadas de 1930-1940

6

Amisha se echó a reír al ver el desfile de vacas con cencerros sujetos al cuello. Su madre había puesto uno en cada vaca, además de decorarles la cola entretejiendo guirnaldas de flores blancas de karanda. La dote acordada era de diez vacas y los padres de Amisha habían elegido las mejores para su hija.

—Las vacas bailarán al ritmo de la música —dijo Amisha bajo el cielo estrellado, con una alegría contagiosa.

Se contoneó con elegancia siguiendo el ritmo que marcaban los tambores de los músicos instalados bajo la marquesina de la *shamiana.* La luz de la luna destacaba el estampado multicolor de la tela de algodón del doble techo de la tienda ceremonial. La hoguera encendida en el espacio contenido por las cortinas de gasa, y que Amisha y Deepak habían rodeado antes siete veces, se había reducido a un débil resplandor y solo seguían ardiendo las ascuas.

Amisha sonrió a su flamante marido, que no dejaba de mirarla. Deepak, a escasa distancia de ella, le devolvió la sonrisa, pero su expresión se volvió de vergüenza cuando Chara, su madre, le regañó en voz alta.

—Mirar tan descaradamente a tu esposa no me parece correcto.

La fiesta continuó hasta bien entrada la noche y se propagó por las calles. Las mujeres iban vestidas con sus sofisticados saris de boda, mientras que los hombres lucían elegantes *salwar kameezes.* Las camisas de seda bordada caían hasta la altura de las rodillas e iban complementadas con pantalones estrechos. Después de comer hasta hartarse distintas verduras con curri, bailaron las canciones interpretadas por gitanos nómadas.

Cuando las estrellas empezaron a ceder paso a la luz, los hermanos y los padres de Amisha recogieron sus cosas para emprender el largo viaje de vuelta a casa. Su marcha sería una despedida definitiva para Amisha, que hasta aquel momento había sido parte de la familia. Aunque tenía tan solo quince años, ya se la consideraba una mujer. Una potente sensación de miedo se apoderó de ella al pensar que iba a quedarse sola allí. Los invitados cogieron en brazos a los niños que se habían dormido en el suelo para instalarlos en el carromato. Los hombres guiarían a la pareja de bueyes que tiraba de la caja de madera con ruedas y las mujeres subirían detrás. Pasaría medio día hasta que llegaran a casa, pero la vida era así. Tal y como exigía la tradición, habían traspasado con éxito a una de sus hijas a otra familia.

—Mamá.

Cuando su madre extendió los brazos, Amisha corrió hacia ella. Pegó la cara a los hombros de su madre y los sollozos sacudieron su cuerpo menudo.

Entonces, cuando su padre le posó una mano en la espalda, se giró para también abrazarlo.

—Esta es ahora tu casa. Da felicidad a tu esposo —dijo, con la voz quebrada— y a tu nueva familia.

Pasarían meses, incluso años, antes de que volviera a verlos. A pesar de vivir solo a dos pueblos de distancia, era un viaje pesado y difícil de llevar a cabo.

Amisha seguía llorando. Chara la rodeó con el brazo y dirigió un gesto a los padres de la chica, indicándoles que había llegado la hora de irse. Su hija había sido entregada a su nueva familia a través del ritual del matrimonio y a partir de ahora viviría con Deepak y el resto de su familia en su casa. A partir de aquel día, Amisha aceptaría a Chara como su madre y su vida nunca más volvería a ser suya.

—Eres muy bella.

Deepak cerró la puerta del dormitorio a sus espaldas.

A través de la fina puerta de madera, Amisha oyó que Chara estaba dando instrucciones a los criados para que prepararan las sábanas y las almohadas para improvisar una cama. Las dos hermanas menores de Deepak y sus padres dormirían en la pequeña habitación contigua al salón. Como hijo varón único que era, Deepak podía disfrutar del dormitorio. Amisha tragó saliva para disimular su nerviosismo y levantó la cabeza, cubierta de joyas, para mirar a su esposo a los ojos. Estaban a escasos centímetros el uno del otro, examinándose. El suyo era un matrimonio acordado y ese día se veían por primera vez. Deepak rozó con la punta de un dedo el colgante con perlas y diamantes que caía sobre la frente de Amisha.

Por la mañana, la madre y las primas de Amisha le habían colocado la cadenita de oro que le adornaba la raya del cabello. Habían insertado aros de oro en sus orejas y pasado dos collares largos por el cuello. La tía de Amisha le había engalanado los brazos con docenas de brazaletes de oro. «Guarda todo esto como un tesoro —le había dicho su tía—. Son regalos de tu familia».

—Las cosas bellas ayudan a que cualquiera parezca bella —dijo Amisha con recato.

—Y una mujer bella aporta belleza a todo lo que se pone —replicó Deepak.

Amisha siguió examinando a Deepak mientras este deslizaba los dedos por el borde de su sari de color rosa. Con diecinueve años de edad, tenía cuatro más que ella, pero estaba nervioso como un colegial. Era guapo, pero más importante que eso era la bondad que transmitían sus ojos, y Amisha se sentía agradecida por ello.

Deepak le entregó entonces un joyero forrado de terciopelo que había en la mesa. Amisha lo abrió lentamente y descubrió en su interior un *mangalsutra,* la tradicional cadena de oro con cuentas de ónice negro. El collar era el regalo habitual que el esposo hacía a su desposada la noche de bodas. Simbolizaba el vínculo que los unía para toda la vida.

—Es excesivo.

A pesar de tratarse de un diseño sencillo, Amisha reconoció su valor de inmediato. El oro era puro y las resplandecientes piedras preciosas de primera calidad. No tenía nada que ver con ningún otro *mangalsutra* que hubiera visto al cuello de otras mujeres del pueblo. Cogió el collar y, en silencio, se hizo la promesa de no quitárselo nunca.

—Fui a una tienda de la ciudad para comprarlo. —Deepak le retiró el cabello hacia un lado para poder abrochar el collar—. Ojalá tuviera algo mejor para una persona única. —Y, con una mirada tímida, añadió—: Jamás había visto a una mujer bailar para su marido el día de su boda. Tú eres distinta.

Amisha intentó explicarse.

—Me gusta bailar. No era mi intención ofender a nadie.

—No me he ofendido en absoluto.

—Una vez hubo un pájaro que quería volar solo, lejos de los demás —dijo Amisha en voz baja, mientras Deepak empezaba a retirarle todas las joyas hasta dejar solamente el *mangalsutra.*

Un cuento era la mejor manera que conocía Amisha de compartir con su esposo sus sentimientos, su miedo y su incertidumbre, junto con la satisfacción por la pareja que sus padres le habían elegido.

—¿Y por qué querría hacer eso?

Deepak se detuvo para mirarla a los ojos.

—Porque temía que, si seguía al grupo, jamás podría encontrar su propio espacio. —Perdió la mirada en el espacio que tenía ante ella, imaginándose el vuelo del pájaro—. Voló solo muchos kilómetros y muchos días. Cuando llegó a su destino, se dijo a sí mismo que era un pájaro único y valiente. Pero, cuando entonces miró a su alrededor, se dio cuenta de que hacía días que los otros pájaros habían llegado también a aquel mismo lugar. —Deepak estaba retirándole ahora los anillos que le adornaban los dedos. Amisha notó por primera vez un cosquilleo de excitación cuando sus manos entraron en contacto—. Al final, aquel pájaro no se diferenciaba en nada de los demás. Tampoco yo.

—Ese pájaro era un tonto —dijo Deepak, sorprendiéndola.

—Ese pájaro confiaba en encontrar su propio espacio —empezó a replicar ella, pero Deepak la interrumpió.

—El recorrido de aquel pájaro estaba establecido desde el principio. Perdió el tiempo intentando ser distinto.

El comentario la enfrió y acabó disminuyendo la excitación de Amisha, que se reprendió a sí misma. Su madre le había advertido que mantuviera sus historias bien encerradas en su cabeza. En silencio, Deepak siguió desvistiéndola. Desenrolló lentamente el sari hasta que Amisha se quedó solamente con enaguas y blusa. Deepak aspiró el aroma a agua de rosas e incienso que desprendía el sari antes de depositarlo con suavidad en el suelo.

—Gracias.

Amisha intentó olvidarse del cuento para pensar en su esposo.

—¿Por? —dijo Deepak, enarcando las cejas en un gesto inquisitivo.

—Por tratarlo con tanto cuidado. —Ignoró la punzada de dolor que le había provocado el rechazo de su relato y se concentró en forjar un vínculo entre ellos. Señaló el sari y reconoció su inquietud—. El sari es lo único que me queda de mi casa.

—Tu casa ahora es esta —replicó Deepak, con cierta tensión en la voz. Se dio cuenta de que su tono había sorprendido a Amisha y le acarició la mejilla, como queriendo disculparse—. Me alegro de haberme casado contigo. Y confiaba en que tú sintieras lo mismo.

—Y así es. —Que su marido hubiera reconocido aquello la pilló por sorpresa y suavizó su discurso—. Yo confío en que seas tan delicado conmigo como lo has sido con este objeto de recuerdo.

A pesar de que su madre y sus primas le habían explicado detalladamente lo que sucedía la noche de bodas, Amisha seguía estando nerviosa. Jamás la había tocado un hombre íntimamente y le preocupaba saber satisfacer a su esposo.

—Estoy asustado —dijo Deepak, acercando su cuerpo al de ella y besándole en la frente.

—Tú eres el hombre. —Amisha percibió la tensión que vibraba en el cuerpo de él y notó su ansiedad. Era la primera vez para ella, pero también para él. Animada por el nerviosismo de Deepak, añadió—: Soy yo la que debería estar asustada.

—No quiero hacerte daño.

Deepak descansó la frente en la de ella y le acarició el cabello.

Amisha tragó saliva para disipar el nerviosismo. Los padres de cualquier hija buscaban siempre la pareja más adecuada para ella. Evaluaban al chico a partir de la posición de sus padres en el seno de la comunidad y por el boca a boca. Una vez decidido el matrimonio, solo les cabía confiar en que el hijo fuera una persona ética y tratara con cuidado a su hija.

Amisha empezó a desabrocharle la camisa, pero Deepak se apartó y acabó él mismo de hacerlo, para despojarse de la túnica a continuación. Estando aún medio vestida, Amisha le tendió la mano y él, sorprendido, la cogió en brazos y la transportó hasta la cama.

—Es nueva —dijo con orgullo—. Se ha comprado con motivo de nuestro matrimonio.

Él se colocó sobre ella, con los codos apoyados en la cama. Con vacilación, posó los labios en los de ella. Amisha abrió la boca, tal y como su madre y sus tías le habían dicho que tenía que hacer. Entonces, muy despacio, él le subió las enaguas y cerró los ojos. Insegura, ella siguió mirándolo hasta que acabó cerrando también los suyos. Y, cuando la penetró, apartó la cabeza hacia un lado y lo aceptó, puesto que él era su nuevo hogar.

Cuando Deepak terminó, se tumbó boca abajo y se quedó dormido. Amisha esperó a que empezara a roncar para levantarse con cuidado de la cama. Se vistió sin hacer ruido y buscó en la habitación hasta encontrar un papel y un lápiz. Se sentó en un rincón y se puso a escribir.

Intuyó el momento en que Deepak se despertó y se quedó mirando cómo escribía.

Levantó la vista y sus miradas se encontraron. Lo primero que vio en los ojos de Deepak fue confusión, luego rechazo. Sin dirigir una palabra a su esposa, volvió a quedarse dormido bajo el resplandor de la luna. Amisha siguió escribiendo, encontrando consuelo en lo único que sabía que podía dárselo: las palabras que brotaban sin cesar de su interior.

Cuando Amisha se despertó, encontró a Chara cerniéndose sobre ella. Se dio cuenta rápidamente de que el espacio que había a su lado en la cama estaba vacío.

—Es hora de trabajar —anunció Chara—. Vístete enseguida y pon las sábanas a lavar.

—Sí, mamá.

Amisha metió las sábanas en la cesta de la ropa sucia y se la cargó a la cabeza. De camino hacia el porche, pasó por delante de Deepak y su padre, que estaban desayunando sentados en el suelo con las piernas cruzadas. A pesar de que la miró de reojo, Deepak no dijo nada.

—No tienen que quedar manchas de sangre en las sábanas —le ordenó Chara. Su sari de primera calidad colgaba con escasa elegancia sobre su cuerpo fornido. Con dedos ágiles, se recogió el pelo en un moño tenso. Y, cuando hubo acabado, se cruzó de brazos sobre su generoso pecho, todo el proceso acompañado por el tintineo de sus caras pulseras. El *bindi* rojo de su frente ocupaba la totalidad del espacio que quedaba entre sus cejas—. Son sábanas para toda la casa, no solo para que te acuestes con mi hijo.

—Por supuesto, mamá —replicó Amisha, incorporando una nota de falso servilismo a su voz.

Chara entrecerró los ojos.

—Eres muy afortunada por estar en esta casa, hija. Que sepas que ha sido por pura compasión que hemos bajado nuestras pretensiones para que tú pudieras casarte con mi hijo.

La familia de Deepak era la propietaria del molino que daba de comer a la gente del pueblo. Su casa era una construcción de hormigón y no de adobe y ladrillo, como la casa en la que Amisha se había criado. La noche en que se había acordado su compromiso, la madre de Amisha le había explicado que podía considerarse muy afortunada y había insistido en que los dioses le habían sonreído.

—Tu hijo es tan bondadoso como tú, mamá —replicó Amisha. Aunque era excepcional trabar una relación de auténtica amistad con una suegra, siempre había esperado que entre ellas hubiera al menos cierto decoro—. Me considero afortunada porque anoche tu hijo también se compadeció de mí. Dos veces.

Chara dio un paso amenazador hacia Amisha.

—¿Cómo te atreves a hablarme de esta manera?

Amisha se mordió la lengua y el sabor ferruginoso de la sangre le inundó la boca.

—Te ruego que me disculpes.

Su madre le había advertido que no replicase. Amisha bajó rápidamente la escalera y se marchó corriendo hacia el río.

En la orilla, frotó las sábanas con una piedra enjabonada. Cuando el agua salió por fin clara, recogió las sábanas y emprendió camino de vuelta a la casa. Pero se decidió por el recorrido más largo y dedicó un tiempo a disfrutar de su primer paseo por el pueblo. Se paró a ver a los niños jugar mientras las mujeres charlaban. Otras regresaban del mercado con sus cestas repletas de verduras y telas nuevas.

Desde cierta distancia, vio un grupo de oficiales británicos cruzando la plaza principal. Amisha sabía por su padre que en el pueblo vecino había un destacamento del Raj, el gobierno colonial británico en la India. En su pueblo, Amisha había visto en alguna ocasión a los soldados pegando a los indios por infracciones de escasa importancia. Viendo que se acercaban los hombres, bajó la cabeza y esperó a que pasaran. Después, soltó el aire que había estado conteniendo, recogió la cesta y echó a correr hacia la casa.

—Te has tomado tu tiempo, nueva hija. —Chara estaba en el último peldaño de acceso al porche, impidiéndole la entrada a Amisha. Abrasándose de calor, Amisha tuvo que escuchar allí mismo el detalle de todas las tareas que Chara había previsto encomendarle—. Prepararás las comidas de la familia, harás la colada en el río y mantendrás la casa limpia. —Chara miró a sus espaldas—. Deepak se pasa el día en el molino, trabajando. Considérate afortunada si lo ves de vez en cuando.

—Sí, mamá. —Amisha sabía que ocuparía un lugar de escasa relevancia en la jerarquía de su nuevo hogar, que tendría que servir a los mayores y luego a su esposo—. Gracias.

Amisha se dirigió al porche de atrás, donde tendió las sábanas. A continuación, se puso a limpiar. Al caer la noche, se fue a la cama y le costó conciliar el sueño. Deepak entró en el dormitorio horas más tarde. Y, sin decir palabra, se quedó dormido. Con el sonido de fondo de los ronquidos de su marido, Amisha vio a través de la ventana cómo el cielo nocturno daba paso al día.

7

Amisha, apoyada en la pared del porche delantero, escribía a ritmo frenético la discusión entre una mangosta y una rana. Había dejado la escoba a sus pies. La rana argumentaba que no era para nada un bocado exquisito y que no merecía la atención de un animal tan elegante como la mangosta. Amisha se apartó los mechones de pelo que le caían en la cara y empezó a escribir la réplica de la mangosta. Pero justo en aquel momento vio a Chara a lo lejos, que volvía a casa con una amiga después de haber visitado el templo. Amisha escondió rápidamente la libreta y se echó un poco de agua en la cara para simular que estaba sudando. Cogió la escoba y se puso a barrer.

—Amisha, tomaremos *sharbat* dentro de casa. —Chara se estaba refrescando con un abanico de seda decorado con imágenes de un atardecer—. Date prisa. No quiero que nuestra invitada se desmaye con tanto calor.

Y, al pasar por el lado de Amisha, Chara le lanzó el delicado abanico para que lo guardara en su sitio.

Amisha corrió a la cocina, preparó dos vasos de zumo de mango y puso unos dulces en una bandeja. Lo llevó al salón, donde las dos mujeres se habían instalado ya en el sofá. Amisha les sirvió y dio media vuelta, dispuesta a marcharse.

—Voy a acabar de limpiar el porche.

—¿La nuera de una casa tan prestigiosa como esta no tiene su propio criado? —dijo la amiga de Chara, que examinó los dulces antes de decidirse por la *halwa,* una pasta hecha con zanahoria asada y leche azucarada cubierta con trocitos de frutos secos. Chasqueó la lengua con fastidio al ver la frente empapada de Amisha.

—¿Un criado? —Amisha se paró en seco y se quedó mirando a Chara—. ¿A qué se refiere la tía, mamá?

—No he tenido aún tiempo para encontrar a la persona adecuada. —Con la mirada centrada en su bebida, Chara hizo caso omiso a las palabras de Amisha—. Todavía debo seguir encargándome de algunas tareas de la casa mientras Amisha descansa.

La amiga de Chara bebió un buen trago de zumo y a continuación se dirigió directamente a Amisha.

—Llevas aquí casi un mes. Ya hace tiempo que deberías tener tu propio criado. —Considerando que los criados apenas costaban unos céntimos al mes, la mayoría de las casas tenían tres o cuatro. Incluso la familia de Amisha tenía dos criados en casa. Con solo uno en su nuevo hogar, Amisha estaba agotada.

Amisha captó la mirada de Chara y no bajó la vista.

—Pero seguro que ibas a ofrecérmelo, ¿verdad?

Acorralada, Chara se vio obligada a acceder. Si negaba la ayuda a Amisha, la gente pensaría de ella que era extremadamente cruel. Y si algún día se producía un altercado entre Chara y Amisha, las mujeres de la comunidad se compadecerían de Amisha y se pondrían de su lado. Los vecinos tenían la fastidiosa costumbre de pasarse el día metiéndose en la vida de los demás.

—O bien buscas tú alguien que sea de tu agrado, o me encargo yo de contratar los servicios de quien me parezca.

—Deseosa de dar por zanjado el tema, añadió—: Pero si eliges tú, elige con inteligencia. Piensa que tu criado conocerá todos tus secretos.

Amisha cambió de mano la cesta de la comida cuando avistó el molino. Desplazarse hasta la fábrica de cereales para llevar el almuerzo a Deepak y a su suegro era el punto culminante de su jornada. Además de cuando lavaba la ropa en el río, era el único momento que pasaba fuera de la casa.

Se secó el sudor de la frente con la punta del sari. Las temperaturas habían alcanzado niveles máximos y no se preveía que la situación fuera a mejorar. Entró en el molino y vio al encargado, con su camisa y su pantalón de algodón almidonado de color marrón, hablando con un chico. Amisha se apoyó en la pared, dispuesta a esperar. Estaba ya dándole vueltas en la cabeza a un nuevo cuento cuando el encargado se puso a gritar.

—¿Cuántas veces tengo que decírtelo, Ravi? —El encargado amenazó al chico con una vara—. Sal de aquí antes de que te eche.

—Por favor, señor. —Impávido, el chico, de piel oscura y muy flaco, se mantuvo firme—. Barreré los suelos por la noche. Limpiaré los baños. Haré lo que sea, señor. Pero tengo que ganarme unas monedas.

Ravi se arrodilló y unió las manos, suplicando.

—¿Ganarte unas monedas? —El encargado le escupió en la cara—. ¿Un intocable en el molino? —Sus carcajadas resonaron en las paredes. Amisha sintió un escalofrío—. Vienes de la basura y no te mereces ganar ni una sola moneda.

Amisha calculó que el chico tendría doce o trece años, pero sus ojos, hambrientos y desesperados, correspondían a alguien de mucha más edad. Su miedo impregnaba la estancia.

Pensó en dar media vuelta y marcharse, pero el chico, con su forma de mantenerse firme a pesar de la humillación a la que estaba siendo sometido, le llamó la atención.

—Tiene razón, señor —dijo Ravi, asintiendo—. Puedo limpiar los baños cuando cierren el molino, para de este modo no ofender a nadie. Trabajaré a cambio de poco dinero, señor. Por favor.

—Sal de aquí ahora mismo. —El encargado empujó a Ravi para que cayera al suelo. Este se incorporó y volvió a arrodillarse—. Permitirte trabajar aquí sería un insulto para los alimentos que preparamos. —Amisha buscó un atisbo de compasión en el rostro del encargado y no lo encontró—. Márchate antes de que te azote.

Amisha dio un paso al frente para llamar la atención del encargado. Cuando vio que estaba allí, su rabia se transformó de inmediato en respeto. Con una sonrisa, aceptó la cesta que ella le ofrecía.

—Se la entregaré al *sahib* de inmediato —dijo.

—Gracias. —Por el rabillo del ojo, vio que Ravi cruzaba derrotado la puerta—. ¿Quién es? —preguntó.

—Un intocable —contestó con desprecio el encargado—. No entiende la palabra «no». —Meneó la cabeza en un gesto de repugnancia—. Viene por aquí cada semana para pedir trabajo. —Aspiró el aroma del *tiffin*—. Huele delicioso. Deepak *sahib* estará muy satisfecho.

Se marchó para ir a entregar la comida.

Amisha salió corriendo del molino. Se protegió los ojos del resplandor del sol y buscó con la mirada al chico. Vio a lo lejos su solitaria figura y corrió hacia él, llamándolo por su nombre.

Ravi se detuvo y se quedó mirándola. Cuando por fin Amisha llegó donde él estaba, Ravi unió las manos y la saludó con una reverencia.

—¿Sí, *shrimati*? —dijo, utilizando el título de respeto que correspondía a una mujer casada.

Amisha descansó las manos en los muslos y agachó la cabeza para recuperar el ritmo de la respiración. Respiró hondo el aire seco e intentó oxigenarse.

—¿Está bien, *shrimati*? —Al ser más alto que ella, Ravi dobló las rodillas y ladeó la cabeza para poder verle la cara. Dado que Amisha no respondía, miró hacia la fábrica y volvió los ojos de nuevo a ella, como si estuviera calculando la distancia—. Tampoco es que esté muy lejos, *shrimati.*

Amisha entrecerró los ojos y le lanzó una mirada furibunda. Al ver aquella reacción, Ravi se apartó un poco.

—Intenta tú correr con esta ropa —murmuró Amisha—. Es como llevar una oveja encima y tener el calor de una manta de lana. —Jadeando, le preguntó—: ¿Por qué quieres trabajar en el molino?

Ravi se quedó perplejo ante la pregunta, pero respondió.

—Trabajaría donde fuera, *shrimati.* El molino no es más que uno de los muchos lugares de donde me han echado.

Amisha recordó la orden de Chara de encontrar un criado de confianza. Como Ravi no vivía en el pueblo, no formaría parte de la gente cuya lealtad se decantaría antes por Chara. Se mordió el labio mientras las palmas de las manos le empezaban a sudar y el corazón le latía con fuerza. Y, a pesar de que estaba tramando un plan, temía estar provocando con ello la ira de Chara.

—¿Trabajarías donde fuera?

—¿Quién es usted? —dijo él con frustración.

Ravi miró a su alrededor. Amisha sabía que temía que lo pegaran. Había visto verdaderas palizas cuando un intocable hablaba con una mujer perteneciente a una casta más elevada.

—Soy la nuera del propietario del molino —respondió Amisha rápidamente. Lo dijo sin orgullo alguno, puesto que su posición social le traía sin cuidado. Al ver que Ravi abría los ojos de par en par, añadió—: Trabaja para mí.

Pensó que, si esperaba más tiempo a decirlo, acabaría echándose atrás.

—Es cruel que se ría de mí —repuso Ravi, dando media vuelta y sin apenas disimular su rabia.

—No me estoy riendo, y tú tampoco deberías hacerlo. —El deseo de aquel chico de ser más de lo que le estaba permitido había tocado la fibra sensible de Amisha y se imaginó que podría ser el camarada ideal—. Es una oferta, la tomas o la dejas. Y decide rápido porque si no buscaré en otra parte.

—Soy un intocable. —Ravi golpeó el suelo con su pie descalzo y miró hacia otro lado, avergonzado—. Es importante que lo sepa.

—Y yo soy una mujer. —Su realidad siempre era una sombra que se cernía sobre ella. Miró hacia el sol—. Pues ya hemos establecido nuestros papeles.

—Usted es la hija del propietario del molino —señaló Ravi—. Mis padres y mis hermanos son también vagabundos. Nuestro destino es mendigar. —Furioso, hizo una breve pausa antes de murmurar—: Por mucho que intente cambiarlo.

—Soy su nuera —dijo Amisha, corrigiéndolo—. Nuestras circunstancias, tanto las tuyas como las mías, dictan nuestra forma de vivir. —Cuando el chico se quedó mirándola, ella se negó a apartar la vista—. Mi suegra no me trata mejor de lo que trataría a una criada.

—¿Y es aceptable que trabaje como criado en su casa? —preguntó Ravi, asumiendo que era imposible ganar aquella guerra semántica contra ella.

Sin ganas de admitir la verdad, Amisha respondió con una evasiva.

—Creo que te contaré la historia de un guapo cantante.

—Preferiría que no lo hiciera —replicó Ravi.

Amisha no le hizo caso.

—El cantante quería formar parte de un grupo famoso por sus melodías y por su atractivo físico. Cuando el grupo lo rechazó, el cantante clamó al cielo por lo que consideraba una injusticia. —Amisha fue entretejiendo su gesticulación con el relato—. Un anciano le ofreció al joven una flauta a cambio de una barra de pan. «La flauta te dará lo que andas buscando», le dijo el anciano. Encantado, el joven hizo el trueque seguro de que pronto conseguiría unirse al grupo. Pero antes de que se fuera, el anciano le alertó, diciéndole: «Si rechazas la música, lo perderás todo».

—*Shrimati,* su historia es muy bonita, pero ¿qué sentido tiene? —Ravi miró a su alrededor—. Aún tengo que ir hoy a muchos lugares para que me echen de una patada.

Amisha levantó una ceja, pero continuó.

—El chico se presentó de nuevo ante el grupo y tocó la flauta, pero no le hicieron ni caso. De pronto, se empezó a oír una canción por encima de las montañas. Era una voz melodiosa y cantaba en perfecta sintonía con la flauta. Todos se pararon a escuchar. Entonces, salió del bosque una mujer con cara de troll y cuerpo de gigante.

Ravi, intrigado, empezó a prestar atención.

—Su voz..., el cielo le había sonreído con aquella voz. Pero el joven se consideraba mejor que ella y rechazó la invitación que le hizo la mujer de actuar juntos. Y, tal como el anciano le había advertido, perdió su capacidad para componer música y cayó en una depresión profunda.

—Qué tonto —murmuró Ravi.

—Desesperado, le suplicó a la mujer que lo perdonase. Y, juntos, superaron en popularidad al famoso grupo.

Terminado el relato, Amisha sonrió confiada.

Ravi se encogió de hombros y se quedó mirándola, confuso.

—¿Qué sentido tiene esta historia?

—¡Que no deberíamos juzgarnos los unos a los otros! —exclamó Amisha, sorprendida al ver que no lo había entendido—. Hagamos un pacto. Yo no te juzgaré a ti y tú no me juzgarás a mí.

—*Shrimati*... —empezó a decir Ravi, pero Amisha lo interrumpió.

—Necesito un criado. —Y, anticipándose a su réplica, continuó—: Sería una tontería por mi parte intentar buscar a alguien más apropiado cuando tú estás disponible y dispuesto a trabajar duro. —Le guiñó el ojo—. Además, serviría para demostrarle al jefe del molino cuál es el lugar que le corresponde, ¿no te parece?

Amisha se dio cuenta de que la desesperación del muchacho estaba batallando con su miedo. Ravi la miró con recelo una última vez antes de acabar accediendo.

—Es una desconocida, pero me ha ofrecido más de lo que nunca nadie me ha ofrecido jamás. —Cayó de rodillas a los pies de Amisha y unió las manos en un gesto de agradecimiento—. Gracias, *shrimati.* Le prometo devolverle este regalo que me ha hecho lo que me quede de vida.

Amisha retrocedió y le indicó que se levantara.

—Te pagaré, pero no pienso ser tu propietaria. Somos prácticamente de la misma edad, de modo que trabajarás conmigo. Mi madre ha dicho que guardarás mis secretos, pero, ya que no tengo ninguno, lo que me interesa es que escuches mis historias. ¿De acuerdo?

Confuso y sin entender nada, Ravi asintió.

—De acuerdo.

Amisha suspiró con alivio.

—Estupendo. Ah, y no vuelvas a arrodillarte a mis pies nunca más. Hay por ahí muchas personas importantes ante quienes hacerlo. Pero me temo que yo no soy una de ellas.

Amisha asomó la cabeza por detrás de la pared que separaba la cocina de la zona del comedor. Chara estaba sirviendo potaje de lentejas con arroz blanco a Deepak y a su padre. Amisha se mordió las uñas, planteándose cómo abordar el tema.

—¡Amisha! —La voz atronadora de Chara se alzó por encima del sonido de cazuelas y cazos que acompañaba la preparación de la comida—. Trae el *naan.*

Amisha quería seguir escondida. Después de haber contratado a Ravi, le preocupaba haber tomado aquella decisión.

—¿Estás sorda o qué, Amisha? —gritó Chara.

—Ya voy, mamá.

Otra mirada rápida y vio que Chara estaba sirviéndoles a Deepak y a su padre la *okra.* Era el ritual diario: Chara servía la comida mientras Amisha se encargaba de traer el *naan* caliente que se preparaba individualmente en el fuego. Amisha cogió la bandeja que le entregó el criado dándole las gracias con un rápido gesto de asentimiento. Respiró hondo y se armó de valor.

—He encontrado un criado. —Amisha entró y fijó la vista en la pared—. Empezará mañana.

—¿Un criado? —Deepak dejó de comer y se la quedó mirando.

Rara vez hablaban cuando él estaba en casa. En ocasiones, por la noche, Deepak se acercaba a ella en silencio con la esperanza de engendrar un hijo, pero se quedaba dormido justo después. Al principio, Amisha esperaba algo más, pero no tardó en aceptar que su relación era la norma en la mayoría de los matrimonios, que esperar algo más era una locura.

—Sí —respondió Amisha, que lo miró a los ojos y encontró entonces la confianza que estaba buscando—. Mamá dijo que debería tener un criado.

—¿Y quién es? —preguntó Chara, sin apenas prestarle atención a Amisha y sirviendo todavía los platos.

—Se llama Ravi y estaba buscando trabajo en el molino —respondió enseguida Amisha—. Como no encontró nada, le ofrecí el puesto.

—¿Ravi? —Chara miró de reojo a su marido—. ¿Lo conoces de algo?

El padre de Deepak no respondió a su esposa de inmediato, sino que se quedó mirando a Amisha, entrecerrando los ojos para evaluarla mejor. Bajo el peso de aquella mirada, Amisha giró la cabeza. Como era normal, apenas hablaban entre ellos en la casa. Deepak o Chara lo gestionaban todo entre los dos.

—Un intocable —dijo por fin.

Amisha oyó el grito contenido de Chara segundos antes de ver la bandeja llena de comida volando hacia su cabeza. Se agachó instintivamente y la bandeja se estampó contra la pared, esparciendo comida por todas partes.

—¿Cómo te atreves a traer un intocable a mi casa? —chilló.

—He pensado que podría trabajar atrás —dijo Amisha, tartamudeando. Desesperada, buscó algún tipo de explicación—. No entrará para nada en la casa.

—Eres idiota. —Chara la hizo callar moviendo la mano—. Me avergüenzo de tenerte en la familia. Tu matrimonio con mi hijo se acabará ahora mismo.

Conmocionada, Amisha se tambaleó. Se llevó la mano a la boca, conteniendo a duras penas un grito de humillación. Intentó sin éxito buscar las palabras adecuadas para corregir lo que había hecho. Desprovista de toda defensa, no le quedaba más remedio que ver cómo su futuro se desmoronaba a su alrededor.

—¿Por qué lo has contratado, Amisha? —preguntó Deepak, mirándola fijamente.

Nerviosa, Amisha respondió con cautela.

—Su familia es muy pobre y necesitan dinero. Ha buscado trabajo en todas partes. Me ha parecido que a nosotros no nos costaba nada ayudarlo.

—¿Conocías su posición? —preguntó Deepak.

—Me lo comentó. —Presa del pánico, Amisha empezó a jugar con nerviosismo con el borde de su blusa—. Pensé que no nos haría ningún daño ser un poco humanos. —De pequeña, Amisha se negaba a apedrear a los intocables que iban de puerta en puerta mendigando comida. Era el pasatiempo favorito de muchos niños, pero a ella le parecía cruel—. Dice Mahatma Gandhi que son *harijans,* hijos de Dios.

—¿Y cuándo has tenido tú tiempo para leer las palabras de Gandhi? —le preguntó Chara—. ¿Acaso es por eso por lo que siempre andas retrasada con tus tareas?

—Mamá. —Deepak levantó la mano pidiendo silencio. Una rápida mirada a su padre le dio el apoyo que necesitaba. Se detuvo un momento a pensar antes de anunciar su decisión—. No trabajará en nada relacionado con la comida.

—De acuerdo —dijo rápidamente Amisha.

Contuvo la respiración a la espera del fallo de Deepak. La noche de bodas había sido la única ocasión en la que su marido se había mostrado cariñoso. Las escasas veces que Amisha había intentado forjar un vínculo entre ellos, él la había rechazado y se había puesto a dormir.

—Solo te ayudará en lo relacionado con tus deberes y mantendrá las distancias con el resto de la casa —prosiguió Deepak.

—Por supuesto —tartamudeó Amisha.

—Y este matrimonio no se da por concluido —decidió Deepak. La sensación de alivio fue tal, que Amisha a punto estuvo de derrumbarse en el suelo. Mirando a Chara, añadió—: Le dijiste a Amisha que buscara un criado, y eso fue lo que hizo. Estoy seguro de que no será tratado mejor que los demás sirvientes. —Miró entonces a Amisha y le dirigió unas palabras de advertencia—: Honraremos tu decisión, pero en el futuro elige con más inteligencia.

—Sí. —Amisha contuvo sus lágrimas de gratitud. Gracias a Deepak, estaba a salvo. Dispuesta a acceder a lo que fuera, dijo—: Así lo haré.

Furiosa, Chara salió de la casa después de gritarle al criado que lo tuviera todo limpio para cuando volviera. Con la cabeza baja, Amisha miró a su marido. Por primera vez en lo que llevaban de matrimonio, sintió un cosquilleo de cariño sincero. Regresó a la cocina y rezó en silencio a los dioses para agradecerles el hombre que habían elegido para ella.

8

Amisha cambió con nerviosismo de postura. Estaba sentada en la carísima silla rematada a ambos lados con un adorno que emulaba una cabeza de carnero y que Deepak había comprado unos meses atrás para hacer su papeleo en casa. El lujoso mueble, y el escritorio que lo acompañaba, estaban tallados en hueso. Su superficie estaba pintada con motivos de plumas de avestruz. El negocio iba viento en popa y Deepak se había sentido orgulloso al regalar el conjunto a Amisha y a Chara.

Tachó las dos últimas palabras y las sustituyó con sinónimos. El último verso de la estrofa había acabado siendo el más complicado. Llevaba semanas intentando plasmar en papel lo que en su cabeza parecía de lo más evidente. El poema hablaba sobre un episodio de lluvia intensa y el esplendor de la resultante crecida del río. Satisfecha por fin con su creación, dejó a un lado la pluma y el papel. Cada vez que empezaba una nueva historia o una nueva poesía, le sucedía lo mismo. Las palabras se le ocurrían en los momentos más inoportunos y la acosaban hasta que conseguía expresarlas.

—*Shrimati.* —Ravi entró después de un rápido saludo y con la cabeza agachada—. Tu suegra debe de estar a punto de llegar.

En el año transcurrido desde que Ravi había empezado a trabajar para ellos, Chara había contratado otro criado. Los sirvientes se aprovechaban de las circunstancias y le ordenaban a Ravi hacer sus tareas. Y él las hacía sin quejarse, contento de tener un trabajo decente. Al principio Chara se había negado a dirigirle la palabra a Ravi, e incluso ahora apenas reconocía su presencia. Después de que Amisha lo contratara, se había pasado semanas rehuyéndola e incrementándole el número de tareas a modo de venganza.

Amisha se levantó de la silla de golpe, protegiendo su vientre abultado con las manos.

—Lo siento, pequeño —le dijo a su primer hijo, aún por nacer—. Pues no he empezado ni a preparar la cena. Me despellejará viva.

Ravi se encogió al verla moverse de forma tan repentina.

—Sé muy poco sobre el cuerpo de la mujer, pero me imagino que al niño no le apetecerá salir corriendo.

Amisha se acarició el vientre. Cuando empezó a vomitar a diario, confió en que fuera porque estaba esperando un hijo. Y, cuando no le vino el periodo, Chara confirmó sus sospechas. Aparte de los momentos de cansancio iniciales, el embarazo había transcurrido con relativa facilidad. Y le había sorprendido que la inesperada alegría de esperar un hijo hubiera engendrado un deseo más grande si cabe de escribir. Las historias revoloteaban sin cesar en su cabeza y no tenía tiempo suficiente para escribirlas todas.

—Te preocupas demasiado, amigo mío. —Se dio unos golpecitos delicados en el vientre—. Este de aquí dentro es fuerte. Lo que me preocupa es la salud de mamá. Ya has visto las pataletas que coge cuando las cosas no se hacen como a ella le gustaría que se hiciesen. —Enarcó una ceja y murmuró—: A su edad, podría darle un ataque al corazón.

—Ya está acabada —dijo Ravi.

—¿Qué?

Amisha se quedó mirándolo, sin entender a qué se refería.

—Que hemos acabado de limpiar antes y he preparado la cena —se explicó Ravi.

Ravi se ocupaba cada vez más de las tareas que ella tenía asignadas. Al principio del embarazo, lo había sorprendido con la colada antes de que le diera tiempo a ponerse en ello. Con frecuencia, se quedaba despierto hasta tarde para limpiar la casa mientras ella echaba una cabezada. Y, recientemente, había estado ayudando en la cocina con las comidas cuando Chara iba a almorzar a casa de alguna amiga. Amisha, recordando la promesa que le había hecho a Deepak, sentía cierta ansiedad. Pero las comidas que preparaba Ravi sabían siempre mejor que las que preparaba ella. Incluso los demás criados, que de entrada lo habían rechazado, agradecían su ayuda.

—Me ha ayudado otro sirviente y hemos procurado quemar algún que otro *naan*, como sueles hacer tú. Así no se enterará.

No dijo nada más, pero no pudo disimular una sonrisa.

—¿Y el curri de coliflor y patata? —preguntó Amisha, pensando en el menú que Chara había decidido.

—Terminado también, con un exceso de sal y sin ninguna especia, igual que tú...

Interrumpido por las carcajadas de Amisha, Ravi se quedó mirándola, sin dejar de sonreír.

—Gracias. Gracias —dijo—. No podía parar y el tiempo ha pasado más rápido de lo que debería. —Amisha pensó que le habría gustado darle un abrazo, pero sabía que no estaba bien. Su madre la regañaba siempre de pequeña por su afición a abrazar a invitados y parientes. Y, después de una buena cantidad de reprimendas, había aprendido la lección. Lo que hizo, pues, fue apretujar el huesudo hombro de Ravi—. Amigo mío, me has salvado la vida una vez más.

Amisha dobló el papel por la mitad. Sacó de debajo de la cama una caja metálica y guardó el papel encima de los demás poemas y relatos. Cerró la caja con cuidado y volvió a esconderla debajo, fuera de la vista de todo el mundo.

—¿De qué trata?

Ravi abrió la puerta y entraron en la cocina.

—De la lluvia y una crecida mágica del río.

Amisha respondió en voz baja, para que nadie la oyera. Ravi era el único que conocía sus escritos.

—Las crecidas matan —apuntó Ravi prosaicamente.

—Sí, Ravi, lo sé. —Suspiró, una costumbre frecuente en presencia de Ravi—. Pero también limpian y eliminan la suciedad para que todo brote de nuevo.

—No sé... —dijo Ravi, reflexionando sobre lo que acababa de oír—. ¿Y ya está acabado?

—A mi entender, sí, pero es mejor guardarlo todo a buen recaudo. —Le dio un empujón con el hombro—. Si alguna vez alguien acabara leyendo mis divagaciones, te avergonzarías de disfrutar de mi compañía. —Vieron por la ventana que Chara estaba subiendo ya por la escalera—. Y, ahora, vayamos a servir a la bestia. A mamá, quería decir.

9

Mientras Amisha, vestida de color blanco tal y como mandaba la tradición, se preparaba para recibir a un nuevo asistente al duelo, el llanto de su tercer hijo llenó la casa. Había dado a luz hacía tan solo dos semanas y su cuerpo respondió de inmediato derramando leche de sus hinchados pechos. Deepak, ignorando los lloros de su hijo, siguió hablando con los asistentes.

Chara había muerto mientras dormía, tranquilamente, y Amisha sentía de verdad su fallecimiento. Con los años, se había acabado formando un precario vínculo entre ellas. Y a cada hijo que Amisha había parido, Chara se había ido mostrando más amable con ella.

—Has demostrado tu valía —le había dicho Chara, encantada después del tercer varón. Amisha, acostada en la cama y agotada, había dejado que su suegra cogiera al recién nacido en brazos—. Tres nietos merecen el precio que pagamos por ti al permitirte entrar a formar parte de esta casa. —Chara acunó al bebé mientras la comadrona refrescaba a Amisha poniéndole un paño húmedo en la frente—. Has sido bendecida: un hijo jamás te abandonará.

—Una hija habría sido igual de bonito —replicó débilmente Amisha.

—No digas tonterías. —Chara besuqueó al pequeño y le arrulló con cariño—. Una hija nacida de tu vientre nunca es totalmente tuya.

Amisha había estado al lado de Chara cuando sus dos hijas contrajeron matrimonio. Amisha recordaba perfectamente el día de su boda y había rodeado con un brazo los hombros de Chara para consolarla y mostrarle su empatía. Cuando Chara se había abrazado a Amisha y había roto a llorar, las dos habían cruzado un umbral y se habían sentido unidas en el dolor.

Chara decía a menudo que el amor de una hija era efímero. Que el tiempo que una chica pasaba con su familia lo consagraba a prepararse para el día en que tuviera que abandonar el hogar y entrar a formar parte de otro. Para ella, una hija era para una madre el reflejo de su persona, una extraña en todas las casas en las que acababa viviendo. Y decía que una madre solo podía reivindicar su lugar en el mundo cuando criaba y casaba a un hijo varón. Porque era entonces cuando podía ver a la recién casada que entraba en la casa como una extraña y ella sentirse, por fin, parte de aquel hogar.

Dejando a un lado los recuerdos, Amisha vio que los asistentes se ponían en marcha para iniciar la caminata hasta el lugar de la cremación. Ni Amisha ni el recién nacido podían asistir a la ceremonia, puesto que los brahmanes decían que la muerte podía traumatizar al bebé y llevarlo a desear el regreso a los cielos.

En cuanto se marchó el último asistente, Amisha fue enseguida a la habitación de atrás, donde el bebé se había quedado dormido después de tanto llorar. Deepak llegó unos segundos después. Amisha le cogió la mano y la posó sobre la cabeza del recién nacido. Sus dos hijos mayores se acercaron solemnemente a su lado.

—Hemos perdido una vida —dijo Amisha, sumándose al dolor de su marido—, pero acaba de llegar otra. Hoy incinerarás su cuerpo, pero jamás su alma. Siempre seguirá contigo y con sus hijas. —Rodeó con el brazo a sus dos niños—. Deja que tus hijos sean tu fuerza.

Deepak la abrazó. Sorprendida, Amisha lo enlazó por la cintura. Saboreó la sensación de estar entre sus brazos y se relajó. Que ella recordara, era la primera vez que su esposo la abrazaba. A pesar de que llevaban años casados, seguía siendo un completo desconocido. Su comunicación solía limitarse a las cosas que sucedían en casa. Sus hijos eran el vínculo de su frágil conexión.

Cuando Deepak se apartó unos segundos más tarde, Amisha lo soltó enseguida. Y vio en silencio que abrazaba entonces a sus hijos mayores. Se reunieron con el padre de Deepak, que los estaba esperando en el porche y, junto a los demás asistentes, se dirigieron al lugar de la cremación.

Amisha se quedó sola entre las paredes de la casa y se despidió en silencio de la madre sustituta que había dictado los últimos años de su vida. Agachó la cabeza delante de la estatua de Vishnu, el preservador del universo, y le dio las gracias por sus tres hijos y por el sentido que aportaban a su vida. Con el corazón anhelando algo más, la camaradería de un alma gemela, deseó en silencio el nacimiento de una hija.

Deepak estaba sentado en el suelo con las piernas cruzadas entre los dos niños, cenando. Amisha tiraba de la cuerda de la hamaquita de Paresh para que siguiera durmiendo. Habían pasado seis meses desde el fallecimiento de Chara. Y, en ese tiempo, el padre de Deepak se había sumado a su esposa en el más allá. Ahora, Deepak era el único responsable de los ingresos de la familia y Amisha la que controlaba la casa.

A pesar de que acababan de cablear la casa para tener un mínimo de electricidad, seguían cocinando al fuego.

—Ravi —dijo Amisha, al verlo salir de la cocina con una bandeja llena de pan de trigo recién hecho—, comed tú y los demás mientras la comida está aún caliente.

Después de la muerte de Chara, Amisha había ascendido a Ravi a criado principal. Ravi gestionaba ahora a los demás y les imponía las tareas que debían realizar. Bina era prima de Ravi y la criada más nueva de la casa. Nacida con labio leporino, lo tenía complicado para mendigar o para casarse. Cuando Ravi le preguntó a Amisha si podía contratarla como mano de obra adicional, esta le ofreció un puesto a tiempo completo. Deepak había ampliado la casa y había más que limpiar.

—He decidido expandir el negocio —anunció Deepak entre mordisco y mordisco—. He hablado con un granjero de Indore. —Al oír el nombre de una población que estaba a una hora de distancia, Amisha se quedó mirándolo, sorprendida—. Queda lejos —dijo Deepak al ver su reacción—. Pero es un hombre con ideas innovadoras y está abierto a formar una sociedad.

Deepak siempre había sido muy reservado con todo el mundo, incluso con ella. Amisha imaginaba que era por ser el único hijo varón y el mayor, además. Su deber de hacerse cargo del negocio de su padre había quedado claro desde el principio. Cualquier idea sobre estudiar o buscar oportunidades lejos del molino fue descartada de entrada. Aquello era su casa, su legado, y Amisha siempre lo había sabido. Por eso, aquel brillo de excitación en su mirada la cogió desprevenida.

—¿Y el Raj? —preguntó Amisha.

En Indore, la presencia británica era más importante. Deepak necesitaría su aprobación antes de cerrar aquel negocio.

—Eso ya está arreglado —replicó enseguida Deepak.

—Parece que ya lo tienes todo decidido.

Pensó en los viajes de ida y vuelta a Indore. Era un recorrido solitario por un paisaje desértico. Cada vez se oían más noticias sobre los atracos que sufrían los carromatos en cuanto anochecía. Si no quería que Deepak viajase de noche, tendría que dormir allí y volver a casa al día siguiente. En su ausencia, Amisha tendría que ejercer de madre y de padre para sus hijos. La decisión de Deepak sería una carga para ella.

—Será mejor para la familia. —Deepak miró a los niños—. Su futuro se verá beneficiado.

Dando por zanjada la discusión, Deepak acabó de comer en silencio mientras Amisha lo miraba.

10

¡Ravi! —Amisha lo buscó con la vista desde lo alto de las escaleras del porche. Volvió a llamarlo, con más fuerza y más insistencia—. ¡Ravi!

—Acabarán viniendo todos los Ravi de la ciudad. —Ravi dobló la esquina cargado con una cesta de ropa—. ¿Qué les dirás cuando lleguen?

—Que mi Ravi no ha respondido cuando lo he llamado, y que es él quien tiene que disculparse. —Cogió la cesta y subió la escalera—. No creerás lo que tengo que contarte.

—Si no me lo cuentas no voy a poder creérmelo, claro está.

Ravi recuperó la cesta y se puso a clasificar ropa.

—¿Conoces la escuela británica? —La nueva construcción, en las afueras del pueblo, se había prolongado durante muchos meses. Curiosa, Amisha se había pasado por allí casi a diario para ver cómo iba creciendo el edificio. Jamás había visto una estructura como aquella—. Hoy he oído de refilón cómo un profesor británico le explicaba a un padre que todo el mundo es bienvenido. —Amisha se puso a ayudar a Ravi a tender la ropa—. Quieren darnos cultura. Y aquí, en nuestro pequeño pueblo, nos enseñarán a escribir en inglés.

Deepak llevaba meses con sus viajes. Y Amisha había empezado a leer en los periódicos locales noticias sobre la guerra que estaba asolando el mundo. Le sorprendía que el mismo Raj que ocupaba su país estuviera luchando de la mano de Estados Unidos para proteger al mundo de un hombre llamado Hitler. Leía con todo detalle las penurias y las privaciones que la guerra estaba causando y se enteró de que las pocas victorias de los aliados tenían un coste muy elevado.

Cuando acudía a alguna cena, Amisha escuchaba con atención las discusiones de los hombres sobre el gran número de regimientos y batallones de indios que luchaban al mando de oficiales británicos. Los hombres no estaban de acuerdo con la decisión de incorporar soldados indios a la guerra. Y mientras que muchos de los amigos de Deepak apoyaban de forma inequívoca el Raj, otros estaban furibundos por la indiferencia que los británicos mostraban con respecto a los derechos y las opiniones de los indios.

Pero ni la guerra ni los disturbios a favor de la independencia de la India que se producían de forma creciente en las ciudades se habían llevado la vida de ningún miembro de la familia. Su entorno rural, parte de un estado que trabajaba con los británicos según una alianza subsidiaria conocida como la Agencia de la India Central, estaba gestionado por un funcionario del gobierno local llamado Vikram. Siendo como era uno de los individuos más ricos de la zona, Vikram mantenía una relación muy estrecha con el Raj.

—Sir Vikram agradece que se haya creado la escuela. —Amisha suponía que era su forma de quedar bien con el imperio—. A lo mejor confía en que sirva para enseñarnos buenos modales.

—¿Y quién asistirá? —preguntó Ravi. Cuando vio que Amisha se señalaba a sí misma no pudo esconder su sorpresa—. ¿Tú?

—Seguro que no les importará que una mujer adulta quiera aprender, ¿no te parece? —De repente, al ver la reacción de Ravi, se dio cuenta de que era una tontería no habérselo planteado—. ¿Crees que podré?

Las familias ricas del pueblo solían enviar a sus hijas a la escuela de primaria y, en las ciudades, había incluso chicas que lograban estudiar en la universidad. Pero Amisha había dejado los estudios elementales a medias para ayudar en la casa.

Desesperada por aprender, les robaba a sus hermanos los libros de texto y los leía a la luz de una vela mientras todo el mundo dormía. Después empezó a escribir sus cuentos. Los redactaba de noche y durante los pequeños descansos que se tomaba entre una y otra tarea doméstica. Y su desespero fue aún mayor cuando sus hermanos llegaron a casa con libros escritos en inglés. Por mucho que lo intentara, era incapaz de descifrar aquellas letras y dar sentido a las palabras.

—Gracias a ti, soy un intocable que trabaja en la casa de un hombre rico, *shrimati.* ¿Por qué no vas a poder conseguir esto? —Dejó de doblar la ropa un momento para preguntar—: ¿Pero por qué en inglés, *shrimati?* Nunca lo habías mencionado.

—Los periódicos se empiezan a publicar en ese idioma y no puedo... He intentado aprender sola, pero es imposible. —Turbada, controló su decepción y se concentró en hablar sobre el futuro—. Me imagino a mis hijos cuando vean que su madre sabe escribir en inglés. —Excitada con la idea, añadió—: Podré ayudarlos con sus estudios. —Murmuró para sus adentros una plegaria a los dioses con la esperanza de que la oyeran—. Un día, incluso podría apetecerles leer todas las historias tontas que habré escrito en inglés.

A veces, su necesidad de escribir la abrumaba. Cuando terminaba un relato, tenía la sensación de haber cumplido un objetivo. Y, cuando leía de nuevo sus palabras, le sorprendía que hubiesen salido de ella. Cuando los cuentos tocaban a su fin, sabía que terminaban también para ella, pero, a los pocos días, le venían a la cabeza nuevas historias que competían por su atención e, independientemente de que la historia girara en torno a las hazañas de un hombre o al nacimiento de un bebé, el cuento se ponía en marcha. Y cuando la vida le concedía tiempo para ello, el viaje llegaba satisfactoriamente a su fin.

—Pues entonces, hazlo —dijo Ravi.

Sorprendida, Amisha se quedó mirándolo.

—¿No quieres advertirme sobre todos los obstáculos que me encontraré? ¿Sobre todos los motivos por los que no debería hacer esto? —preguntó Amisha, bromeando—. Creo que voy a mirar si tienes fiebre.

—No estoy enfermo, *shrimati* —le aseguró Ravi—. Dile al poderoso Raj lo que acabas de decirme. Solo un maestro sin corazón podría rechazarte.

Amisha calentó el aceite de tigre antes de empezar el masaje de los pies de su esposo. La luz de la luna se filtraba a través de la ventana del dormitorio. Los niños se habían dormido por fin después de una batalla de almohadas con su padre. Estaban excitados por poder verlo después de una ausencia de siete días. Y, cuando hubo acostado a los niños, Amisha entró en el dormitorio.

—Este año ganaremos un buen dinero —comentó Deepak—. Ya puedes decirles a los brahmanes que para el Diwali ofreceremos una comida para dar gracias a los dioses.

Deepak gimió y Amisha le masajeó con más fuerza la planta del pie.

Durante la celebración de año nuevo, las familias más ricas del pueblo donaban comida a los mendigos. Amisha y Deepak eran una de las familias adineradas que pagaban centenares de platos de comida para los indigentes. Antes del reparto, el sacerdote bendecía la comida en una sofisticada ceremonia y pedía a los dioses que los donantes fueran honrados con un buen karma durante los años siguientes.

—Lakshmi te ha sonreído —dijo Amisha, haciendo referencia a la diosa de la riqueza y la prosperidad—. Tu buena fortuna es una bendición para la familia. —Amisha trató de disimular su nerviosismo. Había ensayado cien veces la manera de plantearle el tema de la escuela pero ahora, cuando por fin había llegado la hora de la verdad, la duda empezó a apoderarse de ella. Con escasa valentía, añadió—: Me gustaría hablar contigo sobre mis escritos.

En todo el tiempo que llevaban casados, Amisha había intentado contarle a Deepak lo de sus escritos en dos ocasiones. Dubitativa, le había empezado a explicar lo importante que era para ella poder plasmar sus palabras, pero él la había interrumpido siempre, diciéndole que era una buena mujer y una madre maravillosa, dando de este modo por zanjada la discusión.

—Eso puede esperar.

Deepak retiró los pies del regazo de Amisha y la tumbó en la cama. Cuando ella abrió la boca para hablar, él la cerró con delicadeza con un beso. Con dedos hábiles, le quitó la blusa y el sujetador y le subió las enaguas por encima de la cintura.

—Por favor. —Amisha sabía que su cuerpo era fértil en aquel momento. Mientras que otras mujeres del pueblo se quejaban de lo mucho que les costaba quedarse embarazadas, para Amisha siempre había sido muy fácil—. No quiero...

Luchó contra la ansiedad que se estaba apoderando de ella e intentó dar con las palabras adecuadas para transmitir lo que pensaba.

—¿Qué?

Deepak paró y se quedó mirándola.

No podía dejar de pensar en la escuela. Aunque le parecía que era ayer cuando estaba pidiendo una hija a los dioses, ahora, con la oportunidad de la escuela, quería esperar. Tragó saliva antes de decir:

—Mi cuerpo no está preparado aún para otro hijo.

—Mis niños te tienen muy ocupada, ¿verdad? —dijo él, sonriéndole en la penumbra.

Sin esperar su réplica, siguió acariciándola. Cuando la penetró, Amisha apartó la vista y se puso a rezar; era la única alternativa que le quedaba. Instó a su cuerpo a cerrarse y le suplicó que rechazara la semilla. Y, mientras el cuerpo de él se movía en su interior, miró por la ventana hacia el cielo. En silencio, pidió que el alma del niño fuera enviada a otra mujer. «Encuentra una madre que agradezca tu llegada», le dijo a la criatura.

Cuando Deepak se balanceó sobre ella, Amisha cerró los ojos. Empezó a ver imágenes de la escuela recién construida, pero se desvanecieron enseguida. Haber creído que podría hacerlo había sido una locura. Al notar que él se ponía tenso, lo aceptó como un simple sueño. Y entonces Deepak, segundos antes de llegar, se retiró. Cogió la sabana y, con un suspiro, dejó que su cuerpo alcanzara la plenitud entre los pliegues del algodón.

—¿Por qué? —preguntó Amisha, sorprendida. Se apartó y dejó la sábana sucia en una esquina antes de recolocarse la ropa.

—Me has dado tres hijos —respondió él—. Cuando estés preparada para tener otro, dímelo. Veré entonces si soy capaz.

Recogió los brazos debajo de la almohada y cerró los ojos. Minutos después, dormía profundamente.

11

A la mañana siguiente, Amisha despidió a Deepak en la estación de tren y puso rumbo hacia la escuela. Cuando llegó al edificio, se quedó escuchando las canciones que cantaban los obreros indios que estaban dándole los últimos toques al colegio.

—Amisha.

Era Sujata, una amiga del pueblo. Iba cargada con bolsas de productos del mercado.

Amisha la abrazó con cariño. Habían pasado juntas el último fin de semana, Amisha ayudando a Sujata a cuidar de su suegro enfermo.

—¿Qué tal sigue?

—Mejor —respondió Sujata—. Gracias de nuevo por tu ayuda.

Amisha restó importancia al agradecimiento con un gesto.

—Me alegro de que esté recuperándose.

Sujata miró de reojo el edificio de la escuela.

—¿Crees que si los británicos nos dan enseñanza nos harán también británicos?

Amisha hizo una mueca. Y, con la esperanza de evitar una discusión, dijo con diplomacia:

—A lo mejor es su manera de darnos alguna cosa a cambio. —La gente del pueblo estaba comentando que las clases se estaban llenando muy rápido—. Los niños que estudien aquí podrán ir a la universidad en Inglaterra. Tendrán una oportunidad de llegar a algo más.

—Dice mi marido que los blancos aspiran a convertirnos con una mano y a seguir vapuleándonos con la otra. —Sujata repitió el sentimiento más difundido entre los opositores a la escuela—. No te dejes engañar.

—No. —Amisha había visto con sus propios ojos a muchos oficiales británicos castigar a palos a los indios por simples infracciones—. No me dejo engañar.

Vio por el rabillo del ojo que un oficial británico se acercaba a los trabajadores de la obra. El hombre dijo alguna cosa que les hizo reír a todos y luego se marchó para seguir controlando los toques finales que se estaban dando al edificio.

Amisha se despidió de Sujata y se quedó sola, intentando armarse de la valentía necesaria para entrar en la escuela y preguntar sobre la asistencia a las clases. A Ravi le había parecido una idea perfecta, pero ahora ella se preguntaba en qué había estado pensando. Por mucho que hubiera clases a las que pudiera asistir, era muy posible que Deepak no lo autorizara.

—Si no fuera porque lo veo poco probable, diría que es usted la capataz de la obra.

Amisha se giró sorprendida y descubrió que tenía a su lado al alto oficial británico. De forma instintiva, retrocedió un par de pasos y agachó la cabeza a modo de saludo.

—*Namaste.*

—*Namaste.*

El oficial llevaba el brazo derecho en un cabestrillo y, al no poder unir sus manos para saludar según la tradición, inclinó también levemente la cabeza.

—Está usted herido —dijo Amisha sin pensárselo—. ¿Fue en la guerra? —Bajó la vista, avergonzada por haberle hablado de un modo tan directo—. Perdón. No debería...

—No pasa nada. —Esperó a que volviera a mirarlo antes de señalar el cabestrillo—. Me encantaría decir que es una herida de guerra, pero por desgracia me caí de un árbol. —Y a regañadientes reconoció—: Mis compañeros y yo nos estábamos divirtiendo saltando en paracaídas.

—Pues en el pueblo no tenemos muchos árboles —comentó Amisha sin levantar mucho la voz para no llamar la atención.

Satisfecho al ver que ella seguía la conversación, el oficial replicó con complicidad:

—Fue en las afueras de Londres. —Y añadió, con una mueca—: Mis amigos aún están riéndose.

Amisha miró a su alrededor. La calle estaba desierta. Viendo que no había testigos de aquella interacción, respondió a su primera pregunta.

—No soy la capataz.

El oficial rio a carcajadas.

—Por suerte, porque si no creo que ya me habría echado.

—¿Es su edificio? —Amisha se preguntó en silencio por qué aquel oficial estaría perdiendo su tiempo hablando con una mujer india—. ¿Da usted clases aquí?

—Técnicamente, el edificio es de Su Majestad, y yo no soy más que un humilde servidor. —Siguiendo su ejemplo, echó un rápido vistazo a su alrededor. A Amisha le agradó que se preocupara por su reputación—. Soy el director de la escuela. Yo no doy clases, pero tenemos profesores muy buenos. ¿Tiene usted hijos?

—Sí, tres niños. —Su mirada se desvió de nuevo hacia el edificio. La escuela estaba construida en ladrillo con una base de piedra. Los trabajadores habían subido al tejado y estaban colocando las últimas tejas—. Pero no lo pregunto por ellos.

—Ah, ¿no?

—Yo... —Amisha dudó de calificarse como escritora, aunque escribía desde que empezó a trazar las primeras letras—. Yo escribo. —Miró hacia el cielo y tragó saliva. Recordó cómo reaccionaba Deepak a sus escritos y le restó importancia a su trabajo—. Tonterías. Cosas de escasa relevancia. —Lo miró de soslayo, segura de encontrarse con una expresión burlona. Pero, cuando descubrió interés, Amisha se quedó pasmada—. Lo que sucede es que escribo en hindi y...

—Quiere aprender a escribir en inglés —remató él la frase.

—Sí. —Exultante, lo miró a los ojos. Era la primera persona que la entendía sin tener que dar más explicaciones—. Lo he intentado, pero soy incapaz de dominar el idioma.

Cohibida de repente, Amisha se cubrió los hombros con el sari. Por la mañana se había cepillado el pelo y lo había dejado caer ondulado sobre la espalda. Apenas había cubierto con maquillaje su piel olivácea, pero sí se había puesto unos aretes de oro antes de salir de casa.

—En ese caso, me aseguraré de reservarle una plaza —dijo el oficial—. En la clase de inglés.

—¿Qué? —Era increíble que fuera tan fácil. Tenía que haber formularios que rellenar y pagos que hacer—. Soy una mujer adulta.

—El rey y la reina apoyan a cualquiera que desee aprender.

Era la defensa del Raj por estar ocupando el país: ayudar a los pobres y a los privados de derechos. Pero en aquel momento a Amisha no le preocupaban ni el alcance ni los motivos. Solo podía pensar en la oportunidad que se le presentaba.

—Gracias. —Amisha soltó el aire que sin darse cuenta había estado conteniendo. Y entonces se echó a reír, feliz e inesperadamente dichosa. El oficial contuvo con claridad su sonrisa y la miró enarcando una ceja. Impertérrita y sintiéndose más fuerte que nunca, dijo—: Ni siquiera sé cómo se llama.

—Stephen. —El oficial hizo una pausa antes de añadir—: Soy teniente.

—¿Lleva mucho tiempo en la India?

Aunque Amisha sabía que hacía ya rato que debería haber emprendido el camino de vuelta a casa, no pudo evitar la pregunta. No tenía ganas de que la conversación tocara a su fin.

Él dejó de mirarla antes de responder.

—Casi seis meses. —Amisha empezó a sentir empatía e iba a decirle que no se imaginaba estar tan lejos de sus hijos durante tanto tiempo cuando él le preguntó—: ¿Y usted cómo se llama?

—Amisha.

—¿Eso es todo? —replicó él—. ¿Un apellido?

Sin saber por qué no quería dar más información, Amisha murmuró:

—Dejémoslo por el momento en Amisha y Stephen.

Como sucedía con todas las mujeres y los niños, el segundo nombre y el apellido de Amisha habían pasado a ser los de su esposo.

El teniente reflexionó sobre lo que acababa de oír antes de decir:

—Pues de acuerdo, Amisha y Stephen. ¿Vive en el pueblo?

—Sí. —Con la conversación, Amisha se había olvidado por un momento de su vida y sus responsabilidades. Su casa estaba a escasa distancia, pero allí, delante de la escuela y hablando sobre aprender, se sentía transportada a otro mundo—. Mi marido..., su familia —se corrigió Amisha— es la propietaria del molino del pueblo.

El teniente la miró, reconociendo a quién se refería.

—Entonces, su familia es la que proporciona el grano al pueblo, entiendo. —Claramente impresionado, dijo—: Vikram habla muy bien del negocio de su familia y de su marido.

—Es muy generoso por su parte. —Aquellas palabras fueron un duro recordatorio de cuál era su lugar. Amisha miró en dirección a su casa—. Tengo que irme.

—Por supuesto. —Y a pesar de que los separaba ya cierta distancia, él se apartó dos pasos más—. ¿Así que la veré en clase el primer día?

—Sí. —No sabía cómo lo haría, pero asintió para confirmarlo—. Estaré en clase.

Con un seco gesto de saludo, el teniente se marchó. Amisha vio que al entrar en el recinto de la escuela se giraba para mirarla, pero ella ya solo podía pensar en las clases y en lo que le depararía el futuro.

12

Una libreta. —Amisha estaba negociando con su hijo mediano e intentaba que le diera el cuaderno que tenía en la mano. Había estado buscando otra libreta en el cajón y no había encontrado más material escolar—. Compartir las cosas es bueno.

—No sé... —Jay se mordió el labio inferior mientras su cabecita de seis años de edad sopesaba sus opciones—. Es mía.

—Te la compré yo en el mercado —dijo Amisha, intentando otra vez hacerse con la libreta.

—Porque quieres que saque buenas notas en la escuela.

Jay la esquivó y escondió la libreta detrás de él.

—A lo que te tendrían que enseñar en la escuela es a honrar a tu madre. Y desobedecerla no tiene nada que ver con honrarla.

Movió la mano y dio dos pasos amenazadores hacia su hijo.

—Sí que enseñan a honrar a los padres, por eso traigo a casa las mejores notas de todos. Lo hago por ti. —Corrió a esconderse detrás del sofá y chilló con falso miedo cuando ella lo atrapó finalmente y empezó a hacerle cosquillas—. Cuatro bombones a cambio del cuaderno —dijo, muerto de risa.

—Dos —replicó Amisha, riéndose también e impresionada por las dotes para el regateo de su hijo. Amisha solía incluir un bombón de chocolate con leche en la bolsa de la comida que les preparaba. Y Jay, a quien le gustaba más el dulce que a su hermano, siempre quería más—. Porque si no acabarás con los dientes de chocolate. —Accedió y le entregó la libreta. Amisha le dio un beso en la frente y se incorporó—. Gracias, *beta.*

—¿Para qué la necesitas? —Empezó a abotonarse el chaleco. Él y Samir, que ya se había marchado antes con sus amigos, llevaban el mismo uniforme escolar: pantalón corto de color marrón, camisa y chaleco—. No es más que una libreta del colegio.

—La necesito porque... —Amisha quería criar a sus hijos con la idea de que los hombres y las mujeres eran iguales. Pero ver niñas mayores en la escuela era excepcional—. Porque la necesito para mi trabajo.

—¿Qué trabajo, mamá?

Dejó por un momento los botones del chaleco para quedarse mirándola.

—Jay. —Amisha se arrodilló y le cogió la manita a su hijo—. Las mujeres y los hombres estamos hechos de la misma manera. —Buscó las palabras adecuadas para ayudarle a entenderlo—. Tú tienes dos brazos y dos piernas; y yo también. —Movió las extremidades y su hijo se echó a reír—. Tú tienes dos ojos, una nariz y una boca. Y yo igual. —Abrió la boca y emitió un exagerado «Aaah» hasta que Jay le tapó la boca con la mano—. Tú tienes un corazón y yo también tengo un corazón. —Se besó la punta de los dedos y los acercó a su camisa, posándoselos sobre el esternón—. Tú tienes un cerebro y yo tengo un cerebro —dijo, acercándole la cabeza hasta que sus frentes se tocaron—. Somos iguales.

Hizo una pausa, para ver si estaba entendiéndola.

—¿Así que puedes hacer cualquier cosa? ¿Igual que papá? —preguntó el niño, con inocencia.

—Creo que sí. —Le acarició la cara, como si quisiera borrar su expresión confusa—. Quiero intentarlo, a ver si puedo.

—¿Y por qué no podrías?

—No lo sé. —Descansó la barbilla en la cabeza de su hijo y acarició su cabello negro y grueso. Su cara era una versión en miniatura de la de ella, aunque tenía los ojos de Deepak. De pronto, se le ocurrió una historia que pensó que lo explicaría mejor—. Érase una vez una niña que quería jugar a la pelota con los niños, pero ellos no la dejaban. —Se aseguró de captar toda su atención antes de proseguir—. Así que un día llegó a casa y se cortó el pelo.

—¿Por qué se cortó el pelo?

—Para hacerse pasar por un niño. —Jay corrió a coger una pelota y la hizo botar—. Y entonces jugó y gracias a ella ganaron el torneo.

—¿Y los niños lo descubrieron?

Dejó de botar la pelota para quedarse mirándola.

—Sí —contestó Amisha—. Y ya no la dejaron jugar más. El equipo empezó otro torneo y no conseguía ganar, y entonces se dieron cuenta de que tenían que cambiar las reglas.

—Pero, mamá, las niñas no pueden practicar deportes —dijo Jay, totalmente confuso.

—No, ya sé que no pueden, pero si no se les permite hacer determinadas cosas nunca podremos averiguar qué pueden llegar a hacer. —Le dio unos golpecitos cariñosos en la nariz para restar seriedad a la conversación—. Soy muy afortunada por tener tres hijos tan inteligentes. —Le pasó la correa de la cartera escolar por el hombro—. A lo mejor, alguno de vosotros ayuda a cambiar este mundo. ¿Qué opinas?

—Opino que como más me gustas es como mi mamá. —Le dio un beso a su madre en cada mejilla y luego la abrazó con fuerza. Amisha lo estrechó hasta que él empezó a menearse para que lo soltara. Sujetó con una mano la cartera y con la otra cogió la libreta que le había dado a su madre—. Y aún no te he prestado mi libreta, que lo sepas.

Echó a correr hacia la puerta, riendo.

Y Amisha se quedó mirándolo, preguntándose si aquello sería una señal de que no podría asistir a las clases, cuando se abrió la puerta de atrás y entró Ravi.

—Tu bolsa, *shrimati.* —Ravi le pasó una cartera nueva, similar a la de los niños—. Si no te vas pronto, llegarás tarde.

—¿Qué? —Sorprendida, Amisha se quedó mirando la cartera. Ravi se había marchado de casa temprano y le había dicho que tenía que ir al mercado. Amisha había dado por sentado que iba a comprar verdura—. ¿Una cartera?

—Para la escuela. —La abrió e invitó a Amisha a echar un vistazo al contenido—. Hay libretas y lápices. Me ha costado una rupia que el carpintero me los afilara sin haberlo avisado con tiempo. —Le enseñó dos gomas de borrar—. Para todos los errores que tendrás que cometer. —Le dio la vuelta a la cartera para mostrarle la confección—. No es de la mejor calidad, pero sirve para llevar el material y no necesitas más, ¿verdad? —Cuando por fin Ravi levantó la vista, la sorprendió secándose las lágrimas—. ¿Qué sucede? ¿Es por el bebé?

—No. Paresh está bien. —Intentó recuperar la compostura antes de susurrar—: Gracias.

—¿He hecho algo mal? —preguntó Ravi, observándola.

—No creo que eso sea posible —respondió Amisha, superada por la emoción—. Estoy bien —le aseguró a Ravi, viendo que le lanzaba una mirada dubitativa. Se sentía como una tonta y rio para esconder su reacción—. Todo es perfecto.

—Pues, en ese caso, es hora de irse —dijo Ravi, señalándole la puerta.

—¿Y los niños?

Sus hijos y su hogar era todo lo que Amisha conocía. Recordó la conversación que acababa de mantener con Jay y se preguntó si realmente tenía derecho a querer más.

—No te preocupes por ellos —repuso Ravi—. Iré a recogerlos a la salida de la escuela y harán todas las travesuras que hacen cada día. Bina les tendrá preparada la cena. —Viendo que Amisha dudaba, se encogió de hombros—. Tienes razón. Los niños no deberían ver a su madre intentando hacer estas cosas. Podría marcarlos para siempre. —Cogió una cesta llena de ropa sucia y se la pasó a Amisha—. Vamos, el río nos espera y tenemos que lavar todo esto.

Perdida en sus pensamientos, dijo Amisha:

—Ravi, no he tenido oportunidad de hablar con Deepak sobre todo esto. —Llevaba semanas sin aparecer por casa—. A lo mejor no le gusta.

—En ese caso, deberías esperar. —Hizo un ademán como si sus planes fueran intrascendentes—. ¿Cuánto falta para que vuelva, días o semanas?

Sus palabras tuvieron el efecto deseado.

—¿Puedo hacerlo?

Amisha se quedó mirándolo y se dio cuenta de que la respuesta de Ravi representaba para ella más de lo que se hubiera imaginado.

—Creo que debes hacerlo —dijo simplemente Ravi—. ¿Cómo te sentirías si no lo hicieras?

Amisha le devolvió la cesta de la ropa y la cambió por la cartera.

—Me voy. Mírame bien, me voy.

Cruzó el umbral de su casa y echó a correr con los rayos del sol marcándole el camino.

Amisha corrió hacia la escuela con la cartera balanceándose sobre su ceñido sari. Las calles estaban llenas de charcos de la lluvia que había caído la noche anterior. Unos cuantos cerditos chillaban encantados después de haber encontrado comida entre las basuras acumuladas delante de las puertas de las casas del pueblo.

Saludó con un gesto a las mujeres con las que se cruzó, pero trató de mantener las distancias para que no la entretuvieran charlando. Al acercarse a la escuela, vio que Stephen esperaba junto a la puerta principal. Amisha bajó el ritmo en cuanto sus miradas se cruzaron. Él la saludó con un educado gesto de cabeza, aunque a Amisha le pareció ver una expresión de alivio en su sonrisa.

—Temía que al final hubiera decidido no venir —dijo Stephen, abriéndole la puerta.

—Le ruego que me perdone. —Preocupada por la posibilidad de haberlo retrasado, Amisha empezó a explicarse—. Mi hijo Jay ya se iba a la escuela y yo no tenía libreta y..., bueno, es un granuja y no le da la gana compartir nada, pero mi amigo Ravi piensa en todo y ha ido al mercado y me ha...

—No llega tarde —le aseguró Stephen. Y, mirándola a los ojos, le preguntó—: ¿Está preparada para asistir a clase?

—Sí —respondió Amisha, intentando sonar convincente con la esperanza de que él también quedara convencido.

—Perfecto. —Stephen le indicó que lo siguiera—. La acompañaré.

—Veo que ya le han retirado el cabestrillo —murmuró Amisha, mientras recorrían el uno junto al otro el estrecho pasillo e intentaba mantener la distancia suficiente para que sus brazos no se tocaran—. ¿Ya tiene el brazo curado?

—Como si fuera nuevo. —Se subió la manga y dobló el codo. Su piel clara estaba arrugada y seca—. Aunque todavía parece una de las ramas de ese árbol donde me quedé enganchado.

—Se echó a reír y se detuvo un instante para mirarla—. Me alegro de que haya venido. No estaba seguro de que fuera a hacerlo.

Amisha dudó, sin saber muy bien qué responder. Negar la verdad habría sido mentir, pero reconocerla sería como una derrota.

—He estado a punto de no venir. —Miró los dibujos coloreados que decoraban la pared. Eran similares a los que hacían sus hijos—. Temía que mis deseos se interpusieran en mis responsabilidades.

—¿Y no ha sido así?

Stephen hundió una mano en el bolsillo de sus pantalones de color beis y se balanceó sobre los talones. Sin dejar de mirarla, se retiró el pelo que le caía sobre la cara y los ojos.

—Tengo el privilegio de estar rodeada de gente que apoya esta iniciativa. —Pensó en Ravi y luego volvió a preocuparse por Deepak. Pero decidió obviarlo—. No podría estar aquí de no ser así.

—Pues es usted afortunada. La bondad de las personas es una auténtica rareza y, cuando se encuentra, hay que conservarla como un tesoro.

—Sí. —Amisha examinó su expresión y lo único que encontró fue sinceridad—. Creo que no podría estar más de acuerdo.

—En ese caso, ya hemos descubierto la primera cosa que tenemos en común.

Stephen se puso de nuevo a andar y Amisha lo siguió. Se dio cuenta de que sus pasos eran más cortos, como si hubiera entendido el limitado rango de movimientos del sari. Continuaron por otro pasillo y se pararon por fin delante de una puerta abierta. En el ambiente flotaba olor a desinfectante y a tiza.

—Ya hemos llegado.

Amisha se quedó mirando a los alumnos. Eran en su mayoría chicos jóvenes y alguna que otra adolescente. Experimentó las mismas dudas que la habían embargado antes.

—Son niños —musitó.

—Son adolescentes —replicó Stephen—. He repasado las listas de todas las clases. Y esta me ha parecido la más adecuada.

—Soy vieja en comparación.

A pesar de tener veintipocos años, Amisha cargaba con el peso de la edad. A menudo vacilaba entre sentirse como una niña que criaba otros niños o como una mujer mayor que no había conseguido nunca encontrar su lugar. Las chicas, peinadas con cola de caballo, estaban sentadas pulcramente en sus asientos, llenas de inocencia y esperanza.

—No... —empezó a decir Stephen, pero Amisha lo interrumpió.

—No puedo hacerlo —aseguró, notando que el arrepentimiento envolvía sus palabras. Miró una vez más el aula, desilusionada. Los chicos iban con uniforme occidental, eran completamente británicos excepto por el color de su piel. Ella, por el contrario, vestía un sari y podía ser casi su madre—. Tengo la sensación de ser una mujer que pretende educarse en un parque infantil. —Las reglas no eran las mismas y era imposible salir vencedora. Negó con la cabeza en un gesto de frustración—. No sé en qué estaría pensando.

—Quería aprender —replicó Stephen.

Amisha ni lo oyó. De repente, dio la espalda al aula y a la emoción que la había embargado hacía unos momentos.

—Tengo que irme.

Sin saber adónde iba, echó a correr por el pasillo en busca de algún rótulo que indicara la salida.

Stephen la siguió, Amisha dobló un recodo del pasillo y encontró una puerta que daba a la parte posterior del edificio.

—¡Amisha, espere! —gritó él, pisándole los talones.

Amisha se negó a hacerle caso. Abrió la puerta dispuesta a huir de allí, pero se detuvo en seco ante la vista que se desplegaba delante de ella. Entre exuberantes arbustos crecían flores de todo tipo. Altísimos árboles ofrecían sombra para protegerse del sol abrasador. Entre piedras apiladas en equilibrio fluían cascadas, y un pequeño estanque reflejaba los rayos del sol. A su alrededor, varias mesas para comer se repartían estratégicamente protegidas por altos arbustos que garantizaban privacidad. Diversos senderos recorrían el esplendor del jardín entre flores y árboles.

—¿Un jardín? —Tanta belleza la cogió desprevenida—. Es un arcoíris de colores.

Las flores se balanceaban con la brisa e hicieron pensar a Amisha en sueños y esperanzas, en todo lo que ella nunca podría tener.

—Sí.

Stephen tenía la atención plenamente centrada en ella, como si el entorno no le importara.

—Amisha...

—Poder disfrutar de toda esta belleza siempre que se desee es una bendición —musitó Amisha. En su pequeño pueblo, cultivar un jardín no era una prioridad para nadie. Aspiró hondo el aire seco y polvoriento—. Jamás había visto nada igual.

Se quedó en silencio, con la garganta temblando por las palabras que no podía pronunciar.

—No se vaya —dijo Stephen—. Encontraremos alguna solución.

—Esta escuela no está hecha para mí —murmuró Amisha, necesitada de que él la comprendiera. Esbozó una débil sonrisa—. Fui una tonta al pensar lo contrario.

—Está hecha para usted. —Dio un paso hacia ella—. Está hecha para cualquiera que desee aprender.

—¿Por qué es tan insistente? —preguntó Amisha, elevando la voz por encima de su dolor—. ¿Por qué le importa todo esto?

Respiró hondo una vez más para intentar controlar sus emociones. Pero apaciguar el desengaño era imposible. La esperanza la había llevado hasta allí. Y ahora no le quedaba más remedio que enfrentarse a la tontería que había hecho.

—Porque sé que quiere aprender, y es una aspiración muy digna. —Tiró de una ramita que colgaba y la partió por la mitad. Bajó el tono de voz—. Da igual la edad que tenga.

—No da igual —repuso ella, llevando la contraria por primera vez a un hombre—. Aceptar fue un gesto poco inteligente por mi parte.

Echó a andar, pero él la detuvo con sus palabras.

—La he visto acercarse al edificio de la escuela una y otra vez. —Presionó la rama rota—. Me recordaba a mi hermano.

Amisha levantó la vista, sorprendida. Ella no lo había visto nunca y creía que nadie estaba al corriente de sus visitas.

—¿A su hermano? —preguntó, confusa—. ¿En qué sentido?

—Se plantaba delante del edificio y veía cómo iban subiendo las paredes —respondió Stephen—. Incluso de lejos, su esperanza era evidente. —Fijó la mirada en la distancia antes de reconocer—: Él siempre quería más, también, y creía que la gente podía hacer realidad sus sueños. Me volvía loco hablando siempre sobre eso.

Rio, como si estuviera desesperado por apaciguar sus recuerdos.

—¿Quería? —dijo Amisha, notando que hablaba en pasado.

—Murió en la guerra. —De pronto, fue como si su rostro se hubiese cubierto con una máscara que ocultaba sus emociones—. Pensé que podría ayudarla. Hacerlo por él.

—Siento mucho su pérdida —dijo Amisha, sintiendo una extraña conexión con él—. Y le agradezco que lo haya intentado. —Fijó la vista en las flores—. Pero me temo que hay cosas que no pueden ser.

Se secó rápidamente una lágrima solitaria, confiando en vano en que él no la hubiera visto.

13

Amisha, con la cartera golpeándole la cadera, regresó lentamente a casa. Contuvo las lágrimas, sabiendo que derramarlas jamás serviría para solucionar su problema. Con el tiempo había aprendido que la vida ofrecía a menudo desengaños sin luego pedir perdón ni dar explicaciones. Tal vez, pensó, la culpa era solo suya. Por querer más, había acabado fracasando. Cuando entró en la casa, encontró a Ravi consolando a Jay, que estaba llorando. Sorprendida, corrió hacia ellos y sentó a Jay en su regazo. Fue entonces cuando vio el moratón que tenía en la palma de la mano.

—¿Qué ha pasado? —preguntó.

—Le he contado al maestro el cuento que tú me contaste —respondió. Amisha le secó las lágrimas—. Y ha dicho que era un cuento inmoral y luego me ha golpeado la mano con la regla y me ha enviado a casa. —Sus ojos llenos de lágrimas se clavaron en los de ella—. ¿Por qué es inmoral, mamá?

Amisha se sintió terriblemente culpable.

—No lo sé, *beta.* —Lo estrechó entre sus brazos. Las lágrimas que había sido incapaz de derramar por ella brotaron libremente por su hijo. Lo acunó hasta que el pequeño se calmó y empezó a adormilarse—. ¿Quieres dormir?

—¿Puedo comerme antes un bombón?

Olvidado el dolor, la esperanza iluminó sus ojos enrojecidos.

—Sí. —Incapaz de negárselo, Amisha dijo—: Un bombón y luego una siesta. —Con el corazón destrozado, se quedó mirando cómo Bina lo llevaba a la cocina. Y en cuanto estuvo segura de que el niño ya no podía oírla le dijo a Ravi—: Es culpa mía. Fui yo quien le contó ese cuento.

—No —replicó Ravi, presionando el bote de pasta de cúrcuma que había utilizado como bálsamo para el moratón de la mano de Jay—. No era más que un cuento.

—Eres tonto por pensar eso. —Se sentía derrotada. Lo que le había pasado a su hijo le había hecho un nudo en el estómago—. Somos tontos los dos.

Se oyó la risa de Jay en la cocina, pero el corazón de Amisha seguía roto.

—¿Por qué has vuelto a casa, *shrimati*? —preguntó Ravi, mirando la cartera de Amisha—. No te esperábamos hasta dentro de muchas horas. —Viendo el silencio de Amisha, insistió en preguntar—. ¿Qué ha pasado?

—Como te he dicho, Ravi, somos un par de tontos.

Amisha guardó la cartera en un cajón y, sin decir nada más, se fue a ver a su hijo en la cocina.

La primera luna llena del mes asomó por detrás de las nubes. La leyenda decía que los dioses hacían realidad todas las peticiones formuladas en un día como aquel. Después de dejar a Paresh con Ravi y a los dos niños mayores jugando con amigos, Amisha puso rumbo al templo del pueblo. Desde que castigaron a Jay, había tenido problemas para conciliar el sueño por las noches.

La imagen de aquel moratón la obsesionaba y solo encontró un poco de paz cuando por fin comprendió lo que tenía que hacer.

Al llegar al templo, vio que salía de él un pequeño grupo. Los brahmanes acababan de finalizar la *puja* de la tarde, un preparativo para la luna llena. El ambiente olía a incienso de rosas y agua de coco. Amisha se descalzó y ascendió la escalera de mármol para acceder al templo al aire libre.

—Amisha. —El sacerdote, vestido con un *lungi* naranja, una tela que le envolvía las piernas, y cubriendo su torso desnudo con un chal blanco, interrumpió lo que estaba haciendo para darle la bienvenida—. Hacía tiempo que no te veíamos por aquí.

—Cierto. —Consideró más inteligente no informarle del verdadero motivo de su ausencia, que prefería rezar delante del pequeño altar que tenía en casa que en el templo—. Podría inventarme una excusa, pero supongo que la encontrarías insuficiente, así que...

Decidió no sonreír al ver que el sacerdote no le encontraba la gracia a sus palabras.

—Si no honras a los dioses, ¿cómo esperas que ellos hagan realidad tus deseos?

Su seriedad dejaba claro que quería una explicación que no fuera ingeniosa.

Pero, en vez de responder, Amisha le hizo entrega de una bandeja con fruta y frutos secos que había preparado a modo de ofrenda. Y entonces levantó la mano hacia la campana que colgaba del techo. Cogió el badajo y golpeó el interior del metal fundido. Repitió esa acción dos veces más, una para cada uno de sus tres hijos, y luego escuchó el repiqueteo que inundaba el ambiente. Decían que el sonido de la campana duraba lo suficiente como para liberar la mente y el cuerpo de cualquier otro pensamiento.

Amisha se arrodilló delante de la antigua estatua de bronce de Shiva.

—Protege y cuida de mis hijos. —Con la cabeza baja en señal de respeto, dijo en voz baja—: Me has honrado con ellos, pero no olvides nunca que son en primer lugar hijos tuyos y que están bajo tu protección.

A continuación, roció con pétalos de rosa la estatua del dios de la destrucción y la transformación.

Pasó entonces a la estatua de bronce situada justo enfrente, la de la diosa Parvati, esposa de Shiva y diosa de la energía universal. De pequeña, Amisha siempre le pedía a su madre que le contara una y otra vez la historia de Parvati.

«Parvati subió a la cumbre del monte Kailash, donde Shiva estaba sentado en estado de meditación perpetua —empezaba el relato su madre—. Quería rendir homenaje a su ser supremo. —Cautivada, Amisha escuchaba sin interrumpirla, aun sabiéndose la historia de memoria—. Impresionado por su fe y por su carácter ascético, Shiva le pidió que fuera su esposa y juntos cuidan de todos nosotros».

—Tengo una petición —le dijo Amisha a la estatua. La negativa de la diosa a permitir que ningún tipo de obstáculo se interpusiera en su camino era una inspiración para Amisha—. Le he fallado a mi familia. —Amisha miró a su alrededor para comprobar que seguía sola—. Mi debilidad les ha hecho daño. —Inspiró hondo para coger fuerzas—. He intentado ser más de lo que me está permitido ser.

Sus esperanzas frustradas y el castigo que había recibido Jay por su culpa seguían obsesionándola. Siempre había agradecido todas esas historias que formaban parte constante de ella. Pero su error había sido dar por sentado que eran completamente inocuas. Ahora sabía que no era así.

—Te suplico que me liberes de este mal que me afecta. —Quería ser como todo el mundo—. Sé que tendría que estar más atenta a mis deberes. —Bajó la voz—. Gracias por todas las bendiciones que me has brindado. Te pido que pueda tener suficiente con eso. Que termines con mi deseo de querer más.

Bajó la cabeza, para esconderse de sí misma y de la necesidad de querer ser más de lo que la vida le permitía.

14

En los días posteriores a la visita al templo de Amisha, Jay pareció olvidarse por completo del incidente que había sufrido en la escuela. Pero, para ella, lo sucedido era un recordatorio constante de todo lo que no podía ser. Cuando iba al pueblo, volvía a casa siguiendo una ruta distinta, evitando la escuela, y había empezado a aceptar que la educación inglesa a la que había aspirado nunca se haría realidad.

—¿Algún cuento, *shrimati*? —dijo Bina, que estaba sentada en el suelo amasando la harina de trigo para las *samosas.*

—Hace ya tiempo que no nos cuentas ninguno. —Ravi levantó la vista de las patatas que estaba pelando y que posteriormente incorporaría a una olla con guisantes y especias.

—Es como si me hubieran abandonado —contestó Amisha, mintiendo. La verdad era que las historias seguían acudiendo a ella por todas partes, pero intentaba ignorarlas. Esperaba que sus plegarias obtuvieran pronto respuesta—. Supongo que es mejor así.

—¿En serio? —La mirada que le lanzó Ravi dejó claro a Amisha que no la creía—. ¿Estás diciéndonos que las historias han desaparecido como el sol desaparece en el cielo?

—El sol no desaparece, Ravi —replicó Amisha, iniciando una explicación—. Somos nosotros los que damos vueltas en círculo a su alrededor. —Iba a exponerle los detalles que había leído en un libro cuando vio que Ravi esbozaba una mueca. Sabía a la perfección que las historias no se habían esfumado—. Pero, de hecho, sí —dijo, cambiando de idea—. Han desaparecido como el sol. Y tendrías que repetir tu teoría a todo el mundo. Se quedarán maravillados con tu genialidad.

Antes de que a Ravi le diera tiempo a responder, llamaron a la puerta.

—¿Esperas compañía? —preguntó Ravi, mirando hacia la pared que separaba la cocina del resto de la casa.

Los niños mayores estaban en la escuela y Deepak se encontraba fuera de la ciudad. La casa, por lo tanto, estaba tranquila.

—No —respondió Amisha, justo cuando llamaban una segunda vez—. Seguramente será alguna vecina que se pasará por aquí para tomar un *lassi.*

Se secó rápidamente las manos con un paño y acarició la cabeza de Paresh, que estaba jugando con unas cazuelas de latón, antes de salir hacia la sala de estar.

Al llegar a la puerta, retiró el pasador y la abrió. Y descubrió, en el porche y vestido con el uniforme británico completo, a Stephen, que la saludó con una leve reverencia.

—*Namaste.*

—*Namaste* —repitió Amisha, pasmada. Echó una veloz mirada al entorno para asegurarse de que no había nadie en las cercanías. Un miembro del Raj en la puerta de su casa a media tarde podía dar lugar a chismorreos de todo tipo—. ¿Qué está haciendo aquí? —preguntó, bajando la voz.

—¿Puedo pasar?

Stephen miró a sus espaldas, siguiendo la trayectoria de los ojos de Amisha.

—Sí, por supuesto. Le ruego que me disculpe. —Se apartó para dejarlo pasar—. Tome asiento, por favor —dijo, indicándole el nuevo sofá balancín con funda de color rojo que ocupaba el centro del salón—. ¿Le apetece tomar alguna cosa? ¿Té chai? ¿*Lassi*?

—No, gracias, estoy bien así. —Stephen se balanceó sobre los talones. Era más alto que Deepak y daba la impresión de que llenaba el salón. Examinó la estancia, asimilando rápidamente todo—. Será solo un minuto. ¿Está su esposo en casa?

—Está de viaje. —Sintiéndose repentinamente nerviosa por la visita, Amisha intentó controlar su ansiedad—. ¿Está aquí por cómo le hablé el otro día en la escuela? —Si lo que venía buscando era una disculpa formal, se la ofrecería sin problemas. No era necesario implicar a Deepak en el asunto—. No sabía lo que decía. Primero por la emoción y luego por el desengaño. Le pido perdón por haberle hablado con aquel tono tan fuera de lugar.

Se frotó las manos, sin saber qué combinación de palabras era la más adecuada.

—No, Amisha —replicó él rápidamente, casi incómodo por aquel intento de disculpa—. Aquel día no me sentí ofendido en absoluto.

—Y, entonces, ¿por qué ha venido?

El nudo de tensión que se le había formado en el estómago empezó a aflojarse, pero dejó a su paso un sabor ácido. Aquella presencia le hacía sentirse incómoda. Amisha había visto soldados británicos pasar por el pueblo en su recorrido por la región, pero Stephen era el único que había entrado en su casa.

—Me gustaría hacerle una oferta en relación con la escuela —dijo.

—Oh. —Sorprendida, Amisha se quedó en silencio. Después de su último encuentro, había dado por sentado que jamás volvería a ver al soldado—. Es muy considerado por su parte, pero no servirá de nada. —Se negaba a albergar de nuevo esperanzas y llevarse otra decepción—. Ya lo tengo asumido.

—Escúcheme, por favor —insistió Stephen—. No ha sido fácil de conseguir, así que tenga al menos la gentileza de prestar atención a lo que tengo que proponerle.

Conmocionada por tanta familiaridad y osadía, Amisha se quedó a la espera.

—Un par de días por semana, podría impartir una clase al grupo en el que iba a estar. Para enseñarles a escribir, relatos o poemas. —Stephen hizo una pausa y se quedaron mirándose—. Como pago por sus servicios, yo le daría clases de inglés.

Habló con rapidez y luego guardó silencio. Amisha se quedó paralizada, sin poder creérselo.

—No soy maestra —dijo, pues fue lo primero que le vino a la cabeza.

Más tranquilo, Stephen le sonrió.

—Todo el mundo es tanto alumno como maestro. —Cuando se pasó la mano por el pelo, Amisha dejó de verlo como una persona al mando y lo vio como un joven que intentaba parecer mayor—. Es lo que aprendí en la universidad.

—Ni siquiera sabe qué escribo —replicó Amisha, empezando a deambular nerviosa de un lado a otro.

—Pues me sentaré en clase y aprenderé con los demás.

Su sonrisa se ensanchó hasta alcanzarle los ojos.

—¿Por qué? —Amisha intentó darle sentido a aquel gesto pero no encontró respuestas—. No tiene por qué ofrecerme esto.

—Porque yo nunca me rindo —respondió Stephen de inmediato, como si lo tuviera ensayado—, y porque confío en que usted tampoco lo haga. —Cruzó su cara una sombra, que rápidamente disimuló, lo que llevó a Amisha a preguntarse si estaría pensando otra vez en su hermano—. Usted quiere aprender y yo quiero ayudarla.

—¿Me enseñará? —Paresh había empezado a gimotear en la cocina. Amisha dio media vuelta para ir a atenderlo, pero oyó que Bina ya estaba consolándolo—. ¿Usted? ¿Un miembro del Raj?

—Sí, yo.

El tono de su voz era apremiante y Amisha se preguntó por qué.

—¿Es importante para usted?

—Estoy aquí solo por un tiempo limitado. —Se acercó a la ventana. Amisha se preguntó qué pensaría de las calles llenas de basura y de los pueblos desprovistos de vegetación. Vio que encorvaba la espalda y se enderezaba antes de volverse de nuevo hacia ella—. Ayudarla a aprender tal vez sea lo único positivo que haga en la India.

—A lo mejor se lleva una decepción conmigo —murmuró Amisha. Tantos años de condicionamiento la empujaron a añadir—: Dicen que las mujeres tenemos el cerebro más pequeño. —Era una teoría extendida y, por mucho que Amisha se negara a creerla, se preguntó si él la defendería—. Y, de hecho, lo utilizamos poco.

—Déjeme entonces que la ayude a evolucionar —repuso él, y su mirada se iluminó con una chispa de socarronería—. El Raj está aquí para civilizar y modernizar. —Se quedó mirándola, como si comprendiese su dilema—. ¿Me permite que lea algo escrito por usted?

Amisha miró con nerviosismo en dirección al dormitorio, donde tenía escondidas sus historias.

—Está todo en hindi.

—Entonces, me servirá también para comprobar sus dotes como maestra —replicó él en broma.

Amisha entró rápidamente en el cuarto y salió con un poema. Se lo entregó y se puso a deambular por detrás de él. De vez en cuando, él le señalaba una palabra y ella se la leía en voz alta. Cuando hubo terminado, le sonrió. Y el corazón de Amisha se aceleró al ver la reacción.

—Es maravilloso —dijo Stephen.

Amisha se mordió el labio para no gritar de alegría.

—Fui al templo. —Rebosaba esperanza, pero luchaba aún por controlarla—. Pedí a los dioses que se llevaran mi deseo de escribir. —Al ver que estaba confuso, intentó explicárselo para que lo entendiera—. El maestro castigó duramente a mi hijo por contar en clase una historia que yo le había explicado. Sufrió por culpa de mi inconsciencia.

—Lo siento —dijo Stephen. Amisha vio que hablaba con sinceridad, pero lo que añadió a continuación no le permitió continuar con excusas—. No obstante, si no acepta la oferta de poder compartir su talento, la culpa será solo suya.

Aquellas palabras le llegaron al alma. Era la primera vez que alguien le decía que tenía talento. Sintió un escalofrío ante aquella ironía. Sus escritos eran la mayor contribución que podía hacer a una sociedad que nunca los valoraría. Consciente de eso, se había arrodillado delante de la diosa que tenía el poder de arrebatarle aquel don y le había suplicado que lo hiciera. Pero la idea de volver a escribir la llenaba de emoción.

Tal vez escribir no fuera un mal que había que tolerar, sino un don que amar y proteger. Sus historias eran su único pasaporte hacia lugares donde no había estado nunca. Sin ellas, viviría atrapada para siempre en aquel pueblo.

—Fui una tonta —reconoció.

—Lo será si dice que no —replicó Stephen, como si le hubiera leído los pensamientos.

Amisha volvió a caminar de un lado a otro con nerviosismo, deteniéndose de vez en cuando para fijar la vista en el suelo o en las paredes. Buscó una respuesta que no fuera la evidente.

—Sí —dijo por fin, puesto que no encontraba otra.

—¿Sí? —repitió él, como si necesitara la confirmación.

Amisha asintió, haciendo una promesa sin consultarlo previamente con Deepak.

—Yo enseñaré a los chicos y usted me enseñará a mí. —Amisha sonrió y luego rompió a reír, rebosante de felicidad—. Pero se lo advierto, si los padres de esos niños inocentes vienen a por mí con antorchas encendidas quejándose de lo que les enseño, los enviaré directamente a usted y me reiré viendo cómo echa a correr —dijo en broma.

—Pues espero entonces que les enseñe bien —repuso él, claramente aliviado.

—No esperaba volver a verlo, la verdad —comentó Amisha, después de una breve pausa.

—Es normal —replicó él. Miró el reloj—. ¿Nos vemos en clase?

—Nos vemos en clase. —Sonrió de oreja a oreja aun sin quererlo y lo acompañó a la puerta. En cuestión de minutos, Stephen le había regalado más de lo que nadie le había ofrecido en la vida—. Gracias —musitó, necesitando decir más cosas pero sin saber muy bien qué.

Stephen la miró a los ojos.

—De nada —contestó, antes de cerrar la puerta a sus espaldas.

Y cuando Amisha se apoyó en la puerta cerrada, percibió que él seguía allí, sin moverse. Y se produjo un prolongado silencio hasta que por fin oyó cómo sus pasos se alejaban.

Ravi vio que Amisha se había quedado pegada a la puerta y le lanzó una mirada inquisitiva.

—¿Estás ayudando a la puerta a mantenerse cerrada?

—Voy a dar clases en la escuela —dijo Amisha, aplaudiendo dichosa—. Y Stephen, un oficial británico, me dará clases de inglés.

Sonriendo, Ravi regresó a la cocina.

—Bueno, por lo que parece, el sol ha reaparecido por fin.

15

Amisha se quitó las sandalias y se arrodilló delante del improvisado templo que tenía instalado en un rincón de su casa. En la parte posterior del altar había estatuillas de metal de Shiva y Parvati. Entre ellas una estatuilla más, la de Ganesha, su hijo.

Inspiró hondo y encendió la mecha de algodón envuelta en *ghee* fundido.

—Deepak vuelve hoy a casa. —Con la llama, Amisha prendió dos varillas de incienso y las depositó en una bandeja de acero inoxidable. Hizo rodar esta en el sentido de las agujas del reloj, el ritual de respeto tradicional—. Guíame, Parvati, y dame tu valentía. Dame tu fuerza y dame tu honor. Hoy le consultaré a Deepak si puedo dar clases en la escuela.

Amisha había ensayado mentalmente la escena explicándole a su esposo la propuesta de Stephen. Cuando luego la había escenificado delante de Ravi, le había parecido irreal.

—Te suplico tu perdón por haberte pedido que me libraras de mis historias —dijo—. Concédeme tu permiso para hacer lo que el corazón me pide sin por ello robarle nada a mi familia, que depende de mí.

Amisha miró a su alrededor: la casa estaba llena de señales que indicaban la presencia de sus hijos. Los zapatos de los mayores junto a la puerta de entrada. Los dibujos de Jay en la pared de la cocina. Los juguetes de Paresh esparcidos por todas partes. Titubeante, Amisha continuó:

—Permíteme ser el recipiente de las historias que tú guardas. Confíamelas y te prometo que nunca jamás volveré a deshonrarlas.

Miró hacia la ventana, donde las mujeres paseaban con sus hijos y haciéndose mutua compañía. Los criados, cargados con la colada, se dirigían al río para lavar la ropa. La vida continuaba mientras ella pedía a los dioses que alteraran la suya.

—Guía, por favor, a Deepak para que me apoye en esto. Te suplico su comprensión.

E hizo sonar la campanilla que tenía en la mano hasta que el sonido acalló sus miedos.

—El negocio marcha muy bien. —Deepak se descalzó en la entrada y se sentó en el suelo para cenar. Bebió un sorbo de *chaas* mientras esperaba que Amisha le llenara el plato—. Mi socio es un tipo inteligente —dijo, con patente excitación.

—Tomaste una decisión muy sabia al decidir trabajar con él.

Amisha se alegraba de que Deepak pudiera hacer crecer el negocio, aunque el coste fuera no tenerlo tanto por casa. Siendo del todo sinceros, apenas si se percataba de sus ausencias. Cuando Deepak estaba en casa, trabajaba hasta muy tarde en el molino y después pasaba un buen rato en el pueblo con los demás hombres. Sus ratos libres los dedicaba a los niños. Y el poco tiempo que pasaban juntos era en el dormitorio. Amisha, de todos modos, había aceptado que su matrimonio no debía de ser muy distinto del de los demás.

Guardó silencio mientras Deepak acababa de comer. Le pasó luego un vaso de agua caliente, una toalla para lavarse las manos y una tacita con semillas de fenogreco a modo de digestivo. Después, apiló los platos sucios tras recoger las sobras. Bina se las daría por la mañana a las vacas que pasaran por allí.

—Si tienes un poco de tiempo, me gustaría hablar contigo.

—Tengo unos minutos antes de acostarme. Dime en qué estás pensando.

Amisha miró a los niños, que dormían plácidamente. Paresh estaba feliz en el espacio que le correspondía, mientras que Jay se había acurrucado contra su hermano mayor para recibir su calor.

—En la escuela inglesa. —En silencio, Amisha pidió ayuda a los dioses—. La que está cerca del mercado.

—Vikram me ha hablado de ella. —Deepak pasaba cada vez más tiempo con Vikram. Desde que sus ingresos se habían visto incrementados, Deepak recibía cada vez más invitaciones para ir a su casa a fumar cigarrillos y beber limonada recién exprimida. Deepak se recostó sobre sus antebrazos. La fina camisa de algodón se tensó por encima de su cuerpo delgado—. Está terminada, creo.

—Sí. —Amisha se retorció las manos—. Pasé por allí y resulta que enseñan a escribir en inglés.

Hizo una pausa, sin saber muy bien cómo proseguir. Intentó imaginarse la reacción de su marido, pero no lo conocía lo suficiente como para adivinarla.

—¿Quieres que vayan los niños?

No parecía inquieto con esa idea, de modo que Amisha empezó a albergar esperanzas.

—No —respondió rápidamente—. Están felices en su escuela. Echarían de menos a sus amigos y a todas las caras conocidas. —Decidió no mencionar el moratón de la mano de Jay. Amisha había aceptado que la culpa era de ella—. No les gustaría que los cambiásemos de escuela. —Entonces, fue como si escuchara en su cabeza la voz de Stephen. Las palabras que había pronunciado y que la habían convencido de que podía hacerlo. Buscó fuerzas en su interior para seguir adelante—. En realidad, estaba pensando en mí.

—¿Quieres ir a la escuela? —preguntó Deepak, sorprendido.

—El director de la escuela me ha ofrecido trabajo como maestra —contestó Amisha, suavizando el tono de voz y con la esperanza de que Deepak accediera sin necesidad de conocer todos los detalles.

—¿Tú trabajando, Amisha? —dijo Deepak.

—No por dinero. —Amisha vio que se había quedado perplejo. Jamás había compartido con su esposo sus deseos y ahora no encontraba palabras para explicarse—. A cambio, ellos me enseñarán a escribir en inglés.

—¿Y para qué necesitas eso?

Negando ya con la cabeza, se levantó y sacudió las migas que se habían quedado adheridas en su camisa.

—Porque quiero aprender a hacerlo. —Sin más recursos, le suplicó—: Podría ayudar a los niños con sus estudios en tu ausencia. —Y, desesperada, añadió—: Han empezado a quedarse en la escuela cuando terminan para que los ayuden allí.

Sorprendido con la noticia, Deepak movió la cabeza en un gesto de asentimiento.

—Te pido disculpas por no estar al corriente de esto. Solicitaré los servicios de un tutor.

Creyendo que la conversación había terminado, se dirigió a la cocina, pero entonces Amisha dijo:

—Haré cualquier cosa que me pidas. Pero esto me gustaría poder hacerlo.

Se quedó pegada a la pared, con las manos unidas delante de ella. Sabía que nada de todo aquello tenía sentido para él. Ella, como cualquier otra mujer, tenía que cuidar en primer lugar de su padre, luego de su esposo, y finalmente de sus hijos. Los fracasos y los éxitos de ellos definían su lugar.

—Siempre tienes que ser diferente a las demás.

Deepak se detuvo pero siguió dándole la espalda.

—¿Qué?

Le empezaron a temblar las manos. Escondió los dedos entre los pliegues del sari para ocultar su reacción.

—El día de nuestra boda, seguiste bailando incluso después de que la música hubiera dejado de sonar —dijo Deepak—. Me tendiste la mano como si me estuvieras dando la bienvenida a tu casa, cuando era justo al contrario.

—Era muy joven —replicó Amisha, sin entender por qué sacaba ahora a relucir aquello. Su boda había sucedido hacía siglos—. Y aquella noche me dio la impresión de que te gustaba.

Pero Amisha sabía que el chico con quien se había casado no tenía nada que ver con el hombre que ahora tenía delante. El tiempo y la tradición los habían moldeado a ambos hasta convertirlos en las personas que eran en ese momento, dos individuos con vidas separadas y con unos hijos en común como único vínculo.

—Luego trajiste a Ravi a casa —continuó Deepak, como si ella no hubiera dicho nada. La carcajada que siguió dejó a Amisha helada—. Aquel primer día te advertí que nunca tendría permiso para tocar nuestra comida. Pero ambos sabemos que actualmente está cocinando todo lo que consumimos.

—No se diferencia en nada de nosotros —argumentó Amisha—. Los intocables nacen igual que nosotros y regresan a Dios igual que nosotros. —Era la primera vez que hablaban de aquel tema. Y, por insegura que se sintiera Amisha, agradecía aquel intercambio de opiniones—. No es ningún crimen que quiera ganarse la vida.

—No. Ni tampoco lo es que tú quieras aprender, ¿correcto?

—Mahatma Gandhi habla sobre la inteligencia de las mujeres —replicó Amisha—. Dice que ni somos débiles ni tendríamos que ser consideradas como seres débiles. —Sus discursos estaban en todos los periódicos y los conocía todo el mundo—. Muchas mujeres se están sumando a su lucha contra los británicos.

—¿Repites sus palabras para justificar tu asistencia a la escuela británica? —Su tono cortante dejaba patente su opinión. Y, antes de que a Amisha le diera tiempo a responder, añadió—: Mi madre ya me alertó sobre ti. «Un espíritu atrapado», me dijo. Estaba segura de que acabarías liberándote sin importarte a quién pudieras hacerle daño.

—Tu madre no me conocía. —La tristeza la estaba consumiendo con cada palabra que Deepak pronunciaba—. No es justo que dijera esas cosas. —Amisha comprendió que estaba inmersa en una situación en la que de ninguna manera podía salir ganando—. Tú eres feliz persiguiendo tu sueño de hacer negocios. Yo simplemente esperaba poder sentir lo mismo. —Se dispuso a abandonar la cocina—. No pretendía hacer ningún daño a nadie.

—¿Y qué pasaría con los niños?

Esperanzada, Amisha se quedó inmóvil, sin dejar de darle la espalda.

—Bina y Ravi están en casa para ocuparse de Paresh. Samir y Jay pasan el día en la escuela. No son más que unas pocas horas de trabajo a la semana.

—¿Y qué dirá la gente de que mi esposa esté trabajando en la escuela?

Amisha se giró por fin. Ambos sabían que un simple chismorreo tenía el potencial de marginarlos de la comunidad. Y no sería solo la pérdida de su estatus social, sino que su sustento también se vería afectado. Deepak estaba satisfecho con la vida que llevaban y esperaba que ella también lo estuviera. Sus hijos eran ricos y el negocio era próspero.

Amisha se sintió impotente. No era justo. ¿Por qué sus esperanzas tenían que ser una amenaza a su estilo de vida mientras que él podía hacer realidad las suyas sin que tuviera consecuencias? Pero, antes de que pudiera replicar, el rostro de Deepak reflejó una resignación impregnada de tristeza.

—Hazlo. Simplemente te pido que sigas cumpliendo con tus deberes.

Se sintió aliviada, aun sabiendo que Deepak estaba desilusionado con ella por haberle pedido más de lo que le correspondía.

—Gracias. —Unió las manos y esbozó una sonrisa. Deepak dio media vuelta sin devolvérsela. Amisha tragó saliva entonces y preguntó—: ¿Por qué?

—Llevas sobre ti toda la carga de la casa mientras estoy de viaje. —Hizo una pausa y continuó—. Y te estoy agradecido por ello.

Se acercó a los niños dormidos y siguió en dirección a la lámpara de aceite que parpadeaba en el rincón. Sopló levemente para apagar la llama y la estancia se quedó a oscuras. Entró en el dormitorio y cerró la puerta a sus espaldas.

Amisha salió en silencio de la cocina. Se agachó sobre Jay para acercarlo un poquito más a su hermano y de este modo poder acostarse al lado de la cama improvisada de Paresh. Los rayos de luna se filtraban a través del cristal de la ventana, aliviando con su resplandor la oscuridad. Acompañada por el ritmo de la respiración de sus hijos, Amisha se imaginó su futuro. Humillada y agradecida. Cayó profundamente dormida, envuelta toda la noche por un manto de felicidad.

16

Amisha llegó temprano a la escuela y se quedó junto a uno de sus muros viendo cómo los grupos de alumnos uniformados iban entrando. Cuando un niño se quedó mirándola, Amisha le respondió con una sonrisa ansiosa. Los maestros iban repartiendo a los niños entre las distintas aulas según su edad.

Finalmente, entró en el edificio y buscó hasta encontrar la puerta con el cartel que decía «Jefa de estudios» y debajo del título un nombre: «Señorita Roberts». Llamó a la puerta y esperó hasta que una voz le dijo que entrara. Dentro del despacho había una mujer de aspecto muy serio sentada detrás de una mesa de escritorio de madera oscura. La mujer la miró, inexpresiva.

—Soy Amisha. —Insegura de repente, preguntó—: ¿Podría hablar con el teniente Stephen?

—Su despacho está tres puertas más allá. Pero en estos momentos está reunido con un padre. —La mujer se levantó, rodeó la mesa y se plantó delante de Amisha con los brazos cruzados. A pesar de que iba vestida con una falda larga y una blusa de estilo occidental, Amisha se fijó en que adornaba la muñeca derecha con una pulsera de oro muy popular entre las mujeres del pueblo—. ¿Así que viene a dar clases a los niños?

—Es lo que me ha pedido el teniente que haga —respondió Amisha, que no tenía ni idea de qué había hecho para merecer el malhumorado recibimiento de aquella mujer.

—¿Dispone de certificado de enseñanza?

—No. —Sintiéndose de pronto desnuda, Amisha presionó la cartera contra su cuerpo—. No lo tengo.

—Y, entonces, ¿cómo piensa dar clases? —Cruzó un pie, calzado con botas, por encima del otro—. ¿En qué cree que puede contribuir? Somos una escuela de enseñanza primaria de prestigio.

La única respuesta de que disponía era que Stephen se lo había pedido. Pero era evidente que eso ya lo sabía aquella mujer. Su mirada de desdén, sospechó enseguida Amisha, reflejaba la visión que muchos británicos tenían de los indios.

Amisha se enderezó e hizo acopio de sus limitadas fuerzas, pero seguía sintiéndose pequeña en comparación con aquella inglesa grandota.

—Voy a dar clases aquí porque así me lo han pedido. —Pensó en sus historias y en todo lo que significaban para ella—. Y en cuanto al contenido de mis clases, no estoy todavía segura —reconoció. Delante de aquella mujer se sentía más joven de lo que en realidad era—. Les pediré a mis alumnos que escriban sobre lo que sienten sus jóvenes corazones. Y, si sus historias los transportan a tierras lejanas, los animaré a que emprendan el viaje.

Amisha sonrió a la implacable mujer.

—Les aconsejaré que, cuando viajen con sus historias, respeten a toda la gente que conozcan y respeten también sus valores. Les enseñaré a comprender que no hay que juzgar otras formas de vida, sino entenderlas como una oportunidad para aprender. —Ignoró la expresión boquiabierta de la maestra y terminó diciendo—: Y les enseñaré asimismo que no olviden nunca que, cuando se tiende una mano con respeto, los demás suelen agradecértelo.

Amisha se quedó detrás de su mesa mientras los niños iban tomando asiento. Vestían todos la camisa de uniforme de color azul celeste. Las niñas la complementaban con una falda de color marrón y los niños con pantalón corto. Una vez sentados con la espalda bien erguida, sacaron de sus carteras papel y lápices bien afilados. Amisha contó rápidamente a sus alumnos: cinco niñas y doce niños.

Con una tiza en la mano, Amisha les dio la bienvenida.

—Buenos días. —Hubo un murmullo de respuestas. Amisha escribió en hindi su nombre. La tiza rechinó en la pizarra, un sonido que reverberó en el silencio—. Me llamo Amisha.

—¿Señora? —Un niño sentado en las filas delanteras señaló el nombre de la pizarra—. ¿Será una clase en hindi?

—No. —Amisha se percató de su error y borró rápidamente la pizarra con la mano, un gesto que le dejó un residuo blanco y polvoriento en la palma—. Hablaremos en inglés, pero los primeros trabajos escritos los haremos en hindi. —Demasiado avergonzada para reconocer que no sabía escribir en inglés, cambió rápidamente de tema—. Me hace mucha ilusión daros clase. —Recorrió con la mirada el aula y llegó a la conclusión de que sus alumnos debían de tener entre trece y quince años de edad—. Yo tengo tres hijos —anunció.

—¿Estudian aquí? —preguntó con timidez una niña, sentada hacia el fondo.

—No. Ellos van a otra escuela. —Amisha acercó la silla a sus alumnos—. Quiero mucho a mis niños. Y, como madre que soy, he aprendido una cosa —dijo, en tono distendido—. Que cuando intento enseñarles algo sobre la vida no me hacen caso. «No persigáis a los cerditos, que acabaréis de bruces en el barro», les digo, y llegan a casa sucios de barro de la cabeza a los pies. «No comáis muchos dulces, que el azúcar os sentará mal». Y luego, cuando les duele la barriga, me dicen: «Mamá, ¿por qué he comido tantos dulces?».

Las risas de los niños apaciguaron su ansiedad.

—Me di cuenta de que no les estaba enseñando las cosas de la manera adecuada. De modo que me senté con mis dos hijos mayores y reconocí ante ellos la verdad. —Los alumnos se inclinaron hacia ella, como si estuvieran esperando que les revelara un secreto—. «Antes de teneros a vosotros nunca había sido madre —les dije—. Estoy aprendiendo a ser mamá igual que vosotros a ser hijos».

—¿Eso les dijo? —preguntó otra chica.

Emocionada al ver que los alumnos estaban respondiéndole bien, Amisha asintió.

—Pues sí, eso les dije. Y se quedaron sorprendidos, porque pensaban que yo ya había nacido madre. —Sonrió al oír las risas—. De modo que les propuse un trato. Si ellos me ayudaban a ser una buena mamá, yo les ayudaría a ser buenos hijos. —Amisha se levantó y empezó a caminar entre las hileras de pupitres—. Y a vosotros os propongo el mismo trato. Nunca he ejercido como maestra. Si me ayudáis a convertirme en una buena profesora, haré todo lo que esté en mis manos para ayudaros a convertiros en unos buenos contadores de historias.

Los alumnos murmuraron su aprobación. Satisfecha, dijo entonces Amisha:

—Excelente. Muchas gracias. —Lista para empezar la lección, les preguntó—: ¿De dónde salen las historias?

—Del cerebro —respondió un alumno.

—De las cosas que escuchamos —dijo otro.

—De nuestros sueños. —Esa era una voz de niña.

Amisha buscó con la mirada la alumna que acababa de responder. Vio una chica sentada al fondo. Tenía la piel oscura y el cabello negro peinado en dos trenzas.

—¿Cómo te llamas, *beti*?

—Neema.

—Neema, ¿podrías explicar tu respuesta?

Con una simple mirada, Amisha acalló las quejas de algunos chicos.

Neema se detuvo un momento antes de responder.

—Soñamos con lo desconocido. Y convertimos esos sueños en historias.

—¿Y cómo pretendes escribir sobre lo desconocido? —preguntó en tono desafiante un niño de más edad.

Neema respondió antes de que Amisha pudiera intervenir.

—Un sueño puede ser la única ventana hacia lo desconocido. —Jugó con nerviosismo con el papel que tenía en la mesa—. Tal vez hacia una vida distinta.

Amisha movió la cabeza dándole su aprobación.

—A lo mejor, si no tuviéramos sueños, solo nos quedaría la posibilidad de vivir los sueños de otros. —Con la esperanza de incluir al resto de la clase en la discusión, preguntó—: ¿A cuántos de vosotros os gusta leer libros de cuentos? —Hubo brazos levantados por toda la clase, pero Amisha se fijó también en que dos chicos respondieron a la pregunta con una mueca—. Excelente. Y, ahora, una pregunta más interesante. ¿A cuántos de vosotros os gusta escribir cuentos?

Aquí levantaron el brazo la mitad de los alumnos.

—Muy bien. —Amisha había dedicado la víspera a preparar diversos planes de clase antes de decidirse por una historia en concreto—. Un hombre está construyendo una casa. A pesar de que sus amigos le han alertado de que el diseño no es seguro, él decide no hacerles caso. Se produce un terremoto y la casa se viene abajo. Y tanto él como un pájaro que vivía en un árbol que había cerca de la casa se quedan atrapados entre los escombros.

Amisha examinó la cara de los niños y comprobó con satisfacción que parecían interesados.

—Solo hay un pequeño agujerito a través del cual poder respirar. El hombre tiene que decidir quién disfrutará del oxígeno. —Hizo una pausa para asegurarse de que seguía captando su atención—. Y ahora, escribid cómo sigue la historia.

—¿Y cuál es la respuesta correcta? —preguntó un niño sentado al fondo de la clase.

—La respuesta correcta no existe —respondió Neema, anticipándose a Amisha—. Se trata de tomar decisiones y de cómo las tomamos.

—Muy bien. —Amisha se detuvo junto al pupitre de la niña. Tenía la cara limpia y reluciente y llevaba un pequeño diamante en la nariz. Dos diamantes más adornaban sus orejas—. ¿Sabías que tu nombre significa «libre»? —le preguntó Amisha en voz baja. Y al ver que la niña asentía, le dijo—: Es un nombre precioso.

—Gracias, señora —replicó Neema, bajando la vista.

Amisha intuyó que se sentía incómoda y cambió de tema.

—¿Levantaste la mano cuando pregunté si os gustaba escribir historias? —La niña movió la cabeza en un gesto afirmativo—. ¿Cuántas has escrito?

—Unas cuantas.

—Me encantaría leerlas. —Y antes de acercarse a otro pupitre, dijo—: Gracias por venir a esta clase.

—Parece ser que le ha ido muy bien —dijo Stephen. Estaban caminando juntos por el pasillo. Sin decir nada, salieron por la puerta de atrás que daba al jardín. Aún quedaban unas cuantas horas de clase, de modo que tenían el espacio solo para ellos—. He visto que los niños salían de su clase con una sonrisa.

—A lo mejor era de alivio, de que por fin se hubiera terminado —dijo Amisha en broma. De hecho, estaba muy contenta por el entusiasmo y el nivel de participación que habían demostrado los alumnos.

Una vez fuera, Amisha vio que las flores que en su visita anterior eran tan solo un pequeño capullo estaban ahora en todo su esplendor. Acarició los pétalos de una flor blanca y dorada, admirando su belleza. Stephen la cortó y aspiró su aroma antes de entregársela.

—Huélala.

Amisha se la acercó a la nariz pero no olía a nada, no tenía ningún perfume. Sin ganas de quedar como una tonta, asintió con educación.

—Es encantadora.

—¿En serio? —Stephen le cogió la flor y la olió de nuevo—. Porque yo soy incapaz de detectarle el olor.

Se echó a reír cuando vio que ella lo miraba con los ojos como platos.

—¿Sabía que no olía a nada? —Al ver su sonrisa pícara, Amisha no pudo contener la suya. Feliz, le preguntó—: ¿Empezamos con mi lección?

—¿Ahora? —dijo él, estudiándola.

—Después de pasarme toda la mañana viendo cómo los niños aprendían cosas, estoy ansiosa por comenzar también mis clases —reconoció.

—¿Qué le parece allí?

Stephen la guio hasta un banco situado en un extremo del jardín, a la sombra de los árboles y de una hilera de arbustos en flor.

—El aroma de las flores servirá para disimular un poco mi tremenda ignorancia —dijo Amisha, tomando asiento.

Por la noche apenas había dormido. Estaba ansiosa ante la perspectiva de impartir clases y también excitada por tener por fin ante ella la oportunidad de poder aprender. Había buscado en vano una razón por la que un hombre de la categoría de Stephen podía haber decidido dedicar parte de su tiempo a darle clases. Por la mañana, cuando el gallo había cantado nada más despuntar el día, Amisha ya estaba completamente despierta.

—No tendría que hablar de usted con ese tono.

Stephen tomó también asiento en el banco, a una distancia lo suficientemente respetable.

—En ese caso, enséñeme bien y así no tendré motivos para hablar de ese modo.

Stephen cogió un pequeño bloc y escribió las letras mayúsculas del alfabeto a medida que las iba pronunciando en voz alta. Amisha lo escuchó con atención. Dado que hablaba el idioma, le fue fácil capturar la fonética de las letras.

—Ahora le toca a usted.

Amisha cogió dubitativa la libreta y la pluma y fijó la vista en lo escrito. La seguridad del trazo era admirable. Stephen era un teniente de uno de los operativos militares más avanzados del mundo pero estaba allí, perdiendo su tiempo enseñándole a ella el alfabeto.

—¿Por qué lo hace?

—Si se distrae no servirá de nada.

Dio unos golpecitos a la pluma, instándola a empezar.

—Estamos en guerra.

Nerviosa, Amisha empezó a trazar las líneas para formar la letra «A». Su mirada pasaba constantemente de las letras que él había escrito a la que estaba escribiendo ella. Con frecuencia, observaba a Jay cuando hacía sus deberes de caligrafía. Imitando los movimientos de su hijo, trazó una línea recta y luego una línea paralela. Al darse cuenta de que había cometido un error, la tachó enseguida y volvió a empezar. Esta vez, no separó la pluma del papel al llegar al extremo superior y formó por fin la letra «A».

—No lo sabía —replicó él, con indiferencia, concentrado en la caligrafía de ella.

—En ese caso, es bueno que le haya informado al respecto. —Amisha sentía la mirada de él concentrada en los movimientos de su mano. Intentó hacer los trazos con precisión y exactitud antes de pasar a la siguiente letra—. Es posible que le necesiten para combatir por su rey.

—¿No es también el suyo? —dijo Stephen, mirándola a los ojos.

Amisha reflexionó su respuesta, puesto que nunca había discutido lo que opinaba de la actual situación con un hombre. Temía quedar como una tonta.

—Supongo que es buena persona y que sus intenciones son también buenas. Pero la India no es su país y los indios no somos marionetas con las que poder jugar a su antojo.

—¿Es eso lo que cree que estamos haciendo? Los británicos, me refiero.

Amisha había escuchado los discursos de Gandhi en los que hablaba sobre la resistencia pacífica. Dejando su pregunta sin responder, le formuló otra.

—¿Cree usted que un país tiene derecho a gobernar sobre otro? —Se arrepintió de sus palabras en el instante en que salieron de su boca. Stephen era un soldado británico que, con su decisión de dedicar parte de su tiempo a enseñarle, estaba haciendo gala de una amabilidad que nunca nadie había demostrado hacia ella—. Acabo de decir una tontería —dijo, incómoda—. Estoy aquí, aprendiendo lo que me está enseñando un teniente, y encima me atrevo a hablarle con ese tono. Le ruego que me perdone.

—No haga eso —repuso Stephen, empleando un tono apremiante—. Por favor. —Amisha iba a replicarle cuando vio que él se levantaba del banco. Se quedó mirándolo, perpleja—. Cuando estemos juntos, con nuestras clases, no reprima sus pensamientos. —Sus palabras parecían cargadas de frustración—. Si lo hace, ¿cómo pretende que podamos trabajar juntos?

Amisha intuyó la importancia que aquello tenía para él e intentó explicarse.

—Hablar como lo he hecho no es correcto. Debemos respetarnos.

—¿Acaso el respeto no es algo que cada uno tiene que ganarse? —preguntó él, simplemente.

Incapaz de encontrar una respuesta, Amisha empezó a mirar las flores de su alrededor. Y por primera vez en su vida se preguntó por qué nunca se habría formulado ella aquella pregunta.

JAYA

17

El sol se ha puesto hace un buen rato y ha dejado en el ambiente un aire fresco. Ravi se agacha para rascarle la barbilla a Rokie y su espalda cruje con el movimiento. El perro ha esperado pacientemente a que la mañana diera paso a la tarde y luego al anochecer. Estoy sentada en el banco junto a Ravi, hipnotizada con su relato.

Cuando llegué a la India, esperaba poder conocer a mi abuelo y enterarme de alguna cosa, la que fuera, sobre mi madre. Jamás me habría esperado conocer la historia de una mujer de la que apenas había oído hablar en mi vida. Su historia siempre había empezado y terminado con su muerte siendo mi madre muy joven. Cualquier otro detalle había sido considerado irrelevante.

—Ojalá la hubiera conocido. —Mientras que mi madre necesita seguir siempre las reglas, hacerlo todo correctamente, Amisha había forzado los límites para encontrar su lugar. No puedo evitar preguntarme cómo habría sido mamá de haber sido criada por su madre—. ¿Está mi madre al corriente de todo esto?

Bajo las ramas del árbol, cobijado por una oscuridad cada vez más cerrada, Ravi se seca una lágrima solitaria que resbala por su mejilla.

—No —susurra—. Como ya te he dicho, le prometí a tu abuela que contaría su historia, pero no he podido hacerlo hasta ahora.

Tose y le cuesta recuperar el ritmo normal de la respiración.

—¿Te encuentras bien? —le pregunto.

—Es una historia que tendría que haber contado la propia Amisha. —Mira a lo lejos y une sus frágiles manos—. En estos momentos, deseo más que nunca que ella pudiera estar aquí para recordar los detalles que esta vieja cabeza ha olvidado.

—¿Y qué sucedió después?

No me gusta presionarlo hasta dejarlo agotado, pero estoy ansiosa por conocer más.

—Soy un anciano, *beti.* —Se masajea las manos—. Mis músculos están fatigados. Si no doy a mi cabeza el descanso que necesita, mi cuerpo podría acabar rebelándose y desmoronándose por completo. —Levanta la cabeza y me ofrece una débil sonrisa—. Y entonces tendrás que venir a traerme la comida a la cama para que te acabe de contar la historia.

Cierra los ojos y se recuesta en el banco.

—Jamás había oído ninguna historia sobre mi abuela —murmuro. La relación que mantengo con mi madre hace que nunca haya sentido una conexión especial con su lejano país de origen. Por mucho que la India sea la tierra de mis ancestros, nunca me había despertado ningún recuerdo ni había evocado ningún sentimiento de añoranza—. Mi madre nunca me ha hablado de ella.

—Tu madre solo supo lo que los demás quisieron contarle. Y esa acabó siendo su historia.

—¿Crees que mi madre está al tanto de que existe otra historia? —Intento dar sentido al rompecabezas con las piezas que Ravi está proporcionándome. Ravi responde con un gesto negativo—. ¿Lo saben sus hermanos?

—Tú eres la única que ha venido hasta aquí. —Sus palabras no esconden malicia—. Los hijos de Amisha se marcharon hace décadas y jamás regresaron. Su padre... —hace una pausa— estuvo años esperándolos. —Me mira—. Con el tiempo, aceptó lo que todos hemos tenido que asumir. Que los que se marchan siempre tienen una razón para hacerlo que es más poderosa que la que los llevaría a quedarse.

Pienso en lo poco que sé: que mi madre fue criada por una madrastra que no podía tener hijos. Que se casó con dieciocho años de edad y se marchó de la India inmediatamente después. Los hechos que siempre me repetía mi padre cuando le pedía que me diera algo de información.

Comprendiendo mi desesperación, Ravi me da unos golpecitos de ánimo en la mano.

—Ten paciencia, *beti.* La historia no tardará en revelar todos sus secretos.

Se levanta despacio e inicia el camino de vuelta a casa, avanzando con habilidad por el erosionado camino.

Cuando tenía doce años, le pregunté a mi madre si podíamos celebrar en casa una fiesta de Halloween para madres e hijas. Se quedó tanto rato pensándoselo que me convencí de que me diría que no. Y, cuando finalmente se mostró de acuerdo, me quedé extasiada. Cogí una libreta y me senté en el sofá a su lado para empezar a planificar los preparativos. Ella me escuchó en silencio, sin aportar ideas, y yo sola me encargué de pensar en la comida, la decoración y la música para la fiesta.

—¡Disfraces! —exclamé, puesto que había pasado por alto el detalle fundamental.

Fuimos en coche a una tienda y compramos dos disfraces de bruja de *El mago de Oz.* Yo me quedé con el de talla más pequeña —el de Glinda, la Bruja Buena— y mamá se quedó con el de la Bruja Mala. Recuerdo que me encantaba su sombrero en pico y la barbilla postiza que incorporaba su disfraz.

El día de la fiesta, me levanté temprano para prepararlo todo, pero cuando llegué a los pies de la escalera descubrí que mi madre ya se había encargado de la decoración. De las paredes colgaban serpentinas, había telarañas falsas y arañas de plástico por toda la casa y en diversos rincones del salón había momias que asomaban de sus ataúdes. Era perfecto. Excitada, la abracé para expresarle mi agradecimiento. Pero enseguida noté que su cuerpo se ponía rígido y se apartó rápidamente.

—Tienes el desayuno listo —dijo, antes de dar media vuelta para entrar en la cocina.

Por la noche, recibimos a las invitadas con la música sonando a todo volumen por los altavoces. Mi padre observó entretenido cómo la casa se iba llenando de madres e hijas disfrazadas hasta el último detalle. Mamá no paraba de reír, totalmente entregada a la fiesta. A lo largo de mi infancia, hubo escasos momentos en los que su conducta cambiara y se la pudiera ver feliz. Emocionada ante la perspectiva de que aquella fuera una de esas ocasiones, me quedé a su lado, deseosa de formar parte de su alegría. En dos ocasiones, me rodeó con el brazo y me atrajo hacia ella para abrazarme.

—Estáis las dos adorables —dijo una amiga de mamá, admirando nuestros disfraces—. La Bruja Buena y la Bruja Mala, ¿no?

—Así es —dije, feliz como hacía tiempo que no me sentía—. Yo soy la Bruja Buena. —Tan entusiasmada estaba con la celebración que no me di cuenta de que mi madre se ponía rígida ni vi que su sonrisa se esfumaba—. Mamá es la Bruja

Mala. Le echará un maleficio a todo el mundo pero yo luego lo arreglaré todo.

—Disculpadme —murmuró mi madre.

Retiró la mano de mi hombro y, sin cruzar palabra con nadie, se fue al piso de arriba. Me quedé mirándola, dolida y confusa. Bajó diez minutos más tarde, sin el disfraz y vestida con vaqueros y camiseta. Pasó el resto de la fiesta retraída en un rincón, sin apenas hablar. Aquella noche me dormí llorando y me prometí que nunca más organizaría nada con ella.

18

Durante la noche he abierto la ventana para que entrara el fresco. Ahora, a primera hora de la mañana, se filtra una brisa caliente que hace que los mechones de pelo se me peguen a la cara. El gallo vuelve a cantar en cuanto aparece el más leve indicio de luz y oigo cómo el pueblo va cobrando vida. Tumbada en la cama, poso la mano sobre mi vientre. Cierro los ojos e imagino los bebés que he llevado en mi seno durante tan poco tiempo. Por mucho que los haya querido, se han ido para siempre.

Inquieta, retiro la mosquitera y me levanto. Veo por la ventana que los niños ya han empezado a jugar y que las mujeres bajan en grupo al río para ir a buscar agua y bañarse. Llevan en la cabeza vasijas vacías para llenar de agua y llevarlas a casa.

Hombres en camiseta blanca salen al balcón y se cepillan los dientes con cepillos de fabricación casera. Escupen desde el balcón a la calle y luego se aclaran y hacen gárgaras con agua con hojas de menta fresca. Fascinada, observo el ritual. Intacto en la mesa sigue el cepillo de dientes que Ravi me ha preparado.

—¿Qué te pasó aquí, mamá? —pregunto en voz alta—. ¿Por qué tu padre te obligó a hacer aquella promesa?

Intento imaginármela de niña, desesperada por lograr el amor de su madre. Pienso en mi propia infancia. Por muy distante que fuera mi madre, siempre supe que estaba allí. Durante los altibajos de la vida, mis padres y mi casa de la infancia fueron en todo momento una constante. ¿Qué sería lo que apartó a mi madre de la suya?

—Buenos días. —Ravi entra en la habitación después de una sola llamada y me arranca de mis pensamientos—. Veo que no estás preparada. —Decepcionado, pregunta—: ¿Piensas desperdiciar el día durmiendo?

—Me parece que el sol ni siquiera ha salido del todo —contesto, moviendo la cabeza hacia la ventana, pero Ravi ignora mi comentario.

—Pero ya ha salido. —Ravi deja la bandeja en la mesa con otro trozo de madera tallada acompañando la comida—. Volveré cuando estés lista.

—Espera. —Confiando en que su compañía me ayude a sacudirme de encima el malestar de la mañana, digo—: Me has traído un desayuno maravilloso y abundante. Compártelo conmigo, por favor.

—No.

Se niega, sin dar más explicaciones.

—¿Ya has comido?

Me cuesta imaginármelo, a menos que lo haya hecho siendo aún de noche.

—Desayunaré en mi casa.

Da media vuelta y se dirige hacia la puerta.

—¿No quieres comer conmigo? —Cojo la bandeja y se la devuelvo—. Pues, entonces, no pienso comer.

—Te morirás de hambre.

Coge la bandeja y se dispone a salir.

Curiosa ante su reacción, le bloqueo el paso.

—¿Permitirías que me muriera de hambre antes que compartir una comida conmigo?

—No sería apropiado que comiese aquí, contigo.

Fija la vista en la pared, por encima de mi cabeza.

—Entonces, comeremos en la sala.

Cojo la bandeja y echo a andar.

—No puedo comer contigo en esta casa —dice Ravi en voz baja.

—¿Por qué? —Confusa, intento entenderlo—. ¿Existe alguna razón por la cual me has traído toda esta comida y luego quieres marcharte?

El aroma del oloroso contenido de las tazas gira a nuestro alrededor y se me hace la boca agua. Y, como si acabara de recibir la señal para salir a actuar, mi estómago empieza a rugir.

—En un palacio como este, se espera de mí que coma detrás —me explica—. Soy un intocable.

—Lo sé. —Recurro a mis escasos conocimientos y los combino con lo que él me ha contado para intentar encontrarle el sentido a su conducta. Dejo la bandeja en la mesa que hay delante del sofá balancín—. También me dijiste que mi abuela te invitó a esta casa y que te consideraba su amigo. Supongo que comerías con ella, ¿no?

—Ella hacía una excepción.

Se dirige lentamente hacia la puerta, detrás de la cual se abre el porche donde Rokie está jugando.

—Pues te pido que hagas la misma excepción conmigo —digo, subiendo la voz. Se para y se gira hacia mí—. No es mi intención no honrar tus costumbres, pero me parece que negar a la nieta la compañía de la que disfrutó su abuela sería no honrarla a ella.

Se queda mirándome, confrontando mis palabras con las expectativas que impregnan su persona.

—Por favor. —Señalo el columpio y sigo esperando.

Veo que esboza una sonrisa y se acerca lentamente hasta que toma asiento. Cojo dos platos de la cocina y me instaló en una silla delante de él. Juntos destapamos los diversos platos de la bandeja.

—Esto huele delicioso. —Ravi se llena el plato y apenas me deja nada para mí—. Tendrías que probarlo. —Con la boca llena, señala mi plato—. Antes de que no quede nada.

Sonriendo, cojo lo que queda y comemos en silencio.

Después de desayunar, le pregunto a Ravi desde dónde puedo hacer llamadas internacionales y conectarme a internet. Me recomienda un café que está a veinte minutos de la casa. Mientras el *rickshaw* se balancea de un lado a otro por encima de las piedras y la grava, me imagino a Deepak viajando hacia el mismo destino. La historia de Amisha hablaba de caminos áridos y desolados, y compruebo que en las décadas que han transcurrido desde entonces ha habido pocos avances. La pista de tierra se prolonga durante kilómetros flanqueada por campos quemados por el sol y transitada por escasos viajeros.

El conductor entra en una pequeña ciudad con establecimientos modernos. Las calles están asfaltadas y hay farolas en las esquinas. Las tiendas acogen a su clientela con escaparates con maniquís vestidos tanto con ropa occidental como tradicional. El coche maniobra entre hombres de negocios y mujeres que se entremezclan con estudiantes y madres con niños. En el interior de una tienda suena a todo volumen una canción típica de las películas de Bollywood.

El conductor se para delante de una cafetería.

—Nuestra ciudad es igual que América, ¿sí? —Señala la cafetería con evidente orgullo—. Desde aquí puede hacer sus llamadas. Ningún problema.

En el exterior, las mesas están llenas de adultos jóvenes con ordenadores portátiles. Río, maravillada con la escena que recuerda cualquier cibercafé de Nueva York. En el interior, la chica de detrás del mostrador me pregunta qué quiero empleando un inglés perfecto. Aunque el pueblo y la ciudad están separados por pocos kilómetros, son como dos mundos distintos.

Después de pedir un té chai con leche de soja, localizo una cabina telefónica libre al fondo del local. Respiro hondo antes de marcar el número de memoria. Al otro lado del océano, el teléfono suena antes de que mi madre responda.

—Mamá —digo, y me callo. Las emociones que tenía enterradas salen a la superficie y me cierran la garganta. Estoy instalada en su casa, durmiendo y comiendo en la casa donde ella se crio, y aun así, me doy cuenta, sigo sin conocerla mejor que antes—. ¿Qué tal estás? —pregunto con inseguridad, y mis palabras suenan poco naturales y formales.

—¿Jaya? —Parece triste—. ¿Eres tú? —La oigo que respira hondo a muchos kilómetros de distancia de mí—. ¿Estás bien?

—Tu padre ha muerto —murmuro—. Antes de que yo llegara.

Se produce un silencio ensordecedor y luego oigo que coge aire.

—En ese caso, ya nada te retiene ahí —musita por fin. Su tono de voz se endurece, y si no fuera por la lentitud con que pronuncia sus palabras, diría que aquel hombre no le importaba en absoluto—. Tendrías que volver a casa.

—Ha muerto en paz. Han esparcido sus cenizas —prosigo, como si no me hubiera contestado—. He conocido a su criado, Ravi. Está contándome la historia de tu madre.

—Nunca llegué a conocerlo —dice de repente. Y, con ansiedad, continúa—: No hay ninguna historia que contar.

—Mamá...

—Tu vida está aquí, Jaya. Tu trabajo, tu casa. Patrick...

—Ya no forma parte de mi vida —la interrumpo.

No le digo que el peso de los abortos acabó derrumbándome, ni que jamás me habría imaginado que otra mujer provocaría la ruptura final de un matrimonio ya roto. Le escondo que el hecho de escuchar la historia de mi abuela, un alivio para mi propia historia, me ha permitido respirar por primera vez en muchos meses. Se lo escondo a mi madre porque funcionamos así y no sé hacerlo de otra manera.

—Nuestro matrimonio se ha acabado. —Y, antes de que me diga nada más, reconozco la realidad diciéndole—: No puedo volver a casa. No en este momento. —Y hago una pausa, antes de suplicarle—: Déjalo, por favor.

En el silencio que sigue, me la imagino retrayéndose y, luego, desconectando. Imagino que erguirá la espalda y se armará de valor, como si se preparara para llevarse una gran decepción. Primero resignación, después desapego. Y, en consecuencia, me llevo una auténtica sorpresa cuando me dice:

—Tu padre está ahí en la cocina, deambulando de un lado a otro sin parar, esperando para hablar contigo. Pero a mí me queda todavía una hora de conversación, de modo que tendrá que esperar.

Pasmada, guardo silencio. Esta es la parte de mi madre que siempre anhelé. Cobraba vida y bromeaba hasta que la gente acababa con agujetas de tanto reír. Su sonrisa se prolongaba durante horas, pero yo me negaba a ceder y me hacía fuerte contra su fachada. La rechazaba antes de que ella me rechazara a mí.

—Jaya. —El dolor traspasa sus palabras. La imagino sujetando con fuerza el auricular y esforzándose por no llorar—. Te quiero, *beti.*

En estado de shock, mantengo mi silencio. Es la primera vez, que yo recuerde, que me dice que me quiere. Viendo que el silencio continúa, le pasa el teléfono a mi padre sin decir nada más. Mi padre me bombardea a preguntas sobre el pueblo y sobre mis planes. Mientras dura la conversación, la declaración de mi madre reverbera como un eco en mi cabeza. He pasado años deseando escuchar esas palabras. Y ahora, cuando por fin las pronuncia, me niego a reaccionar.

Colgamos, enciendo el ordenador y redacto un saludo rápido para el editor del blog con el que voy a colaborar. Acaricio el teclado y pienso en lo que voy a escribir en mi primera publicación. Respiro hondo y empiezo a teclear.

He realizado un viaje de veinticuatro horas de duración, dejando atrás mi casa para conocer la de mi madre. Jamás había estado en la India. Y, para ser sincera, debo decir que jamás tuve ese deseo. Dicen que tu casa está allí donde tu corazón se ubica. Y no fue hasta que me quedé con el corazón destrozado que estuve dispuesta a cortar ese frágil vínculo e iniciar un viaje que me llevaría muy lejos de todo lo que conozco.

Estoy en un pequeño pueblo donde la felicidad se encuentra jugando a la pelota en un campo de tierra o compartiendo una comida. Se encuentra en los rituales diarios y en las historias escondidas en nubes pasajeras. Se obtiene viviendo la vida. Nunca imaginé que podía llegar a ser así. Yo vivía la vida tal y como todo el mundo esperaba que la viviera. Di todos los pasos necesarios para crear una vida perfecta. Cada peldaño que ascendía servía para validar mi lugar en el mundo. Cumplimenté todas las casillas que la sociedad me exigía. Mi poder acabó dependiendo de la magnitud de mis logros. Pero la perfección puede acabar siendo una ilusión y el poder un lastre.

En la India, he empezado a conocer la historia de una mujer que se encontraba perdida en su propia época. Luchó por encontrarse a sí misma y, a la vez, seguir siendo fiel a las expectativas que los demás tenían depositadas en ella. Desconozco aún si llegó a conseguir ambas cosas. Su historia me lleva a preguntarme sobre las decisiones que he tomado en la vida y por qué las he tomado. Teniendo libertad de elección, ¿he tomado realmente alguna decisión o me he limitado a seguir ciegamente los pasos que se me han marcado? Cuando llegamos arriba, siempre podemos caer.

Vine a la India porque un abuelo al que nunca conocí se estaba muriendo. Pero mi necesidad de escapar tenía otros motivos. Tuve tres abortos. Cuando perdí los bebés, también me perdí a mí misma. Por mucho que buscara, no lograba encontrar el camino hacia mi curación.

Antes de empezar a intentarlo, siempre di por supuesto que tendría hijos. Eran el primer paso en una vida que marchaba según el plan. Resté importancia al primer aborto por considerarlo una anomalía. Lo equiparé a un examen de mitad de trimestre que no llevaba bien preparado y asumí que superaría el examen final sin problemas. Cuando volvimos a intentarlo, estaba segura de que cumpliría con la responsabilidad de terminar con éxito el embarazo de mi hijo. Estaba segura de que los primeros nueve meses eran el principio de la demostración de mi valía como madre. Cuando quedó claro que el segundo embarazo iba a fracasar, mi corazón se hizo añicos. Lloré el hijo que llevaba en mi vientre. Era consciente en todo momento de que me faltaba alguna cosa, era como si hubiera perdido una extremidad. Mirara por donde mirara, encontraba un niño que me recordaba que yo tenía mis brazos vacíos. El último aborto aniquiló lo poco que quedaba de mí.

Y, junto con mis abortos, perdí también mi matrimonio. Soy periodista, y a menudo escribo historias sobre niños que caen enfermos y la tensión que ello supone para un matrimonio. El cincuenta por ciento de todos los matrimonios termina en divorcio. Y en el caso de aquellos que tienen un hijo con necesidades especiales o un hijo enfermo, ese porcentaje es considerablemente mayor. ¿Y los que no hemos tenido hijos? ¿Qué probabilidades hay de que nuestro matrimonio sobreviva a los tumultuosos altibajos de esperanza, seguidos por decepción y, finalmente, por resignación? Cuando soportar todo esto se hace increíblemente duro, ¿cómo ayudarse mutuamente? Mi matrimonio se convirtió en una víctima más de mi destino. Por mucho que estudie la ciencia del nacimiento, sueñe con nuevos principios o rece por la salvación, sigo estando vacía. No puedo evitar preguntarme si este es el precio que me toca pagar por haber llegado arriba.

Leo otra vez el artículo. En ningún momento hago mención de mi madre o de su silencio. Pero es de ella de quien he aprendido a mantener mis secretos a buen recaudo. Demasiado condicionada como para romper moldes, pulso la tecla «Borrar». Apago el ordenador y lo guardo en la funda. Echo la cabeza hacia atrás y cierro los ojos. La nube constante de oscuridad se cierne sobre mí, intentando atraerme hacia ella, pero lucho contra la pérdida de tiempo. Tiro lo que queda de té chai en la basura y paro un *rickshaw* para volver a casa de mi abuela.

AMISHA

19

Fá-cil. —Amisha iba pronunciando con tiento las distintas palabras—. Com-pli-ca-do.

Orgullosa de sí misma, hizo una pausa y se quedó mirando a Stephen, que iba señalando las palabras que ella tenía que leer. Al ver que permanecía callada, él la miró a su vez con curiosidad.

—¿Qué?

—¿Qué tal lo hago? —replicó ella, con un suspiro de exasperación.

—¿Quiere que la elogie después de solo dos palabras? —Señaló la larga lista de términos que tenía que leer—. Le quedan un centenar.

—Pero ya he leído dos. —Amisha señaló el papel—. Eran difíciles... o complicadas —dijo, con petulancia.

—No, no lo eran. —Repasó rápidamente con la mirada la lista de palabras y señaló una—. Lea esta.

Amisha entrecerró los ojos para concentrarse.

—E-xas-pe-ran-te —dijo, tartamudeando.

—Exacto, lo que es usted. —Le pasó la lista con una sonrisa maliciosa—. Siga leyendo.

—No —dijo ella—. «Exasperante» me parece que se podría aplicar a alguien más que a mí. —Amisha reprimió una sonrisa—. ¿Es normal que los británicos no animen a la gente o es más bien un rasgo personal?

—¿Quiere que la anime? —Stephen se recostó en el banco apoyando los antebrazos en el respaldo—. En mi despacho tengo otro centenar de palabras esperándola. Para dar por finalizada esta tarea debe ser capaz de leer siete palabras por minuto, y hasta el momento ha leído una palabra cada siete minutos. Así que acelere.

—Me maravilla que no esté usted luchando en primera línea. —Amisha echó un vistazo a las palabras siguientes y evaluó su dificultad—. Porque me parece que su forma de ser les resultaría muy beneficiosa.

Sin darle oportunidad de réplica, Amisha empezó a leer las palabras a más velocidad. Stephen siguió escuchándola y su rostro se iluminó con orgullo. Cuando Amisha se topaba con una palabra difícil, la deletreaba y emparejaba las letras con los conocimientos que tenía del idioma hasta conseguir la pronunciación correcta.

Había transcurrido más de un mes desde que iniciaran su colaboración. Terminadas las clases, empezaban sus lecciones particulares. Y después de superar repetidamente la media hora que se habían reservado, Stephen sugirió que las clases duraran más tiempo y que pasaran la periodicidad de tres a cuatro veces por semana. Emocionada, Amisha accedió enseguida.

—Hecho.

Amisha estaba radiante cuando llegó al final de la lista. Cada vez que terminaba una página, tenía una sensación de logro como jamás en su vida había sentido.

—Muy bien. —Stephen le cogió el papel—. Vamos a por la siguiente.

—Siempre que mis alumnos terminan con éxito alguna tarea, los elogio de un modo u otro —sugirió Amisha con una sonrisa.

En realidad, quería darle las gracias a Stephen por todo lo que estaba haciendo. Sin él, no estaría leyendo a aquel nivel. Empezó a hablar con la intención de decírselo, pero él la interrumpió.

—¿Sus alumnos adolescentes? —dijo, y meneó la cabeza—. Me complace saber que se lleva bien con los niños. Aunque, claro está, también es verdad que se identifica con ellos..., tiene un corazón y una mentalidad similar, y el mismo amor por los cumplidos.

Amisha captó un brillo malicioso en su mirada. Estaba provocándola para que picara y se dio cuenta de que se quedaba encantado al verla esbozar una mueca de frustración.

—Vamos, otra hoja, por favor.

Amisha cayó en la cuenta de que no paraban de bromear el uno con el otro. Jamás se había comportado así con un hombre. De pequeña, bromeaba con sus hermanos y sus amigos. Pero, cuando aún llevaba coletas, aquella sensación de familiaridad tocó a su fin.

—Y, además, voy a ponerle deberes.

—¿Deberes? —Se levantó para poder mirarlo a los ojos. El instinto, resultado de años de condicionamiento social, invitaba a Amisha a bajar la vista. Pero no lo hizo y se preguntó por qué—. No tengo tiempo para hacer deberes.

—¿No? De acuerdo, pues entonces hasta dentro de unos años no podrá traducir su primera historia.

El desafío era claro.

—¿Unos años?

La inseguridad se filtró por la pared protectora que habitualmente la rodeaba cuando estaba en compañía de Stephen. Amisha se alejó, tanto de él como de sus palabras. Unos años eran toda una vida. Las historias no cesaban de acosarla, a la espera de ser relatadas en el idioma que acababa de descubrir.

—Amisha. —De dos zancadas Stephen se puso frente a ella. Dándose perfecta cuenta de su reacción, dijo—: Lo está haciendo de maravilla. —Ahora hablaba con sinceridad, sin bromas—. Mejor de lo que nunca habría imaginado. Antes de que nos demos cuenta, sus historias empezarán a fluir y ya no me necesitará para nada.

—Y estará feliz de librarse por fin de mí.

Amisha seguía sin encontrarle explicación a la ayuda que Stephen estaba prestándole. Ravi, emocionado por ella, le aconsejaba encarecidamente que aceptara su buena suerte sin hacer preguntas.

—Prométame una cosa. —Stephen levantó la cabeza hacia el cielo despejado—. Una historia, escrita en inglés. Como regalo de despedida.

Nadie le había pedido jamás a Amisha que le escribiera una historia. A pesar de que había intentado hablarle infinidad de veces a Deepak sobre sus escritos, él siempre acababa cambiando de tema y prefería charlar sobre los niños, la casa o sus negocios. Y Amisha, al final, había dejado de intentarlo.

—¿Por qué?

—Para recordar que soy un maestro estupendo.

Sus palabras rompieron la tensión que vibraba entre ellos. Con la risa de Amisha pisándole los talones, Stephen entró en el edificio en busca de los materiales adicionales que necesitaba para acabar la sesión.

Amisha llegó temprano a la escuela. Paresh había pasado mala noche por culpa de un virus estomacal. Con Deepak fuera de casa, Amisha había agradecido la oferta de Bina y de Ravi de quedarse a pasar la noche con ella. Ravi se había ocupado de los otros niños y Bina de limpiar la ropa manchada de vómito. Cuando Amisha había salido de casa por la mañana, todos los signos de la mala noche habían desaparecido. Paresh jugaba tranquilamente mientras iba lamiendo un *kulfi*. Desgarrada por tener que dejarle, se sintió aliviada al ver que Paresh la despedía con una sonrisa de oreja a oreja.

Sentada en el aula, Amisha empezó a leer las historias que habían escrito sus alumnos. El enunciado que les había sugerido era muy simple: un hada te concedía dos deseos, los que fuera. Podía ser tanto algo muy pequeño como algo capaz de cambiarte la vida para siempre. Pero, a cambio, el hada pedía al receptor del deseo que le entregara alguna cosa que apreciara mucho.

Muchos de los niños habían deseado que su familia tuviera más dinero. Los había que se mostraban dispuestos a sacrificar ropa a cambio de juguetes y verduras a cambio de bombones. Leyendo aquellas historias, Amisha empezó a tener la impresión de que no habían captado del todo el objetivo del enunciado. Estaba iniciando la lectura de la siguiente redacción, cuando llegó Neema.

—Buenos días, señora —dijo.

Iba peinada con una cola de caballo. Su ropa no tenía ni una arruga, como si le hubieran pasado una plancha calentada en los fogones o al fuego.

—Llegas muy pronto. —Amisha le mostró los papeles—. Estoy leyendo las maravillosas historias que habéis escrito.

—¿Ha leído la mía?

Amisha removió el montón de papeles hasta que localizó la de Neema, casi al final.

—La leeré ahora.

—No es muy buena —dijo la niña, como queriendo disculparse.

—Eso sí que no me lo creo.

Amisha disimuló su sonrisa al ver que Neema se ponía a deambular con nerviosismo de un lado a otro. La historia empezaba con una joven hada que le decía a una niña que podía concederle dos deseos. La niña hacía su petición en cuestión de segundos: un arsenal ilimitado de libros y tiempo para poder leerlos. El hada agitaba su varita mágica y le concedía los deseos. Al retirar la niña un libro de la estantería, veía que aparecía otro que, por arte de magia, ocupaba su lugar. El hada le preguntaba entonces a la niña qué pensaba darle a cambio. Sin dudarlo ni un instante, la niña le ofrecía el matrimonio que le habían acordado sus padres.

—Ofrecerle su matrimonio es un sacrificio enorme —dijo Amisha, mirando a Neema.

—Sí, eso es lo que pensó el hada —replicó Neema, hablando en un susurro—. Pero la niña no lo quería. —Neema se quitó la goma del pelo y dejó que su melena oscura cayera sobre sus hombros. Brillaba por el aceite utilizado para evitar los piojos—. Se supone que todas las niñas quieren casarse, ¿no? Por eso el hada pensó que era un sacrificio enorme.

—¿No es un poco pronto para que estés hablando del matrimonio? —preguntó Amisha, que aún recordaba cuando su padre llegó a casa y le dijo que estaba comprometida. Mientras que su madre y sus hermanos lo celebraron, ella se escondió en la letrina y se pasó horas llorando.

—Tengo quince años. Y mi matrimonio ya está decidido.

Neema miró el reloj, luego la puerta, cualquier cosa con tal de evitar los ojos de Amisha.

Esta, que se había casado también con quince años, sabía que las niñas contraían matrimonio a cualquier edad. Una familia pobre podía llegar a intercambiar a su recién nacida por un saco de arroz. Había incluso pueblos que consideraban que una niña de quince años ya era demasiado mayor. Amisha se preguntó si el paso del tiempo llegaría a cambiar el ritual. Pero hasta el momento nadie, ni siquiera los británicos, había conseguido alterar aquella práctica.

—¿Tienes ganas de casarte? —preguntó Amisha.

—Se supone que debería tenerlas, ¿no? —Enfadada, frunció los labios y entrecerró los ojos. Amisha se sintió orgullosa al ver que Neema exhibía sus emociones—. Pero eso no es más que una historia. —Se dirigió a su pupitre y empezó a sacar los lápices y el papel de la cartera—. Ya le he dicho que no era buena.

—Tu historia me parece maravillosa, Neema. —Había habido un tiempo en que Amisha habría escrito una historia similar. Pero del matrimonio había obtenido unos hijos y jamás los sacrificaría a cambio de un deseo—. Has hecho un trabajo excelente tanto con las palabras como con el simbolismo. Estoy muy impresionada.

Visiblemente conmovida por lo que acababa de decirle Amisha, Neema se paró un momento a pensar antes de decir:

—Mi prometido quería una esposa culta. Dice mi padre que puedo considerarme muy afortunada.

—Neema... —Amisha dudó, consciente de que aquel no era su papel. Era solo una maestra y sabía, como todo el mundo, que Neema tenía que vivir su vida—. ¿Querrías ser la niña de tu historia?

Neema guardó silencio antes de responder.

—¿No me convertiría eso en una estúpida?

20

Navaratri —repitió Amisha, confiando en que la segunda vez desencadenara algo—. La festividad previa al Diwali.

—Pronunciarlo en voz alta tampoco me ayuda a entenderlo —dijo Stephen.

Estaban en un receso de sus clases, paseando por el perímetro del jardín. El día era magnífico. El polvo que flotaba normalmente en el ambiente había desaparecido del todo. Y aunque las nubes atemperaban el calor del sol, se filtraba en cantidad suficiente como para calentar los brazos y la nuca de Amisha.

—Bailamos. Las mujeres lucen sus joyas más caras. En los tobillos nos ponemos pulseras con campanitas. —Amisha se levantó un poco el sari para enseñarle las pulseras tobilleras que llevaba—. Y también veinte o treinta brazaletes de cristal de los mismos colores que nuestro *chaniya choli.*

—Y así al caminar suena un tintineo —dijo él bromeando. Se puso serio y ella entrecerró los ojos, a la espera—. ¿*Chaniya choli*? —preguntó, animándola a continuar.

—Nuestro mejor atuendo. —Le lanzó otra mirada reprobadora—. Blusa de manga corta con una falda de seda que cae hasta más abajo de las rodillas y un chal a juego. —Sus padres solo le habían podido comprar un *chaniya choli* sencillo y Amisha había conseguido luego un montón de cuentas de cristal y las había cosido a la prenda para darle más prestancia—. Las mujeres se decoran la frente con *bindis* tachonados con pequeños diamantes —explicó Amisha, señalando la zona entre las cejas.

—Para demostrar que están casadas.

—Sí. —Recordó el día de su boda cuando, como parte del ritual tradicional, siguió los pasos de Deepak dando siete vueltas alrededor de la hoguera hasta que él sumergió el pulgar en la pasta de color bermellón y le marcó la frente. El tamaño del punto rojo carecía de importancia, lo relevante era que todo el mundo supiera que a partir de aquel momento pertenecía a Deepak—. Para demostrar que estás casada —repitió en voz baja Amisha.

—Pero usted no lo lleva —dijo Stephen, observándola.

—No. —Amisha bajó la vista. Después de casarse, había lucido un punto pequeño y luego, tras nacer Samir, había prescindido de él—. No lo llevo.

—¿Por qué? —preguntó Stephen.

Amisha dudó, temiendo parecerle tonta.

—A veces se me olvida. —Miró de reojo a Stephen para evaluar su reacción. Estaba sonriendo. Cohibida de repente, Amisha se encogió de hombros—. Las jóvenes llevan *bindis* de todos los colores, y las viudas no los llevan.

—Las mujeres casadas lo llevan rojo, ¿verdad? —preguntó Stephen. Amisha asintió a modo de respuesta. Sabía que Stephen tenía que haber visto los *bindis* en las mujeres del pueblo—. ¿Cómo se inició la tradición?

Amisha volvió a señalarse la zona entre las cejas.

—Es el tercer ojo. Ver un *bindi* te recuerda que hay que tener presente el objetivo más grandioso de la vida, el objetivo supremo de desarrollar todo nuestro potencial. En los templos sigue significando eso. El tercer ojo se centra en Dios y el *bindi* significa devoción, te recuerda que hay que mantener siempre a Dios en el punto central de todos los pensamientos. —Se acordó de Chara y de su insistencia en que lo luciera—. Creo que el significado se ha ido perdiendo con el tiempo.

—Son cosas que pasan más de lo que nos imaginamos. —Cuando Amisha se quedó mirándolo, sorprendida, continuó diciendo—: La India quiere expulsar a los británicos, pero se olvidan de por qué llegamos al país en primer lugar. Llegamos para ayudar.

Amisha se quedó en silencio, procesando lo que Stephen acababa de decir.

—¿Es lo que le contaron en la escuela o lo que cree?

—Las dos cosas —respondió él, sin dudarlo un instante—. ¿Qué opina usted?

Era similar a su anterior pregunta. Amisha pensó en los continuos disturbios que aparecían en la prensa, en los que los indios se enfrentaban a los británicos. Teniendo en cuenta que los sucesos eran cada vez más frecuentes, daba la sensación de que el Raj británico no podría permanecer mucho tiempo más instalado pacíficamente en la India. A pesar de que el sistema de gobierno estaba instituido desde 1858, la India había luchado con todas sus fuerzas previamente, durante la Gran Rebelión, pero había sido incapaz de impedir la colonización. Ahora, bajo la influencia de Gandhi, los indios habían vuelto a encontrar su voz y clamaban por la independencia.

Inglaterra, sin embargo, se negaba a satisfacer las demandas de la India. Se la consideraba la joya de la corona del imperio británico. Proporcionaba beneficios tanto materiales como económicos. Perder el país habría representado un duro golpe para Inglaterra y su imperio. Los británicos habían encarcelado incluso a Mahatma Gandhi en diversas ocasiones con la esperanza de acallar la revuelta.

Durante las cenas, Amisha escuchaba con interés lo que decían Deepak y los demás hombres cuando hablaban sobre la situación del país. Pero en aquel momento, con Stephen, no le apetecía hablar de la división entre su pueblo y el de él. De modo que retomó la conversación sobre las celebraciones de la India.

—Navaratri —volvió a decir. Estaba segura de que Stephen tenía que haber oído hablar de aquella celebración—. Es el inicio de las nueve noches de las luces.

Comprendiendo que ella quería cambiar de tema, dijo Stephen:

—Suponga que no sé nada y así me lo cuenta.

—¿Quiere saber lo que es? —A Amisha le apetecía compartir con él los detalles del festival. Era una fiesta en que familiares y amigos bailaban hasta entrada la noche. En la que la gente se sentía excepcionalmente feliz. Durante el Navaratri, Amisha daba las gracias a los dioses por haber nacido india—. ¿Seguro?

—Me temo que no puedo decir que no —respondió él, muy serio.

Stephen ralentizó el paso cuando llegaron al árbol más alejado de la entrada. Se apoyó en el tronco y cruzó una pierna de su uniforme de color caqui sobre la otra. Se había subido las mangas de la camisa y el vello de los antebrazos le brillaba. Amisha se sentó en la hierba, confiando en que él siguiera su ejemplo.

—Es la celebración del Nuevo Año. Las *diyas* iluminan todas las casas. —Las lamparitas de arcilla se iban rellenando continuamente con aceite para que su llama pudiera arder las veinticuatro horas—. Bailamos durante nueve días. —La jornada favorita de Amisha era la primera, cuando todo el mundo ofrecía dulces y flores a los dioses y las diosas—. Empezamos con el Navaratri y terminamos con el Diwali. —Alzó la voz, entusiasmada—. Los fuegos artificiales iluminan el cielo. Y adornamos puertas y ventanas con hojas de mango y flores. —Amisha cogió una flor que había caído. Aspiró su aroma antes de pasársela a Stephen, que la tomó e hizo lo mismo—. Intercambiamos regalos y dulces con nuestros seres queridos y después rezamos para pedir crecimiento espiritual y fuerza.

—¿Fuerza para qué? —preguntó Stephen, haciendo gala de un interés genuino.

Amisha pensó en todos los motivos por los que rezaba. Le vino a la cabeza Neema y su historia de sacrificio.

—Fuerza para aceptar todo lo que la vida nos ofrece, lo bueno y lo malo.

Stephen levantó la vista hacia el cielo y luego volvió a mirar a Amisha, que vio que tragaba saliva. Se preguntó si estaría pensando en su hermano.

—¿Y a quién le rezan? —dijo Stephen entonces.

No era la pregunta que Amisha se esperaba.

—Al dios Ganesha y a sus padres.

Ganesha era el dios que eliminaba todos los obstáculos. El hecho de que Amisha estuviera allí, aprendiendo de Stephen, demostraba que su devoción la había compensado.

—¿El dios elefante? —preguntó Stephen.

—Sí. —Impresionada por sus conocimientos, Amisha siguió con sus explicaciones—: Es el hijo del dios Shiva. ¿Conoce su historia?

Stephen asintió, sorprendiendo a Amisha.

—Su padre le cortó la cabeza por accidente y la sustituyó con la del primer animal que encontró —dijo Stephen.

—Y, para disculparse, le otorgó a su hijo el poder de eliminar todos los obstáculos de la vida —remató Amisha.

—Y, con ello, de proporcionar el camino hacia la iluminación. A lo mejor tendría que convertirme.

Amisha levantó la cabeza, pero vio enseguida que estaba bromeando.

—¿Anda buscando la iluminación, teniente?

Le dio un codazo cómplice pero al instante se arrepintió de su audacia. Turbada, unió las manos sobre el regazo.

—Hay quien diría que la necesito.

La sonrisa que esbozó ayudó a Amisha a mitigar su vergüenza. Inquieto, Stephen se levantó y empezó a pasear por el jardín.

—El templo del pueblo lo recibiría con agrado.

Iba a decirle que allí no discriminaban, pero, cuando pensó en Ravi y Bina, se comió sus palabras.

—¿Un miembro del Raj en el templo? —Stephen negó ligeramente con la cabeza—. Creo que mi iluminación empezará y terminará en este jardín.

Amisha no sabía qué responder y ambos se quedaron en silencio. Finalmente, fue ella quien lo rompió.

—La celebración es también en honor a las diosas. —Amisha esperó a que Stephen volviera a tomar asiento bajo la sombra del árbol y a una distancia respetable—. Las tres diosas más poderosas: la diosa del poder y la fuerza, la de la riqueza, y la diosa del conocimiento y el aprendizaje. Nueve días de bailes, tres días en honor a cada una de ellas. —Cogió una ramita y dibujó en la tierra letras del alfabeto inglés—. ¿Tienen en Inglaterra alguna celebración en honor a las diosas?

Stephen se recostó sobre los antebrazos.

—En la Biblia no hay diosas, ni en ningún otro lado.

—¿Que no hay diosas? —Amisha se quedó sorprendida—. Y, entonces, ¿con quién están los dioses?

—¿Con quién? ¿Con quién se acuestan?

Amisha notó una oleada de calor que le ascendía por el cuello hasta las mejillas. Stephen la observó sin poder contener la sonrisa.

—Dios no se acuesta con nadie, que nosotros sepamos —replicó—. Y solo existe un Dios. No varios.

—Oh —dijo Amisha, sin palabras ante aquella información.

—Parece sorprendida. —Miró el reloj. Las clases no se acabarían hasta dentro de una hora—. ¿Le hablaron sobre otras religiones en la escuela?

Al oír mencionar el colegio, Amisha desvió la mirada.

—Me sacaron de la escuela después de haber ido seis años para ocuparme de las tareas de la casa.

—¿Seis? —Stephen hizo sus cálculos—. ¿Con once años?

—Sí —respondió Amisha. Se imaginó lo que estaría pensando Stephen. Que ella era una chica de pueblo sin cultura y que él formaba parte del poderoso Raj. Debía de estar preguntándose por qué estaba perdiendo el tiempo con ella. De pronto se sintió cohibida y toda su euforia desapareció. Buscó una excusa para poderse marchar, segura de que era lo que él quería—. Debe de tener trabajo que hacer. Creo que ya le he robado demasiado tiempo con mis divagaciones.

Cuando se disponía a levantarse, notó la mano de Stephen posándose sobre la de ella. Solo por un instante, lo que la llevó a preguntarse si habrían sido imaginaciones suyas. Ni siquiera el tiempo suficiente para llamar la atención de nadie. Ni la de los dioses a los que rezaba Amisha ni la de ningún miembro del personal de la escuela. Pero sí lo bastante como para recordarle quién era él: un hombre que la apreciaba lo bastante como para querer enseñarle cosas.

—Lo siento. Eso debió de dejarla destrozada —dijo Stephen en voz baja.

—Tampoco es que fuera tan malo —replicó Amisha, venciendo el nudo de agradecimiento que se le había formado en la garganta—. Les cogía en secreto los libros a mis hermanos y los leía. —Hizo una pausa, recordando aquella época—. Poco después, empecé a escribir.

—Una persona con sus habilidades debería tener el mundo a sus pies.

Abrumada por sus palabras, Amisha se levantó de repente para esconder las emociones que amenazaban con superarla. Le indicó que siguiera su ejemplo haciendo un gesto con el brazo.

—Voy a enseñarle la danza del Navaratri —dijo.

—No, no. —Se levantó también pero se cruzó de brazos—. Mi niñera siempre intentaba enseñarme a bailar. —Su postura no daba lugar a discusiones—. Yo no bailo.

Amisha cogió unas ramitas del suelo. Le entregó dos a él y luego siguió buscando hasta que encontró dos más.

—Todo el mundo baila. —Bailar era la forma de celebrar las grandes ocasiones: los casamientos, las festividades, etcétera. Para Amisha era el momento en que hombres y mujeres se reunían sin pensar ni preocuparse por los roles de género. A pesar de que sabía que los británicos no se sumaban a sus festividades, había empezado a ver a Stephen, en el jardín que compartían, como la persona que era—. Usted me enseña inglés y yo le enseñaré a bailar.

—Usted quiere aprender inglés —dijo Stephen, rezongando—. Yo no quiero aprender a bailar.

Amisha hizo caso omiso a sus quejas. Cogió la punta irregular de la rama de él y lo colocó en posición. Se situó delante de él, tomó un palito en cada mano y le indicó a Stephen que hiciera lo mismo.

—Haga lo mismo que yo.

Viendo que no obedecía de inmediato, movió las ramas hasta que él, suspirando con exageración, siguió su ejemplo.

—¿Contenta? —dijo.

—Sí. —Amisha contuvo la risa al verlo sujetando las dos ramas con hojas—. Ahora, mueva una de las ramas y golpee la mía, así. —Amisha le hizo una demostración de lo que quería y repitió el movimiento con la otra rama—. Muy bien. ¿Se ha fijado en cómo complemento yo el movimiento?

—¿Lo dice porque he sido capaz de darle a su rama con la mía? Ya me aseguraré de devolverle el favor cuando le enseñe a jugar con piezas de madera —dijo secamente Stephen.

Amisha ignoró el comentario.

—Esto lo repetimos cinco veces y entonces, después del último golpe, tiene que dar una vuelta completa y empezar con la siguiente persona del círculo. ¿Lo ve?

Amisha giró en redondo, su cabello siguió el movimiento y, sin querer, el sari se aflojó. Pisó accidentalmente el dobladillo y se tambaleó hacia delante.

—¡Cuidado! —Stephen consiguió detenerla justo cuando estaba a punto de caer al suelo. La cogió por debajo de los brazos y sus dedos se posaron en el lateral de sus pechos al intentar devolverle el equilibrio—. ¿Está bien?

—Sí —murmuró Amisha—. Gracias. —El aliento de Stephen le rozó la mejilla. Turbada, se separó de su abrazo. El calor que aquel contacto le provocaba entraba en conflicto con todas las expectativas que le habían inculcado—. Lo siento. Creo que me he emocionado en exceso.

—No es necesario que se disculpe —replicó él, tranquilizándola. Y, entonces, esperó a que ella lo mirara a los ojos para añadir—: A lo mejor resulta que es importante que aprenda los pasos de este baile.

21

Hoy escribiremos nuestra primera historia completa en inglés.

Amisha entregó a cada alumno un cuadernillo después de escribir la tarea en la pizarra empleando un inglés sencillo.

La noche anterior, Amisha había ayudado por primera vez a Jay con sus deberes en inglés. Y, cuando terminaron, el niño se había subido a su falda y le había dado las gracias. Amisha había tenido que tragarse el nudo que se le había formado en la garganta y lo había abrazado con fuerza antes de empezar a hacerle cosquillas. Con Jay muerto de risa, Amisha había mirado de reojo el altarcito del rincón para mostrarle su agradecimiento.

Y ahora, haciendo uso de sus limitadas dotes artísticas, dibujó la imagen de la tierra y pintó el mar de azul y la tierra de verde.

—¿Quién puede contarme de dónde venimos?

La tarea se le había ocurrido después de que Ravi y ella tuvieran una conversación con los niños sobre el karma y sobre cómo el universo determinaba el lugar que ocupaba cada uno.

Jay, con toda su inocencia, había preguntado qué crimen había cometido Ravi en su anterior vida para tener que nacer en la actual como un intocable. Amisha lo había regañado, pero Ravi le había dicho que no pasaba nada; aun así nadie tenía la respuesta a por qué había nacido para ocupar aquel rol en la vida.

—¿De Dios? —dijo un alumno.

—De la evolución. Venimos del mono —replicó otro.

—¿Y cómo vivimos la vida? —Amisha se dio cuenta de que estaban confusos e intentó explicarse—. Después de nacer, ¿seguimos controlados por la persona o el hecho que nos ha creado? ¿Somos como marionetas? —Los alumnos respondieron negando con la cabeza—. ¿Cómo tomamos nuestras decisiones?

—Con el corazón.

La respuesta de Neema fue indecisa y parecía más bien una pregunta. Amisha hizo un gesto de aprobación, dándole ánimos.

—Por instinto —añadió un niño sentado en la primera fila—. Hacemos lo que intuimos que es lo correcto.

—¿Con el alma? —le preguntó Amisha al niño. Viendo que asentía, dijo—: Excelente..., todas las respuestas son excelentes. —Amisha se aseguró de que toda la clase estaba concentrada antes de continuar—. El corazón y el alma funcionan a base de emociones. No siempre se paran a pensar en lo que es correcto o incorrecto, sino solo en lo que quieren y necesitan. ¿Y de dónde obtienen su guía?

—Del cerebro —dijo alguien, desde el fondo del aula.

—Correcto. El cerebro nos guía hacia lo que es aceptable crear, proteger o destruir. ¿Y de dónde obtiene su intelecto el cerebro?

Amisha observó el aula en busca de una respuesta. De entrada, los alumnos se quedaron sin decir nada, mirándose entre ellos para ver si alguno sabía qué responder.

Finalmente, habló un alumno de la parte delantera.

—De lo que aprendemos o de lo que nos enseñan. ¿Del conocimiento?

—Excelente. Pero por mucho que nos guíen el cerebro, el corazón y el alma, ¿podemos hacer todo lo que queremos? ¿Somos libres para tomar nuestras propias decisiones? —Cuando la clase murmuró que no, preguntó—: ¿Por qué no?

—Por nuestros padres —soltó un alumno, haciendo reír a todo el mundo.

—Por el Raj —susurró una niña sentada en primera fila.

—Por las normas —dijo Neema.

Emocionada con el interés demostrado por sus alumnos, dijo entonces Amisha:

—Quiero que escribáis sobre crear algo que os gustaría, sobre destruir algo que no necesitáis y sobre proteger lo que es vital. Y tenéis que explicar cómo se sienten vuestro corazón, vuestra alma y vuestra mente en cada caso.

Amisha estaba ordenando el aula cuando entró Stephen. Miró la pizarra.

—¿La tierra?

—Son sus deberes.

Amisha empezó a borrar el dibujo.

—Espere. —Aunque Stephen apenas le rozó la mano con la que Amisha sujetaba el borrador, ella se apartó de inmediato. Empezó a leer sus notas—. ¿El corazón, la mente y el alma?

Sin saber muy bien si Stephen aprobaba todo aquello, Amisha dijo:

—Me ha parecido que era un tema que valía la pena tocar.

Él asintió y Amisha tuvo una pequeña sensación de victoria.

—Lo es. —Stephen hundió las manos en los bolsillos del pantalón del uniforme—. Ojalá me hubieran puesto este tipo de deberes de pequeño. Seguro que sería un hombre más sabio. —Se apoyó en la pizarra y se preguntó en voz alta qué elegiría crear—. ¿Un coche muy veloz? —Sonrió al ver la cara que ponía Amisha.

—Veo que está de broma —comentó ella—. Deben de ser las fiestas. En su país es Navidad, ¿no?

—Así es. —Esperó a que recogiera sus cosas. Y juntos, acordándolo sin decir nada, pusieron rumbo al jardín. Stephen le abrió la puerta y la siguió. Justo al salir, se colgó de la rama gruesa de un árbol con ambas manos—. Mi madre viene a la India.

—Eso es estupendo. —Aunque Stephen rara vez hablaba sobre su familia, Amisha estaba segura de que tenía que estar entusiasmado. Pero al ver que le lanzaba una mirada de infelicidad, le preguntó—: ¿No es estupendo?

Se encogió de hombros y se agarró a otra rama.

—Mi madre es distinta.

—Eso no está bien. —Amisha suavizó sus palabras con una sonrisa. Levantó el brazo y arrancó una hoja de la rama donde él estaba colgado—. Fue la persona que le dio la vida.

Stephen se soltó y aterrizó en el suelo.

—No porque ella quisiera, creo.

Tomó asiento en el banco y dejó espacio para ella.

Amisha le acompañó. Con el paso de los meses, se sentía más cómoda sentada al lado de Stephen siempre y cuando no hubiera nadie presente. Sin darse cuenta, habían creado sus propias reglas dentro de los muros de la escuela. Pero, en cuanto se alejaba de Stephen, Amisha se preocupaba por la conducta que estaba teniendo. Pensaba en Deepak y en su matrimonio y el sentimiento de culpa se apoderaba de ella. Se prometía dar marcha atrás y comportarse según los estándares sociales. Pero, cuando Stephen y ella estaban juntos, su interacción era natural y fácil y resultaba mucho más complicado fingir indiferencia hacia la relación que tenía con él.

—¿Acaso no era cariñosa su madre? —preguntó Amisha, moviendo con la sandalia las piedrecitas del suelo.

La carcajada de Stephen sonó sin alegría y vacía.

—Mi hermano y yo fuimos más bien una ocurrencia tardía.

—¿Y su padre? —A pesar de sentirse fascinada, Amisha no estaba segura de si hacía bien fisgoneando. Pero le pudo el deseo de saber más cosas sobre él, de modo que le preguntó—: ¿Se llevan bien?

—Eso depende de lo que se entienda por llevarse bien —respondió Stephen. Levantó la vista hacia el cielo antes de mirarla—. Es por él que estoy aquí. —Hizo un gesto abarcando el entorno—. Favores de antiguos compañeros de la universidad que ahora dirigen el país.

—Entiendo que no está feliz aquí.

Amisha ya lo sabía. Así se lo había comentado Stephen cuando se conocieron, pero una parte de ella confiaba en que estuviera disfrutando de aquellas sesiones tanto como lo hacía ella.

—No soy infeliz. —Se quedó mirándola y no apartó la vista hasta que finalmente la fijó por encima de ella. Con la cabeza en otra parte, murmuró—: Pero estamos en guerra y mis amigos están combatiendo.

—¿Y por qué no usted?

Se levantó y empezó a caminar de un lado a otro. Tragó saliva con fuerza y su nuez de Adán se movió de arriba abajo.

—¿Le conté que mi hermano murió? —Esperó a que ella asintiera antes de continuar—. Falleció en combate. Estaba en la Real Fuerza Aérea británica. Después de aquello, me destinaron a la India en vez de al frente. Mi padre me encontró un puesto seguro y a la vez respetable.

Amisha notó el escozor de las lágrimas en los ojos.

—¿Era mayor que usted, su hermano?

—Me llevaba solo veinte meses. —Rio para sus adentros antes de reconocer—: Quería ser como él siempre, pero al mismo tiempo lo odiaba. —En cuanto empezó a perderse en sus recuerdos, sus hombros se relajaron y sus facciones se suavizaron—. Me gastaba unas bromas impresionantes. Y yo siempre caía en ellas de bruces.

—Le quería.

No era una pregunta, pero Stephen respondió de todas formas.

—Sí. Y aún le quiero —precisó. Le dio un puntapié a una piedrecita que se perdió rebotando entre las hojas de un arbusto—. Supongo que esas cosas no se acaban con la muerte. —Respiró hondo antes de continuar—. No sé si alguna vez se lo dije. —Y, meneando la cabeza, añadió—: Ahora es demasiado tarde.

Amisha deseaba poder consolarlo. Decirle que con el tiempo todo iría mejor, aunque no sabía si sería cierto. Así que, en vez de hablar, se quedó a la escucha sufriendo por él en silencio.

—¿Y su padre? ¿Está bien?

—No lo sé —respondió Stephen sin levantar la voz—. Nunca que llamo a casa está para poder preguntárselo.

—Pero debe de ser buena persona —aseguró Amisha.

—¿Por qué lo dice? —replicó Stephen, observándola con atención.

—Porque usted es una buena persona —respondió Amisha.

Cuando se quedó mirándola fijamente, Amisha se negó a apartar la vista. Así como antes se había sentido incómoda y nerviosa, ahora se encontraba a gusto y confiada.

—De poder él haber elegido, yo no estaría aquí. —Bajó aún más la voz antes de admitir—: Mi padre pensó que vivir con los oscuros era el menor de los dos males.

Amisha se encogió al escuchar el término que con tanta frecuencia usaban los británicos. Aturullada, preguntó:

—¿Y es usted de la misma opinión?

Tenía las esperanzas depositadas en su respuesta, pero también la temía. Se preguntó cómo sería capaz de continuar con sus lecciones si reconocía ante ella que compartía el punto de vista de su padre.

—Antes de la guerra, mi hermano viajaba con frecuencia. —En el interior del edificio, los niños estaban ya saliendo de las aulas. Por la puerta cerrada de acceso al jardín se filtraban las voces y el movimiento. Stephen hizo una pausa y esperó a que los pasillos se hubieran tranquilizado antes de proseguir—. La India formaba parte de su itinerario, claro está. Cuando regresaba, me contaba que aquí todo era distinto y que a algunos eso les amedrentaba. Decía que todos los seres humanos de la tierra compartimos la misma sangre. Que hay que saber ver más allá de las variaciones de color de piel y de cultura.

Aliviada, Amisha asintió.

—Hablaba como un hombre sabio.

—Y, entonces, me daba un puñetazo en el estómago, como hacen los hermanos, y me decía que yo no era lo bastante hombre ni lo bastante valiente como para marcharme de casa. —Amisha vio que el recuerdo le provocaba tristeza—. Decía que yo era el niño mimado de mamá.

Al captar el dolor que transmitían sus palabras, Amisha sufrió por él.

—¿Y lo es?

Stephen se estremeció solo de pensarlo.

—Dios me libre. Mi madre y yo no tenemos una relación muy estrecha. —Miró a Amisha antes de decir—: Es muy reservada. Justo lo contrario que usted, seguro. —Era lo último que Amisha esperaba escuchar. Stephen empujó con la bota el montículo de piedrecitas que ella había reunido con el pie en el suelo—. Apuesto lo que quiera a que sus hijos siempre saben lo que tiene usted en la cabeza.

—Preocupación —dijo de inmediato Amisha—. Rezo para que no se maten con sus travesuras.

—Sus hijos saben que los quiere mucho —argumentó Stephen—. Que haría cualquier cosa por ellos.

—Si algún día mis hijos cuestionaran mi amor y mi lealtad, es que no estaría siendo una buena madre.

Amisha se negaba a sacrificar el tiempo que pasaba con ellos y esperaba a practicar su vocabulario y a revisar los trabajos de sus alumnos a que los niños estuvieran acostados. Y, por eso, muchas noches acababa de estudiar viendo salir el sol.

—Ahí radica la diferencia entre mi madre y usted —señaló Stephen—. A usted le importa lo que saben y piensan sus hijos.

Sin saber cómo responder a aquel cumplido, Amisha le preguntó:

—¿Y qué piensa hacer cuando esté ella aquí?

Stephen reflexionó su respuesta.

—Visitar el Taj Mahal, Nueva Delhi, Bombay.

—Una gira turística británica, ¿no? —dijo Amisha, bromeando.

—¿Qué me recomienda si no?

Amisha arrancó la flor solitaria de un arbusto y se la ofreció a Stephen.

—Llévela a Cachemira. Tal vez a Monte Abu.

—¿Monte Abu?

—Una carretera serpenteante y traicionera recortada en la montaña. —Amisha acompañó la explicación con gesticulación exagerada—. La carretera lleva hasta un pico donde hay un templo magnífico construido en mármol. —Su familia había viajado hasta allí para asistir a una boda. Recordaba perfectamente lo maravillada que se quedó al ver aquello—. O al Dhal, en Srinagar. Es un lago majestuoso rodeado de flores que dejan en nada esta que tiene ahora en la mano.

Sonrió, recordando con cariño el lugar.

—Continúe —dijo Stephen, animándola.

—Cachemira es un lugar grandioso. —Amisha había oído decir que los miembros del Raj y sus esposas habían hecho de Cachemira su lugar de retiro personal y de asueto—. Es como el cielo en la tierra, teniente. Valles rodeados de montañas. El sueño de cualquier pintor, bosques exuberantes de verde y un paisaje tan bello que te emociona. —Recordaba bien su única visita a la región. Apenas capaz de permitirse el coste del viaje, toda la familia había dormido en el suelo de casa de un amigo. La música se filtraba a través de las puertas de un lujoso hotel británico que había en las cercanías—. Incluso con el sol calentando los pétalos de las flores, a lo lejos se vislumbran las cumbres nevadas de las montañas —dijo Amisha—. Pero nada de todo esto puede compararse con su gente —añadió, recordando a quienes vivían allí, que abrían sus casas flotantes y sus corazones a cualquier invitado.

Stephen escuchó en silencio sus recuerdos.

—Es sobrecogedor. —A Amisha le habría encantado volver, pero el coste del viaje era descomunal y Deepak no podía ausentarse tanto tiempo de sus negocios—. Cuando estuvimos allí, mi padre me dijo que una belleza tan auténtica tiene que ser una excepción, porque solo entonces el ser humano la aprecia.

Amisha tenía seis años cuando su padre planificó aquel viaje con la familia. Admiradores los dos del esplendor que los envolvía, su padre y ella se sentaron a orillas de un lago. Entregados a la belleza de la región, contemplaron las montañas, el perfecto telón de fondo de los campos floridos.

—Llévela allí, teniente, y demuéstrele a su madre que la belleza natural puede competir con la magnificencia de los castillos que tienen en Inglaterra.

Era la primera vez que Amisha hablaba con alguien sobre un viaje que tanto había significado para ella, el único recuerdo que tenía de haber compartido un poco de tiempo con su padre durante su infancia. Como muchos hombres, su padre siempre andaba atareado con el trabajo y con los hermanos de Amisha, dejándola a ella al cargo de su madre.

Stephen, con su mano moviéndose por voluntad propia, retiró un mechón de pelo atrapado en el labio inferior de Amisha. Esperó una milésima de segundo, con los ojos clavados en los de ella, antes de deslizarlo entre sus dedos y colocárselo detrás de la oreja.

Amisha cerró los ojos cuando los dedos de Stephen le rozaron el lóbulo y permanecieron unos instantes en contacto con la suavidad de su piel y el oro del pendiente. Estuvo a punto de romper a llorar por un acto tan simple y a la vez tan íntimo. El sentimiento de culpa por no haber girado la cabeza le aceleró las pulsaciones. Se convenció a sí misma diciéndose que para Stephen aquello no significaba nada, aunque para ella era una violación de todo lo que le habían enseñado sobre lo correcto y lo incorrecto. Pero, independientemente de lo que ordenaran las costumbres, no podía apartarse.

—Su padre tenía razón —murmuró Stephen—. Ver tanta belleza es excepcional.

22

Amisha y Ravi estaban barriendo el porche cuando pasaron por delante de la casa unos soldados. A pesar de ir vestidos de paisano, todos llevaban a la cadera su porra.

—¿Te preocupa alguna cosa, *shrimati*? —preguntó Ravi, sin dejar de barrer.

—¿Por qué lo preguntas? —replicó distraídamente Amisha, mientras se paraba para ver pasar a los hombres.

—Se te ve infeliz —respondió Ravi.

Amisha lo miró levantando una ceja.

—¿Te preocupa mi felicidad?

Ravi se encogió de hombros y siguió barriendo.

—Normalmente no, pero, dado que estás aumentando mi carga de trabajo, de repente yo sí que me siento infeliz. —Ravi había acumulado un pequeño montón de basura con la escoba. Amisha, ensimismada, la había vuelto a dispersar sin querer por el porche—. Por lo tanto, tu felicidad me preocupa, aunque solo sea pensando en mejorar mi situación.

Amisha se dio cuenta entonces de que había esparcido de nuevo la suciedad por el porche y se encogió avergonzada.

—Lo siento. —Se apoyó en la escoba—. Estaba pensando en el teniente —reconoció.

—¿Cuándo vuelve? —preguntó Ravi.

—Pronto.

Amisha desconocía la fecha exacta. Y, aunque imaginaba que los demás maestros lo sabían, no se atrevía a preguntárselo. Aparentemente, habían aceptado que diera clases en la escuela, pero ninguno había hecho el más mínimo gesto para que se sintiera bien recibida.

—¿Y qué tiene el teniente que lo hace diferente a esos? —dijo Ravi.

Señaló hacia los soldados. Estaban mirando a un grupo de niños jugando al críquet. Cuando uno de los más pequeños dio un golpe difícil, se sumaron al equipo aplaudiéndolo y vitoreándolo.

—No sé cómo describirlo —respondió Amisha, encontrando difícil explicarse—. Cuando estamos en el jardín, puedo hablar con él de lo que me apetece. —Stephen la trataba como a un igual. Con él se sentía segura y podía ser ella y, de esa manera, estaba empezando a descubrirse a sí misma—. Me siento feliz —concluyó, sin saber si antes conocía el significado de aquella palabra.

Ravi la escuchó sin interrumpirla. Cuando vio la sonrisa que se dibujaba en su rostro, sonrió también.

—Su ausencia te debe de estar resultando difícil.

—Lo dices sin juzgar los hechos —replicó ella con cautela.

—Llevas escribiendo historias desde que te conozco. —Hizo una pausa y bajó la voz—. Sé que nunca has podido compartirlas. —«Con Deepak», pensó pero no dijo—. A mí me juzgaron por querer más de lo que se me permitía tener. Fui ridiculizado y amonestado. Tú fuiste la única que me entendió y me aceptó. ¿Qué tipo de persona sería yo ahora si me pusiera a juzgar tu conducta?

Amisha tragó saliva porque el agradecimiento le había formado un nudo en la garganta.

—Gracias. —Controló las emociones y pensó en una historia que los ayudara, tanto a ella como a Ravi, a comprender mejor sus sentimientos—. ¿Quieres que te cuente una historia sobre... el rey y el príncipe?

—Ya que has duplicado mis deberes, sería un momento excelente para entretenerme un poco.

Ravi cogió la escoba de Amisha y ella se la cedió, encantada. Se sentó en una silla y empezó a desarrollar la historia.

—Un rey gobernaba con mano de hierro en su territorio siguiendo las reglas estrictas que habían instaurado sus antecesores. —Se detuvo a esperar a que le llegara la inspiración para el resto de la historia—. El rey tenía un único hijo, el príncipe. Cuando este heredó el trono, tuvo presente el consejo de su padre de gobernar siguiendo su mismo estilo.

A lo lejos, uno de los soldados se sumó al partido de críquet de los niños. Los gritos de alegría de los niños interrumpieron la historia. Amisha y Ravi los observaron en silencio, sin expresar sus pensamientos.

—Pero el príncipe era ciego y tenía la lengua deformada, razón por la cual hablaba con dificultad —dijo Amisha, retomando el relato—. Se preguntó cómo conseguiría gobernar con tantos impedimentos. —Cerró los ojos y se imaginó al príncipe y su desazón. La exigencia de tener que ser alguien que en realidad no era—. Hablando con un amigo íntimo, el príncipe reconoció sus miedos. Su amigo le dijo: «Acércate al pueblo. Y, como no puedes ver, toca a la gente. En vez de darles órdenes, escucha y presta atención a lo que tu pueblo tenga que decirte».

—Un amigo muy sabio —comentó Ravi, que dejó la escoba para concentrarse en el resto de la historia.

—Así que el príncipe hizo lo que su amigo le sugirió. Abrazó a los niños. Y, al hacerlo, se dio cuenta de que encontraba huesos allí donde debería haber carne. Cuando tocaba la cara de las mujeres, sus manos acababan mojadas por las lágrimas. Su pueblo era pobre y tenía hambre. —Amisha se atragantó de tan potente como era el aluvión de palabras—. Los lamentos de los padres rebosaban dolor. Querían una vida mejor para sus hijos. Escuelas y músicas. Lápices de colores para que los niños pudieran dibujar. Libros de poesía que los ayudaran a conciliar el sueño por las noches.

Fascinado, Ravi preguntó:

—¿Y qué hizo el príncipe?

—Decidió gobernar de manera distinta a los anteriores reyes. Gracias a su amigo, el príncipe gobernó con el corazón y sus desventajas se convirtieron en sus puntos fuertes. —Amisha pensó en el lugar que ocupaba en la vida y en todas las desventajas que su situación conllevaba—. Y su pueblo lo amaba. —Inquieta, miró hacia la casa y luego hacia el partido de críquet. Y reconoció por fin—: El teniente me ha hecho creer en mi valía, en que es algo independiente de quién o de qué soy. —Cuando estaba con él, Amisha podía tenerse por una mujer inteligente y con valor. Gracias a la oportunidad que él le había brindado, creía en que todo era posible—. Pero, cuando no está, me pregunto si esa creencia no es más que una ilusión.

Ravi asintió, como si la comprendiera.

—Pensando en ti, espero que el teniente vuelva pronto.

Los alumnos esperaban inquietos en sus asientos. Neema se había presentado voluntaria para leer su historia en primer lugar, pero llevaba cinco minutos clavada en su sitio, con la mirada fija en las palabras que había escrito. Sus dedos sujetaban la fina hoja de papel con tanta fuerza que Amisha empezó a preguntarse si la acabaría rompiendo.

—*Beti* —dijo con delicadeza Amisha. Cuando Neema volvió levemente la cabeza para mirarla, le preguntó—: ¿Quieres empezar a leer tu historia?

—Sí, señora.

Con voz temblorosa, Neema empezó a leer en voz alta la historia que había redactado como tarea escolar.

Una chica recién casada caminaba junto con su marido de vuelta a casa. Él se apoyaba en un bastón, mientras que las jóvenes piernas de ella se morían por bailar. Pero no había música, solo el ritmo que marcaba el implacable sonido del bastón. Había transcurrido un día y una noche desde el casamiento. Cuando cayó la noche, la chica buscó el cobijo de la luna. Arrodillada, sus lágrimas empaparon el suelo de la casa de él.

Hubo un destello de luz, y la chica vio su vida anterior y la que tenía ahora, pero, cuando buscó su futuro, solo encontró una imagen vacía. «Guíame para que pueda llegar a ser lo que quiero», pidió, pero no obtuvo más respuesta que el silencio. Recurrió a su fuerza interior y buscó consejo en sí misma. «Quiero explorar el mundo», susurró. Miró hacia el cielo y hacia las estrellas y se imaginó un mundo distinto al de ella. Dio las gracias al poder superior por haberla creado. Y, entonces, se llevó la mano al corazón y le preguntó en silencio qué deseaba. «Ser feliz», escuchó la chica. Se llevó entonces la mano al abdomen y le susurró la misma pregunta. «Ser libre», escuchó.

La chica levantó la cara hacia la luna, cuyos rayos eran la única luz que brillaba en la oscuridad. Se acercó la yema de los dedos a la frente y escuchó en el pulso de la sangre la respuesta que permanecía allí dormida. Hubo otro destello de luz y respondió con un gesto de asentimiento. Sabía lo que tenía que hacer para proteger lo que era vital para ella.

Se despidió de la casa en la que había sido sentenciada a pasar el resto de su vida. A cada paso que daba hacia la autonomía, notaba el corazón más ligero y el alma más segura de sí misma. Al llegar al borde del acantilado, asomó la cabeza y observó la oscuridad. El abrazo del abismo la llamaba, y su último paso la condujo a la libertad.

—Neema. —Amisha había esperado a que el aula se vaciara. Después de Neema, los demás alumnos habían leído también sus historias en voz alta. Algunos hablaban sobre sucesos mundiales como el hambre y la guerra, otros elegían temas más cercanos a su corazón. Un niño había escrito sobre el bien y el mal sirviéndose de batallas de monstruos. Pero ninguna historia provocaba la conmoción y las preguntas que suscitaba la de Neema—. Tu historia me ha parecido muy potente.

—Gracias —dijo Neema en voz baja mientras recogía los lápices con las gomas de borrar mordidas y lo guardaba todo en la cartera.

—Tienes grandes dotes para la escritura. —Amisha habló con cuidado y eligiendo bien sus palabras—. ¿Te gusta la escuela?

La chica echó un vistazo al aula vacía.

—Mi prometido invita a muchos militares británicos a su casa. —Neema se tocó con inquietud los diamantes que la adornaban. O bien no había oído lo que acababa de decirle Amisha o la ignoraba a propósito—. Quiere que pueda recibirlos sin ser aburrida. Una educación inglesa me servirá para conseguirlo.

—¿Y tú qué querrías?

Amisha hizo un gesto para cogerle la mano pero Neema la apartó. La historia de la chica había asustado a Amisha, que no sabía si tomarla como una advertencia o como el resultado de la imaginación hiperactiva de cualquier joven.

—Eso no importa. —Neema se encorvó y apretó los puños—. ¿Para qué soñar cuando tu destino está predeterminado?

Recogió los libros y abrió la puerta.

—¡Neema! —gritó Amisha, intentando detenerla, pero fue en vano. La joven ya se había marchado.

JAYA

23

Mi padre trabajó duro para tener su propia consulta médica. Desde pequeña, todo el mundo dio por sentado que yo seguiría sus pasos, trabajaría con él y luego pasaría a ocupar su puesto. Mi futuro como médico quedó firmemente establecido antes de que yo comprendiera del todo en qué consistía. Pero, a medida que fui haciéndome mayor, mi interés por la medicina disminuyó y creció mi interés por las palabras. Cuando llegó la hora de ir a la universidad y de decidirme por una carrera, confesé a mis padres que quería estudiar periodismo. Me armé de valor para enfrentarme a la decepción de mi padre y me quedé sorprendida cuando me dijo que me entendía. Agradecida, me dispuse a levantarme de la mesa, pero mi madre me interrumpió.

—Está decidido que estudies Medicina —sentenció.

—No —repliqué, negándome a obedecer—. Voy a ser periodista.

—Jaya...

—Se trata de mi vida —argumenté, sin dejarle añadir nada más—. Tengo derecho a hacer aquello que me haga feliz.

—La felicidad no es algo que pueda darse por sentado —me corrigió mi madre—. Serás médico.

Mi padre me pidió que me fuera para poder hablar con mi madre a solas. Una media hora después, salieron y me dijeron que apoyaban mi decisión. Le di las gracias a mi padre y no le dirigí ni una sola palabra a mi madre, que jamás volvió a hablar sobre aquel día ni sobre mi decisión.

Por las mañanas, Ravi y yo paseamos por el pueblo, y, por la noche, él sigue contándome la historia mientras cenamos. Esta noche, Ravi y yo hemos decidido cenar en un restaurante punyabí. A diferencia de los platos de verduras salteadas con especias que él suele prepararme, las entradas punyabíes están cargadas de crema de leche y mantequilla. Devoro el arroz pilaf con verduras.

—Todo el mundo es muy atento y amable —digo, saludando con la mano a un grupo de niños que deambula por allí.

—Les has alegrado el día. —Ravi rebaña el plato con su *naan*—. No estamos nada acostumbrados a ver extranjeros.

—Extranjeros tenemos muchos —dice el dueño del restaurante mientras nos rellena de nuevo los vasos con *lassi* de mango. Tiene la cara y las manos llenas de arrugas. Ha conjuntado sus pantalones anchos de algodón blanco con una camisa de manga corta. Su piel es casi tan oscura como su pelo—. Lo que es excepcional es tener por aquí a Ravi *sahib.*

—¿Así que su encanto no atrae multitudes? —digo, mirando sonriente a Ravi.

—Siempre anda ocupado cuidando de la casa del fallecido *sahib* y de sus demás propiedades. —El dueño nos sirve una bandeja con el postre—. Contrata gente para ocuparse del jardín y del molino. Este lleva años sin utilizarse, pero allí no se atreve a entrar ni una araña por miedo a perder la vida.

—¿Pagas para que lo cuiden? —Sé, por el tiempo que hemos pasado juntos, que carece de fuente de ingresos—. Pero si no queda nadie que te pague un sueldo.

—Tu familia me pagaba como un rey cuando trabajaba para ella —dice, como si fuera esa razón suficiente. Termina el pastel en dos mordiscos y luego sumerge la servilleta en el vaso de agua para limpiarse las manos—. Considero mi responsabilidad ocuparme de lo que es de tu familia igual que ellos me cuidaron a mí.

El dueño inclina la cabeza en señal de respeto hacia Ravi. Y me dice a continuación:

—Pese a haber muerto todos, sigue siendo el criado de confianza de su familia. Su madre tendría que sentirse orgullosa.

—¿Conoció usted a mi madre?

Nadie me la ha mencionado desde mi llegada. Es como si no hubiera existido nunca.

La mirada del dueño del restaurante choca con la de Ravi y tengo la sensación de que se pasan un mensaje en silencio.

—Solo de vista. —La respuesta es evasiva y claramente esconde alguna cosa—. Es usted igual que ella.

Nos saluda con un movimiento de cabeza y se marcha.

—¿Por qué nadie conoce a mi madre? —pregunto en cuanto el dueño se aleja—. Se crio aquí pero es una desconocida.

En lugar de responder, Ravi coge un trozo de *halwa* y me lo pasa. Las moscas que han estado todo el rato entrando y saliendo del restaurante aterrizan en nuestra mesa atraídas por el olor a dulce. Las ahuyento con la servilleta, pero lo único que consigo es que se acerquen aún más.

—Era muy reservada —responde—. Rara vez salía de casa.

—¿Ni siquiera para visitar el jardín? —digo, preguntándome cómo podía obviar algo así.

—No conocía su importancia. —Como suele suceder cuando Ravi cuenta la historia, su mirada se pierde y sus palabras parecen calculadas—. Tu abuelo cerró la escuela después de la muerte de tu abuela. Y, en los años posteriores, gran parte del jardín murió. —Capto un destello de tristeza antes de que se pase la mano por la cara—. No me concedió permiso para entrar de nuevo allí hasta después del fallecimiento de su segunda esposa.

—Entiendo, entonces, que fuiste tú quien recuperó su esplendor. —Su silencio me da la respuesta. Debió de ocuparse con gran amor de todas y cada una de sus flores, de todos y cada uno de sus arbustos. Me pregunto por qué mi abuela sería merecedora de tanta lealtad—. No sabía que mi abuelo fuera el propietario de la escuela. ¿Cómo fue eso?

Menea la cabeza, y sé que obtendré la misma respuesta: que la historia no tardará en revelar todos sus secretos. En el tiempo que hace que lo conozco, he llegado a la conclusión de que presionarlo no sirve de nada.

—¿Eras igual de terco que ahora cuando mi abuela vivía? —Al ver su sonrisa, pregunto—: Y ahora que ha muerto mi abuelo, ¿quién es el propietario de la escuela?

—Tu madre. —Sorprendida, me quedo mirándolo—. Tus tíos renunciaron a sus intereses sobre la casa y el molino. Tu abuelo dejó la escuela a tu madre para que haga con ella lo que le plazca. Decía que le pertenecía.

—¿Y lo sabe mi madre?

No me había mencionado nada antes del viaje ni por teléfono después.

—Lo ignoro. —Mueve la cabeza con lentitud y su cansancio es evidente—. El registro de la propiedad dice que la carta que enviaron sigue sin tener respuesta. —Deja caer los hombros en un gesto de derrota—. Si transcurren sesenta días desde el fallecimiento de Deepak y nadie reclama las propiedades, el gobierno las venderá al mejor postor. —Traga saliva—. Y los recuerdos de tu abuela, su legado, se habrán perdido para siempre.

Estoy en el porche y contemplo la oscuridad de la noche. La luna llena brilla en el cielo estrellado, un espectáculo difícil de ver con las luces de Manhattan. Después de cenar, Ravi ha vuelto a casa, pero yo estoy demasiado inquieta como para poder dormir.

Proceso la revelación de Ravi mientras paseo entre paredes carentes de todo adorno. Recorro con la mano la superficie de los distintos muebles, imaginándome la época en la que mis abuelos y mi madre hicieron de esta casa su hogar. En la historia, el amor de Amisha por su hogar y su familia es evidente. ¿Por qué, entonces, sus hijos rechazan lo que fue suyo?

Pienso en mi hogar, ahora vacío. Irme de allí ha sido más fácil de lo que me había imaginado. Cuando nos mudamos a vivir a aquel apartamento, Patrick y yo dedicamos muchas horas a decorar el carísimo espacio que nos validaba a nosotros y a nuestras respectivas carreras profesionales. Colocamos y recolocamos todas y cada una de las obras de arte y muebles que fuimos comprando hasta encontrarles el lugar ideal. Daba la sensación de que solo podía ser el hogar perfecto si todo era absolutamente correcto y, en aquel momento, eso era para nosotros lo más importante. Y no fue hasta que empecé a anhelar las manos de un niño causando estragos que caí en la cuenta de que no es la decoración ni la dirección donde está ubicado lo que crea un hogar, sino la gente que lo habita.

Cojo el ordenador y lo asiento en mi regazo. Acaricio el teclado con las manos y experimento la sensación de calma que solo me aporta la palabra escrita. Demasiado cansada como para poder censurar lo que vaya a decir, me pongo a teclear.

Empecé mi carrera como periodista en el ámbito de los negocios. Encajaba con mi necesidad de que los hechos estuvieran sustentados en cifras. Pero cuando me hastié del tema y dejé de creerme todo lo que escuchaba, fui ascendida a deportes. Jamás he sido una «fan», por lo que es fácil imaginar mi sorpresa y mi horror al oír las estadísticas que recitaban de memoria en los vestuarios los hombres que creían que yo sabía tan bien como ellos la velocidad que había adquirido una determinada bola con respecto a los veinte lanzamientos previos. Después de seis meses allí, supliqué el traslado a la sección de tecnología. Mi editor me ofreció, en cambio, un puesto en la de literatura. Los libros son para mí como un enigma, y, a pesar de que valoro la palabra escrita por encima de cualquier otra cosa, los relatos nunca me atrajeron. Pero decidí tener una mentalidad abierta y acabé comprendiendo que incluso la ficción puede esconder retazos de verdad. Cabe imaginar la fascinación que sentí cuando me enteré de que a mi abuela —una mujer que murió antes de que yo naciera— le gustaba escribir cuentos. Y que la esperanza de que algún día sus historias fueran valoradas había sido su bote salvavidas.

«Esperanza» es una palabra de nueve letras, una palabra sencilla en comparación con «esternocleidooccipitomastoideo», una de las más complicadas. Esperanza, una palabra sencilla con un significado muy profundo. La parte de intelectual que hay en mí desdeña su atractivo mientras que mi parte de escritora nunca ha entendido la seducción de lo intangible. Pero la esperanza era lo único a lo que se aferraba mi abuela, y muchas como ella. Mi abuela quería escribir sus historias en inglés, un idioma extranjero. Para mí, la nieta que solo ha disfrutado de lo mejor de la vida, es un sueño de lo más sencillo. Elegí hacer

de la escritura mi profesión. Si considero que alguna cosa es importante, la plasmo sobre papel. Me resulta más seguro que pronunciar las palabras en voz alta. Ni una sola vez, cuando me he puesto a escribir, he temido las consecuencias que pudiera tener seguir mi vocación. Jamás se me ha ocurrido pedir autorización para hacerlo o preguntarme si me estaba permitido ser más de lo que los otros querían que fuese. En mi vida, doy por sentado que mis sueños pueden hacerse realidad. Sean los que sean, doy por hecho que son posibles.

Saber que una mujer de tan solo una generación anterior a la mía vivió una vida que no puedo ni imaginarme ni comprender resulta aleccionador. Me avergüenzo de mi ingenuidad y me abochorna reconocer que mi burbuja se había vuelto tan oscura que lo único que veía en ella era mi propia sombra. A toro pasado, pienso que nos protegemos de las cosas que son demasiado difíciles de entender. Pero esa excusa no es más que eso. El dolor de mi abuela me parece incomprensible, mientras que su fortaleza me inspira. Soy débil, en comparación. Porque, por mucho que hubiera creído en mi fortaleza, es toda una lección de humildad saber que tengo una enorme carencia de ella. Como ciudadana del mundo y como mujer, lo único que puedo hacer es intentar hacerlo mejor. Lo que eso significa es todavía un misterio, pero pienso dar el primer paso de este viaje sin saber adónde me conducirá. Por el camino, es muy posible que aprenda alguna que otra cosa.

A lo mejor, al final, resulta que también hay esperanza para mí.

Termino y me dispongo a pulsar la tecla «Enviar», pero dudo de nuevo. El dolor de los últimos años se acabó convirtiendo en un secreto muy bien guardado. Cuando necesité a Patrick, no recurrí a él sino que seguí con las visitas a mi psicólogo mientras él seguía visitando al suyo. Estar juntos cuando nos sentíamos fuertes era sencillo, pero cuando me sentí débil resultó imposible.

Ahora, cansada de esconderme, leo de nuevo la entrada del blog y pulso «Enviar». Y antes de que pueda empezar a cuestionar mi decisión, apago el ordenador y me voy a la cama.

24

Me paso un peine de púas finas por el pelo para ver si tengo piojos. Llevo los últimos días sin poder parar de rascarme y Ravi me ha dicho que tal vez me han infectado. Me rasco el cuero cabelludo con las púas del peine y encuentro un bichillo de color marrón. Lo saco con un palillo antes de repetir la operación. Otro, y luego dos más, hasta que finalmente termino.

—Es asqueroso —murmuro.

—¿Lo dices por algo en concreto o es una simple observación? —pregunta Ravi, que me localiza en el porche de atrás. Cuando ve el peine, hace un gesto de asentimiento—. Me parece que nuestros amigos te han dado la bienvenida a la India.

—Calificarlos de amigos a lo mejor es vuestro primer problema. —Sin ganas de reír, me señalo la cabeza—. ¿Algún consejo para librarme de ellos?

—Luego te traeré pasta de manzanilla. Los asfixia.

—En cuanto puedas. —Me recojo rápidamente el pelo en una trenza. Antes me he duchado y me he puesto un vestido largo de tirantes. Ayer, Ravi y yo hicimos planes para ir a explorar otros pueblos. Cuando me dijo que solo ha salido de aquí un puñado de veces, insistí en que fuéramos juntos. Oigo que llaman a la puerta. Me quedo mirando a Ravi—. ¿Esperas a alguien?

—No tengo amigos —responde simplemente.

—Sí, será por eso que cuando vamos al pueblo nos paran continuamente para saludarte.

Lo miro con exasperación y abro la puerta.

En el porche, una niña que no tendrá más de ocho años se mueve con nerviosismo de un lado a otro. Va peinada con dos trenzas que caen sobre sus hombros y el vestido con mangas de farol le llega justo por encima de unas rodillas llenas de arañazos. Calza unas sandalias doradas y adorna el dedo gordo del pie con un anillo. Luce también varias pulseras de plástico en ambos brazos.

—Hola. —Sorprendida, vuelvo la cabeza hacia Ravi, que se encoge de hombros, dándome a entender que no tiene ni idea de a qué viene aquella visita—. ¿Puedo ayudarte en algo?

—¿Jaya *shrimati*?

—Sí, soy Jaya. ¿Y tú?

Le pido que pase, pero la niña me indica con gestos que la siga.

—Hay una llamada para usted, *shrimati.* En la tienda de mi padre. —Baja de un salto del porche—. Venga rápido, por favor. Si no se perderá la conexión.

—Te espero aquí —dice Ravi, cuando lo miro.

Intentando seguirle el ritmo, le pregunto a la niña:

—¿Quién me llama?

—Un hombre de otro país. Mi padre ha hablado con él.

Tiene que ser mi padre. Preocupada, acelero el paso.

—¿Y cómo sabías tú quién era yo?

—Todo el mundo lo sabe. —Tímida, apenas me mira—. ¿Es usted de los Estados Americanos?

—¿De Estados Unidos? —Sonriendo al verla tan entusiasmada, le digo—: Así es.

—En la tienda nunca habíamos recibido una llamada de los Estados Americanos. —Con una madurez que parece superar su edad, añade—: La línea no es muy buena. Vamos.

Incapaz de seguirle el ritmo con tacones, me descalzo. Piso con fuerza el camino de tierra. Antes de este viaje, me habría reído de cualquiera que me hubiera dicho que acabaría corriendo descalza por los pueblos de la India. Ahora, no me imagino en otro lugar.

El aire seco me despeina mientras cruzamos el pueblo hasta llegar a las afueras del poblado vecino. Nos acercamos a una hilera de casas con tiendas con cubierta de teja y escaparates. Hay gente que se nos queda mirando, pero en su mayoría los transeúntes nos ignoran.

—Es aquí.

La niña abre la puerta que da acceso a una tienda que es más moderna que las demás.

Al entrar, nos sacude una ráfaga de aire acondicionado. Dentro de la tienda, rodeadas por una decoración lujosa, hay varias vitrinas de cristal que contienen joyas de oro de veintidós quilates. Encima del mostrador, un expositor giratorio presenta pendientes y anillos de diamantes asegurados con candados. En cuanto entramos, el hombre elegantemente vestido de detrás del mostrador se levanta para recibirnos.

—*Namaste.* Soy Sanjay, propietario de la tienda.

Une las manos y se inclina en un leve saludo. A diferencia de los demás habitantes del pueblo, lleva pantalón de traje y camisa de vestir. Los botones superiores de la camisa están desabrochados y dejan entrever una cadena fina de oro con un colgante con el símbolo Om.

—*Namaste.* —El incienso que quema en un pequeño templo casero levanta una columnilla de humo—. Gracias por enviar a su hija a buscarme.

El rostro del hombre se ilumina ante la mención de la niña.

—La oficina está aquí detrás. —Cruza una pequeña puerta y me hace pasar a un despacho—. El caballero que está al teléfono ha preguntado directamente por usted.

Cierra la puerta para darme cierta intimidad.

Es una habitación húmeda y abarrotada, con una mesa pequeña y estuches con artículos de joyería apilados en una estantería junto a una caja con semillas de granada. Me acerco al oído el auricular del teléfono.

—¿Diga? —Viendo que nadie responde, repito—: ¿Diga? ¿Hay alguien ahí?

—¿Jaya?

La voz de Patrick resuena por encima de las interferencias.

Me asaltan las emociones. He intentado no pensar en él a diario desde mi llegada. Pero ahora recuerdo la calidez de su aliento en la nuca cuando me abrazaba por las noches. Su excitación cuando tenía información nueva que podía influir en el caso en el que estaba trabajando o su risa cuando compré toda aquella ropa para el bebé. De pronto, como si estuviera viendo la escena de una película, recuerdo cuando me encontró acurrucada en el suelo del cuarto de baño después del primer aborto. Me cogió en brazos y me llevó a la cama. Allí, nos abrazamos y lloramos. Fue la primera y la última vez que lamentamos juntos nuestra pérdida.

—¿Patrick? —Sujeto con fuerza el cable del teléfono—. ¿Me oyes?

Hay interferencias y luego la línea se queda muda. Defraudada, apoyo la cabeza en la silla mientras los recuerdos luchan por aflorar a la superficie.

Después del segundo aborto, ansiaba recostarme contra Patrick, abrazarlo y confiar en que su fortaleza se filtrara en mi interior, pero nunca di ese primer paso. Patrick estuvo a mi lado mientras cargaba con su propio dolor. Derramó lágrimas que yo no pude derramar. Lamentó la pérdida cuando mi dolor me negó un consuelo. Su camino hacia la curación consistió en retomar la vida diaria. Y a cada paso que él daba, más rezagada me quedaba yo. Al final, me quedé sola, sin respuestas sobre cómo llenar aquel vacío.

Pero el pasado no siempre fue sufrimiento. Antes de los abortos, nuestros pasos iban parejos y a lo largo de nuestro noviazgo aprendimos a mantenernos unidos ante las dificultades.

Una noche, cuando empezamos a vivir juntos, Patrick y yo tuvimos una pelea importante por culpa del programa de la tele que queríamos ver. En aquella época, tuve la sensación de que era una discusión que lo abarcaba todo, una pelea sobre todos los aspectos de nuestra relación, no simplemente por un programa. Temí que, si no encontrábamos una solución de compromiso, lo nuestro se iría al traste. En aquel momento, no caí en la cuenta de todas las horas que habíamos pasado juntos, acurrucados en su apartamento o en el mío viendo juntos la televisión. La pelea terminó con Patrick tumbándome en el suelo y llenándome de besos hasta que me calmé. Aquella noche, pasamos horas haciendo el amor.

Perdida en mis recuerdos, me pregunto si Patrick me estará llamando para decirme que lo nuestro aún tiene solución. Que, de un modo u otro, en medio del desamor, ha encontrado un camino para recuperar nuestra felicidad. Cojo el teléfono para llamarlo. El oro de mi alianza de boda, que no me he quitado, brilla en mi dedo. Mientras marco, juego con ella, la hago girar y girar. He pensado muchísimas veces en quitármela, pero con todo el sufrimiento de los últimos meses la necesitaba a modo de áncora, aunque fuera solo mentalmente.

El teléfono conecta los continentes. Pienso en la última vez que hablamos, cuando reconoció lo de Stacey. Pienso en él abrazándola, besándola. Me sube la bilis a la garganta. Cuando responde, cuelgo el teléfono sin decir palabra. Cierro los ojos y espero a que el dolor mengüe y solo entonces emprendo el camino de vuelta a casa.

AMISHA

25

Amisha estaba limpiando los pupitres. Después de cada clase, ordenaba el aula para que los demás maestros no pudieran culparla de nada. Iba ya por el último escritorio cuando notó la presencia de alguien detrás de ella.

—Feliz Navidad —dijo Stephen cuando Amisha se giró.

Stephen cerró la puerta y dejó una bolsa grande en el suelo.

—¡Ya está de vuelta!

Amisha corrió hacia él y se detuvo a escasos centímetros.

—Así es. ¿Me ha echado de menos? —dijo en tono de broma.

Se le veía cansado. Su ropa, normalmente pulcra y sin una arruga, tenía un aspecto desangelado y llevaba la corbata suelta. Tenía ojeras.

—Sí. —A Amisha le daba igual que la respuesta no fuese conveniente. Su amigo estaba de vuelta y no quería mentirle—. Sí lo he echado de menos..., mucho.

Amisha lo había echado de menos desesperadamente. Pasaba las horas trabajando con sus alumnos, pero, cada vez que se acercaba al recinto de la escuela, le pesaban los pies y la soledad. Había añorado tanto sus conversaciones como su compañía. Durante la ausencia de Stephen, había intentado hablar con Deepak sobre alguno de los temas que solía discutir con Stephen, pero su esposo no había dado la menor muestra de interés por mantener la conversación.

Stephen recibió las palabras de Amisha en silencio. La miró a los ojos. Segura de haber sobrepasado un límite, Amisha, humillada, retrocedió un par de pasos.

—Lo siento —se disculpó, titubeando.

Su entusiasmo se esfumó de repente. Empezó a argumentar que lo que acababa de decir estaba fuera de lugar cuando él la interrumpió.

—Obligué a mi madre a quedarse despierta hasta las tantas de la noche para hablar sobre temas mundanos. —Estrechó la distancia entre ambos hasta que ella volvió a mirarlo—. Me ayudó a pasar el tiempo hasta mi regreso.

Amisha tragó saliva y trató de respirar hondo. Escuchó las palabras que Stephen no pronunció. Las mismas que ella temía y a las que jamás pondría voz: que, a pesar de que el tiempo que habían pasado separados había sido breve, se habían echado de menos más de lo que suelen hacerlo los amigos.

Stephen extendió el brazo hasta que su mano quedó a muy poca distancia de ella. Esperó, brindándole la oportunidad de decir que no, pero para Amisha era imposible. Estaba desesperada por sentir aquella conexión con él, aunque fuera solo un instante. Cuando él captó la conformidad en sus ojos, impregnada de culpabilidad, movió la cabeza en un leve gesto de asentimiento. Le cogió la mano solo un segundo y se la soltó.

Amisha se imaginó a Chara ordenándole que se marchara de inmediato de allí. Su suegra le diría a gritos que disfrutar la compañía de Stephen era una vergüenza tanto para ella como para la familia. Amisha reflexionó unos instantes sus distintas alternativas. Marcharse era la opción más inteligente, pero por una vez quería hacer lo que le apeteciera, determinar lo que era incorrecto y correcto cuando no estaba haciéndole daño a nadie. Preguntas que jamás se habría imaginado que llegaría a formularse la acosaban por todos lados, e ignorarlas era la única respuesta segura.

—Feliz Navidad —repitió Stephen, rompiendo el silencio. Cogió la bolsa que había dejado junto a la puerta y se la entregó—. Le he traído un regalo.

—¿Qué? —Feliz de tener una distracción, Amisha aceptó la bolsa—. No tenía por qué. —Era una bolsa pesada—. Yo no celebro la Navidad.

El último regalo que había recibido Amisha habían sido las joyas de su dote.

—En ese caso, debería llevármelo.

Hizo un gesto como para recuperar la bolsa, pero ella se apartó. Y, sonriendo, tiró de la bolsa.

—Es mía —dijo—. Muchas gracias. —Amisha sacó un paquete del cajón de su mesa. —Feliz Navidad.

Dubitativa, le entregó el regalo que había envuelto.

Después de que en su día Amisha le explicara los detalles sobre el Navaratri, le había preguntado a él por su festividad favorita. Sin dudarlo ni un instante, Stephen le había respondido que la Navidad. Y, cuando le había explicado lo de los regalos, Amisha había decidido que le entregaría uno. Había comprado papel de seda en el mercado y lo había teñido con azafrán. Y, con extremado cuidado, había envuelto su regalo.

—¿Es para mí? —exclamó Stephen, mirando con los ojos abiertos de par en par el paquete que ella le entregaba.

—No, para mí. Disfruto haciéndome regalos —murmuró Amisha, sintiéndose muy cómoda en su compañía.

—Tiene un regalo para mí —dijo Stephen, aceptándolo.

Amisha no estaba segura de cómo reaccionaría, pero su alegría infantil la tomó por sorpresa.

—Sí —contestó, feliz de haber seguido su instinto.

—Tenemos la tradición de zarandear el regalo antes de abrirlo —explicó Stephen. Amisha se echó a reír al ver que él lo hacía y, siguiendo su ejemplo, sacudió la bolsa en un intento vano de adivinar su contenido. Stephen rio a carcajadas—. ¿Lo sacude ahora? Si no va con cuidado acabará rompiéndolo.

—¿Ahora?

Amisha no estaba segura de cómo lo hacían en la cultura de Stephen. Se preguntó si sería igual que en la suya: abrir el regalo y dar las gracias efusivamente o esperar a estar en privado y enviar una nota de agradecimiento.

—No, la Navidad que viene —repuso Stephen—. Cuando me marche a la guerra, puede enviarme una carta contándome si le ha gustado.

Las palabras retumbaron en la cabeza de Amisha. Bromeaba, estaba segura. Pero su mente ya lo había registrado. Las dos semanas que había pasado sin él se le habían hecho durísimas. Lo había echado de menos mucho más de lo que jamás se habría imaginado. Pero la idea de no volver a verlo nunca más la dejó tambaleándose. Cuando volvió a llenar los pulmones de aire, fue como si lo hiciera con oxígeno muerto.

Stephen debió de percatarse de su cambio de expresión, puesto que su sonrisa desapareció de inmediato.

—Bromeo, Amisha —dijo en voz baja—. No me voy a ninguna parte.

«Por mucho que le pese», pensó Amisha, aunque no lo expresó en voz alta. Intentó disimular el abanico de emociones que sabía que pasaban por su cara. Cuando se le inundaron los ojos de lágrimas, el rostro de él se llenó de dolor. Amisha se regañó por tener una reacción tan inconveniente y encerró sus emociones a cal y canto. Le ofreció entonces una sonrisa forzada e intentó recuperar el equilibrio.

—Por supuesto. —Sintiéndose como una tonta, murmuró a continuación—: Le ruego que acepte mis disculpas, por favor. Yo solo... —Las emociones se entremezclaban con sus palabras—. La guerra es peligrosa y usted es mi amigo —dijo, confiando en que la explicación sonara razonable.

—Abra el regalo —la animó él, brindándole un respiro.

Amisha tiró con cuidado de los cordones de la bolsa y extrajo el regalo. Era un arbolito en una maceta de cerámica llena de tierra.

—¿Un árbol?

Amisha observó el regalo con incredulidad.

—De Inglaterra —dijo Stephen con suavidad—. Es una *Fagus sylvatica,* un haya europea. —Le sonrió—. Es una especie nativa de Inglaterra. Está considerado el rey de los árboles británicos.

—¿Y cómo ha llegado hasta aquí?

Las pequeñas manos de Amisha abarcaron sin problemas la base de la maceta.

—Pedí un favor. —Tocó las gruesas hojas, lobuladas como la palma de una mano—. Llegó mientras estaba de viaje. Quería darle una sorpresa. —Se interrumpió un instante para mirar el árbol y luego mirarla a ella—. Me apetecía regalarle algo de mi país natal, para que lo tenga aquí. Puede vivir más de mil años.

—Hasta mucho después de que usted y yo ya no estemos. —Amisha acarició la hoja que él acababa de tocar. Buscó en el rostro de Stephen la respuesta que ya conocía. Viendo que guardaba silencio, dijo—: Me ha hecho un regalo maravilloso, y estoy en deuda con usted por haberme dado algo tan espléndido.

—Nada de deuda, pero, en el caso de que la hubiera, usted ya me la habría compensado con su regalo.

Stephen tiró del cordel y rasgó el papel hasta que apareció un librito. Amisha había escrito el nombre de él en caligrafía inglesa perfecta un poco más arriba del de ella, escrito en letra más pequeña en la parte inferior. Se quedó mirándola, pero ella se limitó a sonreír y a indicarle con un gesto que abriera la tapa.

En el interior, también con letra perfecta, había un relato corto ambientado en Inglaterra. Embelesado, Stephen tomó asiento y leyó en voz alta las palabras que fluían de las páginas.

Un joven pierde a su hermano. Inconsolable por lo sucedido, el joven amenaza a los cielos con sembrar el caos a menos que pueda verle una última vez. Al no obtener respuesta, empieza a destruir las cosas que más aman los dioses.

—¡Ya basta! —gritan los dioses—. ¿Por qué quieres hablar con él?

—Para decirle algo que no tuve la oportunidad de contarle —responde el joven.

Desea explicar a su hermano todo lo que guarda su corazón. Cosas que está seguro de que él desconoce.

—Dispondrás de cinco minutos —replican los dioses, accediendo a sus deseos—. Pero a cambio, nos entregarás tu voz. ¿Estás de acuerdo?

El joven acepta enseguida el trato. Cuando el hermano fallecido aparece y el joven va a hablar, el hermano levanta la mano y le pide silencio.

—Ya lo sé —dice el hermano fallecido—. Sé que me querías. —Hace una pausa y baja la cabeza porque las emociones lo superan—. Siempre supe que me respetabas. Nuestros recuerdos siempre formarán parte de ti. —Cuando el joven, sorprendido, se queda mirando a su hermano, este continúa explicándose—. Siempre lo he sabido en el fondo de mi corazón. Somos hermanos, nuestro corazón es el mismo.

Expresando en voz alta lo que el joven iba a decir, el hermano fallecido se asegura de que su hermano menor conservará la voz. Se abrazan con fuerza. Cuando los dioses consideran que el tiempo concedido ha tocado a su fin, el hermano fallecido empieza a articular la palabra «adiós». Y ahora es el joven el que levanta la mano para acallarlo.

—Nada de adiós —dice, sorprendiendo al hermano fallecido, que se siente asustado y solo—. Sino hasta que nos reencontremos de nuevo.

Y, a pesar de que con esto pierde la voz para siempre, el joven le da así a su hermano lo único que este no tenía: esperanza.

Amisha intentó terminar de arreglar el aula entretanto, pero sin dejar de mirar de reojo a Stephen para calibrar su reacción. Cuando por fin giró la última página, levantó la vista y la miró a los ojos.

—¿Cómo lo ha hecho?

La historia se le había ocurrido a Amisha la noche después de que Stephen le contara lo de su hermano. Con la proximidad de las fiestas, había decidido intentar escribirla. Con ella quería darle a entender que su hermano sabía lo mucho que Stephen lo había querido. Tardó semanas en rematar aquel relato sencillo, pero con insistencia lo había conseguido. Lo escribía por las noches, después de que Deepak se durmiera. A pesar de saber que no estaba haciendo nada malo, se sentía culpable por dedicar tiempo a preparar un regalo para otro hombre.

—¿Le gusta?

—Más de lo que se imagina —respondió Stephen, con dificultad para pronunciar las palabras.

Amisha se sentía ligera como una pluma. Temerosa de decir algo que pudiera ponerlos a ambos en una situación incómoda, señaló el arbolito.

—No es nada comparado con esto. —Acunó la maceta entre sus brazos—. Me gustaría plantarlo. ¿Puedo?

—¿Aquí? —Se quedó sorprendido. Se pasó una mano por los ojos, secando la humedad que se había acumulado en ellos—. Pensé que se lo llevaría a casa.

—No puedo. —Lo miró a los ojos. Era la primera vez que reconocía que su interacción tenía que ser mantenida en secreto. Cuando vio que él la entendía, apartó la vista, asustada por lo que todo aquello significaba—. Su sitio es nuestro jardín —dijo, inyectando una falsa nota de alegría a su voz.

Stephen le cogió la planta y salieron juntos al jardín. Amisha buscó el lugar perfecto para plantar el árbol y encontró un espacio cerca del banco donde se sentaban habitualmente. Empezó a cavar la tierra con las manos sin pensar en las manchas de barro que se extendían por su pantalón de algodón, concentrada en proporcionar a aquel regalo el lugar ideal para echar raíces.

—Deje que la ayude.

Stephen encontró una pala pequeña para cavar y comenzaron a sacar tierra. En cuanto el agujero tuvo el tamaño adecuado, él se quedó observándola. Amisha retiró con cuidado el árbol de la maceta y lo plantó en el agujero. Stephen lo rellenó y juntos aplastaron la tierra con las manos para dejar bien asentado el árbol.

—Hecho —dijo Amisha con satisfacción—. El árbol ya tiene un hogar.

—Sí. —Stephen contempló el arbolito que no había hecho más que empezar a crecer—. Un lugar donde acudir en los años venideros y recordar el tiempo que pasamos juntos aquí.

—Amisha. —Stephen apareció de repente en la puerta del aula vacía—. ¿Podría venir a mi despacho, por favor? Ha venido el padre de Neema —dijo sin levantar la voz—. Quiere hablar con nosotros.

Neema llevaba ausente más de una semana. Amisha estaba preocupada y se lo había comentado incluso a Stephen, que le había dicho que en la escuela no habían recibido ninguna noticia por parte de los padres. Ahora, ansiosa por saber alguna cosa más, corrió con Stephen hacia el despacho. La hizo pasar en primer lugar a la abarrotada estancia y luego entró él, cerrando la puerta a sus espaldas.

—Le presento a Amisha —le dijo Stephen al padre—. Es profesora de Neema.

El hombre unió las manos.

—*Namaste* —saludó. Y dirigiéndose a Amisha—: Como estaba contándole al teniente, Neema sufrió un accidente.

—¿Y está bien? —preguntó Amisha, preocupada por la chica.

—He venido a informar de que Neema no podrá seguir viniendo a la escuela. —El padre no respondió a la pregunta de Amisha, sino que le entregó dinero en efectivo a Stephen—. Esto debería ser suficiente para cubrir la enseñanza de mi hijo por lo que queda de año. —Se dispuso a marcharse, pero se quedó dudando—. Hablaba a menudo de sus clases, *shrimati* —le dijo a Amisha—. Le gustaba aprender con usted.

—Tengo unos trabajos que hizo que me gustaría poder comentar con ella —repuso Amisha, viendo que el hombre se disponía a irse definitivamente. Notó la mirada de Stephen clavada sobre ella, pero la preocupación que sentía por la chica superaba cualquier muestra de desaprobación—. ¿Podría pasarme por su casa para desearle lo mejor y entregarle sus trabajos?

—No es necesario —respondió de inmediato el padre—. Le comunicaré personalmente sus buenos deseos.

—Gracias por venir —dijo Stephen, interviniendo y acercándose a Amisha—. Y comuníquenos, por favor, si hay algo que podamos hacer por Neema.

Acompañó al padre hasta la puerta. Cuando volvió a entrar en el despacho, Amisha caminaba nerviosa de un lado a otro. Se dispuso a decir algo, pero Amisha lo interrumpió.

—Sé que está enfadado, pero tenía que intentarlo.

—No es nuestro trabajo. —Amisha quiso protestar, pero él se lo impidió—. La escuela tiene que ir con mucho cuidado en sus interacciones con las familias de los alumnos. —Se rascó la nuca, claramente frustrado por la situación y las circunstancias que la rodeaban—. El Raj no puede obligar a los indios a enviar a sus hijos a nuestras escuelas. Si los padres tienen la sensación de que estamos utilizando la asistencia de sus hijos para controlar su vida familiar, los sacarán de la escuela.

—¿Y ya está?

A pesar de que la explicación tenía todo el sentido del mundo, Amisha estaba asustada.

—Lo siento. —Y su expresión indicaba que lo decía en serio—. No podemos hacer nada.

—Pues no me parece bien —dijo Amisha, preocupada por la chica.

—Tiene que ser así —replicó Stephen—. Lo siento. Soy consciente de que le tenía mucho cariño.

JAYA

26

Cuando yo tenía dieciséis años de edad, a un vecino de mi calle le diagnosticaron un cáncer. Era un caso grave con muy mal pronóstico y se enfrentaba a una dura batalla. Su esposa era una joven madre con tres hijos menores de cinco años. El vecindario se organizó para preparar las comidas de los niños y, aunque mis padres apenas conocían a la familia, mi madre se apuntó para ocuparse de las cenas en semanas alternas. Pasados los primeros meses, los ofrecimientos para preparar comidas fueron menguando y la gente fue volviendo a su vida normal. Por aquella época, mi madre llegó un día a casa con un montón de libros con recetas de cocina norteamericana. Durante los meses siguientes, cada noche entre semana, mi madre probaba una nueva receta, saliéndose de las comidas estándar. Antes de servir la cena, llevaba la comida a casa de la familia sin dejarles ni una nota. Nunca lo comentó en casa ni se lo dijo a nadie.

El hombre se recuperó y la familia preparó una fiesta en casa para celebrarlo. Durante el acto, la esposa brindó por la persona que había estado preparándoles la cena todas las noches.

No tenía ni idea de quién era y confiaba en que esa persona se identificara. Miré de reojo a mi madre, que agachó la cabeza y bebió de su copa. La mujer volvió a preguntar, pero la respuesta fue el más completo silencio.

—Si alguien sabe quién es, que le diga, por favor, lo agradecida que le estoy —dijo por fin la mujer.

Por la noche, de vuelta a casa, mi madre me dio las buenas noches y se marchó a su habitación para acostarse.

—Me ha sorprendido que no dijeras nada —comenté, reteniéndola—. Podrías haber obtenido consideración por todo lo que has hecho.

Me daba la sensación de que aquella familia le preocupaba más que yo. Mi madre había aprendido a preparar comidas que les gustaran y se las había arreglado para entregárselas sin que nadie lo supiera. Para la hija que llevaba toda la vida desesperada por recibir alguna muestra de cariño, aquella era una oportunidad perdida. A buen seguro, la familia le habría demostrado su aprecio, su gratitud y su reconocimiento.

—No lo he hecho por mí —replicó rápidamente. Negó con la cabeza y unió las manos—. Lo he hecho por ellos y porque lo necesitaban. Eso es todo.

Se fue a su cuarto y yo me quedé viéndola marcharse, preguntándome por el destello de miedo que había visto pasar fugazmente por su cara al imaginarse la posibilidad de que todo el mundo pudiera conocer la verdad.

Esta mañana me he despertado pensando en Patrick. Cuando salíamos, rara vez nos peleábamos, pero las pocas veces que habíamos tenido un desacuerdo lo habíamos solucionado hablando. Antes, nunca le habría colgado el teléfono. Pero eso era antes. Levanto la mano y dejo que los rayos de sol se reflejen en mi alianza de oro. Cuando me la puso en el dedo, nos juramos amor eterno. Acaricio el diámetro de la alianza antes de empezar a retirarla lentamente. Se detiene a la altura del hueso y se niega a seguir avanzando. Tiro con fuerza, pero está atascada. Aliviada, devuelvo la alianza a su lugar y me levanto de la cama.

Una vez vestida, sigo a la multitud hacia un mercado al aire libre. Las calles están repletas de puestos y de clientes parlanchines. Me paro en cada puesto para admirar y evaluarlo todo, desde los productos frescos hasta los libros. Me quedo mirando unos fulares.

—Los hago yo misma. —La joven que atiende el puesto, un carromato de madera, me muestra un pañuelo de seda. La elegante base de color rojo está estampada con intrincados dibujos en verde claro y lleva un remate en azul índigo. Es el regalo perfecto para mi madre, que podrá utilizarlo las noches más frescas. Un pañuelo similar costaría más de cien dólares en Estados Unidos—. Cinco rupias.

Compro tres y me acerco a otro puesto, donde un chico vende pimientos rojos y verdes, sucios aún de tierra.

—Producto fresco. Mira, no tienen ni una mancha. —Lleva las uñas largas y sucias de tierra, lo que me lleva a preguntarme si habrá recogido la verdura esta misma mañana—. ¿Compras? Están muy buenos.

—Sí, compro.

Esta noche, decido, le devolveré a Ravi el favor por todas las comidas que me ha preparado. Examino el resto del puesto y elijo unos tomates maduros y unas cebollas. Termino de pagar y veo que la mujer del puesto de al lado me enseña un sonajero.

—Para el bebé. —La mujer, que debe de tener cerca de noventa años, me regala una sonrisa desdentada—. Tengo buenos juguetes.

Tiene el carromato lleno de juguetes baratos de plástico y bloques de arcilla. Las piezas de vivos colores llevan pintadas las distintas letras del alfabeto indio.

—No. No tengo ningún bebé.

Me alejo porque intenta convencerme de que le compre algo.

Los demás vendedores se muestran también solícitos y todos me invitan a que vea su mercancía. Incapaz de resistirme, compro un sari para mi madre y una camisa de seda para mi padre, además de diversas baratijas. Hubo un tiempo en que jamás habría comprado baratijas y me habría reído de los amigos que lo hacían. Siempre insistía en que comprar cosas baratas era tirar el dinero. Pero ahora pienso en Neema, en mi abuela y en toda la gente que simplemente intentaba vivir su vida lo mejor que podían. Y entiendo que, de no ser por las circunstancias, podría hallarme ahora en su situación.

Por costumbre, me dispongo a preguntar por una camisa para Patrick pero me callo antes de hacerlo. Enfadada conmigo misma por haber estado a punto de cometer un error, empiezo a regañarme para mis adentros cuando Rokie aparece como salido de la nada y me salta encima, casi tirándome al suelo.

—Veo que, o no te gustan mis comidas, o es que piensas cocinar para mí —dice Ravi, que llega después del perro.

—Me encantan tus comidas, pero pienso hacerte la cena. —Agitada por mi malestar, abrazo a Rokie, que me come a lametones—. He estado de compras —añado, mostrándole con orgullo mi cesta llena de cosas.

—Lo veo, y eso que estoy casi ciego. —Echa un vistazo al contenido y me pregunta qué he pagado. Cuando se lo digo, suelta una carcajada—. Me parece que has subvencionado a los vendedores del pueblo para los próximos seis meses.

—Son regalos para casa.

Ravi me sonríe.

—Tienes la mirada terca de tu abuela. —Se apoya en el bastón—. Y que hayas pagado tanto está bien. Un regalo hecho con el corazón jamás tiene un precio lo bastante elevado. —Pasamos junto a los demás puestos y Ravi me guía hacia casa dando un rodeo—. Ven, te enseñaré dónde vivo. Puedes cocinar allí, si quieres.

A medida que dejamos atrás el mercado y nos encaminamos hacia el barrio donde vive Ravi, las casas se vuelven más pequeñas y más cochambrosas. Nos adentramos en un callejón de apenas metro y medio de ancho. Las calles están cubiertas de fango y excrementos de vaca. Las alcantarillas que se abren en los laterales están atascadas con pieles de mango y restos de *roti*. Una manada de perros callejeros inspecciona un montón de basura en busca de comida. A cada paso que doy, proceso el nivel de pobreza sobre el que he oído hablar pero que no había visto nunca. Los niños que corretean por las calles van prácticamente desnudos. Están esqueléticos y sus caras aparentan más edad de la que en realidad deben de tener. El estrés marca sus rostros. Durante mi infancia, jamás tuve que preocuparme por procurarme la comida ni por tener un tejado sobre la cabeza. Lo que yo daba por hecho sería un lujo para estos niños.

Ravi se para delante de una casucha, en el centro de la barriada. Su casa está adosada a otras en una larga hilera. El techo está abierto por distintas partes y el agua de color marrón se filtra por una esquina hacia la calle.

—Mi casa. —Abre con orgullo la maltrecha puerta—. Bienvenida.

Me encojo de pavor al ver el suelo pringoso y las paredes mugrientas que constituyen las dos pequeñas estancias de la vivienda. Una tercera habitación, una cocina, contiene un fogón de queroseno en el suelo y un barreño con platos sucios.

—Ravi, ¿es aquí...? —Busco las palabras adecuadas para que no se lo tome como un insulto y no lo consigo—. ¿Es aquí donde vives?

La casa de mi infancia y mi apartamento en Nueva York son mansiones en comparación. Me duele por él y disimulo mi reacción para no ofenderlo.

—Así es, y te doy la bienvenida —dice.

Ravi llena una taza vieja con agua de un cubo y llena el cuenco de Rokie. Este bebe a lametazos y después se acomoda en el suelo en su manta. Estira las patas y se tumba a dormir.

—¿Desde cuándo lo tienes?

—Desde hace diez años —contesta Ravi—. Un día estaba andando hacia el pueblo y él iba en la misma dirección. Desde entonces estamos juntos.

Sonrío por la simplicidad del vínculo. Tanto Ravi como su perro están felices en su humilde hogar, pero a mí me cuesta entenderlo. Siempre he dado por hechos todos mis accesorios materiales pero ahora, al ver lo orgulloso que se siente Ravi de lo poco que tiene, me avergüenza reconocer que no recuerdo ni un momento en que los valorara de verdad. El sentimiento de decepción por no haberme exigido más se apodera de mí.

—¿Por qué no vives en casa de mi abuela? —le pregunto por fin.

Veo un ratón corretear junto a la fina pared y desaparecer por un agujero de la esquina. Rokie se despierta y ladra con ferocidad al ratón antes de ponerse de nuevo a dormir.

—Es de tu familia. Además, mis amigos me echarían de menos. —Señala el agujero por donde acaba de desaparecer el ratón—. Esperan de mí que les traiga comida.

—¿Dónde está tu familia? —digo, recordando que el día que nos conocimos mencionó un nieto.

—Mi hijo y su esposa viven con mi nieto y su familia. No están muy lejos de aquí. —Ravi se quita las sandalias y se frota las suelas de los pies—. La esposa de mi hijo es como una hija para mí. —Sonríe—. Me siento bendecido por lo generoso que ha sido el destino conmigo. Mi nuera quiere que viva con ellos para poder atenderme. Pero yo siempre le respondo: «Todavía no, hija. Todavía no».

—¿Por qué? —le pregunto, confusa—. Estaría bien que cuidasen de ti.

—Sí, pero ¿quién cuidaría entonces de la casa y los jardines de Amisha? —se pregunta. Abarca con un gesto su casa—. Yo ya estoy feliz aquí.

—¿Y tu esposa?

En la casa falta el toque de una mujer. En un rincón hay una lámpara de aceite y encima de un colchón, directamente sobre el suelo, una alfombra afgana deshilachada. Veo también tres pares de conjuntos de prendas similares a las que lleva ahora Ravi pulcramente dobladas junto a la cama.

Se me hace difícil recordar la cantidad de ropa que he desechado con los años. Cualquier cosa pasada de moda, que hubiera perdido un botón o que me pareciera gastada eran simples excusas para renovar el guardarropa. Ravi, en cambio, trata con sumo cariño lo poco que tiene.

—Hace ya años que arrojé sus cenizas al río. —Se quita las gafas y se pasa la mano por la cara, como si quisiera borrar su expresión de tristeza—. Antes de eso, incineramos a un hijo; murió con tres años.

Calienta sus manos sobre la lámpara de aceite.

A pesar de que el sol brilla con fuerza en lo alto del cielo, siento un escalofrío de temor al verlo.

—¿Te encuentras bien?

—No hay carne suficiente sobre estos huesos, me dice siempre mi hijo. —Se sopla las manos una vez calentadas—. Yo me río, pero, cuando siento frío a pesar del calor que hace, me veo obligado a reconocer que debe de tener razón.

—¿Te ha visto algún médico? —pregunto, preocupada.

A pesar del poco tiempo que hace que nos conocemos, es como si hiciera mucho más. Tal vez sea por la historia o por todas las horas que estamos pasando juntos, pero la verdad es que le he cogido mucho cariño.

Ravi sonríe y me dice sin necesidad de palabras que valora mucho que me preocupe por él.

—Le hice una promesa a tu abuela. Y no habrá enfermedad que me lleve de aquí hasta que la haya cumplido. —Fija la vista por encima de mi cabeza y su mirada se vuelve vidriosa. Me pregunto si estará imaginándose a mi abuela—. Y, cuando llegue el momento, ni siquiera la mejor salud me salvará. —Menea la cabeza y parece recuperarse del malestar—. De modo que esta noche disfrutaré de tu cena e incluso es posible que repita.

—No soy buena cocinera —digo, conmovida por su declaración.

—En ese caso, lo saborearé incluso más, porque tampoco lo era tu abuela. Esto me garantiza que realmente eres su descendiente.

Lavo las verduras en una escurridora vieja mientras Ravi enciende el hornillo de queroseno. Una vez lavadas, corto las verduras y las echo en el cazo. Ravi les incorpora pellizcos de diversas especias que saca de varios frascos sin ninguna etiqueta.

—¿Qué es? —pregunto, porque las especias me parecen iguales a las que he visto utilizar a mi madre todos estos años.

—Semillas de mostaza. —Coge un puñado de semillas negras y luego señala un frasco con algo de color rojo—. Guindilla molida, y esto —me muestra un polvo amarillo— es cúrcuma. —Aplasta un diente de ajo y un poco de jengibre y vierte el resultado en el cazo y, a continuación, un poco de cebolla cortada. Empieza a cocer con el resto. Satisfecho, dice—: Enseguida estará listo.

—Me alegro de que me dejes cocinar para ti —digo bromeando.

El aroma de las especias inunda el espacio y se me hace la boca agua. Jamás le di muchas vueltas a cosas como una nevera o el agua corriente. Pero ahora me pregunto si volveré a verlas algún día del mismo modo.

—¿Tu madre no te enseñó?

De pequeña solía observar a mi madre cuando estaba en la cocina. Cuando se concentraba en crear platos distintos parecía feliz. Pero siempre que le preguntaba si podía ayudarla me echaba y me decía que me buscara cualquier otra cosa que hacer.

—No, le gustaba cocinar sola. —Pero su amor por la cocina tenía que venir de alguna parte—. Mi madre es una cocinera excepcional. ¿Quién le enseñó?

Ravi se detiene y sus manos se quedan inmóviles junto al cazo que se disponía a retirar del fuego.

—Su madrastra —responde en voz baja—. Insistió en que tu madre aprendiera.

—¿Por tradición o por...? —pregunto, confiando en que diga que fue por eso.

Ravi niega con la cabeza.

—Exigía a Lena que preparara a diario las tres comidas de la familia.

—Y sigue haciéndolo. —En mi casa nunca hubo una comida que no estuviera perfectamente preparada o presentada. Siempre di por hecho que era porque cocinar le hacía feliz, pero la frustración se apodera ahora de mí—. Cocina a diario.

—¿Y tu marido? ¿Cocina? —pregunta Ravi, viendo que no digo nada más.

—No. —Agradezco su intento de cambio de tema—. Mi marido, mi exmarido... —preciso. Pero me callo. Me muevo inquieta en la silla y noto que se me está formando un nudo en el estómago. Es la primera vez que me refiero a él utilizando ese término. Respiro hondo y me pellizco el puente de la nariz mientras intento recordar cuál era la pregunta—. Normalmente comíamos fuera —respondo por fin.

—¿Estás divorciada? —pregunta con delicadeza Ravi, al ver mi reacción.

—Pronto lo estaré. —Me duele la cabeza cuando pienso en los últimos años—. Durante nuestro matrimonio tuvimos que enfrentarnos a muchas pérdidas. —La oscuridad empieza a girar a mi alrededor. Han pasado varios días desde mi último episodio de pérdida de la noción del tiempo. Con ese alivio temporal, había confiado en que mi mal hubiera acabado para siempre—. Aquello fue más fuerte que la relación.

Cierro los ojos, me siento demasiado débil para afrontarlo.

—¿Jaya? —dice Ravi.

Cuando abro los ojos, lo tengo delante. Por su cara de preocupación, sé que he vuelto a perder el conocimiento.

—Lo siento —musito, descontenta por haber perdido el control. Me pasa cada vez que pienso en Patrick o en los bebés—. He perdido la conciencia un instante. —Viendo que la expresión de preocupación de Ravi sigue allí, intento tranquilizarlo—. Estoy bien, te lo prometo. Pienso que a veces mi mente necesita un descanso.

—¿Y lo de venir a la India? ¿Crees que te está ayudando a olvidar?

—Tal vez. La carta fue la excusa perfecta. —Recuerdo lo que dijo Ravi sobre mis tíos—. En aquel momento, marcharme me pareció más inteligente que quedarme.

—A veces, es la respuesta más sabia. —Me indica que me siente en el suelo delante de él—. A ver qué tal está tu comida.

27

Sintiéndome como una nativa, camino por las estrechas calles flanqueadas por los muros de las casas de adobe. Las mujeres están ocupadas en los patios, escurriendo el agua de la colada o bañando a los niños en cubos. A mi alrededor, los pájaros cantan al unísono con los chirridos de los carros de bueyes. Los hombres, en su mayoría con el torso desnudo, fustigan a los animales para que avancen más rápido bajo el sol abrasador. Me ladra un perro callejero, pero pierde el interés en cuanto un chico vierte un montón de pieles de mango en la calle cargada de estiércol. Observo el entorno, sorprendida por la mente humana y su capacidad de crear un hogar bajo cualquier circunstancia. Estos niños, que sobreviven con tan poco, son más resistentes de lo que yo jamás podré llegar a serlo.

La oficina del registro de la propiedad está en el siguiente pueblo. La bandera india ondea en el mástil. Niños medio desnudos juegan a pasar por debajo de los aspersores del jardín delantero, encendidos a pesar de la poca hierba que hay por regar.

En la oficina, tres ventiladores de mesa giratorios levantan los papeles amontonados en los escritorios. La sala está abarrotada y es prácticamente imposible moverse. De la pared cuelga un retrato en blanco y negro de Mahatma Gandhi. Un hombre y una mujer uniformados están concentrados trabajando con diversas carpetas. Otro hombre, vestido también con camisa y pantalón corto de color marrón, me pregunta si necesito ayuda.

—Vengo por lo de la propiedad de la casa, el molino y la escuela. —Le entrego el pasaporte para que verifique mi identidad—. Soy la nieta del propietario fallecido.

Saca el dosier y lo hojea.

—Sus tíos han renunciado a los derechos de la casa y del molino. Su madre es la única propietaria —dice después de verificar mi identidad.

Me hace entrega de la documentación oficial que incluye las cartas de los tres hermanos. Leo las cartas y el resto del dosier. Saca otra carta y me la pasa.

—Esta la recibimos hace tres semanas. Su madre tampoco está interesada en las propiedades.

—¿Qué?

Cojo la carta y leo las dos frases escritas por mi madre por las que renuncia a todos sus derechos sobre las propiedades. Solicita al gobierno que haga con ellas lo que más le convenga.

—Venderemos las propiedades al mejor postor —me explica cuando levanto la vista—. Es muy buena noticia. Así el molino podrá volver a producir harina. Y la gente de aquí podrá alquilar el edificio de la escuela. Algo a lo que su abuelo siempre se negó. —El hombre me entrega varias ofertas de negocios locales. Las cojo con manos temblorosas—. Recibirá unos buenos ingresos.

—¿Por qué no vendió la escuela mi abuelo? —pregunto, confiando en que este hombre me dé respuestas.

—Decía que no era él quien tenía que venderla. —La confusión del hombre parece tan grande como la mía—. El edificio ha permanecido ahí, sin que nadie le hiciera caso, durante años, pero siempre se negó a vender.

Visualizo el jardín de mi abuela y cómo se encontraría en medio de su esplendor. El molino había sido el sustento de mi madre y de mi abuela mientras vivieron en el pueblo. Mi historia está entrelazada con la de ellas, por mucho que solo esté empezando a descubrirla ahora.

Acaricio con un dedo las cartas que parecen arder sobre mi regazo. Todavía no tengo ni idea de lo que le pasó a mi madre ni de qué podría llevar a sus tres hermanos a renunciar a sus derechos de herencia, pero hasta el último rincón de mi persona intuye que la casa y la escuela son tan esenciales en esa historia como la gente que vivió en ella. Aun sin saber muy bien qué haré con las propiedades, sé que es la única decisión que puedo tomar.

—Hemos cambiado de idea. No vendemos. He venido para reclamar las propiedades y retenerlas en la familia.

—¿Ravi?

Llamo a la puerta y espero. Le he prometido que pasaría después de ir al registro de la propiedad.

Me abre la puerta un niño más alto que yo. Lleva el mismo uniforme escolar que llevan todos los niños del pueblo: camisa blanca, pantalón corto marrón y calcetines cortos. Unas gafas de montura metálica cubren sus ojos, de mirada intensa.

—*Namaste.* —Miro por encima de su hombro hacia el interior—. ¿Está Ravi en casa?

—¿Eres la invitada de América de mi bisabuelo? —Cuando ve que asiento con la cabeza, su rostro se ilumina—. Soy Amit, su bisnieto. —Habla un inglés formal, pronunciado con perfecta claridad—. Mi bisabuelo habla de ti a menudo. Encantado de conocerte.

—Vives unos pueblos más allá, ¿verdad? —pregunto, recordando que Ravi me lo ha mencionado.

—Sí. —Me indica que entre—. ¿Puedo ofrecerte un vaso de agua o un zumo de azúcar de caña? Voy corriendo al mercado a buscarlo.

—No, por favor. —Lo detengo tocándole la mano, conmovida por su nerviosismo—. Un poco de agua me irá de maravilla, muchas gracias. —Utiliza un cucharón para llenar un vaso con agua hervida del cazo—. ¿Acabas de salir de la escuela?

—Sí. Paso siempre que puedo para ver cómo está *dada* —dice, utilizando la palabra india para referirse a su abuelo.

Se sienta en el suelo con las piernas cruzadas y me ofrece una silla plegable. Pero decido sentarme también como él y flexiono las piernas por debajo de mí. A pesar de que su cara refleja sorpresa, no dice nada.

—¿En qué curso estás? —le preguntó, y bebo un sorbo de agua templada.

—En octavo. —Se ruboriza—. Me subieron un curso por mis buenas notas. —Juega con nerviosismo con los hilos de la alfombra donde estamos sentados—. ¿Te gusta la India?

—Sí, mucho.

Aunque el viaje a la India fue una excusa para huir, me ha servido para conocer a las mujeres que vivieron antes que yo. Comprender los hechos y los detalles que conformaron sus vidas está ayudándome a comprender mejor la mía.

En una ocasión entrevisté a un gurú New Age que decía que los asuntos inacabados de los antepasados pueden terminar influyendo hasta a dos, o incluso tres, generaciones posteriores. Aseguraba que los actos que se llevan a cabo en el presente pueden ayudar a corregir los errores del pasado. Y que, a pesar de que no hay absolución, comprender lo sucedido sirve para evitar que se cometan los mismos fallos.

—Tu *dada* Ravi es muy bondadoso conmigo —comento.

—Me dijo una vez que la gente se olvida de muchas cosas, pero que de lo que nunca se olvida es de aquel que le demuestra su bondad.

—Es un hombre muy inteligente —contesto, segura de que Ravi se refería a mi abuela cuando dijo aquello—. A lo mejor has salido a él.

—De ser eso cierto, sería una bendición. —Utiliza el bajo de la camisa para limpiar las gafas de repuesto de Ravi—. ¿Cuántos niños tienes?

A pesar de que el recordatorio duele, no me ofendo ante una pregunta tan inocente. En el pueblo, las mujeres de mi edad tienen de tres a cuatro hijos. Cargan con uno y los demás siguen a pie.

—No he sido bendecida como tu *dada* Ravi con la suerte de tener en mi vida un niño tan encantador como tú.

—Tus palabras son muy benévolas. —Amit se levanta después de mirar la hora en el reloj que lleva en la muñeca—. Tengo que irme. Mi hermana... —Se interrumpe y se mueve con nerviosismo—. Le cuesta cargar con los libros.

Aclaro los vasos mientras Amit recoge sus cosas. Se marcha y tomo mentalmente nota de preguntarle más cosas a Ravi sobre su bisnieto.

—He decidido conservar las propiedades.

Me acerco el teléfono al oído.

—No las quiero, Jaya. No me interesan en absoluto. —Me dispongo a explicarle lo mucho que significan para mí, cuando dice—: No quiero que esas propiedades te retengan allí.

De pronto lo entiendo. Envió la carta renunciando a sus derechos para que yo vuelva a casa. Como no quiero discutir con ella, cambio de tema.

—Tu madre escribía historias, sin parar. —A pesar de que nunca sentí una inclinación especial hacia la ficción, ahora ansío poder leer los relatos de Amisha—. Deseaba desesperadamente poder escribir en inglés. Enseñó en una escuela inglesa a cambio de que un miembro del Raj le diera clases particulares.

—¿Sabes si fue...? —Mi madre se interrumpe y noto que le cuesta digerir esa información. Espero pacientemente a que recupere la voz—. ¿Feliz?

Es la misma pregunta que Ravi me formuló sobre mi madre.

—Creo que sí. —En la historia que me está contando Ravi, sus hijos eran su mayor fuente de alegría. A pesar de todas sus batallas, jamás perdió de vista lo que era más importante para ella—. Era una mujer fuerte. Tendrías que sentirte orgullosa de ella. —Mi madre coge aire de forma audible y luego se produce un silencio. Sigo contándole cosas sobre la madre que nunca llegó a conocer—. Tenía un jardín. Es precioso. Con todas las flores que puedas llegar a imaginarte y un haya traída de Inglaterra. Pasó mucho tiempo allí mientras aprendía a escribir en inglés.

—¿Por qué te está contando esta historia? —musita—. ¿Por qué te cuenta todas estas cosas?

—Creo que tiene que ver con lo que tu padre quería darte. —Viendo que guarda silencio, le pregunto—: ¿Sigues sin querer saber qué es?

—Ninguna historia cambiará lo sucedido.

Algo, en su manera de decirlo, me llama la atención.

—¿Qué pasó, mamá? —Ha habido un instante de parada en su frase, un sonido de tristeza que carece de definición—. ¿Mamá?

—Vuelve a casa, por favor. —Al oírla llorar, contengo también mis lágrimas—. Hay cosas que no te he contado nunca.

—Pues cuéntamelas ahora —le suplico. A mi alrededor, los ruidos de la cafetería se desvanecen y el sonido del interior de mi cabeza los supera—. ¿Qué me estás escondiendo?

—Hay secretos, Jaya —dice en voz baja—, que tienen que seguir tal y como están.

De manera espontánea, pienso de repente en Patrick. Nuestro matrimonio parecía un libro abierto hasta que empezamos a intentar tener un hijo. En aquel momento, los consejos que me daba a mí misma me parecían más sensatos que los de Patrick o que las recomendaciones de los médicos. Estaba segura de saber los pasos que tenía que dar, cuál era el mejor camino hacia nuestro objetivo. No le hice caso porque no quise hacérselo.

Cuando nuestro matrimonio se vino abajo y Patrick se volcó en Stacey, pensé que la culpa era de él. Pero ahora rememoro todo lo que le escondí: mis miedos, mis heridas y el vacío que lo llenaba todo y a todo el mundo. En su momento me pareció que era mejor escondérselo. ¿Cómo explicarle mi desesperación por tener un hijo y mi sensación de fracaso cuando ni siquiera lo entendía yo?

—No, mama —digo, sorprendiéndome a mí misma—, no tiene por qué ser así. Tus miedos te están diciendo lo que tú quieres oír, pero te están haciendo más daño que ayudándote.

—¿Es por eso por lo que te fuiste a la India, Jaya? —pregunta en un murmullo—. ¿Porque te estás enfrentando a tus miedos? ¿O acaso estás huyendo de ellos?

Intento ver más allá de sus palabras, ver su deseo desesperado de que vuelva a casa.

—Estoy huyendo de ellos. —Cuando oigo que coge aire entiendo que mi confesión nos ha dejado sorprendidas a ambas. Me gustaría decirle que me siento mejor gracias a la historia que estoy conociendo. Que ahora, cada nuevo día ya no es un peso con el que cargar. Que incluso hay momentos, cuando me dejo llevar por la historia, en los que olvido por completo ese dolor que ha pasado a ocupar un lugar permanente en mi interior—. No sabía qué hacer. Cuando Patrick y yo rompimos, fue como si ya no quedara nada de mí.

—Ha llamado a casa, preguntando por ti —dice mi madre.

La parte de mí que quiere aferrarse a creer se ve superada por los hechos y la lógica. Patrick sigue con Stacey y, con el tiempo, mi corazón y mi mente tendrán que aceptarlo. Noto en el dedo el peso de la alianza de boda que sigo sin poder quitarme.

—También ha llamado aquí. —No le digo que probablemente fue para atar cabos sueltos. Que Stacey debe de estar presionándolo para tener libertad para continuar con su relación—. Los dos estamos pasando página —añado, mintiendo.

Patrick fue mi primer amor y aceptar que nunca más volveremos a estar juntos resulta muy duro.

—Y, entonces, ¿cómo es que noto tanto dolor en tu voz? —pregunta mi madre.

—No me queda otro remedio, mamá.

No digo nada más y el silencio se prolonga.

—He leído tus artículos. —Cambia de tema, sorprendiéndome—. Son muy buenos.

Por mucho que mi madre no apruebe la carrera profesional que he elegido, nunca ha dejado de leer mis artículos. Es un misterio que jamás he llegado a entender.

—¿Por qué querías que fuese médico?

Nunca se lo he preguntado, pero ahora, viendo todo lo que estoy conociendo sobre mi abuela, me parece imprescindible hacerlo.

—Porque tu padre es médico —dice, una respuesta creíble—. Es un hombre feliz y un profesional de éxito. Quería lo mismo para ti.

Una respuesta sencilla. Si la contemplo desde su perspectiva, algo que intento hacer por vez primera, veo una madre que desea lo mejor para su hija.

—Adoro lo que hago, mamá —le explico—. Es lo que siempre quise hacer.

—En ese caso, me siento bendecida.

—¿Mamá? —Pienso en lo que voy a decir a continuación y elijo con esmero mis palabras—. Independientemente de lo que esa historia acabe contándome, quiero que sepas que te quiero. Que siempre te he querido.

Oigo sus lágrimas antes de que muy despacio me diga que ella también me quiere. Segundos más tarde, escucho de nuevo el tono de la línea. Cuando cuelgo el teléfono, empiezo a preguntarme si comprender a mi madre es la clave para entenderme a mí misma. Paso horas sentada dándole vueltas a la idea. Cuando la cafetería empieza a vaciarse y el camarero anuncia que es hora de cerrar, emprendo camino hacia casa de Ravi.

AMISHA

28

Amisha se levantó temprano el día de la celebración del Holi. El antiquísimo festival del color conmemoraba la llegada de la primavera. Los campos estaban en flor por todo el país y todas las esperanzas se encontraban depositadas en que la cosecha fuera productiva. La celebración abarcaba a todas las castas y géneros y la gente lo festejaba con colores y alegría. Los seguidores de Krishna le rendían honores imitando su carácter juguetón. Contaba la leyenda que, de pequeño, Krishna tomaba despiadadamente el pelo a las *gopis,* las esposas y las hijas de los vaqueros.

Amisha se cepilló el cabello hasta dejarlo brillante, por mucho que supiera que pronto lo tendría lleno de pintura de colores. Miró de reojo el pequeño reloj que Deepak había traído de la ciudad. Era un lujo innecesario, pero su marido había insistido en que debía haber uno en casa.

—Se está haciendo tarde. —Amisha observó una vez más su imagen reflejada en el espejo que colgaba de la pared antes de salir corriendo de la habitación. Primero, la familia asistiría al encendido de la hoguera y luego se sumaría a la comunidad en las calles abarrotadas para rociarse con agua teñida y lanzarse polvos de colores—. ¿Estáis todos listos?

Los niños se encaramarían a las azoteas abiertas, donde se dormía en verano, y echarían polvos a la gente que pasaba por la calle. Los tonos intensos caerían del cielo como un arcoíris que se funde con el aire. Todo el mundo reiría y acabaría con el pelo y la ropa teñidos de colores. En el Holi, la gente se olvidaba de preocupaciones y prejuicios y todos acababan coloreados por igual.

—Estáis perfectos, como siempre.

Amisha abrazó a sus dos hijos mayores antes de alisarles bien la ropa. Los niños se calzaron las sandalias en la puerta de entrada. Vestían ambos camisas largas idénticas de color marfil y pantalones ajustados del mismo tono.

—Mis amigos ya están jugando, mamá. —Jay señaló el grupito que estaba esperando fuera. Entretanto, Samir cruzó la puerta y se despidió con la mano—. No quiero estar perfecto. —Jay, resistiéndose a las atenciones de su madre, empezó a contonearse—. Lo que quiero es jugar.

—Pues juega. —Según se iba, Amisha lo rodeó suavemente con los brazos—. Pero no voy a poder tener un buen Holi si antes no recibo otro abrazo de mi mejor hijo mediano. —Estrechó el cuerpo reacio de su hijo, que, sintiéndose atrapado, acabó cediendo y le estampó un beso en el hombro—. Gracias.

Amisha se quedó en el umbral, viendo encantada cómo los dos niños se sumaban a sus amigos.

Deepak salió de la cocina con un vaso de *chaas.* Llevaba una túnica blanca larga, similar a la camisa de Jay y Samir, sobre pantalones ajustados.

—¿Ya se han ido?

—Sí. —Había llegado la noche anterior en tren. Jay y Paresh se habían arrojado a sus brazos, mientras que Samir le había estrechado la mano solemnemente—. Están felices de tener a su padre en casa con ellos para el Holi.

Para Amisha, las ausencias de su marido tenían poca influencia en su día a día. Con la ayuda de Ravi y de Bina, llevaba sin problemas la casa y se ocupaba de los niños. Cuando Deepak estaba, seguía pasando la mayor parte del tiempo en el trabajo o en el pueblo con los demás hombres. Su interacción seguía siendo limitada y excepcional.

—Me voy con ellos al pueblo. —Deepak dejó el vaso—. Vikram ha invitado al teniente a celebrar la fiesta con toda la gente —dijo, tras pensárselo—. Me lo comentó anoche.

A pesar de que Stephen le había contado a Amisha lo de la invitación hacía unos días, ella no lo había mencionado en casa. En alguna ocasión, había intentado hablarle a Deepak de sus conversaciones con Stephen, pero él se había reído y le había restado importancia, preguntándose de qué podrían hablar un oficial británico y su esposa. Después de aquello, Amisha nunca había vuelto a mencionar sus charlas en el jardín ni las horas que pasaban los dos a solas.

No había compartido con Deepak la facilidad con la que fluían las conversaciones con Stephen, o que, incluso cuando no estaban hablando, pensaba en lo que le diría. Tampoco podía contarle a su marido lo conmovida que estaba con la idea de que Stephen pudiera contemplar los colores del Holi y entender su importancia. Se guardó para sus adentros cuánto la emocionaba la idea de poder ver cómo se iluminarían los ojos del teniente viendo el espectáculo. Confiaba en que disfrutara de la celebración tanto como ella y le habría gustado estar a su lado durante la experiencia, participar del festival en compañía de un hombre que se había convertido en su amigo de un modo que jamás se habría imaginado.

Deseaba poder enseñarle a Stephen, al final de la noche, cuando ya no quedaba agua de colores para arrojar a la gente y los brazos estaban agotados, cómo se reunía todo el mundo para la cena de celebración. Los brahmanes reían mientras los jainistas y los miembros de otras castas superiores se pasaban la comida entre ellos. Por una noche, la gente no quedaba dividida según la jerarquía social. Para Amisha, ese era el mejor espectáculo de todos. Solo por esa razón, llegó a la conclusión, ya merecía la pena que Stephen estuviera presente. Pero cada vez que pensaba en él, recordaba que aquellos sentimientos no le estaban permitidos. Que en su deseo de pasar tiempo con el oficial, estaba violando todas y cada una de las normas de su sociedad y su cultura.

Se quedó en el umbral de la puerta de su casa viendo a su esposo correr detrás de sus hijos para ir al pueblo. Con el cariño que le profesaba a Stephen, estaba traicionando a Deepak y a los votos que había hecho delante de Dios y de su familia. Bajó la vista y esperó hasta el último momento para sumarse a los festejos.

Mientras los hombres hablaban, Amisha observó a Stephen desde su lugar entre las mujeres. Él dio unos golpecitos a la espalda de un hombre riendo por algo que había dicho. A pesar de estar con el grupo de amigos de Deepak, Amisha habría jurado que estaba guardando una sutil distancia. Una distancia que ella nunca había notado cuando estaban juntos.

Los amigos de Deepak eran tremendamente cultos en comparación con la mayoría de los lugareños. Algunos tenían negocios en el pueblo, mientras que otros eran emprendedores, hombres activos con empresas propias. El éxito era su denominador común. Tanto en su comunidad como en las de los alrededores, eran quienes controlaban los pueblos porque ganaban más dinero que los demás. Sir Vikram, después de llegar acompañado por su chófer personal, se sumó a ellos.

—Teniente. —Vikram le estrechó la mano a Stephen para darle la bienvenida—. Es muy gentil por su parte que haya querido ser partícipe de nuestra celebración.

—Estar aquí es un placer, Vikram —replicó Stephen—. Me habría arrepentido de perderme una festividad tan alegre.

Los hombres siguieron hablando de negocios y del estado de la economía local. Amisha, que estaba escuchando de refilón la conversación, se dio cuenta de que evitaban cualquier tema que pudiera estar relacionado con el malestar entre británicos y nativos. Lo agradeció.

Viendo que Amisha estaba observando a los hombres, su amiga Sujata siguió la dirección de su mirada. Cuando vio a Stephen, Sujata contuvo el aire y se quedó mirando a Amisha.

—¿Un miembro del Raj? ¿Aquí?

—Sí. —Amisha volvió la cabeza para mirar a Sujata—. Es un teniente de la escuela. —A pesar de que Amisha no hablaba de lo que hacía en la escuela, sabía que en el pueblo todo el mundo estaba al corriente—. Ha venido a celebrar el Holi con nosotros.

Sujata miró con mala cara a Stephen.

—No es indio. No tiene nada que hacer aquí —dijo, dejando patente su desprecio—. Los soldados tendrían que volver al lugar de donde han venido.

—¿A Inglaterra? —dijo Amisha, sin alterarse.

—Son la escoria de este mundo.

—No son todos iguales. —Amisha disimuló su consternación al oír aquel calificativo dirigido a Stephen. Se abstuvo de expresar lo que pensaba y comentó, en cambio—: Los hay que son benevolentes.

—Como pasas tanto tiempo en la escuela, resulta que ahora te gustan, ¿no? ¿Qué pasa? ¿Acaso te gustaría ser uno de ellos? —dijo Sujata, levantando la voz y atrayendo con ello la atención de las demás mujeres—. A nuestra Amisha le gustaría ser británica.

Amisha sabía que tenía que andar con pies de plomo. Si discutía con ellas, seguirían cuestionando sus sentimientos. Si no decía nada, la sacarían de quicio hasta que no le quedara otro remedio que romper su silencio. Miró de nuevo a Stephen, que estaba hablando ahora con Deepak.

—Deseo que los soldados se vayan tanto como cualquiera. —La mentira fue fácil y confió en que sonara convincente. Se giró hacia las mujeres y dio la espalda a los hombres—. Pero no se van a ir. A lo mejor, si aprendiéramos de ellos, podríamos tener fuerza suficiente como para combatirlos.

—¿Es eso lo que estás haciendo, Amisha? —dijo otra amiga, Tara, sumándose a la conversación—. ¿Aprender para liberarnos del Raj? Deepak *bhai* pasa demasiado tiempo ausente. —Tara empleó el término «hermano» para referirse a Deepak, como marcaba la tradición—. Con tanto tiempo libre, Amisha está perdiendo la cabeza. —Y rodeó a Amisha por los hombros y la atrajo hacia ella para abrazarla.

Aquellas mujeres eran algunas de las mejores amigas que Amisha tenía en el pueblo. Muchas de ellas se habían casado más o menos en la misma época que ella y con los años habían acabado entablando amistad. Pero, por mucho que compartieran, ninguna parecía comprender su deseo de escribir.

Amisha rio con ellas, aliviada al ver que el mal momento había pasado.

—Estoy en la escuela para no tener que pasar el día entero con vosotras, chicas.

Las mujeres pasaron a hablar de otros temas y se acercaron a las mesas donde estaba preparado el bufé. Cada familia había acudido con diversos platos para compartir. Las mujeres empezaron a servir a los niños. El Holi solía prolongarse dos noches, pero la primera de ellas era el momento cumbre de la celebración.

Amisha miró hacia donde estaba Stephen y sus ojos se encontraron. La mirada de él recorrió el sari manchado con pintura roja y azul y se desplazó hacia el amarillo que tintaba su cabello. Dio un paso hacia ella pero entonces pareció recordar dónde estaba. Amisha notó un nudo de pesar en la garganta. Stephen se limitó entonces a levantar un poco la mano para saludarla. Y, cuando Amisha se disponía a devolverle el saludo, vio a Deepak. Recordó cuál era su lugar y la abrumó el remordimiento. Bajó la cabeza y, al final, no devolvió el saludo.

Una de las mujeres estaba pidiendo colaboración y Amisha corrió hacia ella. Se encontraba destapando el resto de los platos cuando oyó que Deepak le decía a Stephen:

—Mi esposa está muy feliz en la escuela.

—Y nosotros encantados de contar con ella —murmuró Stephen. Amisha notó la tensión en su voz y adivinó que estaba preocupado por la reacción que ella acababa de tener—. Es un gran activo.

—Están siendo ustedes muy caritativos. —La risa de Deepak sonaba fácil y cómoda, como si fueran dos viejos amigos en vez de dos personas que acababan de conocerse—. Se me hace difícil imaginarme a mi esposa como maestra en una escuela británica.

Abatida por lo que acababa de decir Deepak, Amisha aguzó el oído con la intención de escuchar la réplica de Stephen, pero el ruido de los platos se lo impidió. Los hombres se acercaron a la mesa para recoger sus fuentes de comida. El teniente se quedó en un extremo, observando las interacciones.

Amisha ocupó su lugar detrás de la mesa y empezó a llenar platos. Avergonzada de repente, se concentró en servir a todo el mundo. Stephen la conocía como la mujer que le insistía en que le enseñase más cosas después de terminar sus lecciones, la mujer que le había enseñado a bailar y que amenazaba con empujarlo para hacerlo caer del banco cuando bromeaba con ella. La mujer que conocía Stephen no estaba limitada por nada, sino que volaba libre en el mundo que creaba como contadora de historias.

Cuando todo el mundo estuvo servido y las mujeres empezaron a comer, Stephen se acercó a ella.

—¿Va todo bien? —preguntó en voz baja y manteniendo cierta distancia entre ellos para no llamar la atención.

—Sí —musitó ella.

La mirada de Amisha se desvió hacia Deepak y los ojos de Stephen siguieron la trayectoria. Su expresión se volvió de comprensión y le pidió disculpas sin decir nada.

—Lo siento. No debería haberme entrometido en este acto familiar —dijo—. Tengo que irme.

—Me alegro de que esté aquí —replicó ella rápidamente. E hizo una breve pausa antes de añadir—: Es simplemente que no se me permite ser como soy.

Amisha se imaginó cómo debía de verla Stephen en aquellos momentos: sometida y anclada a las expectativas de su mundo. Y ahora, después de haberla conocido como era en realidad, debía de estar arrepintiéndose de todo el tiempo que había perdido dándole clases. Con el corazón encogido, llenó rápidamente un plato con una mezcla de frutos secos y pasas y un pudin de trigo, azúcar moreno y mantequilla.

—*¿Prasad?* —preguntó, sin levantar la voz. Viendo que Stephen dudaba, Amisha le pasó el plato—. Lo he preparado yo, pero está bueno igualmente.

Cuando Stephen cogió el plato, sus dedos se rozaron por debajo y se entrelazaron un instante. Ella lo miró a los ojos, confusa y llena de dudas.

—Estoy muy contento de haber venido —dijo en voz baja para que nadie pudiera oírlo—. Verla feliz entre sus seres queridos me recuerda lo afortunado que soy por poder contar con su amistad.

—Igual que lo soy yo por poder contar con la suya —musitó Amisha, agradeciéndole que hubiera dado a su interacción una definición y unos límites. Suspiró aliviada y observó satisfecha cómo disfrutaba de su *prasad* hasta dejar el plato completamente limpio.

29

Amisha estaba en el aula cuando se abrió la puerta. Levantó la vista y vio a Neema en el umbral con la cara cubierta con el extremo del sari. Llevaba una blusa de manga larga y la falda de debajo del sari le rozaba los tobillos.

—¡Neema! —Amisha corrió hacia ella y a punto estuvo de darle un abrazo—. Hacía meses que no venías, *beti.* —Le cogió la mano y se la apretó—. ¿Qué tal estás?

Neema hizo una extraña mueca antes de retirar la mano.

—Bien. —Su voz, aunque fuerte, carecía de la convicción que tenía cuando estaba en clase—. Mi padre me dijo que había preguntado por mí. —Giró la cabeza, sin dejar que Amisha le viera la cara—. Le he suplicado que me dejara venir.

—¿*Beti*? —Amisha cerró la puerta del aula—. ¿Qué ha pasado?

Neema hizo un gesto de negación con la cabeza y todos los instintos maternales de Amisha se pusieron en marcha. Retiró con ternura la parte del sari que le cubría a Neema la cabeza y contuvo su horror. Tenía la totalidad del lado derecho de la cara arrugado y oscurecido por quemaduras. Envolvió su mejilla con una mano temblorosa.

—No importa. —Neema se apartó, obligando a Amisha a soltarla.

Neema se abrazó la cintura; se había convertido en una persona rota y derrotada.

—A mí sí que me importa —replicó Amisha, sufriendo por la pobre niña—. Por favor.

De repente, las mejillas de la chica se llenaron de lágrimas. Amisha la rodeó con el brazo, animándola. Poco a poco, entre sollozos, Neema consiguió decir:

—Antes de rezar, encendemos una hoguera, un *agni.* —El extremo del sari que le cubría los hombros se deslizó y dejó al descubierto las quemaduras del cuello y la parte superior de la espalda. Amisha pestañeó para contener las lágrimas y prestó atención a lo que Neema estaba diciéndole—. Agni es el dios que representa a todos los demás dioses. Es su mensajero. Cuando arde el fuego, se convierte en nuestro vínculo con los dioses supremos.

Era la razón por la que se encendían *diyas* antes de cada sesión de oraciones y por la que los templos tenían docenas de *diyas* encendidas en todo momento. Y también el motivo por el que se incineraban los cuerpos después de su fallecimiento. El fuego era la puerta a través de la cual el alma entraba en el cielo.

—Se suponía que el fuego iba a ser mi puente. Mi vía de escape de este mundo —dijo Neema llorando y con las mejillas llenas de lágrimas.

Amisha se había quedado sin aire. Trató de no llorar también y estrechó a la chica entre sus brazos.

—¿Te arrojaste al fuego? —musitó Amisha.

—Era lo único que podía hacer.

Neema desabotonó las mangas y dejó al descubierto sus antebrazos. Las quemaduras eran peores aún que las de la cara.

La piel se había ennegrecido y las marcas se extendían por encima del codo, hacia la parte superior del brazo. Tenía el abdomen cubierto con heridas similares.

—Ahora soy menos que antes. —Neema se secó las lágrimas—. Él ya no me quiere. —Se tapó la cara con las manos, sin dejar de llorar—. Mi prometido considera que ya no valgo nada.

Amisha la abrazó y el llanto siguió sacudiendo su joven cuerpo. Los minutos parecieron horas mientras la chica desahogaba su desesperación entre los brazos de Amisha, que lo único que podía hacer era abrazarla y dejar que el silencio llenara el vacío. Cuando las lágrimas de Neema se agotaron por fin, se apartó e intentó abrocharse de nuevo la blusa.

—Neema. —Amisha sufría por aquella chica cuya vida había cambiado para siempre—. *Beti...*

—Cuando mi cuerpo quedó envuelto por el fuego, el dolor que sentí fue atroz —dijo Neema, con la voz cargada con un sentimiento de odio hacia sí misma—. Mi alma se enfrentó a la muerte. Pero mi cerebro me ordenó que gritara para pedir ayuda. Por eso me descubrieron. Porque supliqué que me salvaran. —Abrió la puerta y miró hacia el pasillo—. Ahora, cada día que pasa, mi corazón se pregunta por qué.

Amisha y Stephen salieron al jardín en silencio. Ella no era ni tan siquiera consciente del sol que caía sobre ellos. Él estaba en la puerta de su despacho cuando Neema había salido corriendo del aula. Y se había quedado allí esperando mientras Amisha acompañaba a la chica hasta el *rickshaw* que la aguardaba.

—¿Podemos salir al jardín a caminar? —le había preguntado Amisha a Stephen después de que Neema se fuera.

Él había accedido de inmediato y habían salido juntos al jardín.

—¿Qué pasó? —preguntó por fin Stephen.

—Se arrojó al fuego. —Se le quebró la voz y las lágrimas que no había querido derramar delante de Neema empezaron a humedecer sus mejillas—. Quería morir.

—Dios mío.

La tristeza y la resignación tiñeron las palabras de Stephen.

—Gritó para pedir ayuda. —Amisha cogió una piedra del suelo y la lanzó contra el tronco de un árbol—. De modo que sigue viva, pero destrozada. —Rabiosa, cogió otra piedra y repitió la operación—. Quería huir de su destino. La muerte le pareció la única forma de conseguirlo. —Cruzó los brazos a la altura de la cintura—. Recuerdo la redacción que les puse como deberes..., donde les decía que tomaran una decisión.

—Amisha, nada de eso fue por su culpa. —Stephen extendió el brazo pero cerró la mano en un puño, dejándola caer sin haber establecido contacto. Se aflojó la corbata—. Usted no tiene la culpa de nada de lo que pasó.

—Alguien tiene que ser el responsable —argumentó Amisha—. ¿Quién es el culpable de lo que le sucedió? —Viendo que Stephen guardaba silencio, añadió—: Podría haber hecho algo para impedírselo. —La culpabilidad y la tristeza pesaban sobre ella—. Debería haber hecho algo.

—¿Cómo? —Le puso una mano en el hombro y presionó. Amisha se tensó, pero al instante se relajó bajo el contacto—. Ni usted ni nadie podría haber hecho nada para salvar a esa chica. —Frustrado, reconoció—: Si hubiera intervenido, habría habido consecuencias.

Amisha sabía que era muy afortunada por poder estar en la escuela. Y que ese privilegio suponía tener que comportarse con sumo cuidado. Sabía que jamás debía cruzar con sus alumnos ese límite que exigiría la intervención de Stephen. Pero en aquel momento todo eso le parecían excusas y se avergonzaba por no haber intervenido.

—El relato que escribió era un grito pidiendo ayuda —reconoció Amisha—. Y no escuché su llamada.

—Los padres de Neema nunca le habrían permitido entrometerse —le recordó Stephen.

Pero lo que Neema había hecho no era una rareza. En aquel mundo, cada una, a su manera, tenía que encontrar su camino y la manera de avanzar por él. Si el camino no estaba trillado, la persona que decidía elegirlo podía acabar recorriéndolo completamente sola, abandonada por los que creían que obraba mal.

—Podría haberle dicho que había otra manera.

—¿Y la hay? —Stephen cogió la piedra que Amisha acababa de lanzar—. Cuando era pequeño, me pasaba horas luchando con una espada y un escudo. Mi padre siempre me preguntaba contra quién me peleaba. «Me preparo para enfrentarme a los malos», le decía yo. Y mi padre siempre replicaba diciéndome que a veces las batallas más encarnizadas son aquellas que libramos contra nosotros mismos.

—¿Y qué quería decir con eso?

Pensativo, Stephen reflexionó su respuesta.

—Que todo el mundo libra sus propias guerras. Si el tiempo que estoy pasando aquí me ha enseñado algo, es que no siempre sabemos quién es nuestro enemigo. Pero que, con un poco de suerte, sea quien sea nuestro adversario, podemos luchar con la cabeza bien alta. —Stephen le entregó la piedra—. Neema estaba desesperada. Y pienso que batalló de la única manera que sabía hacerlo.

30

Dime, por favor, por qué motivo. —Ravi jamás le había pedido hasta aquel momento un día libre. Y ahora quería una semana entera—. ¿Estás enfermo? —Amisha se inclinó por encima de la colada que estaban doblando para tocarle la frente con un dedo—. No tienes fiebre —le informó.

—A lo mejor es bueno que no te permitieran ir a la universidad —dijo Ravi, apartándole la mano. Le pasó a Bina un montón de toallas para que las guardara en el armario—. Si hubieses elegido cuidar a los enfermos, me temo que no habrían sobrevivido ni un día.

—Protestas cada vez que te toco, por eso no me atrevo a mirar si tienes fiebre empleando toda la mano —replicó Amisha.

—Si los vecinos te vieran poniendo la mano encima de un intocable, creo que acabaría muerto de forma imprevista mientras duermo —repuso Ravi—. Y, si supieran que les ofreces comida y dulces cocinados por un intocable, serías tú la que acabarías igual que yo.

Después de guardar las toallas, Bina se sumó a ellos, diciendo:

—Pues gracias a ti, Ravi, *shrimati* está considerada la mejor cocinera del pueblo.

—Cuando esté en mi lecho de muerte, revelaré mis secretos a nuestros amigos —prometió Amisha.

—Pues confía en haber perdido el oído antes que la vida. Porque sus gritos de furia retumbarán por todos lados —comentó Ravi.

—Tus intentos de cambiar de tema son notorios y, si me permites decirlo, muy buenos. —Amisha le sonrió—. Pero ahora responde a mi pregunta. ¿Por qué quieres ausentarte?

—Necesito un descanso —aseguró Ravi—. Este trabajo me tiene agotado.

—Mentir no se te da nada bien —decidió Amisha, que nunca le había oído pronunciar una mentira—. Dicen que con la práctica se perfeccionan las cosas. Sigue intentándolo y ya te informaré de qué tal vas.

—Una semana. —Ravi suspiró con frustración—. ¿Cómo puede ser tan complicado aceptarlo?

—Estamos dando vueltas en círculo y empiezo a marearme. —Cogió unos cuantos pimientos rojos y los distribuyó en una bandeja para ponerlos a secar. Una vez secos, los triturarían hasta convertirlos en polvo—. Así que dímelo, por favor, y podremos olvidarnos de una vez del tema.

—Se casa —dijo Bina—. ¡Ay! —gritó, cuando Ravi le pegó en broma con un trapo.

—¿Te casas? —Amisha abrió los ojos de par en par de pura alegría—. ¿En serio?

—Mis padres han insistido —dijo Ravi, dubitativo—. Gracias a ti, están bendecidos con unos ingresos. Y ahora les gustaría tener nietos.

Ravi pasaba todo el día en la casa, haciendo cualquier trabajo que fuera necesario. Por su dedicación, Amisha le pagaba el triple de lo que había acordado pagarle. Y con el dinero que ganaba, Ravi había comprado una casa para él, sus padres y sus hermanos. Jamás antes habían tenido un techo. Y, a pesar de que era pequeña, siempre le decía a Amisha que era su castillo.

—Es una noticia estupenda. ¿Por qué no me lo habías dicho? —Empezó a pensar en cosas para regalarle. Una fiesta en su honor y comida para los brahmanes. Seguro que necesitarían muebles nuevos para la casa. Era solo cuestión de gestionar adecuadamente el tema. —Debe de ser muy bella. —Le dio un codazo a Bina—. Para nuestro guapo Ravi solo lo mejor, ¿verdad, Bina?

A Amisha le habría gustado abrazarlo para demostrarle su alegría por su matrimonio. Pero no podía hacerlo. Porque la ira de cualquiera que los viera podía cambiar la vida de los dos para siempre. No lo había abrazado nunca ni siquiera estando a solas. De modo que se conformó con una sonrisa y con unir las manos para agradecer la buena nueva.

—Soy afortunado —dijo Ravi, dichoso.

—La afortunada es ella. Haberte cazado es el mejor premio que puede tener una mujer.

—Pedí... —Ravi dudó, volviéndose tímido de repente—. Pedí que tenga el mismo corazón y la misma generosidad que tú tienes.

Amisha dejó lo que estaba haciendo para quedarse mirándolo. Se le encogió el corazón. Las palabras que Chara había pronunciado tanto tiempo atrás retumbaron en sus oídos: «Busca alguien en quien puedas confiar». El destino le había hecho el regalo de una persona que se había convertido en su íntimo amigo y su confidente.

—Soy una privilegiada —dijo Amisha, sin bromear ya—. Debo de haber sido muy buena en una vida anterior para tenerte como amigo en esta. No hay muchos tan bendecidos.

Por la tarde, Amisha guardaba silencio mientras Sujata, Tara y otras mujeres hablaban sobre los últimos sucesos del pueblo. Amisha y Ravi habían preparado *kachori* para la reunión. La preparación de las bolas redondas rellenas de *moong daal* amarillo, pimienta negra, guindilla roja molida y pasta de jengibre les había llevado toda la noche. Ravi lo acompañó con un cuenco enorme de *chevda,* una combinación de lentejas fritas, cacahuetes, especias y fideos de harina de garbanzo.

Pasaron la tarde hablando sobre las mejores tiendas donde ir a comprar y sobre la calidad de la seda.

—Hoy en día, solo se puede comprar en la ciudad —concluyeron.

Tara bebió un poco de agua de coco.

—Amisha, tu comida es excelente. Hoy te has superado.

—Gracias. —Amisha no les dijo que Ravi la había ayudado—. Es un placer poder disfrutar de vuestra compañía.

Y, justo cuando iba a decir algo más, llamaron a la puerta. Se disculpó, fue a abrir y se encontró frente a frente con Neema.

Sorprendida, Amisha la invitó a entrar. Habían pasado varias semanas desde su visita a la escuela.

—¿Qué tal estás, *beti?*

Neema mantuvo la cara escondida detrás de la seguridad que le daba el sari. Al ver que había más gente, dijo:

—Lo siento, no era mi intención interrumpir nada. Puedo pasarme en otro momento.

—Nosotras ya nos íbamos. —Las amigas de Amisha empezaron a recoger sus cosas—. Tenemos que ir a preparar la cena de los niños.

Neema se apartó para que no pudieran verla y las amigas se marcharon. En cuanto la casa se quedó vacía, sacó del bolso un sobre de papel barato. Neema había escrito el nombre de Amisha con caligrafía perfecta. Era una invitación a su boda, que tendría lugar aquel mismo fin de semana.

—He venido a traerle esto.

—¿Te casas? —preguntó Amisha, confusa.

Neema se retorció las manos con nerviosismo y la mano quemada se entrelazó con la piel suave de la otra.

—Jugué con el fuego como una niña —susurró—. Ahora debo aceptar las consecuencias como una adulta —empezó a decir, y luego paró para tragar saliva dos veces antes de continuar—. Me han encontrado un novio a tres pueblos de aquí. Es una pequeña ceremonia de dos días, pero confío en que pueda usted asistir.

—¿A qué se dedica?

Amisha notó que empezaban a sudarle las manos de miedo. Sabía que el único tipo de hombre dispuesto a aceptar una mujer desfigurada sería aquel que pudiera utilizar sus quemaduras para implorar la misericordia de la gente. Y, aunque se temía la respuesta, esperó a que ella se la diera.

—Es mendigo —respondió Neema, confirmando sus peores temores—. A cambio de una pequeña dote, ha accedido a casarse conmigo y a ocuparse de mí lo mejor que pueda.

—Ven a trabajar para mí. —Amisha empezó a cavilar diversas ideas. Se negaba a aceptar que la mendicidad fuera la única alternativa de Neema—. Aquí puedes tener un trabajo digno.

—No puedo. —Neema pestañeó para impedir que saltaran las lágrimas—. El primer día de clase recuerdo que nos propuso la historia del hombre y el pájaro. —Bajó la vista—. Solo había un agujerito por el que poder respirar. Y nosotros teníamos que decidir cómo continuaba el relato.

—Sí, lo recuerdo.

Le dolía el corazón de tristeza. Sabía que Neema tenía el talento y el potencial necesarios para convertirse en una buena escritora y, a pesar de ello, tendría que vivir la vida como una mendiga.

—Yo entonces estaba segura de que era el hombre el que tenía que preocuparse por su vida —dijo Neema. La mayoría de los niños había optado por un final similar—. Pero ahora entiendo que el culpable era él. Tendría que haber protegido al pájaro y haberle ofrecido el aire fresco.

—¿Y entonces el hombre, qué? —preguntó Amisha.

—El destino de aquel hombre quedó escrito el día que construyó la casa. Si la casa no se hubiera derrumbado con el terremoto, lo habría hecho en otro momento. Pero, con su acto final, el hombre podría haber salvado a un pájaro inocente de las consecuencias de sus errores.

—Neema...

Amisha intentó comprender la relación que tenía esa historia con la oferta que acababa de hacerle a Neema de trabajar para ella.

—Su oferta es generosa, pero no puedo aceptarla —susurró Neema—. Si decidiera trabajar aquí y, en consecuencia, seguir viviendo con mis padres, es evidente que con mi cuerpo desfigurado y con el paso del tiempo el estatus de mi familia en la comunidad acabaría viéndose afectado. —Se secó las lágrimas—. Todo el mundo me consideraría un mal presagio. Mi hermano es joven y tiene toda la vida por delante. No puedo poner en riesgo su futuro por culpa de una decisión que solo fue mía. —Esbozó una pequeña sonrisa—. Dejar de ser una carga para mis padres es una bendición. —Abrió la puerta—. Espero que pueda asistir a la boda.

Amisha se fue corriendo a la escuela. Al llegar, Stephen la estaba esperando en la puerta. Sin decir palabra, él le indicó que lo acompañara al despacho.

—¿Va todo bien? —preguntó.

—Se ha casado —respondió Amisha. Venía directamente de la discreta boda que habían organizado los padres de Neema. Solo habían asistido la familia más próxima y el *pujari* que había presidido la ceremonia—. Ha rodeado siete veces la hoguera y después se ha marchado con él. —Amisha tenía ganas de romper algo o de pegar a alguien. Pero, a falta de poder hacerlo, se conformó con caminar nerviosa de un lado a otro del reducido espacio—. Nadie ha derramado ni una sola lágrima. ¡Se han quedado simplemente viéndola marchar! —gritó.

—Nadie podía hacer nada —repuso Stephen con delicadeza, rascándose la nuca.

—¿Y los británicos? —Amisha se quedó mirándolo. Ya lo habían comentado con anterioridad, pero Amisha no pudo evitar repetirlo. No veía otra cosa que el dolor de Neema y el miedo por el futuro que le esperaba—. ¿Tampoco podían hacer nada?

—Amisha...

—Lo sé —dijo, comprendiendo su respuesta—. Ya sé que no les corresponde hacer nada. —De pronto, fue como si las paredes del estrecho despacho se cernieran sobre ella y la estuvieran dejando sin aire. Estaba rabiosa y necesitaba desahogarse—. Mi clase está esperándome.

—A lo mejor tendría que tomarse el día libre. Está sufriendo mucho.

Stephen se interpuso entre Amisha y la puerta. Amisha vio su compasión, pero no podía reaccionar a ella.

—No soy yo la que está destinada a pasarse el resto de la vida en las calles.

Pasó por su lado y cruzó la puerta. En el pasillo, notó el peso de la mirada de Stephen sobre sus espaldas.

Cuando llegó al aula, sus alumnos ya estaban sentados y la esperaban con impaciencia.

—Pido disculpas por el retraso.

Empezó a leer en voz alta la lección que había preparado, pero Neema ocupaba todos sus pensamientos. Cerró el cuaderno y se enfrentó a la clase.

—Hoy haremos algo distinto —anunció. Stephen entró en el aula por la puerta de atrás y, sin que los alumnos se percataran de su presencia, se quedó de pie apoyado en la pared. Amisha lo ignoró y siguió adelante con la idea que se le acababa de ocurrir—. Somos una colonia de Inglaterra gobernada por un rey y una reina. Vosotros estáis aprendiendo en una escuela británica. Pero somos indios y tenemos muchas costumbres y conductas distintas a las de ellos —dijo, mirando de reojo a Stephen, que la observaba en silencio—. Neema, vuestra amiga y mi antigua alumna, se ha casado esta mañana.

Trató de controlar sus emociones, consciente de que estaba caminando por la cuerda floja. Sabía que una efusión de sentimientos inadecuada obligaría a Stephen a censurarla pero, por otro lado, aquellos alumnos formaban parte del futuro. Eran los que ayudarían a hacer realidad el cambio. Los que podrían darle un final alternativo a la historia de Neema. Ofrecer otra opción a cualquiera que quisiera algo diferente, algo distinto a lo que estaba decidido con antelación para ellos.

—¿Se sentía feliz? —preguntó una niña de la última fila.

Amisha cerró los ojos al oír la pregunta. Muy pocos alumnos, por no decir ninguno, estaban al corriente del accidente de Neema. Su hermano no lo había comentado con sus compañeros de clase y Neema había estado prácticamente encerrada en su casa desde entonces.

—Aceptó que el matrimonio era su siguiente paso.

—¿Qué redacción hay que hacer? —dijo aburrido un chico sentado en las filas delanteras, empezando a escribir en su papel.

Amisha pensó unos instantes.

—Hoy vamos a escribir sobre cómo cambiaría nuestro país si una mujer fuera nuestra líder. —Stephen, que seguía en el fondo del aula, enderezó la espalda y la miró fijamente. Ella lo ignoró mientras otra alumna levantaba la mano.

—¿Si nuestra líder fuera la reina?

—No, no la reina. Ni el Raj. Sino una mujer nacida en la India y criada según los convencionalismos sociales y los sistemas de creencias indios. Imaginaos una mujer india que desafía esas costumbres y esas normas y lidera nuestro país.

—¿Como Gandhi?

—Gandhi está luchando por nuestra independencia —dijo Amisha—. Yo me refiero a la líder de la India independiente. Contadme cosas sobre esta mujer y sobre cómo nos gobernaría.

—¿Y eso es un relato? —dijo uno de los chicos más mayores, confuso.

—¿Acaso es algo que puedes imaginarte que pase? —preguntó Amisha, con un tono de voz más áspero de lo que pretendía. Todo el mundo se quedó callado—. Por eso es un relato. Porque es ficción.

Stephen abandonó el aula tan discretamente como había entrado. Amisha continuó con la clase, asegurándose de que sus alumnos entendían el concepto antes de empezar a contar el tiempo del que disponían para escribir.

Cuando los alumnos se fueron, Amisha se quedó en el aula leyendo los trabajos. Se sentía orgullosa de que todos se hubieran esforzado por imaginarse la situación en que una mujer gobernara la India. Los relatos, aunque a veces cómicos, eran sinceros. Los guardó en un sobre grande y estaba cerrándolo cuando entró de nuevo Stephen.

—¿Una líder india? —dijo, con las manos hundidas en los bolsillos.

—Me ha sorprendido verlo en el aula.

—Me lo imagino. De haber sabido que se dedicaría a fomentar un levantamiento, me habría pensado mejor lo de ofrecerle un puesto de maestra.

—¿Le daría miedo que hubiese una mujer líder? —preguntó Amisha, que no se dio cuenta de que se había quedado conteniendo la respiración hasta que la respuesta de Stephen le permitió exhalar todo el aire, aliviada.

—No. —Stephen la observó con atención—. Pero lo que sí me preocupa es que una de mis maestras esté defendiendo un líder indio frente a nuestros alumnos.

—No estaba haciendo eso —replicó Amisha, frustrada—. No estaba adoptando ninguna postura política. Esto es por Neema —dijo, enseñándole el sobre e irradiando rabia—. Quería enviarle algo que sirviera para demostrarle que no tiene que darse por vencida. Que aún puede albergar esperanzas.

—¿Y se le ha ocurrido que los relatos de los niños lo conseguirían? —preguntó Stephen, y, aunque su tono de voz no pretendía juzgar lo que había hecho, Amisha se sintió tonta e insignificante.

—Ha sido una idea ridícula.

Dejó el sobre en la mesa con desgana.

—No, no lo ha sido. —Stephen cogió el sobre y escribió el nombre de Neema delante—. Haré que un mensajero se lo haga llegar a su nueva casa.

—Gracias.

Su atención dejó sorprendida a Amisha.

Stephen se inclinó para poder mirarla a los ojos.

—Siento mucho lo que le ha pasado a Neema, Amisha. Independientemente de lo que haya podido decir antes, le pido, por favor, que tenga esto presente.

—No es justo. —Amisha agachó la cabeza y sus ojos se llenaron de lágrimas—. Se merecía algo mejor.

Pero la historia de Neema no se diferenciaba de otras muchas de aquel tiempo y aquel lugar. Por mucho que Amisha hubiera querido enseñarle y animarla, Neema habría tenido muy poco que decir sobre su futuro.

—Lo sé —dijo Stephen, y se quedó mirándola.

31

Habían transcurrido unos días desde la boda de Neema y Amisha seguía sin poderse quitar a la chica de la cabeza. Cada vez que pensaba en ella, sufría. Stephen y ella pasaban horas en el jardín hablando de todo y de nada. Era como si él entendiera su necesidad de divagar sobre temas mundanos con tal de olvidar a la chica a quien le era imposible ayudar.

—¿Y su hermano? —le preguntó Amisha mientras caminaban. Desde que le había hablado de él, Amisha deseaba formularle más preguntas—. ¿Pasaban mucho tiempo juntos?

Stephen no respondió al momento y Amisha se preguntó si el tema seguiría resultándole difícil. Se disponía a decirle que no pasaba nada si no respondía, cuando él habló al fin:

—Éramos amigos, lo cual era mucho para nosotros. —Cuando Stephen recordaba su hogar, se volvía circunspecto—. De pequeños, nos peleábamos como todos los niños. El perdón se conseguía mediante un placaje en el suelo o puñetazos en las partes más vulnerables del cuerpo. —De adultos, le explicó, se habían llevado mejor y habían descubierto que tenían más cosas en común que la sangre que corría por sus venas—. Y eso lo agradezco.

—¿No esperaba que fuera así? —preguntó Amisha.

—Mis padres no hablan nunca de sus emociones —respondió Stephen—. Y siempre imaginé que mi hermano y yo seguiríamos su ejemplo.

—Se alegra de no haberlo hecho —dijo Amisha, intuyendo el cariño que sentía hacia el hombre fallecido—. La familia es importante. —Recordó entonces lo que le había contado Stephen sobre su padre—. Su padre se encargó de que lo enviasen a la India en vez de a la guerra. Debe de quererle mucho.

—Un soldado en la India. —No se tomó la molestia de disimular su rabia—. Lo que quiso mi padre es que fuera otro de los guardianes del tesoro robado del rey.

—¿Es eso lo que piensa? —preguntó Amisha. Era la primera vez que Stephen reconocía ante ella que la India no pertenecía a su país natal—. ¿Que nos merecemos la libertad?

—Si digo que sí, traicionaré a mi pueblo. Y, si digo que no, ¿la traiciono entonces a usted? —la interrumpió él.

—No —respondió Amisha pasado un buen rato—. Que la India sea libre no garantiza que todo el mundo sea libre.

Ambos entendieron que Amisha estaba pensando en Neema.

—¿Es eso lo que quiere? —dijo entonces él—. ¿Su libertad?

—¿Y qué haría yo con ella? —Amisha intentó restar seriedad a sus palabras—. Hablo sin pensar, la verdad. —Y cambió de tema antes de que él pudiera decir nada más o la presionara en busca de una respuesta más profunda—. ¿Se arrepiente del tiempo que está pasando aquí?

—Ya no —contestó él, sosteniéndole la mirada—. Pero echo de menos a mis amigos y a veces a mi familia —le guiñó el ojo—, mi casa. —Dejó de hablar un instante—. Me parece que no ve muy a menudo a su familia, ¿verdad?

Habían compartido sus historias en una de sus muchas conversaciones.

—No —respondió ella—. Cuando una mujer se casa, ya no hay motivos para seguir manteniendo el contacto.

Amisha había aprendido a socavar el dolor cada vez que pensaba en ellos. Habían sido toda su vida hasta el momento en que fue entregada en matrimonio y olvidada por los suyos.

—¿Viven lejos? —preguntó Stephen.

—En tren no sería muy lejos. Pero no es por la distancia. Sencillamente, no es una prioridad.

Con el trabajo que le ocasionaban los niños y con Deepak fuera de la ciudad, hacer el viaje no era fácil. Y, a pesar de que añoraba a la madre que la había parido y la había entregado, sabía que nunca había llegado a conocerla. Sus sueños y sus deseos habían sido siempre un secreto bien escondido.

—¿Es porque la mujer lo elige así? —preguntó Stephen.

—No, por tradición —respondió Amisha, sin entender por qué ponía aquella cara de sorpresa—. ¿Acaso no funciona así en su país?

—No —dijo él. Amisha recordó entonces que le había contado que sus abuelos, tanto por parte de padre como de madre, vivían cerca de su casa—. ¿Por qué separar a la mujer de su familia cuando se casa?

De jovencita, Amisha había sido testigo de cómo sus amigas eran entregadas en matrimonio a familias desconocidas. Pocos años, si es que no meses, mayores que Amisha, lloraban y suplicaban que no las abandonaran. Imploraban que les permitieran quedarse con sus familias y sus hermanos para poder seguir viviendo en el único mundo que conocían.

—Para que la mujer pueda empezar a tener hijos. Varones, a poder ser.

La cantidad de la dote aumentaba con la edad. Una nuera joven podía empezar a dar hijos de inmediato. Familias grandes acababan abarrotando casas pequeñas. Los hijos y sus nuevas familias vivían con sus padres y los hermanos solteros.

—Ayudan a mantener al padre —dijo Stephen, que después del tiempo que llevaba viviendo en la India conocía ya bien las costumbres—. A sustentar a la familia.

—Lo más importante es el matrimonio y traer hijos al mundo. —La amenaza de divorcio o de ser proscrita pesaba constantemente sobre la mujer que no cumplía con los deberes que imponía la costumbre—. La familia natural de la esposa no sirve para ese objetivo. Para la mujer, seguir viviendo en su seno representa una pérdida de tiempo y de productividad.

Amisha intentó disimular lo poco que le agradaba aquella costumbre, pero, cuando vio la compasión que reflejaba el rostro de Stephen, comprendió que no lo había conseguido.

—Lo siento —dijo él, que dio un paso hacia ella y se detuvo.

—Las cosas son como son. —Amisha valoraba su cultura y sus tradiciones, su exigencia de amor incondicional hacia los hijos y la familia, pero sabía también que contenía imperfecciones que era incapaz de ignorar—. Tiene que haber una razón de que sea así, ¿verdad? —preguntó, aunque no esperó a la respuesta—. Todas las tradiciones tienen su origen en algún lado. A lo mejor, en el momento en que se creó esta, existía una necesidad para respaldar esta conducta.

—Todo esto es muy filosófico —dijo Stephen, en tono de broma, aunque Amisha captó un brillo de admiración en su mirada—. Tiene sentido. Las mujeres son las únicas que pueden tener hijos, lo que deja a los hombres al cargo del sustento de la familia.

—¿Y qué sucede cuando estos roles dejan de ser necesarios? —preguntó Amisha. Pensando en que era imposible mantener una conversación como aquella con Deepak, estaba disfrutándola intensamente—. ¿Y si la tradición no es más que una excusa para que las cosas sigan siendo como siempre han sido?

—¿Se refiere a Ravi y a Bina? —preguntó Stephen, como si acabara de leerle los pensamientos. Amisha le había comentado a menudo la frustración que le producía ver las limitaciones que les imponía la tradición—. ¿Siguen sin dejarlos entrar en el templo?

—Sí, entre otras cosas. —Amisha sabía que muchos intocables temían por su vida. Que no se atrevían a hacer enojar a la gente por miedo a las repercusiones que ello pudiera acarrear—. A veces, tengo la sensación de que es una excusa para no ser amable. Que, cuando todo el mundo lo hace, termina convirtiéndose en una conducta aceptable.

—Si la sociedad acepta la conducta, las consecuencias son pocas —convino Stephen.

—Para plantarse contra esa norma haría falta una gran persona. —Amisha pensó de nuevo en Gandhi y en sus discursos constantes sobre la libertad—. Su rey y su reina parecen haber encontrado todas las excusas necesarias para controlar la India. A lo mejor resulta que en el fondo no son tan distintos a nosotros.

—Yo soy su leal soldado —dijo Stephen, sorprendiéndola—. ¿Utilizo ese rol para controlar a los indios? —pareció preguntarse. Y, al ver que ella se disponía a replicar, le preguntó—: ¿Qué habría hecho usted de manera distinta? ¿De estar en mi lugar?

Se lo imaginó negándose a viajar a la India y se le partió el corazón solo de pensarlo.

—Nada, hablar es muy fácil, pero ningún hombre —dijo, e hizo una breve pausa—, ni ninguna mujer, puede cambiar la mentalidad de un pueblo entero. —Intentó poner orden a sus ideas—. No me refería a que no hubiese venido aquí. —Respiró hondo y lo miró de reojo, confiando en que entendiera lo que realmente quería decir. Pero su silencio la instó a continuar—. Yo lo dejaría todo tal y como está para que usted pudiera seguir en la India.

Se quedó en silencio después de su confesión, temiendo, una vez más, haber dicho algo que no tocaba o haber cruzado un límite sobreentendido.

—¿Sacrificaría la libertad de la India a cambio de mis clases? —dijo Stephen, intentando quitarle hierro a la situación—. ¡Su pueblo acabará renegando de usted!

—Mi pueblo está librando una batalla que nunca nadie tendría que afrontar: la de la libertad por seguir siendo quien es. —Amisha sabía que su respuesta era excesivamente sencilla. Y, antes de que Stephen pudiera replicar, añadió—: Pero, con ira y odio, es imposible ver lo bueno que ha acompañado a lo malo.

—Y, entonces, ¿por qué luchar? —exclamó Stephen. Abarcó con un gesto el jardín y la escuela—. Estamos ofreciendo lo mejor que tenemos. Carreteras mejores, escuelas. Antes de nosotros, la India no tenía nada de todo esto.

Amisha sabía que no quería pelear con ella, que valoraba su opinión. Se le aceleró el corazón.

—¿A qué coste? —Pensó en los disturbios sobre los que había leído, en la opresión y la desolación que sentían incluso los indios más fuertes—. Jamás podremos definirnos mientras sea otro quien nos defina.

—¿Es eso lo que estamos haciendo? —preguntó Stephen. Se quedó reflexionando—. ¿Estamos obligando a los indios a convertirse en quienes nosotros necesitamos que sean? —Y, antes de que Amisha tuviera tiempo de mostrar su conformidad o su disconformidad, prosiguió—: ¿Les dará la libertad el derecho a ser quienes aspiran a ser? ¿Empezará entonces Ravi a ser tratado como un igual y no como un intocable?

—No —respondió con sinceridad Amisha. Por mucho que deseara creer que la independencia de la India se traduciría en independencia para todo el mundo, sabía a ciencia cierta que no sería así—. Pero al menos es un principio, ¿no? —Una bandada de pájaros sobrevoló sus cabezas en formación, inundando el cielo con sus sonidos—. Cuando te aplastan contra el suelo, tienes dos alternativas. O quedarte tumbado, o levantarte y preguntar por qué.

—¿Como usted? —replicó Stephen. Viendo que no lo había entendido, se explicó—. Cuando habló de asistir a la escuela, dijo que era porque quería más. —Ladeó la cabeza y estudió su expresión—. ¿Siempre lucha por lo que quiere?

Amisha se quedó mirándolo, asombrada de que recordara las palabras de una conversación que ella ya había olvidado.

—Pienso que no luchar por lo que queremos es una estupidez, por mucho que hacerlo no sea siempre la elección más inteligente. Sobre todo si las consecuencias pueden acabar haciendo daño a tus seres queridos. Neema luchó de la mejor manera que supo y ha pagado un coste que nunca se habría imaginado.

—Pero las cosas no son así en todas partes —replicó él con suavidad—. A veces se puede escoger.

—¿Las cosas no son así? —Amisha sabía que en las ciudades las mujeres y los intocables tenían más derechos. Pero, en su pequeño pueblo, todo aquel mundo quedaba muy lejos—. ¿Dónde? ¿En Inglaterra?

—A Inglaterra le queda aún mucho camino por recorrer, pero, en la vida diaria, la mujer está considerada igual que el hombre. —Unió las manos y estiró los brazos por encima de la cabeza—. No quiero decir con ello que no haya hombres que prefieran esta forma de vida. Una mujer a la entera disposición del hombre puede ser para muchos un sueño hecho realidad —concluyó con sorna.

—¿Su sueño, quizás? —preguntó Amisha, desafiándolo.

—La verdad es que nunca lo pensé. El matrimonio me parece algo muy lejano, pero, cuando llegue el momento, imagino que querré una persona igual que yo. —Le sostuvo la mirada—. Una persona que sea mi amiga y mi confidente.

—Me parece maravilloso —reconoció Amisha. Aun teniendo miedo de profundizar en el tema, le preguntó a continuación—: ¿Y sería inglesa? —En cuanto esas palabras salieron de su boca, quiso retirarlas, pero ya era tarde.

La pregunta se quedó flotando entre ellos.

—Sí, creo que sí —respondió, dudando y claramente incómodo—. ¿Un inglés que se case con una india?

—No, no funcionaría, ¿verdad? —Sería excepcional. Los miembros del Raj estaban allí para civilizar a los indios, no para socializar con ellos—. Sus padres no lo aprobarían.

—No. —Tenía el pensamiento dividido. Se pasó la mano por el pelo, evitando la mirada de Amisha—. ¿Qué le habría gustado a usted? De haber podido elegir.

—No..., no lo sé.

Amisha apartó la vista, incapaz de imaginarse una relación romántica o un hombre que la valorara más allá de su capacidad para darle hijos y llevar la casa.

—¿No lo sabe?

Estaban avanzando por terreno desconocido y entre ellos se alzaba una frontera invisible. Ambos estaban definidos por sus respectivas culturas. A Amisha no le quedaba más remedio que doblegarse a los convencionalismos de su sociedad. Si había desafiado unas pocas normas, había sido siempre confiando en que no hubiera ningún coste.

—Me habría gustado alguien que creyera en mí —respondió por fin.

—¿Eso es todo? —exclamó él, asombrado.

—Eso por sí solo sería mucho más de lo que podría esperar jamás. Es lo que querría para mi hija, si es que algún día tengo alguna.

—¿Una hija?

Stephen sonrió.

—Pero, tal y como están las cosas —dijo Amisha, dubitativa—, no sé si este sería el mejor lugar para ella.

Stephen se quedó sorprendido.

—¿No le gustaría que viviera en la India?

—Si la India acabara siendo un lugar donde ella pudiera ser libre para elegir su camino, sí, me gustaría que viviera aquí. Que este fuera su hogar. Que nosotros... —Pensó en Deepak—. Que nosotros pudiéramos seguir siendo su familia. —Consideró su mundo tal y como era ahora. Las posibilidades que aún no existían—. Y me gustaría que tuviera más de lo que yo tengo.

—¿Más? —dijo Stephen, animándola a continuar.

—Que viviera en un lugar donde pudiera ser cualquier cosa —prosiguió Amisha—. Un lugar donde sus sueños pudieran transportarla a cualquier parte y en el que sus únicos límites fueran los que ella misma se impusiera. —Reflexionó sobre la idea—. ¿Conoce algún lugar así?

—En Inglaterra...

Se interrumpió, pues ambos recordaron lo que había dicho antes.

—Allí sería una oscura —dijo Amisha, utilizando el término despectivo que empleaban muchos británicos.

Stephen dio un respingo, pero no la corrigió.

—¿Tal vez América? —Stephen se encogió de hombros cuando Amisha le lanzó una mirada de interrogación—. No he estado nunca. Pero mi hermano... Mi hermano me hizo prometerle que iría algún día.

—Cuando lo haga, tendrá que explicarme cómo es —dijo Amisha. Ninguno de los dos comentó que, en cuanto él se marchara de la India, había muy pocas probabilidades de que volviera—. Si es un lugar donde mi hija podría ser feliz.

—Se lo prometo.

JAYA

32

Ravi recoge flores y fruta para el templo y las dispone con esmero en la bandeja. Ayer me preguntó si me gustaría ir al templo que mi abuela solía frecuentar. Era una práctica habitual antes de la celebración del Holi. Ansiosa por conocer el lugar donde ella rezaba, le dije enseguida que sí.

—¿Crees en Dios?

Aunque no soy religiosa, la poca fe que tenía se tambaleó después de los abortos. Se me hacía duro aceptar que pudiese haber un dios tan cruel. Y después de escuchar las historias que me cuenta Ravi, aún se me hace más complicado.

—Llegué a este mundo sin creer. ¿Cómo iba a hacerlo? —pregunta—. Mi gente es juzgada y sentenciada constantemente por infracciones que no quebrantan ninguna ley. —Baja la cabeza y me doy cuenta de que libra una batalla con su dolor—. Podría olvidar el pasado de no ser porque el día a día me lo recuerda. —Perdido en sus cavilaciones, hace una pausa antes de decir—: Pero la compasión del ser humano me obligó a creer que tiene que haber algo o alguien más poderoso que en su día puso en la tierra toda su perfección.

—Te refieres a mi abuela.

—Me refiero a su corazón —me corrige—. Como ser humano, era imperfecta, como cualquier otro. Pero su corazón siempre luchó por hacer el bien a los demás, incluso perjudicándose a sí misma. Ahí es donde estaba su perfección.

—Fue afortunada por contar con un amigo que la tenía en tan buen concepto —digo, conmovida por sus palabras.

—Gracias a ella, disfruto de una vida que jamás podría haberme imaginado. El afortunado soy yo —contesta, antes de quedarse callado.

Me dispongo a preguntarle más sobre el tema, cuando veo que fija la vista detrás de mí. Su mirada se vuelve vidriosa, como le sucede cuando dice estar viendo a Amisha, y su expresión es de culpabilidad y arrepentimiento. Menea la cabeza y sale de su aturdimiento. En cuestión de segundos, encierra sus emociones y su rostro se vuelve inexpresivo. Continúa andando, con Rokie pisándole los talones.

—Cuando era estudiante, presencié la exhumación de un cuerpo antiquísimo —digo, rompiendo el silencio—. En aquel cementerio, los blancos estaban enterrados separados de los negros. —Ravi me escucha con atención mientras seguimos andando—. Las lápidas hablaban de lo querida que era la persona enterrada debajo de ellas y de los diversos papeles que había desempeñado en vida: padre, hijo, abuelo. En ninguna se mencionaba el color de la persona.

—Una vez muerto ya no importa —señala Ravi.

—No. Lo único que quedaba de aquella persona eran los huesos. Iguales que los de todo el mundo. —Me pregunté si sabrían que, al final, éramos todos iguales, solo un cuerpo definido por nuestros actos y por los recuerdos que los demás tuvieran de nosotros—. Lo que nos separa en vida no tiene relevancia cuando morimos.

—Tu abuela escribió un poema que decía que la única cosa que nos llevamos de la vida a la muerte es la gente cuya vida hemos tocado de alguna manera. Que todo lo demás es fachada. —Se para y me mira—. Creo que tu abuela se habría sentido muy orgullosa de ti.

Sus palabras contienen una combinación de alegría y pesar que no alcanzo a comprender.

—Gracias —replico, sinceramente agradecida. Le cojo la bandeja para que pueda andar mejor apoyándose en el bastón—. Mi madre no te recuerda. ¿Cómo puede ser?

Ravi guarda silencio unos instantes.

—Cuando tu madre era pequeña, yo no estaba aquí —dice, explicándose con nerviosismo—. Poco después de que muriera Amisha, mi lugar fue ocupado por otros criados. —Su expresión se tensa momentáneamente y acelera el paso. Sin mirarme, Ravi cambia de tema—. ¿Y cómo fue tu infancia?

Decido no presionar más.

—Mi padre siempre estaba liado con su trabajo. —Lo que se traducía en que normalmente nos quedábamos solas en casa mi madre y yo. De pequeña, atribuí la distancia que mantenía conmigo a que no me quería, pero, ahora que empiezo a conocer la historia, pongo en duda todos mis supuestos—. Tuve una buena infancia. —En comparación con los niños que veo por las calles, sé que puedo considerarme afortunada—. Siempre se ocuparon de mí.

—¿Dijiste que Lena es feliz? —pregunta con cierta cautela Ravi.

Aun sintiendo curiosidad por los motivos de su pregunta, intento ser sincera.

—No es infeliz. —Veo que se tensa y que me presta más atención—. Mi padre la quiere mucho. —Hago una pausa—. Pero ella y yo no tenemos una relación muy estrecha.

—¿Por qué? —pregunta Ravi en voz baja.

—No lo sé —reconozco—. Ni siquiera ha sido nunca cruel conmigo, simplemente distante.

—Lo siento —musita.

—No lo lamentes. —Sonrío para restarle importancia a la situación—. Si este viaje me ha enseñado alguna cosa, es que soy afortunada por tener la vida que tengo. No sé si antes era consciente de ello.

Ravi asiente, aceptando mis palabras.

—¿Eres buena periodista? —dice Ravi, una pregunta que me hace reír.

—A veces —contesto, respondiendo con la máxima honestidad posible—. Para mí es importante intentar hacerlo siempre lo mejor que puedo. —Mi trabajo me había llenado y había dado sentido a mi vida. Y no había sido hasta después de los abortos que me había empezado a preguntar sobre qué lugar ocupaba en el mundo—. Pero necesitaba desconectar un tiempo. Y venir aquí me lo ha permitido.

—La pérdida que mencionaste... —dice Ravi.

—Tuve tres abortos. —Me seco con prisas las lágrimas antes de que se derramen. Pese a que la oscuridad de los días posteriores sigue todavía ahí, no duele tanto como antes—. Quería parir. Quería ser madre. —Durante aquel periodo de tiempo, era lo único que deseaba. El proceso había inundado todos los demás aspectos de nuestra vida—. Y no ser capaz me partió el corazón.

—¿Y tu marido?

—¿Patrick? Él encontró su manera de superarlo. —Después del primer aborto, Patrick se reincorporó de inmediato al trabajo mientras que yo lo hice a duras penas. Al principio, envidié su capacidad para superar la pérdida, pero luego empezó a sentarme mal su facilidad para concentrarse en su carrera profesional y en la vida diaria. Jamás se me ocurrió preguntarme qué sentía él al ver que yo solo pensaba en mi dolor—. Pero yo no tuve fuerzas para hacerlo. Las pérdidas que sufrí me llevaron también a la perdición. Y, por mucho que lo intenté, no conseguí encontrar el camino para volver a ser la misma.

Ahora, cada vez que veo un niño, recuerdo cuánto deseaba Patrick formar una familia. Lo deseaba tanto como yo, pero mi dolor me impedía ver el que él también estaba sufriendo. Mirando hacia atrás, intento imaginarme otro camino u otros pasos que pudieran haber evitado el desastre al que nos vimos abocados. Siempre di por sentado nuestro matrimonio y nuestra forma de vida. Ahora pienso en una vida sin él, y la encuentro vacía.

—Estamos separados —digo—. Cuando vuelva, supongo que iniciaremos los trámites del divorcio.

—Ya hemos llegado —anuncia Ravi, en un tono casi inaudible, y baja el ritmo para señalar justo delante de nosotros.

La exquisita estructura es imponente. Diez columnas de mármol envejecido conectan con un tejado de forma piramidal decorado con grabados de gran belleza artística. Las columnas están separadas entre sí a intervalos regulares, sin paredes que obstruyan el paso del intenso aroma a incienso de jazmín que inunda el ambiente. Un sinfín de pabellones dispuestos a ambos lados conducen hasta un santuario cubierto con cúpula donde cuelgan centenares de campanitas. El templo queda elevado, y se accede a su entrada sin puerta después de ascender cuarenta escalones.

—Es... —No encuentro palabras para expresarme cuando contemplo la estructura. Es un templo antiguo. Casi puedo escuchar los susurros de las oraciones de tantos años transportadas en el aire que circula entre nosotros. Fantasmas de maridos y mujeres, de amores jóvenes y de ancianos fallecidos flotan en el ambiente—. ¿Cuándo fue construido?

—Hace muchos cientos de años.

Ravi lo contempla también como si estuviera viéndolo por vez primera.

—¿Vienes muy a menudo? —digo, preguntándome por qué no me habrá traído antes aquí.

—Hubo un tiempo en que no me estuvo permitida la entrada —responde con sinceridad—. La primera vez que vine fue antes de que tu abuela muriera. En aquella ocasión, me quedé viéndolo de lejos, burlándome de su falsa superioridad. Después, vine a llorar mi rabia y mi dolor. Para cuando nos permitieron el acceso, yo ya no quería tener nada que ver con un santuario religioso que se había demostrado incapaz de salvar a mi amiga.

—¿Le pediste a Dios que la salvara?

—Se lo supliqué —me corrige—. Pero mis plegarias no obtuvieron respuesta. En aquel momento, estaba seguro de que a Dios le traían sin cuidado nuestros deseos y nuestro dolor.

—¿Por qué acabaron permitiendo el acceso a los intocables? —pregunto.

—Porque estábamos avergonzados por la reacción del mundo a nuestro sistema de castas. Y eso nos obligó a crear leyes que nos hicieran iguales, no inferiores. —Mira hacia el templo y a continuación se queda observándome—. Pero, por mucho que haya leyes, el corazón de la gente cambia muy lentamente. —Veo que una familia baja la escalinata con los zapatos en la mano—. Ven, entremos a saludar.

Sigo el ejemplo de Ravi y me descalzo a los pies de la escalinata. Hay docenas de zapatos tirados en el suelo de cualquier manera.

—¿Y esto por qué? —pregunto, señalando el montón de zapatos.

—Se cree que la energía meditativa fluye de los pies hacia arriba —responde—. Y que, en consecuencia, para sentir a Dios hay que estar descalzo. —Empezamos a subir los escalones y añade—: Y solo descalzo puedes saber quién se ha bañado y quién no, ¿no te parece?

Un auténtico gentío circula arriba y abajo por la escalera. Las mujeres llevan de la mano a los más pequeños mientras que los niños y niñas mayores corretean libremente. Ravi me guía por delante de una hilera de esculturas de divinidades adosadas a la pared. Del techo cuelga una pequeña campana de latón con una cadena del mismo material.

—Haz sonar la campana, niña. Mis brazos están demasiado viejos para alcanzar el cielo.

Cojo el extremo de la cadena y tiro de él para que el badajo impacte contra las paredes de la campana. El sonido penetrante retumba en mis oídos. Ravi coge las frutas y las flores que lleva en la bandeja de plata y las deposita a los pies de la estatua del dios Shiva. El brahmán *pujari,* un anciano envuelto en un sari de color naranja, acepta la ofrenda de Ravi a los dioses del templo con un brusco gesto de asentimiento. Como todos los *pujaris,* tiene que haber renunciado a todos los placeres terrenales para cumplir con su vocación.

El repique de la campana retumba en el templo y reverbera hacia el pueblo. En perfecta armonía, el sacerdote inicia los versos de una canción. Ravi se sienta en el suelo y me indica con señas que haga lo mismo. Recojo los pliegues de mi vestido y tomo asiento. Mujeres y hombres se suman al sacerdote en su canción y cantan juntos sobre el amor. Rezan para que el futuro augure buenos presagios para ellos y sus seres queridos. Relajada, cierro los ojos y me dejo llevar por la música.

—*Prasad.* —Ravi me pasa un plato lleno de comida, igual que el que tiene el resto de la gente—. Tienes que comerlo.

Recuerdo la parte de la historia en la que Amisha se lo ofrece a Stephen después del Holi y decido probar la ofrenda. El mejunje se funde en mi boca. Vacío rápidamente el plato.

—¿Hacen lo mismo para cada *puja?*

Ravi señala unas velas encendidas.

—Primero encienden las velas y luego el incienso.

El *pujari* guía al grupo entonando canciones de alabanza y agradecimiento.

—Hay millones de manifestaciones divinas distintas. —Ravi señala las estatuas cubiertas de oro repartidas por el templo—. Cada uno elige a qué divinidad rezarle según las distintas prácticas religiosas. Se dice que cada dios tiene un propósito, un poder —continúa, buscando la palabra más adecuada.

—Algo similar a la mitología griega —digo.

—No lo sé —reconoce Ravi, sin que sea a modo de disculpa—. No fui a la escuela.

Veo en una esquina una escultura de bronce. Es una figura femenina sostenida sobre un solo pie, como si fuera una pose de baile, y con sus múltiples brazos extendidos.

—¿Quién es?

La escultura tiene unos ojos de cristal que hipnotizan.

—Has elegido bien —contesta Ravi—. Se llama Durga. —Me mira entonces de reojo—. Los hindúes la consideran la fuente universal de todo el poder, la energía y la creatividad —me explica, quedándose a mi lado para admirar la imagen.

—Es impresionante.

Cojo una flor y la deposito a sus pies.

—Sí —dice Ravi, mirándome—. Era también la favorita de tu abuela. —Y, al ver que guardo silencio, añade—: Tu abuela era una mujer muy fuerte. Y creo que tú, siendo como eres su nieta, descubrirás que en tu interior tienes su misma fuerza. —Me sonríe—. Y ahora, vayamos a celebrar el Holi igual que hacía tu abuela.

Después del *puja*, nos sumamos a la multitud de gente que se dirige a la plaza del pueblo. Anoche, Ravi me comentó la celebración del Holi. Me dijo que estaba seguro de que me gustarían los colores y la intensidad de la celebración anual que con tantas ganas esperan niños y adultos. Y me comentó también que tuviera en cuenta que cualquier transeúnte podía ser un blanco perfecto. Que hasta horas después de la puesta de sol se seguirían oyendo risas por las calles. Y que luego, como llevaban años haciendo, todos los habitantes del pueblo, sin tener en cuenta su casta, se reunirían para compartir la cena.

Ravi y yo habíamos preparado dos cestas con globos llenos de tintura de color para lanzar a la gente. Cuando nos acercamos, vemos que la multitud se divide en dos círculos que se colocan el uno frente al otro. Las mujeres llevan falda y blusa blanca mientras que los hombres llevan pantalón blanco y camisa de algodón larga del mismo color. En su mayoría ya están manchados con colores. Todos los bailarines llevan dos bastones y, de forma sincronizada, golpean los bastones del bailarín que tienen enfrente para pasar a continuación a repetir el movimiento con el bailarín siguiente. A medida que el ritmo de la música se acelera, los golpes aumentan de velocidad y los bailarines empiezan a sudar.

—Dandiya Raas —dice Ravi, mirándome—. Es el baile que tu abuela le enseñó al teniente.

Los bailarines ríen cuando empiezan a verse incapaces de seguir los pasos y el ritmo. Llega más gente y se inicia el lanzamiento de bolas de pintura. El baile se interrumpe y aquello se convierte en una guerra de colores sin cuartel.

—¿Volverán a bailar? —pregunto, esperanzada.

—Por la noche, después de cenar. ¿Querrás sumarte al baile?

—Sí. —Pienso en mi abuela y en su intento de enseñarle los pasos a Stephen. Me imagino al teniente aprendiendo la danza en un rincón del jardín y utilizando ramas de un árbol en vez de bastones. De seguir mi abuela con vida, ¿me habría enseñado ella aquel baile? ¿Habría aceptado mi madre su cultura en vez de rechazarla?—. Me encantaría.

Ravi asiente, satisfecho con mi respuesta. Me dispongo a seguir hablando, cuando veo a Amit a lo lejos. Viene hacia nosotros y lleva a una niña de la mano. La niña va peinada con dos trenzas. Tiene el cabello de un tono negro intenso y la piel del color de la madera oscura. Lleva las piernas envueltas por sendos aparatos ortopédicos metálicos que se prolongan hacia arriba hasta envolver su cuerpecillo en una especie de armadura que se cierra en el cuello.

—¿Quién es? —pregunto. Ravi no dice nada—. ¿Ravi?

—Mi bisnieta, Misha.

—¿Misha viene de Amisha? —pregunto con cautela.

Ravi sonríe.

—Sí. Fue la primera niña nacida en la familia. Y tuvo la fortuna de recibir el nombre de tu abuela. —Disimulo el profundo agradecimiento que siento al comprender el acto de gratitud de Ravi en honor a mi abuela—. Tiene ocho años. —Ravi le devuelve el saludo a Amit en cuanto el niño nos ve—. Durante años, mi nuera no consiguió tener hijos. Después de muchos ayunos y muchas lunas llenas, nos vimos bendecidos con el nacimiento de Amit. No nos atrevimos a pedir más, conscientes de que repetir la perfección es imposible. —La emoción le cierra la garganta—. Y entonces nos llegó Misha, que vino a demostrarnos que estábamos equivocados.

Cuando llegan a nuestro lado, Ravi los envuelve a los dos en un abrazo. Ravi me presenta a su bisnieta, que se queda mirándome.

—Te presento a mi preciosa bisnieta, Misha.

Me agacho hasta quedarme a su altura y le tiendo la mano. La niña mira a Amit, que mueve la cabeza en un gesto de asentimiento dándole su aprobación. Cuando la pequeña me da la manita, digo:

—Encantada de conocerte, Misha. Eres tan bonita como decía tu bisabuelo.

La cara de la niña se ilumina al escuchar mi cumplido.

—Gracias. —Señala mi cesta, llena de bolas de pintura—. ¿Jugarás con nosotros?

Misha lleva una cesta con solo algunos globos.

—No, cariño. —Miro su cesta—. Tu bisabuelo y yo las hemos hecho para tu hermano y para ti. —Cuando le muestro mi cesta, se queda mirándola, confusa. Se la entrego—. Cógela, por favor.

Contengo las lágrimas. Misha es la niña de ocho años más menuda que he visto en mi vida. Durante mis paseos por el pueblo he conocido a muchos niños. Algunos eran mendigos a los que les he dado dinero, pero nunca les he preguntado su historia. Sé que no puedo hacer nada para cambiar sus circunstancias y por eso entiendo que es mejor no conocerla. Sin embargo, esta niña comparte su sangre con Ravi. Es su descendiente y Ravi es mi amigo. Él me ha tratado como si nos conociéramos de toda la vida, cuando en realidad acabamos de hacerlo.

—Pero recuerda que tienes que compartirlo con tu hermano —digo.

—Gracias. —Amit mira a su hermana—. Acabas de hacer que se sienta Holi.

—Le has regalado tu arsenal —comenta Ravi, cuando Amit y Misha se alejan para ir a jugar con los otros niños—. ¿Cómo piensas jugar tú?

—¿Por qué no la había conocido aún, Ravi? —pregunto, ignorando su comentario jocoso. Me enfrento a él, desafiándolo, sin entender por qué un hombre que dedica horas de su tiempo a compartir conmigo la historia de mi familia mantiene la de la suya envuelta en secretismo. Me siento incómoda por haber sido tan egoísta, por no haberle preguntado más por su vida y haberme centrado solamente en la mía—. Cuéntame cosas sobre tu familia —le suplico—. Por favor.

Veo que duda.

—Mi hijo es muy trabajador y tiene una buena esposa. Mi nieto trabaja como ayudante de un sastre. Igual que su padre, es muy diligente y es un buen hombre que ama profundamente a su familia. —Ravi se interrumpe un montón de veces para ir saludando a la gente—. Mis bisnietos juegan con el corazón ligero de cargas y la mente libre. —Hace una pausa—. Y me alegro de que puedan hacerlo.

—¿Por qué no me contaste nada sobre Misha?

—Te pasas el día sentada conmigo escuchando la historia de una mujer que nunca llegaste a conocer. Llorando y riendo con tu abuela, viendo cómo intentó encontrar su lugar. —El grito de un niño interrumpe nuestra conversación. Los niños han empezado a lanzarse globos y se están cubriendo con todos los colores del arcoíris—. No quería que la historia de Misha hiciese sombra a la de tu familia.

—¿Y por qué pensaste que podría ocurrir eso?

Ravi sonríe, pero su rostro se inunda de tristeza.

—Porque eres la nieta de Amisha.

Veo que Misha corre lo más rápido que puede para intentar seguir a su hermano. El aparato ortopédico la hace tropezar. Amit, al ver la situación apurada en que se encuentra su hermana, se para, se acerca a su lado y la ayuda a incorporarse.

—¿Qué pasó? —pregunto.

—La polio —responde Ravi, y su mirada sigue la dirección de la mía—. Nos dijeron que ha tenido mucha suerte de poder caminar. Que hay muchos casos en los que la enfermedad los deja inválidos. —Cuando me giro hacia él, añade—: Están destinados a pasarse la vida en una silla de ruedas, si es que la familia puede permitírselo.

—¿Hay algo que yo pueda hacer?

—Con tu interés es suficiente. Gracias. —Nos quedamos en silencio mientras los niños siguen lanzándose globos. Los adultos se suman entonces a ellos y parece que llueva del cielo polvo de colores—. Me sabe mal que no hayas podido jugar.

No contesto. Mis hijos, de haber nacido, habrían tenido una vida privilegiada. Enfermedades como la polio no se habrían cruzado jamás en su camino. Sus preocupaciones habrían girado en torno al colegio y a los amigos, el baile de graduación y el destino del viaje de estudios. Me avergüenza y me lleva a pensar que he vivido la vida fuera del terreno de juego, sin saber que había gente que afrontaba aquellas desgracias, sin interesarme siquiera por saberlo.

—¿Y en América hay intocables, Jaya? —pregunta Amit, columpiándose en la hamaca del porche.

Me ha estado llamando *shrimati* hasta que le he insistido en que me llamara Jaya.

Tras la celebración del Holi, Amit y Misha han pasado la noche en la casa con Ravi y conmigo. Misha se lo suplicó a sus padres, que accedieron después de que yo les asegurara que estaba encantada de que se quedaran. Por la mañana, Misha y Ravi han ido a arreglarse y Amit y yo estamos ahora esperándolos. Estamos viendo la gente que pasa por delante de la casa. Después de la celebración, que se prolongó hasta entrada la noche, en el ambiente reina un sentimiento generalizado de felicidad.

No respondo de inmediato, pues considero que debo tener cautela y no herir sus sentimientos.

—No, no hay intocables.

—¿Y tratan a todo el mundo igual? —dice, con la envidia dando color a sus facciones.

—Ojalá fuera así. —Pienso en mi país y sus problemas de desigualdad. En su historia impregnada del trato a los demás como seres inferiores—. Allí también hay gente que es discriminada, tratada injustamente en comparación con los demás.

Amit se queda sorprendido con la información, lo que me lleva a preguntarme qué imagen debe de tener de Estados Unidos.

—¿Y en América cómo deciden quién es de segunda categoría y quién no?

Me estremezco al oír la pregunta. La formula como dando por supuesto que tiene que existir gente de segunda categoría. Que no todo el mundo tiene derecho a ser tratado igual.

—A pesar de que la ley dice que todos somos iguales, a veces la gente puede llegar a sentirse como si fuera de segunda categoría.

—¿Y quién se siente así?

—La gente que pertenece a grupos que por una razón u otra son distintos a los demás puede sentirse señalada —respondo—. A veces tenemos miedo a lo desconocido. Puede ser tanto por el color de tu piel o por el tipo de persona que te guste. O por el dinero que ganes. Por distintos motivos.

—¿Y tú te has sentido señalada alguna vez?

Pienso en los derechos y privilegios que doy por hecho. En la vida llena de oportunidades que mi abuela no pudo tener. Que Ravi no tiene.

—No, yo soy muy afortunada. Siempre me han tratado igual que a todo el mundo.

—Eres afortunada.

Amit agita las piernas y la hamaca se balancea de un lado a otro. El movimiento agita su pelo en la ligera brisa.

—¿Y a ti...? —Soy reacia a formular la pregunta por miedo a la respuesta. No quiero creer que el bisnieto de Ravi se haya tenido que enfrentar a prejuicios, pero sé que estoy siendo ingenua—. ¿Te han tratado alguna vez de manera distinta?

—Soy un intocable —dice Amit, como si con esa respuesta bastara—. Mi familia nos trata a Misha y a mí sin distinción. Pero fuera... —Se interrumpe.

—¿Y te molesta?

Me mira durante una fracción de segundo antes de apartar la vista. Su cuerpo irradia tensión y su cara se tensa. Me pregunto si tantos años de condicionamiento le habrán enseñado a contener sus emociones.

—*Dada* Ravi trabajaba para una familia prestigiosa —dice Amit, con expresión pensativa—. Gracias a ellos, nos tratan con más respeto. Mi hermana y yo vamos a la mejor escuela. *Dada* Ravi nos dice que somos afortunados. —Habla con la cabeza bien alta y expresándose con elegancia. Con solo doce años de edad, posee una resiliencia envidiable—. Pero sé que no todo el mundo tiene tanta suerte como nosotros, por eso agradezco lo que tenemos. Para mí es suficiente —dice con una sonrisa, pero noto que su rostro está cubierto con una máscara, que sus pensamientos han quedado ocultos detrás.

—¿Listos? —dice Ravi, asomándose al porche—. Es hora de ir a regar y podar las flores del jardín.

Durante el camino, Amit se queda rezagado y Misha charla todo el rato, entreteniéndonos con preguntas e historias sobre su vida diaria. Cuando llegamos a la escuela, Amit y Ravi empiezan por las aulas y Misha y yo nos dirigimos al jardín.

Misha sujeta la regadera y camina a mi lado mientras yo me ocupo de podar los rosales. Su respiración se vuelve trabajosa cuando intenta seguir mi ritmo. Decido ir más despacio y dar pasitos más cortos para que pueda caminar a mi altura. Pero cuando veo que sigue respirando con dificultad, le pregunto si le apetece que descansemos un poco. Sin esperar su respuesta, tomo asiento en el banco.

Misha se instala a mi lado y balancea las piernas. El aparato ortopédico choca ruidosamente contra el banco. Me señala un rosal.

—*Dada* Ravi siempre recorta las espinas antes de darnos las flores.

—Muy buena idea.

Dejo que ella vaya eligiendo los temas y me recuesto en el banco para disfrutar de la conversación.

—Las necesitan, porque de lo contrario serían demasiado perfectas. —Salta del banco empujándose con las dos manos. En cuanto recupera el equilibrio, echa a andar hacia un rosal. Se inclina todo lo que puede y corta una flor con cuidado de no pincharse. Aspira su aroma antes de entregármela—. Dice *dada* Ravi que, si algo es demasiado perfecto, Dios no lo deja ser.

—Me parece correcto.

Sus palabras evocan en mi cabeza imágenes de los niños que no pude parir. Como una madre orgullosa, me los imagino en toda su perfección. Independientemente de cómo hubieran sido, los habría querido sin condiciones, como hizo Amisha con sus hijos y Ravi hace con sus bisnietos.

—Como yo. —Misha huele otra rosa y arruga la nariz cuando el contacto con la flor le provoca un cosquilleo. Luego, le arranca los pétalos uno a uno y los deja caer en el suelo—. Dice *dada* Ravi que por eso llevo este aparato.

Se me corta la respiración al ver su aceptación incondicional de la explicación que le ha dado Ravi. Recuerdo mis fotografías de bebé, donde aparezco con un ostentoso punto negro pintado en la sien. Mi madre me explicó en una ocasión que aquella marca negra era la mejor manera de proteger a los niños de la mirada de Dios. Porque si Dios se daba cuenta de que el pequeño era perfecto, como sucede con todos los bebés, podía reclamarlo para que volviera al cielo. El punto era una imperfección.

—Pienso que *dada* Ravi tiene toda la razón —digo, y parpadeo para contener la amenaza de las lágrimas.

—Yo también lo creo.

Rebosante de energía, echa a andar por el jardín. El metal del aparato ortopédico tintinea con el movimiento de las piernas. Cojo la regadera y vuelvo a llenarla. Y juntas seguimos podando y regando el resto del jardín.

Anoche aprendí a bailar el Dandiya Raas. Es el baile tradicional de muchas celebraciones hindúes. Con un bastón en cada mano, los bailarines forman dos grandes círculos y se colocan unos frente a otros. Cada bailarín da cinco pasos estudiados y pasa a la siguiente persona, con la que repite esos mismos pasos. Y van dando vueltas durante horas y horas, moviendo el cuerpo al son de la música. Es una danza bella tanto por su sencillez como por su capacidad de reunir un grupo muy numeroso de gente. Niños, hombres y mujeres se olvidan de todo durante las horas que pasan sincronizando sus movimientos.

Hacía años que no bailaba. La última vez fue en mi boda, y recuerdo que no quería que la música parase. Antes de eso, bailaba en discotecas y en fiestas, e incluso realizaba sesiones improvisadas en el salón de casa. Pero, cuando me fui haciendo mayor, mis pensamientos empezaron a entrometerse hasta el punto de que ya no podía diferenciar la letra de la música y acabé perdiendo por completo el ritmo.

En esta visita a la India, estoy pasando muchas horas en compañía de un hombre que se ha convertido en un buen amigo. Hoy he conocido a su bisnieta. Al nacer como intocables, su suerte está echada antes incluso de que tengan la oportunidad de aprender de qué va el juego. En su sociedad están considerados gente indigna y sin ningún valor. Pero, incluso bajo las peores circunstancias, mi amigo ha mantenido siempre la cabeza bien alta y ha enseñado a sus bisnietos a valorar las cosas que muchos damos por supuestas.

La historia nos demuestra que para definir el lugar que ocupamos necesitamos etiquetas. Durante cientos de años, el ser humano ha establecido categorías inferiores de personas para poder sentirse superior. El color, el género, la clase social, la religión, las minusvalías físicas, la orientación sexual y el pedigrí son algunas de las características mediante las cuales un grupo se segrega de otro. Para que una persona se sienta superior, otra tiene que ser inferior. Pero ¿qué conclusión puede sacarse de la raza humana cuando algunos de sus integrantes se dedican a aplastar a otros con tal de satisfacer sus necesidades? ¿Lo hace el hombre con ese objetivo o simplemente para generar un patrón de conducta que jamás pueda quebrantarse?

¿Qué pasaría si todos fuésemos iguales ante los ojos de los demás y nos sintiéramos orgullosos de lo que vemos reflejado? Hablo de una utopía y soy consciente de que corro el riesgo de ser ridiculizada, pero aquí, en un pueblo a miles de kilómetros de todo, voy a jugármela. Aunque fuera solo por un día, tal vez podríamos dejar de lado nuestras diferencias y unirnos por nuestras similitudes. Durante un día tan solo, podríamos ver que, más allá de todas las variaciones, somos lo mismo, con esperanzas, sueños, miedos, puntos fuertes y debilidades similares. Durante un día tan solo, podríamos mantenernos unidos, no separados, y tratar a los demás como nos gustaría que nos tratasen a nosotros.

La historia nos enseña que ese día no llegará nunca. Nuestras diferencias nos dan objetivos, tanto buenos como malos. Hay quien las ve como una oportunidad para esforzarse e intentar ser lo que no es, mientras que otros las aprovechan para denigrar a quienes por un motivo u otro los atemorizan. Siguiendo la línea que antes he iniciado hablando del baile, me gustaría imaginarme un mundo en el que lo que nos define es la música. La velocidad del tempo dictaría nuestros movimientos, y nuestro corazón y nuestra mente seguirían el ritmo. Cada uno de nosotros ocuparía su lugar en el escenario y todas las voces tendrían derecho a ser escuchadas. Las melodías conectarían nuestras diferencias y celebrarían nuestras similitudes. Y, al final, todos seríamos mejor porque habríamos bailado juntos.

La edad te aporta la sabiduría y el conocimiento de que la vida no es un baile. Pero espero poder encontrar un camino en el que mis etiquetas de hija, periodista, esposa y, muy pronto, divorciada no sirvan para definirme. Espero que cada nueva persona que encuentre a partir de ahora represente una oportunidad de crecimiento y que no me avergüence de dar el primer paso. Espero poder cultivar con humildad mi fortaleza y que, al final del viaje, haya aprendido cuándo empequeñecerme para que los demás puedan erguirse con todo su orgullo.

AMISHA

33

Deepak hizo espacio en el sofá para que Stephen tomara asiento a su lado.

—Ha sido usted muy amable al aceptar la invitación para comer en nuestra casa.

Presionó el hombro de Stephen. Amisha se había quedado pasmada cuando su marido le había dicho que, después de conocerlo en casa de Vikram, había invitado a Stephen a comer. Deepak le había explicado que el teniente había aceptado amablemente, pero Amisha se preguntaba si realmente se estaría sintiendo cómodo.

Ella se había pasado la mañana limpiando la casa con la ayuda de los criados y organizando los preparativos del Raksha Bandhan, una celebración que honraba la relación entre un hermano y su hermana. Janna, vestida con un sari de crepé georgette y cargada de brazaletes de oro, hablaba discretamente con los niños sobre el colegio mientras no paraba de abanicarse. Janna, la menor de las hermanas de Deepak, nunca se había llevado bien con Amisha. Pero estaba casada con un hombre del pueblo vecino y por eso se veían varias veces al año.

—Lo del abanico debe de ser para intentar ahuyentar las moscas —le comentó Ravi a Amisha mientras recalentaban la comida. Deepak había insistido en que ni Ravi ni Bina se ocupasen de servir a los invitados y en que se quedasen atrás en la cocina, ayudando solo en la preparación de los platos—. Les atrae el estiércol, tenga el formato que tenga.

Amisha se echó a reír y, con un gesto, le indicó que bajara la voz.

—Que no te oiga.

Ravi se calló, pero su sonrisa siguió presente. Janna nunca había sido persona de su agrado. Desde que Amisha lo contratara, nunca había dejado de advertirla de que su cuñada era una mujer manipuladora y vengativa. Ahora, con la destreza y la eficiencia que Amisha tanto envidiaba, Ravi sirvió las verduras en un cuenco y la sopa en otro. Y, a continuación, incorporó un chorrito de zumo de limón y agua de jengibre para facilitar la digestión.

—La cena está lista —gritó Amisha desde la cocina.

Deepak le indicó a Stephen con un gesto que lo acompañara y ambos tomaron asiento en el suelo. Amisha colocó tres cuencos en una bandeja en precario equilibrio y miró de reojo a Stephen al acceder a la zona del comedor. Deepak, que estaba explicándole a su cuñado los planes que tenía para una nueva plantación, apenas reparó en su llegada. Y entonces, sin darse cuenta, Amisha se tropezó con el borde del sari y se tambaleó hasta el punto de casi caerse con toda la comida. Stephen se apoyó de inmediato en un brazo con la intención de impulsarse y levantarse a ayudarla. Pero Amisha respondió a su gesto con un rápido y frenético movimiento de cabeza, instándole a permanecer sentado. Si se atrevía a ayudarla, sería un insulto para Deepak. Stephen, que lo entendió enseguida, permaneció sentado, pero sin dejar de mirarla a los ojos.

Amisha llenó en primer lugar el plato de Deepak, y después el de Stephen, con verduras al curri. Le pasó el *naan* a su cuñado, que lo repartió entre los dos otros hombres. Una vez servida la comida, Amisha les entregó un paño húmedo para limpiarse las manos después de comer.

—Aquí no tenemos cubiertos —le dijo Amisha a Stephen—. Lo siento.

—Amisha, te preocupas sin razón. Nuestro amigo comerá como un indio. —Deepak arrancó con los dedos un trozo de pan sin levadura y, ayudándose con él, cogió un poco de *sakh,* el plato de verduras estofadas. Stephen siguió sin problemas su ejemplo y empezó a comer—. En su país no encontrará comida como esta. Tengo razón, ¿verdad? —preguntó Deepak, después de tragar el primer bocado.

—Pues sí, tiene usted razón, Deepak. Sería imposible encontrar en mi país una Amisha con un talento tan soberbio para la cocina.

Haciendo un juego con las palabras de Deepak, Stephen consiguió agradecerle a Amisha la comida de la única manera que le fue posible. Y, cuando bajó la cabeza para beber la sopa, levantó la vista para mirarla a los ojos. Pero apartó la mirada en cuanto Janna accedió a la zona de comedor.

—¿Es la primera vez que prueba la cocina de nuestra Amisha, teniente? Me sorprende —dijo Janna, impregnando de malicia sus palabras. Se apoyó en el marco de la puerta y siguió abanicándose—. Amisha pasa mucho tiempo en la escuela, ¿no es así?

Amisha se encogió interiormente de miedo. Miró de reojo a Deepak para observar su reacción, pero seguía comiendo.

—Janna —dijo Amisha muy seria—. En la escuela estoy enseñando y aprendiendo. No me dedico a cocinar.

—Sí, somos muy afortunados de poder contar con Amisha. —Stephen dejó de comer para mirar directamente a Janna, que, incómoda, apartó la vista—. Aunque es una lástima que sea la única dispuesta a dedicar tiempo a ayudar a que los niños aprendan. Será usted bienvenida si decide unirse a nosotros y colaborar.

—Chismorreos, teniente —dijo el marido de Janna, entrometiéndose. Inconsciente de que su mujer tenía las mejillas encendidas de rabia, continuó hablando—: Janna está tan atareada con esas cosas que no podría acudir a enseñar. Deepak, está muy bien que Amisha esté ocupada. Así no tienes que sufrir a diario la tortura de conocer los escándalos de la gente del pueblo.

Después de la cena, se reunieron todos en la sala de estar. Amisha encendió las *diyas* y rezó una oración delante de la estatua del dios Ganesha mientras el grupo guardaba silencio y rezaba con las manos unidas.

—El padre del dios Ganesha lo creó así en su infancia —le explicó el marido de Janna a Stephen. Desde su lugar, al otro lado de Amisha, señaló las estatuas del templo casero. Amisha indicó con un gesto a Deepak y Janna que se acercaran.

—Algo así había oído —dijo Stephen, sonriéndole a Amisha.

Deepak inició la plegaria en la que deseaba a su hermana menor una vida próspera y feliz. La oración acababa con su promesa de protegerla si surgía la ocasión. Janna recitó luego su oración, en la que prometía amar eternamente a su hermano.

—Que los dioses te otorguen toda la felicidad que te mereces, *bhai* —dijo Janna.

A continuación, introdujo el pulgar en un cuenco con polvo de color bermellón y lo estampó en la frente de Deepak. Cogió luego el *rakhi*, un cordón sagrado tejido en oro y rojo, que le pasó Amisha y se lo colocó a su hermano en la muñeca.

Una vez estuvo atado, Deepak regaló a Janna un puñado de rupias a modo de agradecimiento, dando así por finalizada la ceremonia.

—Teniente, ¿qué opina de nuestras tradiciones? ¿Las aprobaría el Raj? —preguntó Deepak mientras Amisha servía té chai recién hecho al grupo.

Deepak bebió un trago a la espera de la respuesta de Stephen. Al otro lado de la ventana, los niños estaban jugando con una familia de polluelos. El inglés se había quedado al fondo mientras se celebraba la ceremonia. Con un gesto de cabeza, le agradeció a Amisha la taza de té caliente que le acababa de servir.

—Opino que su pueblo es afortunado por tener la oportunidad de poder demostrar abiertamente el amor hacia sus hermanos —respondió Stephen con diplomacia—. En nuestra cultura, no es habitual que los hermanos sientan un cariño tan sincero el uno por el otro, de modo que es posible que la tradición tuviera una muerte rápida en cualquier caso —dijo bromeando y viéndose recompensado por las risas del grupo.

—¿Tiene usted alguna hermana, teniente? —preguntó Janna, sumándose a la conversación.

—No, no soy tan afortunado como Deepak —respondió Stephen. Miró de soslayo a Amisha, que disimuló la risa con un ataque de tos.

—Una lástima. —Janna se volvió hacia Amisha—. El teniente ha sido muy gentil contigo, permitiendo que alguien de nuestra condición inferior aprenda en su distinguida escuela. Sería justo que le mostrases a cambio tu gratitud.

—¿Hermana? —dijo Deepak—. ¿Qué estás diciendo?

Amisha vio que Deepak disimulaba un suspiro. Sabía que nunca le habían gustado las excentricidades que solía cometer su hermana cuando vivía con él. Al ser la más pequeña, Janna había disfrutado de más libertad que las demás y siempre se había movido por esa fina línea que separa la buena conducta de las jugarretas. La noche antes de la boda de su hermana mayor, Janna había empezado a refunfuñar porque consideraba que su vestido no era lo suficientemente bonito. Al ver que nadie hacía caso a sus quejas, había derramado henna roja sobre el vestido y obligado con ello a sus padres a comprarle precipitadamente otro.

—Teniente —insistió Janna, ignorando el comentario de Deepak—, en el hinduismo es práctica común que, cuando un hombre muestra una generosidad tan extrema hacia una mujer, ella tenga que llamarlo hermano. Y no hay mejor momento para cristalizar esa relación que el día del Raksha Bandhan.

—Hermana —dijo Amisha, tomando la palabra. A pesar de que estaba hecha un manojo de nervios, pudo mantener inalterable su tono de voz—. No es apropiado que quieras imponer nuestras creencias al teniente. Es un invitado en esta casa y está aquí para apreciar, no para participar. —Mantuvo la mirada clavada en Janna e intentó sosegar el latido acelerado de su corazón.

—Estoy segura de que sería un honor para el teniente —replicó Janna—. ¿Verdad, hermano? —dijo, dirigiéndose directamente a Deepak.

Deepak ignoró las palabras de su hermana y miró a Stephen.

—Ha sido muy amable al permitir que mi esposa aprenda en la escuela. —Dejó la taza acabada de té en la mesa para que los criados la recogieran más tarde—. Teniente, sería un honor tenerlo como hermano de nuestro humilde hogar.

Amisha observó con impotencia cómo Stephen examinaba con la mirada la estancia. Dubitativa, esperó a que hablara, temiendo su respuesta.

—Sería un honor —dijo Stephen por fin— aceptar este regalo.

Sorprendida, Amisha se quedó observándolo unos instantes antes de recordar que había público. Notó la mirada de Stephen sobre ella, evaluando su reacción.

—No sé si tenemos otro *rakhi* —murmuró Amisha—. En el templo solo compré un juego de cordones bendecidos.

—Podemos utilizar cordón rojo. —Janna se acercó al armario donde Chara siempre había guardado los útiles de costura y encontró hilo. Lo sacó de allí como si hubiera encontrado un tesoro—. Es fino, pero servirá.

Amisha cogió el improvisado cordón y sus dedos se encogieron con el contacto. Dio unos pasos con lentitud y ni siquiera fue consciente de que se había detenido a una distancia considerable de Stephen hasta que Deepak pronunció su nombre. Cuando levantó la vista para mirarlo, vio que su esposo la observaba con curiosidad.

—Amisha —repitió Deepak, animándola.

—Sí, por supuesto.

Los últimos pasos que dio para acercarse a Stephen fueron como andar sobre brasas encendidas. Amisha habría preferido el vapor del carbón ennegrecido a aquello.

—¿Me da la mano? —musitó al llegar a su lado.

Stephen le sostuvo la mirada mientras se desabrochaba el puño de la camisa y se subía la manga hasta dejar al descubierto la muñeca. Amisha percibió que estaba preocupado y que sentía no poder consolarla. No podía hacerlo delante de todo el mundo. Con manos temblorosas, Amisha rodeó la muñeca de Stephen con el hilo, apartándole el vello para que no quedase atrapado en el nudo. Cuando notó que él contenía el aliento, le empezaron a sudar las manos. Se dispuso entonces a atar los dos extremos y se sirvió de la uña para tirar del hilo por el otro lado de la muñeca, con la esperanza de partirlo en dos.

Stephen no pudo evitar una mueca de dolor cuando Amisha, sin querer, acabó clavándole la uña.

—Perdón —musitó de forma inaudible.

Concentró entonces toda su energía en la doble labor que tenía entre manos. Fingiendo que pretendía ayudarla a atar el nudo, Stephen acercó la otra mano a su muñeca. Y Amisha, segura de que iba a detener lo que estaba haciendo, se quedó sorprendida al ver que estaba usando sus dedos para ayudarla a partir el hilo.

Justo cuando estaba tirando del nudo, la mitad inferior se desprendió y cayó sobre la mano de Amisha. Con fingida decepción, lo cogió y lo mostró a todos los presentes.

—Hermana, este hilo es muy débil. Es una lástima que no tuvieras tiempo para ir al templo a comprar uno para tu hermano. Entonces habríamos tenido dos.

Amisha soltó el aire que había estado conteniendo y evitó mirar a Deepak a los ojos.

—No importa —dijo Stephen, mirando a Amisha—. Se ve que no es mi destino ser su hermano.

34

Ravi estaba acabando de clavetear el revestimiento de la casa, preparando el edificio para la temporada de lluvias. El año anterior, el agua se había filtrado en la estructura y había debilitado la madera. Ravi y Amisha habían tenido que pasarse horas luego recogiéndola con toallas y saris viejos mientras los niños chapoteaban y jugaban.

Pero, este año, Ravi había ido a comprar los clavos al carpintero del pueblo. Este le había añadido además unos cuantos clavos gratis, utilizados pero en buen estado. Ravi se había puesto manos a la obra nada más llegar, con la esperanza de tenerlo terminado al final de la jornada.

Amisha asomó la cabeza al mediodía para insistir a Ravi y decirle que entrara a descansar y a tomar el almuerzo, la comida más importante del día. Después, mientras el sol descendía hacia el horizonte, los indios solían dormir un buen rato.

—Ravi, ten en cuenta que no le servirás de nada ni a la madera ni al martillo si tu cuerpo se asa de calor. Come y luego ya seguirás trabajando —dijo Amisha en el porche, tapándose los ojos con la mano para protegerse del resplandor del sol.

—*Shrimati.* —Ravi siguió dando golpes con el martillo—. Enseguida acabo. La lluvia llegará pronto y entonces desearás que haya terminado.

—Como quieras.

Amisha cogió otro martillo y empezó a aporrear la madera.

—¿Pero qué haces?

Ravi intentó quitarle el martillo de la mano sin tocarla. Pero Amisha tiró hacia el lado contrario y se enzarzaron en una pelea.

—Ayudar. La lluvia llegará pronto —replicó Amisha, repitiendo sus palabras como un loro.

Ravi la miró con exasperación. Abochornado por la idea de que Amisha estuviera allí fuera haciendo el trabajo de un obrero, dejó los clavos en el suelo y entró en la casa. Con una sonrisa, ella dejó el martillo al lado del resto del material y lo siguió.

La lluvia empezó mientras estaban durmiendo la siesta y a la hora de cenar ya era torrencial. Ravi no dijo nada, pero le lanzó una mirada a Amisha que habría hecho encogerse de miedo a una mujer de menos fortaleza que ella. Amisha le respondió guiñándole el ojo y celebrando que hubiese sido previsor y hubiese empezado el trabajo con tiempo.

—La lluvia ablandará la madera. —Amisha miró el cielo oscuro por la ventana—. No tendrás que darle tanto al martillo.

—Gracias —dijo Ravi con sarcasmo—. A lo mejor tendría que esperar a que acabe la temporada de lluvias, cuando esté la casa entera llena de agua y ya no necesitemos la madera para nada. Seremos como peces y nos desplazaremos nadando de habitación en habitación.

Se envolvió la cabeza en un plástico para protegerla de la lluvia.

—¿Estás enfadado? —preguntó Amisha.

Abrió un poco la puerta para ver el aguacero. Empezaba a estar preocupada y se mordió con tanta fuerza el labio inferior que le acabó sangrando.

—¿Contigo? Eso jamás, *shrimati.* —Cuando tuvo el plástico bien sujeto, se encaminó hacia la puerta—. La lluvia empieza a amainar, parece. En una hora lo tendré terminado.

—Ravi. —Amisha intentó detenerlo, le daba miedo que estuviese trabajando fuera con tan poca luz. Pero sabía que él seguiría llevándole la contraria. Había oído de refilón cómo le prometía a Deepak que tendría la obra terminada antes de que volviese a casa—. Está oscuro y con esta lluvia será complicado que veas algo.

—*Shrimati,* déjame hacer lo que tengo que hacer, por favor te lo ruego. —Y suspiró antes de añadir—: Es mi deber.

Amisha asintió y no dijo nada más. A pesar de que Deepak habría entendido el retraso, Ravi jamás se habría perdonado no haber sido fiel a la palabra dada. Cerró la puerta y dejó que el repiqueteo de la lluvia sosegase su sentimiento de culpa por no haberle permitido terminar antes su trabajo.

Tanto el volumen del grito como los gemidos de agonía que lo siguieron empujaron a Amisha a salir corriendo de la casa. Ravi llevaba horas trabajando. La lluvia había cesado y lo había dejado todo encharcado. Los niños se habían quedado dormidos, cubiertos con mantas de lana para protegerse del frío que se había filtrado en la vivienda. Todos los demás criados se habían marchado a casa.

Antes, Amisha había encendido dos lámparas de aceite y se las había llevado a Ravi para que viera un poco mejor. Había preparado té chai para que mantuviera el cuerpo caliente y le había dejado el termo a los pies. No habían cruzado ni una sola palabra, pero Amisha sabía que Ravi no pararía hasta que hubiera acabado el trabajo y ambos eran conscientes, además, de que ella no dormiría hasta que él hubiera terminado.

Amisha bajó corriendo la escalera y llegó donde estaba Ravi, sentado en el suelo y presionándose la pierna. La sangre manaba a borbotones por una herida abierta en el muslo, manchándole los dedos e inundando el suelo.

—¡Ravi! —exclamó Amisha—. ¿Qué ha pasado?

—El cuchillo. —Estaba en el suelo, empapado en sangre—. He intentado cortar un trocito de madera y se me ha resbalado.

Hablaba con dificultad y respiraba trabajosamente.

Amisha arrancó rápidamente un pedazo de tela de su blusa. Tiró de la pierna de Ravi para colocarla sobre su regazo y envolvió la extremidad con el retal de algodón para intentar detener la hemorragia.

—No me toques, *shrimati.* —Ravi intentó retirar la pierna—. Mi sangre, te está tocando...

—Cállate, Ravi. —Hizo un nudo en la tela en su intento desesperado de detener la sangre, pero en cuestión de segundos el sari se quedó empapado—. Tengo que ir a buscar un médico.

—No encontrarás ningún médico que quiera venir a estas horas —murmuró Ravi.

Parpadeó hasta cerrar los ojos. Estaba perdiendo mucha sangre, y a mucha velocidad.

Ravi no hizo mención de lo que ambos sabían: que ningún médico querría tratar a un intocable. El sentimiento de culpa podía llegar a forzar a algunos a dispensar medicamentos, pero nada más.

—Tengo que intentarlo.

Amisha se negaba a dejar que se ahogara en un charco de su propia sangre. Entró corriendo en el dormitorio y cogió todo el dinero que Deepak guardaba en el escritorio.

—No te molestes, *shrimati* —dijo Ravi al verla con el dinero en la mano—. Cualquier médico se quedará viendo cómo me muero antes que tocar mi sangre.

Amisha sabía que Ravi tenía razón. Por mucho dinero que le ofreciera, jamás convencería al médico del pueblo de que dejara de lado sus prejuicios y socorriera a un intocable. Vio que a Ravi le costaba mantener los ojos abiertos. Su mente acudiría pronto en su ayuda y lo rescataría del dolor para sumirlo en la oscuridad. Se arrancó otro retal de la blusa y lo envolvió de nuevo por encima de la herida, atándolo más fuerte esta vez.

—No te doy permiso para morir, Ravi —le ordenó. Los billetes cayeron en el charco de sangre, empapándose. Le costaba controlar las lágrimas—. ¿Me has oído? —le suplicó, pero Ravi guardó silencio.

Sin alternativas y con la desesperación pisándole los talones, se levantó y echó a correr en dirección hacia la única posibilidad de ayuda que se le ocurrió. No sabía qué podría hacer él, ni siquiera si lo intentaría, pero no le quedaba otro remedio. Se lo imploraría de ser necesario y caería a sus pies, suplicante.

Cuando Amisha llegó a la puerta, la aporreó y elevó la voz por encima del rugido del viento.

—¡Stephen! —gritó.

—¿Amisha? —Él abrió enseguida la puerta y su expresión se volvió al instante de preocupación al verla allí. Le cogió la mano e intentó tirar de ella para que entrara en la casa y se protegiera de la lluvia—. ¿Qué ha pasado?

Amisha se secó las lágrimas. El viento alborotaba su cabello y el miedo permeó sus palabras cuando las pronunció.

—Ayúdeme, por favor —gritó, sin retirar la mano—. Ravi está herido y no sé...

Se le doblaron las piernas y se apoyó en el umbral de la puerta para no caer. Ir allí había sido una tontería. ¿Qué podía hacer sino enfrentarse al hecho de que su amigo se estaba muriendo, si es que no había ya fallecido? Su dinero y su influencia no servían de nada porque jamás lograría convencer a un médico de que tratase a un intocable.

—Un momento. —Stephen entró en la casa y reapareció en cuestión de segundos con unas llaves—. Vamos. —Fueron corriendo hasta donde estaba estacionado el pequeño coche de Stephen. Amisha tomó asiento en el lado del acompañante y él puso en marcha el motor—. ¿A su casa? —preguntó.

—Sí.

Circularon a toda velocidad en silencio por los oscuros callejones con el chirrido de los frenos como único sonido capaz de romper el silencio. Con el coche prácticamente aún en marcha, saltaron del vehículo y echaron a correr hacia donde estaba Ravi tendido en el suelo.

—Sigue vivo.

Amisha fue la primera en llegar y posó la mano en el pecho de Ravi, que aún tenía movimiento.

—Subámoslo al coche.

Stephen cogió a Ravi en brazos y lo instaló en el asiento de atrás. Se quitó a continuación el cinturón y lo utilizó a modo de torniquete antes de correr a ocupar el asiento del conductor.

—¿Dónde vamos? —preguntó Amisha, abriendo la puerta del lado del acompañante.

—Voy a llevarlo al hospital militar. —Y por encima del capó del coche, antes de sentarse, dijo—: Pero usted no viene.

—Sí que voy a ir. —Sorprendida de que Stephen hubiera pensado lo contrario, añadió—: Tengo que estar con él.

—Está a tres pueblos de aquí. ¿Qué dirá Deepak si alguien la ve en el coche conmigo? —La lluvia, que había parado un rato, empezó a caer de nuevo con fuerza. Y antes de que Amisha pudiera responder, Stephen le preguntó—: ¿Qué sería de sus hijos?

Amisha no tenía respuesta para aquella pregunta. Y, muy lentamente, retrocedió. Si el destino consideraba que había llegado el momento de Ravi, no quería que muriese solo. Pero las circunstancias le negaban esa posibilidad.

—Cuide de él —dijo, sin levantar la cabeza.

Amisha ralentizó el paso al aproximarse al templo. El cielo oscuro se cernía sobre ella y proyectaba sombras sobre sus movimientos. Le había pedido a una vecina que vigilara a los niños para poder ir a rezar. En el pasado, era reacia a creer que una oración pudiera determinar el destino. Ahora, sin embargo, estaba dispuesta a hacer cualquier cosa con tal de poder alterar su curso. Su amigo iba camino de la muerte y no sabía si un ser humano, ni siquiera Stephen, podría salvarle la vida.

Amisha entró en el santuario con la sensación de que los pasillos vacíos estaban observándola. Acercó la mano a la campana y la hizo sonar hasta que el repique llenó la noche. Los pájaros que dormían en los árboles se despertaron y empezaron a emitir gritos de protesta, pero Amisha no se preocupó por nada. En lo único en que podía pensar era en Ravi y en su supervivencia.

Encendió varias varillas de incienso de jazmín antes de caer de rodillas frente a la estatua. La ardiente fragancia la envolvió al instante. Le ardían los ojos, pero no sabía si era del humo o de las lágrimas.

—Su vida no tendría por qué estar en juego —declaró, enfrentándose a la fuerza del dios todopoderoso.

Había ido allí a rezar, pero se encontró dando instrucciones. La vida de su amigo no podía estar en peligro. No le interesaban ni el destino ni los ciclos de la vida. No estaba dispuesta a apostar ni un céntimo en aquella pelea. Ravi tenía que vivir, porque la vida tenía que ser justa.

—No pienso aceptar su muerte —prosiguió en tono amenazante y notando que una sensación de serenidad había reemplazado su miedo—. No tienes ningún derecho sobre él. Y mucho menos ahora, cuando por fin la vida empieza a tener algún sentido para Ravi. —Pensó en su inminente matrimonio—. No puedes usurparle la felicidad.

Pensó en su esposa y en sus padres. En el hermano y la hermana que sobrevivían gracias a él. En toda la gente que le profesaba a Ravi un amor incondicional.

Con rabia, se secó las lágrimas que rodaban por sus mejillas.

—No haré concesiones a tu falta de interés por la vida humana. Es una persona inocente que no ha hecho nada sino salir adelante con los mezquinos medios de subsistencia que le has dado. —Se incorporó para quedarse frente a frente con su creador—. Esta lucha no le pertenece. Y ten claro que ya te lo he advertido. Seguiré a su lado, y, si quieres su alma, tendrás que llevarte primero la mía.

Y sin decir nada más, abandonó el templo, segura de que Dios había escuchado sus palabras.

35

Amisha estaba inquieta sentada en el sofá, sin apenas darse cuenta de sus movimientos. Tenía la mirada fija en la oscuridad y contó los minutos hasta que acabaron fundiéndose entre ellos, dejándola sin sentido alguno del paso del tiempo. La llamada llegó justo cuando empezaba a estar segura de que la preocupación y el miedo acabarían dejándola inconsciente. Pasó corriendo junto a los niños, que dormían en el suelo, y cuando abrió la puerta descubrió que era Stephen.

—¿Está vivo? —preguntó desesperada y con la mano aferrada a la puerta, clavándola en la madera hasta que el dolor le entumeció los dedos.

—Está vivo. —Stephen se pasó la mano por un rostro agotado—. Seguirá dolorido unos cuantos días, eso seguro, pero no es nada que no acabe curándose.

—Gracias.

Amisha intentó engullir el nudo de llanto que se le había formado en la garganta, pero se negaba a moverse. Al notar la inquietud de su madre, Jay empezó a agitarse y a murmurar incoherencias. Amisha le indicó a Stephen que la siguiera hacia la habitación del fondo para no despertar a los niños.

Una vez allí, fue como si Stephen llenara todo el espacio. Cerró la puerta y su mirada descansó por un breve instante en la cama antes de apartar la vista. La lamparilla que había encima del escritorio hacía bailar las sombras en las paredes.

—No sé cómo compensarle. —Se quedaron frente a frente en el reducido espacio. Amisha parpadeó rápidamente para intentar despejar las telarañas que le llenaban la cabeza—. Sin usted, no sé qué habría pasado.

—No tiene por qué darme las gracias. —Observó con detenimiento el rostro de Amisha, los surcos que las lágrimas habían dejado en sus mejillas. La cogió por la barbilla y con el pulgar intentó secar la humedad—. Sé lo mucho que Ravi significa para usted.

Amisha cerró los ojos al recibir sus caricias. Agotada por los sucesos de la noche, se sentía incapaz de reunir las fuerzas suficientes para decirle que no podía hacer aquello. Y lo que hizo, en cambio, fue posar su mano sobre la de él, obligándolo a ejercer más presión sobre su piel, sintiéndose a salvo con aquel contacto.

—Sabía... —Se interrumpió. Stephen esperó a que terminara y su paciencia fue como un bálsamo para el miedo que llevaba la noche entera consumiéndola—. Sabía que lo ayudaría. —Apenas podía hablar—. Ha hecho suyo el dolor de Ravi y ha salvado a mi amigo.

Stephen dio un paso hacia Amisha, estaban más cerca de lo que habían estado nunca. Vio la incertidumbre reflejada en su rostro, la seguridad de que en cualquier momento ella le diría que parase, que no podían estar haciendo aquello. Amisha sabía que no era correcto y que con sus acciones se arriesgaba a acabar haciendo mucho daño a otras personas. Pero, en ese instante, nada de todo aquello importaba. De modo que avanzó también, siguiendo su ejemplo. Y, cuando descansó la cabeza sobre el pecho de Stephen, él la rodeó por la cintura y la estrechó con fuerza. Amisha notó entonces que la respiración de él se aceleraba y permitió que el llanto que había estado amenazándola toda la noche acabara por fin liberándose. Las lágrimas empaparon la camisa de él y el llanto sacudió todo su cuerpo.

—Tranquila —dijo Stephen, acariciándole el cabello y la espalda en su esfuerzo por consolarla—. Está sano y salvo.

Amisha lloró hasta que ya no le quedó nada dentro. Cuando se le agotaron las lágrimas, siguió abrazándolo. La noche había empezado con un sentimiento de vacío y de miedo. Pero, gracias a Stephen, Ravi había sobrevivido a la dura lucha que había tenido que librar contra la muerte. Rebosante de emociones, Amisha entrelazó los dedos por detrás de la espalda de Stephen. Aquella noche lo había necesitado y él había acudido en su ayuda.

Notó la mano de Stephen presionándole la espalda, empujándola contra su cuerpo. Amisha le puso entonces las manos sobre el pecho y empezó a trazar círculos sobre su corazón. Ansiosa por abarcar más, abrió la palma de la mano y la clavó sobre su piel con la esperanza de llegar a capturarle el alma. Él respondió de forma similar y sumergió la otra mano en su cabello. Los latidos de ambos se hicieron audibles, así como la respiración acelerada.

Stephen hizo descender lentamente la mano por la espalda de Amisha y tiró de la camisa. Hizo una pausa, dándole a ella la oportunidad de protestar. Pero Amisha acercó la mano a la de él, recostó la cabeza en su hombro e inspiró hondo. Deseaba a Stephen. Y darse cuenta de aquello fue como si un bofetón le hiciera perder el equilibrio. Sus sentimientos amenazaban todo lo que era importante para ella. No tenía derecho a estar con él. Era una mujer casada y tenía tres hijos. Su responsabilidad era honrar a Deepak y el matrimonio que había contraído con él. Su lugar no estaba junto a Stephen y nunca lo estaría. Pero le dolía más la idea de alejarlo de ella que la de estar con él.

Retiró entonces la mano y esperó. Él deslizó la suya por debajo del algodón y la hizo descender hasta descansarla más abajo de su cadera. El calor traspasaba las capas de tela. La atrajo entonces aún más hacia él, hasta que la cercanía se volvió terriblemente íntima. Y entonces la acomodó entre sus muslos, dejando patente a Amisha la reacción de su cuerpo.

A Amisha le temblaban las piernas. Le acarició entonces la nuca con las uñas de una mano y los dedos de él viajaron de nuevo desde sus costados hacia más allá de sus caderas. Con la mano que le quedaba libre, Amisha buscó un camino debajo de la camisa de él y entró en contacto directo con su piel.

—Amisha —le susurró él al oído.

—¿Stephen?

Notó el cuerpo de él tensándose bajo sus manos. Su madre no le había hablado jamás sobre los sentimientos que se estaban removiendo en su interior ni sobre aquel deseo que lo llenaba todo, dejándola debilitada y deseosa de más.

—Tranquila.

Stephen la abrazó con más fuerza y cerró los ojos, conduciéndola hacia la pared.

Los escalofríos que estaba experimentando Amisha no hacían más que incrementar su confusión. Cuando estaba con Deepak, había visto que sus facciones y su cuerpo se tensaban antes de liberarse. Pero el cuerpo de ella jamás había reaccionado de aquel modo. Había percibido débiles oleadas de placer cuando él la tocaba, pero nunca las sensaciones que estaba experimentando en aquel momento.

Los brazos de Stephen la estrecharon con más fuerza. La empujó contra la pared. Amisha se presionó contra él y sus labios se encontraron. Abrió la boca entonces para dejarlo entrar. Y los labios de él se deslizaron luego hacia sus mejillas, descendieron por su cuello. La respiración de Stephen se aceleró mientras Amisha se veía incapaz de controlar la suya. Le clavó las uñas en los antebrazos y cerró los ojos cuando todo a su alrededor se volvió negro.

Cuando por fin su cuerpo quedó saciado, Amisha descansó la cabeza sobre el hombro de él. Se sentía desnuda, como si Stephen la hubiese despojado de toda la ropa. Sin entender del todo lo que había pasado, intentó darle sentido. No habían hecho el amor, pero habían alcanzado un nivel de intimidad que nunca había experimentado con Deepak. Avergonzada, lo soltó y bajó la vista.

—No hagas esto —dijo Stephen, con voz tensa—. No te escondas de mí.

—Lo que acaba de pasar... —Se interrumpió, insegura.

—Ha pasado por lo que sentimos el uno por el otro.

—Dijiste que era amistad —le recordó.

—Dije lo que tú necesitabas oír —replicó Stephen—. Para darte una excusa por lo que sentimos.

—Yo no sé lo que siento.

Habló con la seguridad de que conseguiría convencerse de ello. De pronto, la habitación empezó a parecerle minúscula y se alejó de su abrazo para hacerse a un lado.

—Mentira —dijo él, aunque sin rencor alguno. Su expresión era de comprensión y de dolor a la vez—. Llevamos mucho tiempo intentando eludir estos sentimientos.

—Estoy casada. No tengo derecho a sentir nada por ti. —La vergüenza la hacía incapaz de darle sentido a la situación—. Lo que acaba de pasar entre nosotros... —Dejó de hablar porque no encontraba palabras para expresarse.

—Estamos...

—No. —Amisha sabía que no podía dejarle terminar la frase. Porque, de hacerlo, los dioses la oirían y eso lo haría todo realidad. No estaba preparada para afrontar aquello—. No puedo, por favor, no.

Stephen la miró. Le acarició la mejilla y la besó con delicadeza.

—De acuerdo.

La frustración de Stephen era evidente y el sentimiento de culpa pesaba cada vez más sobre ella. El terremoto emocional de aquella noche la había dejado agotada y no podía razonar ni encontrarle el sentido a nada.

—Buenas noches.

Le cogió la cara entre ambas manos y murmuró su despedida pegado a sus labios. Cruzó la puerta y Amisha siguió mirando aquel vacío hasta mucho después de que él se hubiera marchado.

Ravi entró por la puerta de atrás para reincorporarse al trabajo. Habían pasado solo dos días desde el accidente. Amisha y los niños habían ido a visitarlo a su casa, y la familia de Ravi la había recibido como si fuera un miembro de la realeza. Ella se había reído viendo su deseo de complacerla y les había dicho a sus padres que estaban muy mayores y que se ocuparía de ellos. Les había entregado también unas rupias para cubrir los gastos de los medicamentos que Ravi pudiera necesitar.

—Vengo a trabajar —anunció Ravi en cuanto Amisha lo vio entrar en casa.

—Tendrías que seguir guardando reposo —replicó ella, regañándolo.

Lo hizo pasar. Ravi caminaba apoyándose en un palo que hacía las veces de improvisado bastón.

—¿Y qué hago allí? ¿Mirar las musarañas? —preguntó, exasperado.

—No, curarte —respondió Amisha, sermoneándole y animándolo a tomar asiento en el sofá. Pero Ravi no le hizo caso y fue directo a la cocina para empezar a lavar los platos—. Vete a casa.

—No. Estoy bien —dijo Ravi.

—¿Casi te mueres desangrado y me dices ahora que ya estás bien?

Amisha entró con él en la cocina. Bina y otra criada se habían ido con la colada al río y estaba sola en casa.

—Sí, es un milagro —dijo Ravi, cogiendo un cazo sucio.

—Un milagro sería que te marcharas a casa a dormir.

Le arrancó el cazo de las manos y Ravi, de inmediato, cogió otro que estaba también por lavar.

—¿Y quién trabajará si duermo? —preguntó Ravi.

Se arremangó el pantalón, se acuclilló en el suelo y empezó a fregar con energía el cazo.

—Hay más criados.

—Sí, pero ninguno trabaja tan bien como yo. Además, tengo que ganarme el dinero que le diste a mi familia.

Cuando tuvo fregado el cazo, se puso a separar los cacharros de los platos. Como Amisha no había tenido tiempo de lavar, la montaña de platos sucios era considerable.

—De acuerdo. Quieres trabajar, pues trabaja. Pero luego, si te duele algo, no me vengas llorando —replicó Amisha con expresión preocupada.

—Sufriré en silencio —dijo Ravi, esbozando ya una sonrisa.

—Ten por seguro que te ignoraré, aunque sufras llorando —contestó Amisha.

—Perfecto.

Durante el resto de la mañana, Ravi estuvo trabajando con los demás criados y Amisha colaborando con ellos. Dio la comida a los niños y lavó la ropa para que fueran a la escuela al día siguiente. Después, los críos salieron a jugar hasta la hora de acostarse. Los criados se marcharon al anochecer para ir a preparar la cena a los suyos en casa.

—Gracias.

Ravi había trabajado sin parar todo el día, hasta terminar todas las tareas.

—¿Por permitirte trabajar? —dijo Amisha.

Ravi bajó la mano hacia la herida cerrada. Y, por la mueca que esbozó, Amisha adivinó que le dolía.

—Por salvarme la vida.

—No. —Amisha se giró, con pocas ganas de escucharlo—. Nada de eso.

Impertérrito y cojeando, Ravi la rodeó hasta poder verle de nuevo la cara.

—Sin ti, no estaría hoy aquí. —Unió las manos—. Te estoy profundamente agradecido.

—Pues yo no te quiero ver más aquí. Y, si sigues diciendo tonterías, volveré a hacerte daño para que te quedes callado.

Amisha seguía recordando aquella noche con todo detalle, el terror de no saber qué sería de Ravi. Y ahora, por encima de todo, agradecía que estuviera vivo para tenerlo allí y poder discutir a menudo con él.

—Lo que hiciste por mí... —Ravi se interrumpió, abrumado.

—Eres mi amigo —dijo Amisha, restándole importancia al asunto y dando por hecho que no era necesario dar más motivos.

—La gente tiene muchos amigos —replicó Ravi.

—Yo no.

Amisha se encogió de hombros cuando él se quedó mirándola. Viendo que no decía nada más, empezó a doblar ropa. Las palabras que acababa de pronunciar siguieron retumbando en lo más profundo de su ser, provocándole una sensación de abandono e inseguridad.

—Tu teniente no me permitió morir —dijo por fin Ravi—. Me exigió que viviera.

—No es «mío» —puntualizó Amisha.

La inundó un calor inesperado al pronunciar aquellas palabras. Los recuerdos de lo que habían hecho revoloteaban constantemente a su alrededor por mucho que intentara alejarlos.

—¿Por qué él? Cuando te marchaste, pensé que habrías ido a buscar un médico.

—Ningún médico habría venido. —Se negaba a mentirle—. No podía dejarte morir. Durante todo el tiempo que hace que conozco al teniente, me ha demostrado infinidad de veces lo mucho que le importa la gente.

—Y tú también debes de importarle para hacer lo que hizo por mí.

—Lo habría hecho por cualquiera —dijo Amisha.

—*Shrimati* —le reveló Ravi—, cuando llegamos a la clínica oí que los de administración discutían con él. Insistieron en que el establecimiento era solo para miembros del Raj, no para cualquiera que deambulara por las calles. El teniente les amenazó con ponerse en contacto con un alto mando del Raj para que les diera la orden de socorrerme. La advertencia fue suficiente para que se pusieran en movimiento y me ayudaran.

Amisha se mantuvo inexpresiva, intentando en vano disimular sus sentimientos.

—No lo sabía —murmuró.

—La suerte de mi vida es que tú me llames amigo. Y me parece que la suerte de la tuya es él.

36

Amisha descansó la cabeza en los almohadones y se tapó con nerviosismo con la manta. Cada vez que intentaba acostarse, el estómago le rugía pidiendo comida. Había intentado escribir, pero las palabras se negaban a hacer acto de presencia. El hambre hacía que incluso las tareas más cotidianas le parecieran un imposible.

—Llevas tres días sin comer. —Ravi entró en el dormitorio sin llamar. Aún cojeaba, pero la pierna iba mejor—. No ha venido.

—Vendrá —dijo Amisha. Stephen y ella no se habían vuelto a ver desde la noche del accidente de Ravi. Con la escuela cerrada por la celebración, Amisha no había echado de menos dar clase—. ¿Y el bebé? —preguntó, preocupada por Paresh.

—Ya no es un bebé. —Amisha sabía que Bina se había encargado ya de bañarlo y vestirlo—. Bina lo ha llevado con ella al mercado a comprar. —Ravi tomó asiento en la silla y ojeó el pliego de papeles que Amisha había utilizado en sus fallidos intentos de escribir alguna cosa—. No ha querido darle la mano a Bina y ha insistido en que ya es mayor como sus hermanos. Cinco minutos más tarde, le ha dicho que tenía que cambiarse de ropa. Se había echado toda la leche por encima.

—Crece demasiado rápido. —Amisha sonrió al escuchar lo que había pasado—. Como todos mis bebés. —Al pensar en sus hijos y en su padre, la sonrisa se volvió titubeante—. ¿No ha enviado ningún telegrama Deepak? —preguntó, ansiosa por conocer la respuesta.

—No, *shrimati.* —Ravi la observó con atención—. No creo que se haya acordado de la celebración de hoy.

Aliviada, Amisha asintió.

—Mejor así.

Cuando vio que Amisha volvía a tumbarse, Ravi la miró con ansiedad.

—¿Quieres que vaya a la escuela? —preguntó.

Después de que Ravi le explicara lo que había sucedido con Stephen en la clínica, había reconocido ante él que su relación era más estrecha de lo que se imaginaba. Y, cuando le contó sus planes para ese día, la celebración del Karva Chauth, Ravi hizo lo posible por ayudarla.

Celebrado por mujeres de todo el país, era un día de ayuno, sin comida ni agua. En cuanto asomara la luna, la mujer aceptaría el primer trago de agua de manos del hombre por quien había ayunado. A cambio de su sacrificio, la mujer pedía a los dioses que concedieran al hombre una vida larga y rebosante de salud.

—No. —Amisha no estaba dispuesta a permitir que Ravi le facilitara las cosas—. Tiene que venir por iniciativa propia.

—No has vuelto a la escuela desde lo del accidente. —Ravi estaba confuso—. ¿Cómo quieres que sepa que tiene que venir?

—Si no lo sabe, es que soy tonta. —Las imágenes de aquella noche se repetían en su cabeza. Las había revivido centenares de veces y se había preguntado en todas ellas si debería haberse comportado de forma distinta—. Aunque no considero que lo sea.

La llamada a la puerta sonó justo en el momento en que Amisha terminaba la frase. Ravi se levantó en cuanto oyó que Bina corría a abrir. Por el saludo, adivinaron los dos que se trataba de Stephen y Amisha se sintió embargada por una sensación tanto de alivio como de felicidad. A pesar de toda la confusión que envolvía la relación, no se había equivocado.

Bina acompañó a Stephen hasta el dormitorio. Se quedó en el umbral. Miró a Amisha con preocupación y se giró a continuación hacia Ravi.

—Señor —dijo Ravi, uniendo las manos y saludándolo con una reverencia—. *Namaste.*

—*Namaste.* —Stephen observó la pierna de Ravi y se quedó satisfecho al comprobar que andaba sin parar de un lado a otro—. ¿Qué tal estás?

—Caminando, y todo gracias a usted, señor —contestó Ravi. Al lado de Stephen, se le veía pequeño—. Estoy en deuda con usted, señor.

—Nada de deudas —replicó Stephen con espontaneidad—. Tú cuídate y, por favor, no nos des más sustos. —Miró a Amisha—. No sé si Amisha podría soportarlo.

—Me esforzaré para que así sea, señor —dijo Ravi, indicándole que entrara en la habitación.

—Creo que Vikram mencionó que Deepak estaba en Bombay, ¿no? —dijo Stephen, sin dirigir el comentario a ninguno de los dos en concreto.

—Sí, lleva en Bombay desde antes de mi accidente, señor —respondió Ravi, sin que le diera a Amisha tiempo a decir nada—. No volverá hasta dentro de una semana.

—Entiendo. —Terminó de entrar en la habitación y fue directo hacia la cama de Amisha. Mirándola a los ojos, le preguntó—: ¿Qué sucede? —Ninguno de los dos se dio cuenta de que Ravi se marchaba—. ¿Necesitas un médico?

—No, estoy bien. —Confiaba en que Stephen fuera, había estado dependiendo de ello. Su voz sonaba áspera y débil por los tres días de ausencia de comida y agua—. Has venido —dijo, aferrándose con nerviosismo a la manta e intentando contener sus emociones.

—La escuela estaba cerrada por la celebración, pero esperaba que vinieras igualmente para nuestras clases. Y, al no verte aparecer, empecé a preocuparme. Después de lo de la otra noche... —Se interrumpió y la miró a los ojos—. He pensado en ti, pero no estaba seguro de si querrías verme.

Animada por su preocupación, decidió tranquilizarlo.

—En ese caso, viviremos los dos hasta los cien, según un mito hindú, puesto que yo también he pensado en ti.

Amisha dudaba sobre si jugar o no a aquel juego y sobre si explicarle el verdadero motivo por el que estaba en cama y debilitada. Lo había apostado todo a que Stephen vendría a verla sin haberlo llamado.

—No nos vemos desde... —No consiguió llevar a buen puerto su intento de hablar sobre lo sucedido aquella noche.

No había pensado en apenas nada más durante los días y las noches que habían transcurrido desde aquello. Se había querido convencer a sí misma de que la conducta que ambos habían tenido aquella noche había sido una reacción a la crisis vivida. Pero a medida que pasaban los días y veía que el recuerdo seguía latente y el deseo no hacía más que aumentar, se vio obligada a reconocer la verdad que había estado evitando. Que aquel hombre significaba para ella mucho más de lo que siempre había imaginado.

Cuando estaba con Stephen, se sentía feliz de un modo desconocido hasta entonces. Luchaba por comprender sus sentimientos, pero ya no aspiraba a combatirlos. Que Stephen fuera importante para ella no implicaba que Deepak dejara de serlo. Este la necesitaba para cuidar de su casa y de sus hijos. Y Amisha hacía ambas cosas, sin preguntas ni quejas.

—Tengo que pedirte una cosa —dijo Amisha.

—Traigo la comida, *shrimati.* —Ravi entró en la habitación con una bandeja llena de comida y un vaso con agua de coco—. ¿Podrá usted, por favor, señor? —Ravi le entregó la bandeja a Stephen y evitó la mirada penetrante de Amisha—. Lleva tres días sin comer. Sería muy útil si pudiera ayudarla a beber un poco de agua mientras yo voy a controlar el arroz.

Viendo que Stephen respondía con un gesto de asentimiento, Ravi se marchó.

Stephen cogió el vaso de la bandeja y dejo la comida en la mesa. Se sentó en la cama, al lado de Amisha.

—¿Qué sucede, Amisha?

La vergüenza le impedía explicárselo de inmediato. Con Stephen, era como caminar constantemente por una cuerda floja que separaba dos formas de vida, confiando en encontrar el equilibrio. Según todo lo que le habían enseñado, lo que Amisha había hecho con él la noche del accidente de Ravi era totalmente censurable.

Pero le resultaba imposible convencerse de que estaba mal hecho. Todo contacto que hubiera tenido con él, por mínimo que fuera, le parecía más correcto que cualquier otra cosa que hubiera hecho en su vida. Había sido entregada a Deepak sin poder elegirlo. Había construido una vida con él porque era lo que tenía que hacer. Pero Stephen representaba la primera decisión que su corazón tomaba por sí solo. Lo que sentía era algo completamente suyo y de nadie más. Por eso, cuando llegó el Karva Chauth, supo lo que quería hacer sin el más mínimo atisbo de duda.

Desde que contrajeron matrimonio, Amisha había ayunado siempre por Deepak. Cuando el ayuno tocaba a su fin,

Deepak le ofrecía agua y comida y volvía rápidamente al molino. Y Amisha le había restado importancia a esa conducta, pensando siempre en que sus acciones no eran en vano. Jamás había permitido que la falta de atención que Deepak mostraba con respecto a su ayuno pudiera afectar la base del sacrificio.

Pero ese año Deepak había estado ausente el día de la celebración y ni tan siquiera se había tomado la molestia de preguntarle al respecto. Ravi había preparado una comida completa el día del ayuno, pero Amisha solo había dado de comer a los niños. Cuando Ravi le había preguntado por qué, ella le había explicado que pensaba ayunar. Y no solo por Deepak.

—¿*Shrimati*? —le había dicho Ravi en tono inquisitivo. Era el primer día, la luna ya brillaba en el cielo y las mujeres del pueblo ya estaban disfrutando de la primera comida del día—. ¿Qué piensas hacer?

—Esperar a que llegue —respondió Amisha, segura de lo que decía.

—¿Y si no llega?

—Me moriré de hambre —había respondido Amisha.

Pero estaba convencida de que acabaría llegando. Y, cuando lo hiciera, ella le garantizaría una vida segura. Ahora, con Stephen sentado a su lado, se sentía turbada por lo que había hecho y temerosa de que él no entendiera el ritual que para ella tanto sentido tenía.

—¿Amisha? —repitió Stephen, a la espera de su respuesta.

—Hay una costumbre entre las mujeres indias... Una vez al año, la mujer ayuna durante todo un día y toda una noche con la esperanza de que, a cambio, los dioses garanticen una vida larga y feliz al hombre por el que ella ha ayunado, que suele ser su esposo. En cuanto aparece la luna, la mujer espera a que el hombre le dé el primer bocado de comida y le ofrezca el primer trago de agua.

Amisha le explicó el objetivo de la celebración con la máxima eficiencia que le fue posible y quedó a la espera de su respuesta.

—¿Y no has comido nada? —preguntó Stephen.

—No —contestó ella, mirando de reojo y con hambre la comida que estaba en la mesa.

—¿Desde hace tres días?

—Tenía que esperar a que me dieran de comer.

—¿No te ha dado de comer Deepak?

—Mi ayuno no ha sido por él —respondió Amisha, revelando sus sentimientos de la única manera que le era posible.

Esperó su respuesta, insegura. Por mucho que en la vida hubiera dudado o hubiera tenido miedo, no era nada en comparación con la incertidumbre a la que se enfrentaba en aquel momento. Con sus actos, estaba diciéndole a Stephen que era muy importante para ella, tanto o más que Deepak. Y, en el caso de haber malinterpretado la conducta que tuvo con ella la otra noche, Amisha quedaría como una tonta por haber reconocido sus sentimientos.

—¿Y si yo no hubiera venido? —preguntó Stephen, con arrugas de preocupación en la frente.

—Lo has hecho —dijo muy despacio Amisha, intentando leer su reacción—. Y ahora estoy esperando.

Stephen se acercó a ella. Le retiró los mechones de pelo que le caían sobre la cara. La miró a los ojos y vio reflejadas en ellos su confusión y su incertidumbre. Notando que dudaba, Amisha volvió la cabeza, segura de que había cometido un error y había revelado demasiadas cosas. Pero entonces él la cogió por la barbilla y, muy despacio, la obligó a mirarlo de nuevo. Le acarició la mejilla con el pulgar.

Cogió el vaso y se lo acercó con delicadeza a la boca, viendo cómo lo vaciaba en cuestión de segundos. Con la palma de la mano, le secó el hilillo de líquido dulce que le resbalaba por la barbilla. Cortó un pedazo de *naan*, lo mojó en la sopa de lentejas y le dio de comer. Sus dedos se quedaron rozándole los labios más tiempo del necesario.

—Gracias —musitó Stephen, con voz entrecortada—. Por este sacrificio.

—Ahora vivirás cien años.

Amisha exhaló un suspiro de alivio. Por mucho que estuvieran en el limbo, que hubieran cruzado los límites de la amistad sabiendo que jamás podrían estar juntos, se sentía feliz por haberle garantizado una vida larga. Sin necesidad de palabras, le había demostrado lo mucho que significaba para ella.

—¿Cómo puedo recompensártelo? —preguntó Stephen, viendo que el silencio se prolongaba.

—No muriendo nunca —respondió ella, antes de tumbarse de nuevo en la cama y dejar que su estómago saciado la acompañara en un dulce sueño.

JAYA

37

Después del primer aborto, me quedé dos días en cama. Pasado ese tiempo, empecé a sentirme culpable por no hacer nada, lo que fuera con tal de mejorar la situación. Me puse a leer todos los libros que encontré sobre abortos y cómo impedir el siguiente. Hablé con amigos médicos y me apunté a un grupo de apoyo. Me lo tomé como un reto y estaba dispuesta a hacer lo que fuera con tal de asegurar que el siguiente intento saliera bien.

Patrick me apoyó en mi empresa y siempre pensé que entendía mi necesidad de querer controlar la situación. Convencida de que él también estaba dando pasos por su cuenta para solucionar el tema, le pregunté al respecto una noche, después de terminar un libro más sobre la mujer y su cuerpo.

—Nada —dijo—. Lo que tenga que ser, será.

Pasé días frustrada por aquella respuesta. A lo mejor pensé que no le importaba lo suficiente como para trabajar en ello o que su inacción era una traición a mi dolor. Fuera cual fuese el motivo, el caso es que puse distancia entre nosotros. Ahora, oyendo el relato del sacrificio que hizo mi abuela la noche del Karva Chauth, su disposición para demostrarle a Stephen un amor sin garantía alguna de futuro, no puedo evitar pensar que, cuando no tenemos nada más, cuando no hay respuestas, la fe es nuestro mayor aliado. Tal vez para Patrick fuera la única respuesta a la que aferrarse.

Llamo a la puerta de casa de Ravi y espero. La historia de Amisha me sigue dando vueltas en la cabeza junto con la mía. Pienso en todas las oportunidades de poder elegir que mi abuela no tuvo y en todas las que yo he tenido. Pienso en todo el sufrimiento que tuvo que padecer Amisha y en las muchas veces en que me dije a mí misma que muchas cosas no me importaban. Pienso en la mujer que ella fue y en la que yo no soy.

Misha abre la puerta y me recibe con una sonrisa. Lleva una parte del cabello peinada en una trenza y la otra colgando suelta sobre los hombros. Sujeta un cepillo en la mano.

—Hola, *beti.* —Feliz de verla, la rodeo por los hombros y la estrecho en un abrazo. Oigo a Ravi en la cocina y digo—: No me comentaste que tu preciosa bisnieta vendría hoy con nosotros.

Ravi aparece con un trapo de cocina.

—Mi preciosa bisnieta viene hoy con nosotros.

Ravi sonríe al oír la risilla de Misha. Esta vuelve al espejo y se pelea con su pelo para peinarlo. Le quito con cuidado el cepillo.

—¿Puedo? —Viendo que asiente, le cepillo el pelo para quitarle los nudos, con cuidado de no tirar mucho. Separo los mechones y le hago otra trenza—. ¿Y qué planes tenemos para hoy?

Ravi había mencionado que se tomaría el día libre para que pudiéramos ver un poco más el pueblo y los alrededores. Yo enseguida me había mostrado encantada con la idea.

—Ir al Ashram. —Viendo mi confusión, Ravi se explica—: Es un orfanato. Un lugar al que acudimos a menudo Misha y yo. Ella quiere enseñártelo.

—De mayor voy a ser maestra —anuncia Misha.

Estamos las dos sentadas en la parte posterior del *rickshaw* y Ravi viaja delante. Cuando el vehículo traquetea por una zona de piedras, la niña me agarra la mano.

—Estupendo —digo—. ¿Y qué tipo de maestra?

—Una maestra buena. —Levanta la ceja, sin entender por qué me echo a reír—. Mi maestro nos golpea la palma de la mano con la regla cuando nos equivocamos en la respuesta. Pero nos da un caramelo si respondemos bien, así que yo siempre respondo bien.

Sorprendida por una conducta tan arcaica, miro de reojo a Ravi, que dice con calma:

—Es una regla de espuma. Para hacer daño a alguien con eso se necesitaría la fuerza de un dios.

Pasamos el resto del trayecto con Misha saltando de un tema a otro. Desde sus dotes para la cocina hasta sus amigas, nos cuenta los detalles de todas y cada una de las partes de su vida. Cuando llegamos, creo que he escuchado todo lo que le ha pasado desde que tenía tres años.

Sigo a Ravi y a Misha por la escalera que da acceso a un edificio insulso y de diseño simple. Tiene una sola planta y ventanas de marco marrón cubren la gastada madera pintada de blanco de la fachada. Una puerta robusta da acceso a un desordenado vestíbulo y luego a una sala grande. Nada de lo que pueda haber visto por las calles o leído en los libros de texto me ha preparado para la escena que contemplo ahí dentro. El suelo enmoquetado está cubierto de sábanas. Bebés y niños sin atender están tumbados sobre ellas. Lloran, y el hedor a orina y heces inunda la estancia. Me llevo la mano a la boca para tratar de contener las náuseas.

—¿Ravi? —Miro a mi alrededor en busca de un adulto—. ¿Esto es...?

—Sí —responde en voz baja, entendiendo mi conmoción—. El hogar de muchos niños.

El edificio está dividido en cuatro salas, cada una más pequeña que la anterior. En la cocina hay reservas de lentejas y arroz, la principal fuente de alimento de los pequeños. Botes de cristal con leche se amontonan encima de bloques de hielo deshechos. Disponen solo de una pequeña nevera, similar a la que tenía yo en la habitación de la residencia universitaria.

Un trastero almacena los productos para la colada y ropa donada por la comunidad, tirada de cualquier manera en una caja. Los niños que duermen están tapados con sábanas andrajosas y los demás no paran de llorar y se abrazan entre ellos a falta de ositos de peluche. No hay ni almohadas ni colchones, de modo que la moqueta del suelo y las sábanas hacen las veces de cama.

—¿Dónde están las cuidadoras? —pregunto, sin levantar la voz.

—El templo solo tiene dinero para dos. —Ravi ve que Misha ha encontrado un grupito de niños para jugar—. Los padres que no pueden permitírselo o que no quieren a sus hijos los dejan aquí. Hay muchos con deformidades o minusvalías.

El llanto de un bebé me llama la atención. Me descalzo y cojo con cuidado al pequeño en brazos. Tiene las facciones planas y el cuello corto, indicios reveladores del síndrome de Down. Mientras acuno al bebé, veo dos niños detrás de mí sin piernas y muchos más con evidentes necesidades especiales.

—Las mujeres pasan su jornada preparando comida y aseando a los niños lo mejor que pueden —dice Ravi—. Cuando un niño consigue sobrevivir a los seis años de edad, es enviado a un orfanato de un pueblo cercano. El agua potable es escasa. Debido a las restricciones del gobierno, la cortan durante la mayor parte del día. A veces, el agua está contaminada por bacterias y los niños caen enfermos del estómago y sufren erupciones cutáneas inexplicables. —Menea la cabeza con preocupación—. Cuando eso sucede todo resulta más complicado.

Pasamos las dos horas siguientes ayudando a las cuidadoras a asear y dar de comer a los niños. Después, juego y les canto canciones a los más pequeños. Les enseño a jugar al corro de la patata, aunque al final la mayoría acaba transformándolo en el juego del pilla-pilla. Al cabo de varias horas allí, me siento agotada. Desesperada por hacer una pausa, busco y encuentro a Ravi en un pequeño almacén, descansando en una silla plegable.

Tomo asiento en el suelo y me apoyo en la pared.

—Solo dos personas adultas. ¿Cómo es posible que salgan adelante?

—Hay a quien la India le ofrece la posibilidad de vivir como un rey —dice simplemente Ravi—. Y quien intenta vivir como mejor puede. —Cuando entra en la habitación un pequeño, Ravi utiliza su bastón para bromear con él hasta que el niño ríe y se marcha corriendo—. Me imagino que en tu país también debe de ser así, ¿no?

—¿Por qué vienes aquí? —le pregunto, y pienso que tiene razón, que todos, cada uno a su manera, debemos encontrar nuestro propio camino en función de nuestras circunstancias.

Ravi se levanta, se dirige a la sala más grande y busca con la mirada a Misha. La localiza jugando con un grupito de niños.

—Misha se esfuerza para que su enfermedad no le impida hacer nada —dice Ravi—. Pero un día vino y me preguntó: «*Dada,* ¿por qué Dios me hizo más débil que los otros niños?». Y entonces vinimos aquí. Pensé que la ayudaría a comprender que no es la más débil. Que los hay menos afortunados que ella.

Fijo la vista en Misha y los niños que juegan con ella y digo:

—Por eso le dijiste que Dios le dio sus aparatos ortopédicos. Porque si no sería demasiado perfecta.

—¿No estás de acuerdo con que mi bisnieta es perfecta? —pregunta Ravi. Llama a Misha para decirle que vaya despidiéndose—. Según la mitología india, cuando la luna oculta el sol, la oscuridad puede cubrir también tu vida. —Despacio, empieza a encaminarse hacia la salida—. Pero para tener luz no es siempre necesario que sea el sol el que brille. Debemos buscar las estrellas que brillan en la oscuridad. Su luminosidad tiene también su propia fuerza.

—¿Por qué me has traído aquí, Ravi? —pregunto.

Me sonríe con tristeza.

—Me contaste que habías venido a la India para huir de tu dolor. Pensé en lo que te diría tu abuela de estar aquí. —Baja la cabeza—. Jamás se me pasaría por la cabeza hablar por ella, pero...

—¿Pero? —pregunto, y me quedo a la espera.

Hace un gesto abarcando nuestro entorno.

—A lo mejor hoy, ayudando a aliviar el dolor de los demás, ¿has podido aliviar también un poco el tuyo?

Sonrío, y me doy cuenta de que tiene razón. En las pocas horas que hemos pasado aquí, mi congoja se ha visto aliviada ante la que sufren estos niños.

—Su billete, por favor. —La mujer que controla el acceso al autocar va vestida con pantalón corto de color beis y camisa blanca. Lleva el pelo recogido debajo de un sombrero de ala ancha. Me recibe con una sonrisa amable cuando le entrego el billete y acto seguido me dice, en perfecto inglés—: Bienvenida. Tome asiento, por favor. En pocos minutos serviremos unos refrescos.

Cuando le mencioné a Ravi que me apetecía conocer mejor la zona, me recomendó una excursión guiada por los pintorescos pueblos de las cascadas de la región de Madhya Pradesh. Entro en el autocar con aire acondicionado y me siento en la parte delantera. Una vez instalada, observo cómo los demás pasajeros van llenando el vehículo hasta que quedan solo unos pocos asientos libres. Escucho con interés el amplio abanico de acentos y dialectos que los viajeros utilizan para hablar entre ellos.

—Bienvenidos. —La mujer que revisaba los billetes sube al autocar y se coloca de pie en la parte delantera—. Soy Mona y este —señala al chófer— es Zane, la abreviatura de Zev. —Sonríe ante las risas del público—. Voy a ser su guía durante la excursión de hoy. El recorrido nos llevará aproximadamente tres horas. —Detalla los distintos refrescos y tentempiés incluidos en la excursión—. Nuestra primera parada será en las cataratas de Dhuandhar, en el distrito de Jabalpur.

Miro por la ventana en cuanto el autocar enfila la autopista. La ruta serpentea entre infraestructuras modernas hasta que se adentra en una zona boscosa. Cuando llevamos media hora de viaje, el ambiente se satura de humedad y una fina capa de agua cubre los cristales.

Por el micrófono, Mona empieza a relatar la historia del estado, primero en hindi y luego en inglés.

—Madhya Pradesh se conoce también como el corazón de la India debido a su emplazamiento geográfico. Con más de setenta millones de habitantes, somos el quinto estado más grande en cuanto a población. —El autocar inicia su ascenso mientras Mona continúa su explicación—. Durante la ocupación británica, el estado quedó incorporado a las Provincias Centrales y Berar y a la Agencia de la India Central. El estado de Madhya Pradesh fue creado después de que la India proclamara su independencia. —Mona sube la voz para hacerse oír por encima del rugido de agua que se escucha a lo lejos—. Rico en recursos minerales, el estado posee las reservas más grandes de diamantes y cobre de toda la India. Más del treinta por ciento de su territorio es selva.

Cuando el autocar se detiene, Mona nos anuncia:

—Hemos llegado a una de las cataratas más maravillosas que podrán ver en su vida. El agua proviene del río Narmada, que avanza entre las mundialmente famosas Rocas de Mármol para estrecharse luego y caer por las cataratas que reciben el nombre de Dhuandhar.

Salimos del autocar y sigo al grupo de excursionistas. Mona añade:

—La caída de treinta metros, que crea una cantidad de espuma impresionante, es tan potente que su rugido se oye desde lejos.

El agua transparente circula sobre un lecho rocoso y se acumula antes de verterse por las cataratas. El movimiento y la luz crean un arcoíris sobre el precipicio. La espuma del agua nos rocía como una ducha. Los padres se sientan en la hierba mientras los niños lanzan guijarros al agua e intentan capturar algún pez.

—Es tan diferente a los pueblos —murmuro en voz alta.

—La India es un territorio inmenso que incluye topografías muy variadas —me contesta Mona. Una pareja le pide que le haga algunas fotografías y les devuelve después la cámara—. Como sucede con Estados Unidos. —La miro y sonríe—. Estuve cursando un máster en la Universidad de Chicago.

Impresionada, le pregunto:

—¿Echas de menos Estados Unidos?

—En parte, sí. —Hace otra fotografía, esta vez a una familia procedente de Inglaterra—. Pero la India es mi hogar. Además, aquí he puesto en marcha mi propia empresa.

—¿Así que esto es tuyo? —pregunto.

—Ya es mi segundo autocar —responde con orgullo—. El primero lo compré con un préstamo del banco. Pero este lo he comprado con los beneficios que he obtenido.

—Impresionante. —Sorprendida por su éxito empresarial, digo—: Puedes sentirte muy orgullosa.

—Mi familia es de un pueblo de las afueras de la ciudad. —Pierde la mirada en la distancia—. Mi padre era granjero y mi madre jornalera. Me gusta verlos felices.

—¿Y cómo ha sido la experiencia? —Confío en que no sea una pregunta demasiado personal, pero me ha picado la curiosidad ver la situación de las mujeres de hoy en día con respecto a las de la generación de mi abuela—. La de emprender un negocio.

—Es duro —responde, y luego ríe con timidez—. De haber sabido lo difícil que sería, tal vez no me hubiera metido en esto. ¿Me permites que te sea sincera? —Espera mi gesto de asentimiento antes de continuar—. La escuela de negocios donde estudié en América fue a la vez lo mejor y lo peor. Las enseñanzas que recibí fueron inmejorables, pero me proporcionaron un falso sentimiento de capacidad. Estaba segura de que podría con todo.

—Desde mi punto de vista, me da la impresión de que sí que puedes con todo —digo con amabilidad.

—Tengo amigas que han fracasado infinidad de veces con las empresas que han puesto en marcha. —Señala nuestro entorno—. La India es un destino que a muchos les gustaría visitar. Nuestro estado rebosa belleza natural por todos lados. —Sonríe—. Tuve suerte de estar en el lugar adecuado en el momento oportuno.

La periodista que hay en mí se queda fascinada y presiona para obtener más información.

—Desde tu punto de vista como mujer, ¿dirías que es más fácil emprender un negocio aquí siendo mujer que siendo hombre?

—No es más fácil. —Hace una pausa antes de explicarse—. Pero vivimos en un país que está intentando ponerse a la altura del resto del mundo occidentalizado. Consciente de ello, se observa una disposición a abrir el camino para todo el mundo, independientemente de su género. Es un país de oportunidades. Y yo simplemente estoy aprovechándolo.

Sonríe antes de alejarse para responder más preguntas de otros excursionistas. La observo relacionarse con la gente y veo a una profesional madura que ofrece tanto entretenimiento como información. Me imagino el orgullo que sentiría Amisha si estuviera aquí y pudiese ver los pasos que ha dado su país desde su independencia. Sonriendo, paso el resto de la tarde haciendo fotografías y escuchando el rugido del agua al chocar contra las paredes de piedra.

Me visto con el tradicional vestido punyabí —camisa larga de seda y pantalón ajustado— para cenar con la familia de Ravi. Me han invitado y, emocionada ante la perspectiva de conocer al resto de sus familiares, he aceptado agradecida. El tejido amarillo pálido del conjunto contrasta con mi cabello castaño oscuro.

Cojo la bolsa con regalos que he dejado junto a la cama y me reúno con Ravi en la sala. Me coge de inmediato la bolsa y estudia su contenido.

—¿Es para mí? —pregunta—. Eres muy amable, pero ya no juego con juguetes.

—Tendría que haberlos invitado yo a cenar —digo—. No ser una molestia para tu familia.

—Olvídalo, ya he visto tus intentos de cocinar —replica Ravi—. Además, por lo que me cuenta mi hijo, Misha no para de hablar de ti. Estás haciéndoles un favor yendo a cenar a su casa, aunque solo sea para apaciguarla a ella.

El *rickshaw* nos lleva hasta su pueblo. El asfalto se transforma en una carretera sin pavimentar. Un grupo de cabañas se asienta aparte de otras chabolas de mayor tamaño. Delante de las casas hay montañas de basura. Las viviendas se amontonan las unas sobre las otras, con poco espacio entre ellas. Un grupo de mujeres hace cola y espera su turno para acceder a la bomba de agua. Cargan todas con un par de cubos para llenar. Mientras esperan, charlan y ríen entre ellas. Los niños corretean por las calles y levantan una auténtica polvareda con sus juegos.

Ravi me conduce hacia un grupo más pequeño de chabolas.

—Aquí la vivienda está más asequible. —Una cortina cubre la entrada en vez de una puerta. La aparta y anuncia—: Ya hemos llegado.

Aparecen rápidamente dos hombres. Vestidos con prendas tradicionales, unen las manos para saludarme.

—*Namaste.* Bienvenida —dice el hijo de Ravi, que es una versión en joven de su padre, mientras que el nieto de Ravi se parece mucho a Amit.

Empleando un inglés poco natural, dice el nieto:

—Gracias por venir.

—Gracias a vosotros por recibirme. —Miro al hijo de Ravi y gracias a él me imagino perfectamente a Ravi en tiempos de mi abuela. Uno las manos y me inclinó levemente para saludar a las dos mujeres que siguen detrás, observando la escena—. *Namaste.* Tenéis una casa muy bonita.

Las paredes están construidas con bloques de adobe y el tejado es de paja. El suelo de cemento está cubierto con sábanas deshilachadas y una alfombra raída. Una pared medianera separa la cocina de la sala de estar. Hay una única silla y varios cojines por el suelo. Una estrecha apertura da acceso a un pasillo con dos pequeñas habitaciones enfrentadas.

—*Dada* Ravi habla muy bien de ti —dice la abuela de Misha y Amit. Su nuera guarda silencio—. Nos honras con tu presencia.

Un grito de alegría nos interrumpe. Misha sale corriendo de la habitación con Amit pisándole los talones. Se lanza directamente sobre mí. La abrazo, conmovida al verla tan feliz y agradecida de haberle dedicado mi tiempo.

—Llevamos todo el día esperando —dice. La estrecho con fuerza y le acaricio el pelo—. He ayudado a mamá y a la abuela a cocinar.

—Me muero de ganas de probar lo que has preparado. —Sin soltar a Misha, miro de reojo a Amit, que permanece sin decir nada a su lado—. *Namaste, beta.*

—Bienvenida —dice, empleando un inglés perfecto—. ¿Quieres que te enseñe la casa?

Le doy la mano a Misha mientras Amit me muestra su humilde hogar. Hay tres pequeñas habitaciones además de la cocina. Terminamos la visita en la estancia principal, donde veo más de una docena de jarrones de cerámica en un rincón. Una de las paredes está decorada con un tapiz bordado con motivos relacionados con la historia de Krishna.

—Los hace mi nuera —dice Ravi cuando se da cuenta de que estoy admirando los jarrones.

—¿Puedo? —Al ver que la mujer hace un gesto de asentimiento, acaricio la cerámica—. Son asombrosos.

Las piezas están pintadas en tonos oscuros de azul y morado. La mujer me observa mientras admiro los detallados dibujos.

—Son *gharas* —dice, señalando los jarrones que estoy admirando—. *Surahis,* para el agua, y *gamlas,* para las flores.

Todos tienen diseños distintos y están adornados con motivos de elefantes, aves y serpientes.

—Ayuda a la familia a pagar la casa y la comida con su trabajo —me explica Ravi—. Es una artista excepcional, ¿verdad?

—Sí —respondo—. Es un trabajo extraordinario.

La mujer coge el mejor jarrón y me lo entrega.

—Para ti —dice.

—No, no puedo. —Se lo devuelvo.

Cuando veo que vuelve a dármelo, miro a Ravi en busca de ayuda.

—Es un regalo —dice Ravi, satisfecho con el intercambio—. Nunca había regalado ninguno. Tendrías que sentirte privilegiada.

—Gracias. —Le doy un abrazo a la nuera de Ravi, que duda y parece sorprendida, pero al instante me devuelve el gesto—. Lo guardaré como un tesoro.

Sigo a las mujeres hacia la cocina, donde está encendido un hornillo de queroseno. El hijo de Ravi fuma una hoja vegetal liada con tabaco. Al ver que todo el mundo empieza a coger la comida para la cena, pregunto si puedo ayudar en algo.

—Eres la invitada —dice la nuera de Ravi—. Tú solo tienes que disfrutar.

—Después de cenar te enseñaré el barrio —dice Ravi, acercándose—. Hay muchas cosas que ver.

Cuando empiezan a sacar los platos a la habitación principal, insisto en echar una mano. Misha coge un plato de entrantes y camina con cuidado hacia la sala. Tropieza dos veces, pero niega con la cabeza cuando Amit insinúa que va a ayudarla. La sigue de cerca igualmente. Tanto su madre como su abuela la observan con atención hasta que consigue llegar a su meta.

—Es preciosa —digo.

—Gracias —responde su abuela, sin que Misha pueda escucharla—. Es el ángel que nos ha enviado Dios. —Sonríe—. Ven, vamos a comer.

Han dispuesto los platos y las bandejas con comida encima de una sábana. Los hombres están sentados con las piernas cruzadas. Hay una sillita para Misha. Tomo asiento a su lado y cruzo las piernas como los demás. Amit se instala al lado de Ravi.

La madre de Amit hace circular la comida y todo el mundo se llena su plato. Hay cuencos con menta y agua de jengibre. Una olla con verduras salteadas en una salsa hecha con crema de leche y una bandeja con *naan* caliente. Arranco un pedazo de *naan*, me ayudo con él para coger verduras y saboreo el especiado potaje.

—¿Un poco de *chaas* casero? —dice la nuera de Ravi, ofreciéndome un vaso con un líquido blanco y espeso.

—Gracias. —Le doy un sorbo al líquido cremoso para apaciguar el picante de la comida—. Está delicioso, como todo. Os agradezco muchísimo que me hayáis invitado.

—Es un honor —dice el hijo de Ravi, alborotándole el pelo a Amit—. Mi nieto nos ha contado que eres periodista.

—Sí. —Le guiño el ojo a Misha, que me da enseguida la mano—. Misha me ha contado que quiere ser maestra. ¿Y tú, Amit, qué quieres ser? —pregunto, sonriéndole.

—Tendría que ser periodista —dice Misha, respondiendo por su hermano—. Como tú.

Todo el mundo se echa a reír, puesto que la admiración que siente la niña nunca había sido tan evidente.

—Aún no lo he decidido.

Amit se queda callado y de pronto se muestra reservado. Ravi lo mira de reojo pero no dice nada.

—Siempre ha querido ser médico —me informa la madre de Amit, que irradia amor hacia su hijo—. Quiere ayudar a otros niños que son como su hermana.

—No, mamá —replica Amit, negando con la cabeza—. No será posible.

La estancia se queda en silencio. El padre de Amit baja la cabeza y se concentra en comer.

—¿Y por qué no vas a poder ser médico, Amit? —pregunto.

—Tiene notas excelentes, pero no siempre es fácil conseguir entrar en la universidad —responde la madre de Amit en su nombre.

—Puedo hacer cualquier otra cosa, mamá —dice Amit, que juega nervioso con la servilleta y después aparta su plato, aún medio lleno de comida—. Ya encontraré otra cosa.

Pienso en la mujer que conocí en la excursión. Explico su experiencia y me quedo a la espera, dejando en el aire una pregunta que no he pronunciado en voz alta.

—La India es un país inmenso —explica Ravi—, donde no existe ni un hombre ni una mujer que tenga la misma experiencia. Vamos avanzando cada día que pasa. Y eso es lo que me da esperanzas.

Pero, cuando mira a continuación a Amit, veo la preocupación de un padre y el deseo palpable de un futuro mejor para sus seres queridos.

—¿Y qué elegirías? —le pregunto a Amit viendo que nadie dice nada.

—¿Periodismo, quizás? —contesta él, y todo el mundo se echa a reír, relajando el ambiente.

Recuerdo cuando anuncié en casa que quería ser periodista. A pesar de que mi madre cuestionó la decisión, me pagaron los estudios y celebraron todos mis éxitos. Antes de los abortos mis batallas fueron mínimas, pero, siempre que me enfrenté a un desengaño, mis padres fueron un apoyo silencioso que se mantuvo firme en todo momento a mi lado. El reconocimiento de mi madre cuando me dijo que lo único que deseaba era mi felicidad me dejó entrever lo que significa ser un padre o una madre que solo quiere lo mejor para sus hijos. Sin saber qué más decir, termino de comer en silencio.

AMISHA

38

—¡Papá está en casa! —gritó excitado Paresh cuando se acercaron y vieron luz dentro.

Aprovechando que la lluvia había hecho una pausa, Amisha y Bina habían salido con los niños a tomar un *kulfi.* Jay y Samir entraron corriendo en la casa siguiendo a su hermano.

Amisha no había visto a Deepak desde el accidente de Ravi. Sintió una nueva sacudida de culpa por lo que había pasado entre Stephen y ella. Pero del mismo modo que era imposible impedir que las lluvias llegaran cada año, también lo era apaciguar sus sentimientos hacia él. Sin el beneficio de la libre elección, la única decisión que podía tomar era querer a Stephen mientras seguía cumpliendo con sus deberes con Deepak.

Se alisó la blusa, pensando que un gesto tan sencillo la ayudaría a ser más valiente. Levantó la cabeza y entró en la casa detrás de sus hijos.

—¡Y luego jugué al críquet con Samir y gané!

Paresh estaba en brazos de su padre y le estaba contando a Deepak todo lo que se había perdido durante su ausencia. Jay y Samir acompañaban también a su padre, sonriéndole.

—Bienvenido a casa.

Amisha miró a su marido como si lo viera por primera vez. Durante su breve interludio con Stephen, se había sentido como una mujer de verdad. Con valía y capaz y, aunque fuese solo por un momento, había creído que tenía un objetivo en la vida.

Pero ahora, con el regreso de Deepak, se preguntaba cómo conseguiría regresar a la realidad que le exigía mantenerse en su lugar. Se imaginó anunciándole a su marido que no podía más y diciéndole que, de poder elegir, quería otra cosa. Pero, justo en aquel momento, Samir le gritó a su hermano, despertándola de sus cavilaciones. Y al ver a sus hijos supo que, por mucho que pudiera elegir, jamás se decantaría por otra cosa.

—¿Te preparo la cena? —preguntó, asumiendo rápidamente su papel.

—He comido en el tren —dijo Deepak en voz baja, mirándola—. ¿Dónde estabas?

Su tono de voz contenía un matiz que Amisha no había oído nunca. De pronto notó que le pesaba la lengua y que el sudor empezaba a empaparle el sujetador. ¿Habría descubierto lo que había pasado? Pero sabía que Stephen jamás la traicionaría.

—He ido con los niños a comprarles unos dulces.

Deepak cogió un paquete que había en el sofá y se lo entregó.

—Para ti.

Amisha lo abrió, sorprendida. En el interior, perfectamente doblado, había un sari de lo más lujoso, de esos que solo se veían en las películas.

—Es precioso. —Y, con voz temblorosa, preguntó—: ¿Qué celebramos?

Deepak no respondió y empezó a entregarles a los niños sus regalos. Amisha observó sus movimientos, intuyendo que algo iba mal. Una inspección visual rápida de la casa le aseguró que no faltaba nada. Y Bina se encogió de hombros cuando Amisha le lanzó una mirada inquisitiva.

—¿Ha ido bien el viaje? —preguntó con inseguridad Amisha—. ¿Los regalos son para celebrar algo?

—¿Acaso necesito un motivo para gastar mi dinero con mi familia? —replicó Deepak.

—Te estamos muy agradecidos. —Amisha nunca lo había visto así. Rodeó a sus hijos con el brazo en un gesto protector—. ¿Verdad, niños?

—Bina, encárgate de los niños —dijo Deepak, antes de que los pequeños pudieran responder—. Amisha, vayamos a la otra habitación para hablar.

Amisha dirigió a sus hijos una sonrisa tranquilizadora antes de seguirlo y cerrar la puerta. Deepak cogió enseguida un papel que había en el escritorio y se lo mostró.

—¿Es esto lo que haces cuando estás en la escuela? ¿Enseñar a los niños a desear la muerte?

Sin necesidad de verlo, Amisha adivinó que era la última redacción que había escrito Neema. La había estado leyendo antes y la había dejado en la mesa. Vio, horrorizada, cómo Deepak la rompía en mil pedazos y los arrojaba a sus pies.

—¿Qué has hecho? —gritó, recogiendo los papeles.

—Si los padres se enteran de que estás llenando la cabeza de sus hijos con basura de este tipo, la comunidad nos destruirá —dijo, levantando la voz—. ¿Tienes idea de lo que has hecho?

Al otro lado de la puerta del dormitorio, el sonido del juego de los niños cesó de repente al oír el rugido de la voz de Deepak.

Amisha acabó de recoger los papeles y los dejó en la mesa.

—La chica estaba destrozada ante la perspectiva de su matrimonio. Estaba jugando con las palabras.

—¿Quién era la chica? —preguntó Deepak.

Amisha tuvo que contener la sensación de náuseas.

—Neema.

El rostro de Deepak se tiñó de furia.

—La chica que se arrojó al fuego. —Se habría enterado del caso por los chismorreos. Deepak dejó de mirarla antes de emitir su veredicto—. Dejarás de dar clases en la escuela.

—¿Qué? —Amisha se llevó la mano al vientre, abrasada por el dolor de aquellas palabras—. Mis alumnos cuentan conmigo. Por favor, tengo que...

—La decisión está tomada. —Cogió los papeles de la mesa y los tiró a la papelera—. No pondrás en peligro nuestra familia nunca más.

Aquella noche, Amisha apenas pudo dormir. Pensó en Stephen, en la escuela, en todo lo que había perdido con solo unas pocas palabras de Deepak. Por la mañana, dio el desayuno a los niños y justo estaba despidiéndolos cuando llegó Ravi.

—Te has levantado temprano —comentó Ravi—. Normalmente siempre andas corriendo a estas horas, gritándoles a los niños que llegarán tarde y ellos riéndose del espectáculo que montas.

—Normalmente, te diría lo que tendrías que hacer con tus pensamientos, pero, ya que estuviste a punto de morir, me siento agradecida de que estés aquí y poder hablar contigo.

Amisha no le contó que se había pasado toda la noche en vela pensando en la decisión que había tomado Deepak. Ni que le dolía el corazón de saber que no volvería a dar clases en la escuela ni podría ver a Stephen.

Ravi le entregó a Deepak su chaqueta y la comida del mediodía, su *tiffin.* Deepak se calzó y se marchó sin siquiera despedirse de Amisha. Ravi, percatándose de aquel silencio, esperó a que la puerta se cerrara antes de girarse hacia Amisha.

—¿Por qué no vas a la escuela?

—Ha encontrado la redacción que escribió Neema. Ya no tengo permiso para ir a dar clases a la escuela —musitó Amisha.

—*Shrimati.* —Su voz denotaba toda la tristeza que Amisha no se había permitido sentir—. ¿No has podido convencerlo?

—No. —Amisha le escribió una nota a Stephen detallándole las tareas que pensaba trabajar con los niños. La metió en su cartera, junto con las redacciones corregidas de sus alumnos, y se la pasó a Ravi—. ¿Podrías, por favor, llevárselo a Stephen?

—¿Y cómo le explico tu ausencia? —replicó Ravi.

No había vuelto a ver a Stephen desde hacía tres noches, cuando le había dado de comer. Y ahora se preguntaba cuándo volverían a verse.

—Dile que... —No encontró las palabras. La verdad solo serviría para comunicarle a Stephen lo que los dos ya sabían: que ella pertenecía a otro hombre—. Que Deepak ha vuelto y me necesita en casa.

—¿Y si pregunta sobre cuándo volverás? —repuso él, con los ojos brillantes de compasión.

—Dile que volveré cuando pueda —respondió Amisha, consciente de que la decisión estaba en manos de Deepak.

Amisha se quedó en el porche y Ravi se marchó a la escuela. Cuando lo perdió de vista, volvió a entrar en la casa y cerró la puerta.

Ravi regresó con una nota de Stephen. Amisha la abrió con dedos temblorosos.

Amisha:

Ravi me ha dado la noticia, pero me temo que hay más cosas que él no ha querido decir. Hasta que no conozca más detalles, confiaré en el contenido del mensaje que me ha sido entregado. Los niños echarán de menos a su maestra y yo echaré de menos nuestras clases particulares. El jardín parece ya más vacío sin el adorno de tu sonrisa y tu risa. Cuando puedas volver, tu aula estará esperándote, igual que yo.

Stephen

Amisha leyó la misiva una docena de veces más antes de escribir la respuesta. Con el corazón destrozado, reconoció los motivos reales y le expresó por escrito lo que no podía comunicarle en persona. Al final, le dijo que, mucho más de lo que él podría llegar a imaginarse, echaría de menos a sus alumnos y sus clases particulares.

Ravi entregó la carta de inmediato y, a partir de entonces, y durante dos semanas, se escribieron a diario sirviéndose de Ravi como mensajero. Las cartas se empezaron a hacer más largas y sinceras. Y, aunque nunca llegaron a ser un sustituto de sus conversaciones, sí fueron un bálsamo para la soledad de Amisha.

Lo echaba de menos a diario. La estela de vacío que Stephen había dejado a su paso había creado un abismo en su interior. Pero si las cartas eran la única manera de poder oír su voz y conocer sus pensamientos, las aceptaría con gratitud.

Para mantenerse ocupada, empezó a salir a pasear cada día con Paresh. Dos semanas después de que Deepak hubiera tomado su decisión, Amisha se encontraba en el pueblo cuando oyó que había alboroto. Las mujeres corrían hacia uno de los extremos del pueblo. Los hombres andaban gritando a todo el mundo que las siguieran hacia allí.

—¿Qué pasa? —preguntó Amisha a un hombre que corría para ir a sumarse al tumulto.

—Los británicos han hecho prisionero a un hombre.

Amisha cogió a Paresh en brazos y siguió al grupo hacia las afueras. Y allí, en medio de la multitud, vislumbró la figura de Stephen. Al verlo, el corazón le dio un vuelco. La muchedumbre había rodeado a Stephen y a los demás miembros de la milicia británica. Al fondo se veía un grupo de indios, esposados entre sí.

—Quedas arrestado bajo la ley del imperio británico.

Stephen sujetaba a un frágil hombre indio. Los soldados de infantería seguían esposando a más hombres.

—No tenéis cabida en este país —replicó el hombre. Y con la esperanza de enfurecer a la multitud, gritó—: Me están arrestando por haber quebrantado sus leyes en nuestro país.

La respuesta clamorosa fue rápida y potente. La gente se puso a protestar a gritos. Algunos adolescentes cogieron piedras y empezaron a lanzarlas. Cuando una de ellas impactó contra Stephen, Amisha chilló desesperada.

—¿Qué ha pasado? —le preguntó a la mujer que tenía a su lado, y las pulsaciones se le aceleraron al ver que los adolescentes seguían lanzando piedras a los soldados.

—Aquel hombre de allí —le explicó la mujer, señalando a quien acababa de hablar— ha empezado a repetir las palabras de Gandhi sobre nuestra libertad. Y entonces un soldado le ha dicho que se callara y se ha congregado una multitud. El hombre se ha negado a hacerlo y lo han arrestado.

—¿Le han pegado? —preguntó Amisha, al ver que el hombre tenía la frente cubierta de sangre.

—Les ha plantado cara —respondió la mujer—. Y uno de los soldados le ha dado con la porra.

Amisha no preguntó cuál de los soldados había sido. Era consciente de que Stephen estaba obligado a cumplir con su papel, pero no quería saber si había sido él el que había levantado la mano contra su compatriota.

Los soldados atraparon también a los adolescentes que lanzaban piedras y los inmovilizaron. Y, cuando los padres se pusieron a protestar y a pelearse con ellos, los británicos empezaron a repartir golpes a diestro y siniestro, atacando tanto a hombres como mujeres en su empeño por controlar a la muchedumbre.

—¡No! —gritó Amisha horrorizada y tapándose la boca.

Tiró de Paresh hacia ella para intentar que no viera la escena. Y, cuando el tumulto se volvió serio de verdad, lo cogió en brazos para marcharse rápidamente de allí. Justo entonces, su mirada se cruzó con la de Stephen. Y en sus ojos vio confusión y preguntas. Sin tener la respuesta, lo miró unos segundos más y se marchó corriendo.

39

Llevas semanas sin verlo —dijo Ravi. Mientras Amisha zurcía agujeros en la ropa de los niños, Bina cargaba con cubos de agua para lavar los platos—. ¿Es por eso por lo que las cartas pesan tanto que se me acabará partiendo la espalda de transportarlas?

—Si tienes la espalda tan débil que se te puede partir por cargar con unas cartas, es que te lo mereces. —Amisha se equivocó en la puntada y se pinchó el dedo—. Me preocupa lo que pueda decirme Deepak si voy a la escuela. —Dejó la costura—. Pero cada día que paso sin ver a Stephen me siento más sola, por mucho que viva rodeada de familia y amigos.

—Le quieres —dijo Ravi, sin expresarlo como una pregunta.

—Más de lo que debería.

Amisha no había vuelto a verlo desde el día del tumulto. La gente del pueblo le había comentado que habían acabado arrestando a más de una docena de hombres y adolescentes. Se le hacía difícil ver a Stephen como el soldado que sabía que era. Al que echaba de menos era al hombre con quien conversaba en el jardín. En una carta posterior a los disturbios, Stephen le habló sobre el papel que tenía que desempeñar en el país y sobre sus objetivos en ese sentido. Y, a pesar de que no se disculpaba por lo que había hecho, Amisha detectó su malestar y su confusión.

—Cuando me casé, solamente me hablaron sobre mis responsabilidades y mis deberes. —Se encogió de hombros y miró por la ventana—. Y tal vez eso sea lo único que me está permitido.

—¿Y a qué aspiras? —preguntó Ravi—. Con él, me refiero.

—Supongo que si fuera una niña soñaría con un futuro —reconoció, hablando muy lentamente—. Pero no lo soy. Y tampoco soy tan tonta como para creer que puedo tener otra cosa que la que me ha dado el destino. —Unió las manos—. Deepak es el único futuro al que puedo aspirar.

Antes de que Ravi pudiera contestar apareció Deepak, que regresaba de relacionarse con los vecinos por el pueblo. Amisha esperó a que el resto de los criados se marchara a la cocina y entonces buscó las palabras adecuadas para dirigirse a él.

—Hace semanas que no voy a la escuela —dijo—. Creo que ya es hora de regresar.

—¿Por qué? —preguntó Deepak, sin apenas prestarle atención—. Vikram me ha comentado que el teniente se marcha. Estoy seguro de que el nuevo director que lo sustituya encontrará a cualquiera que pueda impartir tus clases.

—¿Qué? —Amisha tartamudeó y notó que le temblaban las manos. Estaba segura de que no lo había entendido bien—. ¿Cuándo?

—Tiene que irse de inmediato. —Deepak cogió el periódico y echó un breve vistazo a las noticias—. Al parecer, ha solicitado un traslado. Se marcha a la guerra, a combatir en primera línea.

Amisha notó como si se le parara el corazón. Vio que Ravi la miraba de reojo y que había percibido la conmoción y el dolor que apenas estaba exhibiendo.

Deepak, sin percatarse de su reacción, añadió:

—He estado demasiado tiempo ausente de casa por trabajo. Y tengo que partir de nuevo en tren esta misma noche. A lo mejor, a los niños y a ti os gustaría ir a visitar a tus padres.

—¿Ir a ver a mis padres? —preguntó Amisha, ofuscada—. No. —Tenía que ver a Stephen y preguntarle qué había pasado—. No puedo ir.

—¿Qué? —dijo Deepak—. ¿Por qué?

—Es..., es que... —Vaciló insegura, sin encontrar las palabras.

—Lo tenemos todo planificado con los niños para que esta noche vengan a mi casa —dijo Ravi, interviniendo antes de que Deepak empezara a sospechar—. Están emocionadísimos ante la perspectiva de que mi esposa y mis padres los mimen a más no poder.

Con los años, los padres de Ravi se habían convertido en unos segundos abuelos para los chicos.

—Pues otra vez será. —Deepak miró el reloj—. Voy a tener que darme prisa si quiero llegar a tiempo al tren.

Después de prepararle la maleta, Amisha lo acompañó hasta la puerta y lo despidió cuando subió al *rickshaw*.

—Me llevaré los niños a casa para que pasen allí la noche —dijo Ravi en voz baja.

—¿Ravi? —susurró Amisha, insegura.

—Ve a preguntarle por qué se va —respondió Ravi—. No podrás dormir tranquila hasta que lo sepas.

Cuando Ravi se fue con los niños, Amisha se quedó sola en la casa vacía. Tenía el estómago revuelto. Los pensamientos giraban sin cesar en su cabeza y cada uno parecía más apremiante que el anterior. Recordaba como si fuese ayer el día en que le pidió permiso a Deepak para poder dar clases en la escuela. Una desesperación que ahora le parecía trivial. Por aquel entonces luchaba por su mente. Ahora, intentaba aferrarse a su alma.

El vacío parecía estarse burlando de ella. El dormitorio le recordaba su breve interludio con Stephen. Era como si lo estuviese viendo aún desde la cocina, aquel día que compartió una cena con su familia. Mirara donde mirara, su imagen la estaba llamando. Intentó ignorar la idea de que muy pronto estaría combatiendo en la guerra. Si él perdía la vida, ¿cómo podría seguir ella con la suya.

Esperó a que oscureciera para salir de casa sin que nadie la viera. Tenía que suplicarle a Stephen que no se marchara. Echó a correr hacia su casa. Y, en cuanto llegó, respiró hondo. La única vez que había estado allí había sido cuando se encontraba desesperada por salvar la vida de su amigo. Pero ahora estaba allí para salvar su propia vida. Llamó a la puerta notando una fuerte tensión en el estómago. Cuando empezó a gritar su nombre, él abrió la puerta.

—¿Amisha? ¿Qué haces aquí? —dijo con preocupación al ver la angustia patente en la cara de ella.

—¿Puedo pasar?

Accedió a la casita. Construida solo meses antes que la escuela, estaba equipada con la misma modernidad. Se secó las lágrimas.

—Amisha, cuéntame qué sucede —dijo Stephen con delicadeza.

Amisha vio que Stephen llevaba una toalla en la mano.

—¿Ibas a bañarte?

Estaba desesperada por continuar con una conversación intrascendente. Cualquier cosa con tal de evitar la que pudiera llevar a Stephen a revelar la verdad. Porque en cuanto la dijera ya no habría marcha atrás. No habría manera de deshacer el daño que sufriría su corazón.

Amisha había vivido en las sombras prácticamente toda su vida. Había mantenido oculto su sueño de convertirse en escritora como si fuera un maleficio del que hubiera que avergonzarse. Le había dado hijos a Deepak y había saciado las necesidades de su esposo. Pero las historias que guardaba dentro de sí jamás morirían. Cuando escribía, se sentía transportada a un lugar en el que había descubierto quién era: alguien que nunca podría llegar a ser.

Y, entonces, Stephen había irrumpido en su vida. Le había ofrecido una libertad que jamás se había imaginado que pudiera existir. Valoraba sus palabras y la animaba a darles voz. Desde que era una niña, su vida se había desarrollado según lo que los demás esperaban de ella. Pero él le había ofrecido otra alternativa. Y le quería por habérsela dado. La noche en que Ravi resultó herido, Amisha aceptó que lo necesitaba. Pero ahora no tenía nada que poder ofrecerle para retenerlo a su lado, para demostrarle que lo amaba.

Stephen dejó la toalla en una silla y se pasó las manos por el pelo antes de entrelazarlas por detrás de la nuca. Cuando Amisha se percató de su angustia, la suya se duplicó.

—Creía que estaba imaginando tu voz.

Amisha dio un paso hacia él.

—Dicen que te marchas.

Stephen cerró los ojos y se apartó, incapaz de enfrentarse a ella.

—Tengo que hacerlo —contestó, con voz ronca.

—¿Por qué? —preguntó Amisha.

—Por la India. —Se interrumpió para tragar saliva—. Yo no soy de aquí. Esta lucha no es mi lucha.

El día de los disturbios, Amisha había visto su confusión y su repugnancia. El pueblo de él contra el de ella. Sabía que Stephen y ella no podían seguir así, con cartas y encuentros casuales. Que él era joven y tenía derecho a vivir su vida. Y que ella no tenía nada que ofrecerle.

—¿Ibas a decírmelo? —preguntó Amisha en un susurro.

—Eras la única persona a quien no sabía cómo decírselo —respondió, con una carcajada rota—. No verte a diario... —Negó con la cabeza y Amisha vio su dolor—. Te he echado de menos. —Se calló unos instantes—. Pero ambos sabemos que no hay opciones.

—Podrías morir —dijo Amisha, sollozando.

—No. —Extendió la mano pero paró antes de tocarla y se giró—. Te prometo que no moriré.

Amisha aceptó su palabra y se aferró a la promesa. Pero la vida no siempre era justa, y sabía que aquella podía ser la última vez que lo viera. Dar la espalda a sus sentimientos sería no honrar a Stephen como se merecía y negar lo que habían sido el uno para el otro. Estaba cansada de vivir la vida dentro de los límites que le habían marcado.

Cogió la tela del sari por la altura del pecho y tiró de ella. La seda cayó al suelo. Se quedó solo con la blusa y la falda que llevaba debajo del sari.

—Stephen —dijo, acercándose a él.

Cuando se volvió, abrió los ojos de par en par al verla. Amisha, expuesta y vulnerable, estaba llamándolo de la única manera que podía hacerlo.

—No —dijo. Apretó los puños a ambos lados de su cuerpo—. No hagas esto.

—¿Debo suplicártelo? —preguntó ella, sin moverse.

Stephen le tapó la boca con la punta de los dedos. Y luego su mano se deslizó hacia el cuello de ella, tomándose la libertad de poder tocarla que Amisha le estaba brindando. Gimió entonces ella y él la atrajo contra su cuerpo, suspirando al retenerla entre sus brazos. Se encajó a la perfección contra ella y ella se amoldó a sus formas.

La besó, y ella abrió la boca. Recibió con afán sus embestidas y enredó las manos entre su pelo para mantenerle la cabeza a la altura. La necesidad de estar desnuda a su lado era abrumadora, y empezó a desabrocharle la camisa.

Amisha sabía por instinto que Stephen agradecería su necesidad de tocarlo y contemplar su cuerpo. Exploró su piel a medida que fue revelándose, y cuando por fin le despojó por completo de la camisa, se deleitó con el vello que cubría su pecho. Era áspero y suave al mismo tiempo, y se inclinó para besarlo.

—¿Te he hecho daño? —dijo Amisha, apartándose cuando notó que Stephen contenía la respiración.

—Por supuesto que no —respondió él, atrayéndola de nuevo hacia su cuerpo.

Amisha lo tocó de todas las formas que ella quería ser acariciada. Y notó que a él se le aceleraba la respiración cuando sus dedos empezaron a bailar sobre su vientre. Saboreó la fortaleza de sus brazos y la delicadeza de sus manos. Cuando alcanzó la hebilla del pantalón, dudó, insegura y tímida. Él le cogió las manos y se las besó. Y entonces le desabotonó la blusa y le desabrochó el sujetador, dejándola libre y en sus manos. Amisha notó que tenía los ojos llenos de lágrimas y vio también las de él flotando detrás de sus párpados.

La desvistió muy despacio, desnudándola para él. Y cuando la tuvo completamente desnuda, volvió a besarla.

—¿Podemos hacerlo?

La cogió en brazos, dispuesto a llevarla al dormitorio.

—Sí —respondió Amisha, segura de que así era. Porque, en ese instante, se negó rotundamente a ser propiedad de quienes reclamaban su derecho sobre ella. No sería propiedad ni del padre ni de la madre que la habían engendrado y le habían elegido un hombre para que fuese su pareja durante toda la vida. Ni del esposo a quien la habían traspasado sus padres con el fin de que le diese hijos y le llevase la casa. Ni de las expectativas que llevaba incrustadas desde siempre en su persona. Por una noche, ella sería su única propietaria.

Cuando él la depositó en la cama, ella abrió los brazos para acogerlo. Cuando le separó los muslos con las rodillas, ella separó aún más las piernas para rodearlo con ellas por la cintura y esperar su entrada. Y cuando Stephen atravesó su barrera y se dejó ir dentro de ella, Amisha vio desaparecer todas las sombras y vislumbró por fin el resplandor de la luz.

Amisha y Stephen pasaron toda la noche juntos. Él la buscó dos veces más en la oscuridad y ella lo despertó a primera hora de la mañana dándole besos en el cuello. Él la colocó sobre su cuerpo y la animó a experimentar. Pero a ella le embargó la timidez y la ansiedad de exponer su desnudez a la claridad del día. Sin embargo, él respondió acariciándole las estrías que habían dejado en su vientre los tres embarazos.

Se duchó en la bañera, deleitándose en el placer de un cuarto de baño interior. Y, mientras se vestía, él preparó el desayuno. Aunque ella apenas tocó la comida.

—Amisha.

Stephen se sentó a su lado.

—¿Es esto una despedida? —preguntó ella, con las lágrimas rodando por sus mejillas.

Cansado y agotado, con escasas alternativas, respondió él:

—Intentaré volver cuando termine la guerra.

—¿Y entonces qué? —replicó ella, asustada tanto por él como por ella—. Seguiré estando casada.

—Lo sé —dijo él con cariño.

Sin posibilidad de otra respuesta, Amisha lo besó con suavidad. Y él profundizó el beso y la abrazó todo el tiempo que pudo hasta que ella se levantó y regresó a su casa a esperar a que volvieran los niños.

40

Cada día que pasaba estaba más agotada. Después de la partida de Stephen, Amisha fue informada de que la escuela ya no precisaba de sus servicios. Los días se transformaron en semanas y cada vez pasaba más tiempo en la cama. Ravi y Bina solían hacerle compañía y llevarle comida y medicamentos del médico holístico local. Seis semanas después de haber estado con Stephen, empezó a vomitar. Se levantaba corriendo de la cama y devolvía junto a la letrina hasta que vaciaba por completo el estómago. Después, Ravi le llevaba un vaso de agua y una toalla húmeda.

—¿*Shrimati*? —Incómodo, Ravi se acercó a ella—. ¿Ha llegado quizás el momento de celebrar algo?

—¿Celebrar? —Comprendiendo a qué se refería, Amisha se apoyó como pudo en la pared de la casa e intentó mantener el equilibrio—. Estoy esperando un hijo —dijo con emoción y llevándose la mano al vientre. De pronto, todos los síntomas cobraron sentido. No entendía cómo, después de haber dado a luz ya tres veces, los indicios podían habérsele pasado por alto de aquella manera.

—¿*Sahib* se alegrará de ello? —dijo en tono inquisitivo Ravi.

Y la pregunta quedó flotando como una llama encendida entre ellos.

Amisha lo miró. Ravi era el único que sabía lo que sentía por Stephen.

—No es de él. —Estaba feliz. Había perdido a Stephen, pero, con aquel hijo tendría siempre con ella una parte de él—. Cuando te llevaste los niños a tu casa... —Era como si hubiese pasado una eternidad desde que había hecho el amor con Stephen, desde que le había entregado su cuerpo mucho después de que él le robara el corazón—. Antes de que se fuera...

—Descansa —dijo Ravi. Amisha agradeció que no hiciera ningún comentario sobre lo que le acababa de revelar y supo que le guardaría el secreto—. Tienes que pensar en la criatura.

—Tengo que...

Se interrumpió. Pensó en sus hijos y, de pronto, la verdad de la situación la golpeó con fuerza.

—¿*Shrimati*?

Ravi se acercó a ella. Su expresión repentinamente lívida lo había cogido desprevenido.

—Deepak no puede saberlo nunca. —Lo miró con los ojos abiertos de par en par y desesperada—. Mis hijos..., ¿pero qué he hecho?

Se dejó caer en el suelo y protegió con ambos manos el hijo que llevaba en el vientre.

Amisha planificó de forma meticulosa la vuelta a casa de Deepak. Pero, a cada paso que daba, más le pesaba la carga de su engaño. Sin embargo, disponía de pocas opciones. Independientemente del embarazo, si Deepak llegaba a enterarse de lo que había hecho, la arrojaría a las calles.

Seguía amando a Stephen, aunque ya no estuviera allí. Era la única explicación que tenía para el dolor desgarrador que sentía cada vez que pensaba en él. Pero era ante todo una madre. Fallarles a sus hijos habría sido fracasar en la única responsabilidad que el cielo le había otorgado. Y se negaba a hacerlo, por eso esperaba a que Deepak volviera a casa para poner su plan en marcha. Cuando llegó, dos días después, estaba preparada.

—Esta noche estás muy activa —dijo Deepak cuando Amisha entró en el dormitorio después de haber acostado a los niños y haber enviado a los criados a casa, Ravi incluido, después de cenar.

—¿Acaso no me está permitido demostrar lo satisfecha que me siento de tener a mi esposo de nuevo en casa?

Amisha se estaba cepillando el cabello frente al espejo.

—Por supuesto que sí. —Deepak la miró con renovado interés. Como ella esperaba, captó su sutil insinuación y se acercó a ella. Le quitó el cepillo—. Los criados han mencionado que has estado enferma.

—Los criados se preocupan demasiado —replicó Amisha.

Deepak cerró la puerta y redujo el aceite de la lámpara. Se desnudó, se metió en la cama y, sin decir nada, le indicó con un gesto que siguiera su ejemplo. Amisha aplacó el recuerdo de la última vez que se había acostado con un hombre. Había recluido a la fuerza en su memoria los abrazos de Stephen. Se preparó para recibir el contacto de Deepak. El hijo que llevaba en su vientre era el regalo de la noche que había pasado con Stephen.

Amisha se aflojó el sari y se metió en la cama. Notó la frialdad del cuerpo de él contra el calor del suyo. Y, cuando la mano de él se deslizó por debajo de su pecho, la obligó con delicadeza a ascender de nuevo. No podía correr el riesgo de que notara la leve curvatura de su vientre. Si Deepak se dio cuenta, no lo comentó. En cuestión de segundos, se puso a tono y se colocó sobre ella.

—Ya ha llegado el momento —murmuró Amisha cuando él se dispuso a penetrarla.

—¿El momento de qué? —preguntó él, deteniéndose.

—De tener otro hijo. Los niños están ansiosos por tener un hermanito para hacerle jugarretas.

Esperó, conteniendo la respiración, a que Deepak respondiera.

Su esposo asintió con una sonrisa, y, cuando penetró su sequedad, Amisha gimió de dolor y se tapó la boca con la almohada. Deepak empezó a moverse y Amisha dirigió una oración silenciosa al cielo. Y, cuando su esperma viajó por su interior, rogó que su esencia penetrara el líquido que rodeaba el bebé. Rogó para que aquel esperma se sumara al niño que llevaba en el vientre, que permeara la capa protectora que envolvía el feto. Tenía todas sus esperanzas depositadas en que el bebé absorbiera los rasgos de Deepak para que se pareciera un poco a él cuando llegara a este mundo. Confiaba en que el pequeño viera a Deepak como su verdadero padre, que no tuviera ni recuerdo ni anhelo por el padre real cuya existencia jamás conocería.

41

Amisha llevaba seis meses de embarazo y el cansancio le estaba pasando factura. Aquella mañana ya había vomitado dos veces. Mordisqueó unas galletas y bebió un poco de agua con jengibre con la esperanza de mantener a raya las náuseas. Sin separar un pie del suelo, se estaba balanceando ahora en el sofá.

—He visto que los niños se han ido a la escuela muy temprano —le dijo a Ravi. Deepak se había marchado de viaje en tren hacía tres días. Durante el embarazo, apenas había parado por casa, pero Amisha apenas había notado su ausencia—. ¿Pasaba algo?

—Se han despertado antes al oírte vomitar y se han vestido más rápido que nunca —respondió Ravi, sirviéndole un poco más de agua—. Me temo que aún no dominan el concepto de la empatía.

Amisha consiguió esbozar una sonrisa antes de verse atacada por una nueva oleada de náuseas. Con una mueca de dolor, acarició su vientre, ya un poco hinchado.

—A lo mejor esto es un castigo por tanto engaño.

—¿Crees de verdad que esto es un castigo? —dijo Ravi, acercándole un cuenco por si acaso volvía a vomitar.

Amisha pensó en Stephen y el bebé que habían engendrado. Su amor era tan fuerte que habían creado una vida y esa vida era su vínculo.

—De ser así, lo agradezco. Cualquier precio valdría la pena a cambio de haberlo conocido.

—Entonces eres afortunada, *shrimati* —dijo Ravi—. Puesto que pocos conocen el valor de lo que reciben. —Recogió la ropa manchada y la puso en una cesta para lavar—. Si me necesitas, estaré en la parte de atrás.

—Gracias, Ravi. —Amisha recostó la cabeza en los cojines. Bina y la otra criada se habían quedado en casa porque no se encontraban bien, de modo que, cuando llamaron a la puerta, era la única disponible para poder abrir—. ¡Un momento! —gritó, para que la visita pudiera oírla.

Se sacudió las migas y fue a abrir la puerta.

Cuando vio a Stephen, le flojearon las piernas y se le llenaron los ojos de lágrimas. Se llevó la mano al pecho para contener una punzada de dolor.

—Estás aquí.

Segura de que era una ilusión, le cogió la mano mientras se miraban a los ojos. Llevaba el pelo más largo y tenía la cara más delgada. Pero su mirada era la misma de siempre.

—Estoy aquí. —Entró en la casa y cerró la puerta a sus espaldas—. ¿Está de viaje Deepak? —preguntó, sin dejar de mirarla.

—Sí. —Amisha quería empaparse de aquella imagen. Tenía que convencerse de que no era una alucinación. De que su mente, forzada por el dolor que la embargaba desde su partida, no había conjurado su presencia para poder sobrevivir—. No puedes ser tú.

—Estoy aquí, Amisha. —Stephen la cogió con delicadeza por los hombros, estudiando su rostro con detalle—. ¿Hay alguien?

Cuando Amisha respondió con un gesto de negación, Stephen la atrajo hacia él y cerró la distancia que los separaba.

Amisha descansó la cabeza contra su pecho, y supo que su corazón estaba ansioso por descargar todo el peso que llevaba encima desde su partida. Stephen le acarició la cabeza e hizo descender la otra mano hasta su cintura. El sonido del corazón acelerado de él resonó en el oído de ella, deseosa de que el suyo aminorara también su latido. Las primeras lágrimas le mojaron la camisa y Amisha rompió definitivamente a llorar, liberando todo el llanto que había contenido desde que Stephen se marchara.

—Tranquila.

Stephen intentó consolarla, pero nada de lo que dijera aliviaría el dolor que ella sentía. Durante aquellos meses, se había estado preocupando por él durante el día y por las noches lo soñaba en lugares lejanos.

—Me abandonaste —susurró entre sollozos, con todos los recuerdos cayendo sobre ella—. Sin ti me he derrumbado.

—Amisha. —Se disponía a replicar cuando palpó su vientre hinchado debajo del sari—. ¿Qué...?

Empezó a quitarle el sari con la pregunta impregnando su mirada.

—No. —Amisha intentó retroceder, consciente de que se había percatado de la diferencia con respecto a la noche que estuvieron juntos.

—¿De quién es? —preguntó, mirándole el vientre.

Amisha se encontraba en un cruce de caminos, pero sabía que solo podía decantarse por uno de ellos. Stephen era el único hombre que amaba y el único al que desearía. Antes de conocerlo, había aceptado su destino en la vida, pero él le había permitido soñar. Stephen era su alma, y estaba desgarrándola.

—De Deepak.

—No —dijo él, volviéndose.

—Lo siento. —Amisha derramó las lágrimas que él no podía verter—. Esta criatura...

—Se merece un padre —terminó él, derrotado.

—Te quiero —reconoció Amisha.

—El amor que yo siento por ti es irrelevante.

—Tu amor es mi salvación —replicó ella, jadeando, intentando hablar aun a pesar del llanto que le taponaba la garganta. El hijo que llevaba en su seno era un regalo de su unión, una parte de él que la obligaba a vivir sin él.

—Tengo que irme.

Stephen se apartó, concediéndole la distancia que ella había pedido hacía tan solo un momento.

—¿Adónde? —dijo Amisha, que necesitaba saber dónde estaría cuando no estuviese con ella.

—No lo sé. ¿A mi país, tal vez? —Su mirada se desvió hacia el vientre de Amisha—. He regresado solo para verte.

Echó a andar hacia la puerta y su mano buscó a ciegas el pomo.

—Espera.

Se secó las lágrimas y corrió hacia el dormitorio. Se agachó y sacó de debajo de la cama sus historias. Todas las palabras escritas que habían salido de ella estaban allí, perfectamente apiladas. Todos los relatos de su corazón, tanto en inglés como en hindi. Se acercó de nuevo a la puerta y se quedó mirándolo. Sabía que nunca jamás volvería a verlo y por ello quería grabar en su memoria hasta el último detalle de sus facciones. Con pasos calculados, intentando demorar lo inevitable, se dirigió hacia él y le entregó los documentos.

—¿Qué es? —preguntó Stephen, mirando el pliego de papeles a través de una cortina de lágrimas.

—Mis historias.

—No.

Intentó devolvérselas, pero ella se negó a aceptarlas.

—Son tuyas, Stephen —insistió Amisha—. No he vuelto a escribir desde el día que te marchaste. Ni una sola palabra.

Las palabras me abandonaron en cuanto supe que ya no volverías a estar conmigo.

No dijo nada más, y respiró hondo.

—Entonces, ven conmigo —le suplicó él—. Conviértete en mi familia.

—Mi mundo está aquí. —Hizo un gesto para abarcar su entorno—. Mis hijos son de aquí, como yo. Hemos fingido, tú y yo. En nuestro jardín cultivamos nuestras rosas, pero tenían espinas y nos hemos pinchado con ellas. Lo único que queda de nuestra fantasía es sangre derramada.

Stephen bajó la cabeza, incapaz de contradecirla.

—Y este —dijo Amisha, viendo que su dolor era tan grande como el de ella— es un pueblo en el que no tienes cabida.

—Amisha —replicó él, tremendamente herido—, podríamos empezar una vida juntos.

—¿Dónde? —preguntó Amisha—. En tu país, soy una oscura. En el mío, te odian. No existe lugar para nosotros. —Vio que Stephen se disponía a decir algo, pero lo interrumpió—. Déjame hablar, por favor, mientras aún pueda hacerlo. —Posó ambas manos en sus brazos, intentando coger fuerzas de él porque sabía que a ella ya no le quedaban—. Ojalá pudiera tener una vida a tu lado. Sin ti, jamás volveré a conocer la felicidad.

—Conmigo estarías a salvo, te doy mi palabra.

—Pero estaría sin mis hijos, y no puedo elegirte a ti por encima de ellos. De modo que me someteré a las normas que me vienen impuestas, pero al hacerlo prometo, tanto a ti como a los dioses, que solo si estamos juntos volveré a escribir. Ellos me pusieron en este mundo y viviré en él —juró Amisha, vacía de todo excepto de rabia.

—No puedes hacer este sacrificio.

—Mi corazón es tuyo, Stephen —dijo, sollozando—. Y, sin corazón, no tengo historias que contar.

El mundo de Amisha se estaba viniendo abajo y su equilibrio estaba desapareciendo con él. La sensación de pérdida era más grande que la felicidad que habían compartido.

Las historias permitían a Amisha crear fantasías y decidir finales. Pero este cuento solo tenía una conclusión posible y se sentía totalmente impotente ante la posibilidad de darle la vuelta, incapaz de alterar su devenir predeterminado. El destino les había pasado factura por haberles permitido vivir la felicidad. Y ahora no les quedaba más que los recuerdos de un amor que jamás volverían a conocer.

Stephen le acarició la mejilla y la abrazó. Descansó la mano en su vientre.

—Daría cualquier cosa por que esta criatura fuese mía —susurró—. Y, aunque no lo sea, es parte de ti y, solo por ello, le deseo toda la felicidad que la vida pueda ofrecerle.

Se inclinó y la besó en los labios. Y entonces, separándose de ella, se marchó, negándose a girarse y verla hecha un ovillo en el suelo, destrozada y sola, aferrándose al bebé que era la única parte de él que le quedaba.

JAYA

42

Me seco las lágrimas cuando Ravi termina. Estamos paseando por la orilla del río.

—Le quería mucho.

—Sí —musita él—. Su amor era auténtico, de los que unen de verdad a las personas.

—¿Lo sabe mi madre? —Lo pregunto aunque doy por sentado que la respuesta es «no»—. ¿Que Stephen es su verdadero padre?

—No se lo dijo nunca nadie —responde en voz baja Ravi.

—¿Por qué no? —Fue una niña amada, pero ha vivido toda su vida sin saber lo querida que llegó a ser—. ¿Por qué esperar todo este tiempo?

—No podía hacerlo —dice Ravi—. No he podido hacerlo hasta ahora.

—¿Por mi abuelo? —pregunto.

—Sí.

—Tenía derecho a saberlo. —Rabiosa por las circunstancias de otros tiempos, anhelo que mi madre hubiera podido disfrutar del amor y el apoyo de sus padres—. Se merecía haber conocido a su padre.

Los secretos del pasado de mi madre han permanecido dormidos durante dos generaciones. El que siempre creyó que era su verdadero padre nunca la quiso, mientras que el padre cuya existencia desconocía la habría amado de forma incondicional. Me duele la decisión que tuvo que tomar mi abuela y el secreto que mi madre nunca llegó a conocer.

Me siento vacía por no haber tenido nunca un hijo, igual que debe de sentirse mi madre por no haber tenido nunca a su padre. La sensación de pérdida me une a mi madre, la mujer que solo ahora estoy empezando a conocer.

—Stephen habría sido un buen padre —dice Ravi, con la voz quebrada—. Era un hombre excepcionalmente bueno.

—¿Sigue con vida? —pregunto, esperanzada.

—No —musita, y la decepción me deja destrozada—. Ya no. Creo que ninguno de los dos podía vivir en este mundo sin el otro.

Reprimo un sollozo al comprender lo profunda que llegó a ser su conexión.

—Cuando vine a la India, jamás me habría imaginado que me encontraría con una historia así.

—A lo mejor es por esto por lo que viniste —contesta Ravi—. Tu abuela confiaba en que yo le contara a su hija la historia, pero a lo mejor eras tú quien estaba destinada a escucharla, ¿no te parece?

—A lo mejor —digo—. Estoy contándole a mi madre fragmentos de esta historia.

—¿Y le contarás esto? —pregunta Ravi.

—Todavía no. —Pienso que, cuando conozca su ascendencia, necesitará tener a mi padre a su lado—. Se lo contaré todo cuando vuelva a casa.

A lo lejos, veo a las mujeres metidas en el río, con el agua hasta la cintura, para lavar la ropa. Los niños juegan a su alrededor y se salpican y se remojan en las aguas templadas. Los hombres acompañan a las vacas hasta la orilla para que beban. Después de haberse pasado la mañana entera relatándome la historia, Ravi me ha recomendado dar un paseo.

—Vigila dónde pones el pie. —Nos alejamos de la orilla hacia una zona cubierta de hierba—. Puede haber serpientes escondidas debajo.

—¿Qué? —Me paro e inspecciono el suelo en busca de criaturas sinuosas—. ¿Serpientes?

—Sí.

Sin mostrar preocupación, Ravi va levantando las piedras del suelo y seguimos caminando.

—¡Pero si todo el mundo está en el agua! —digo, señalando hacia la gente—. Alguien podría resultar herido.

—Cuando se les acerca alguna serpiente, las mujeres se limitan a alejarla de un puntapié. —Ravi mira hacia donde están los niños y esboza una mueca—. Pero me temo que, cuando los niños encuentran una, la toman por un juguete y se divierten con ella.

—¿Y no harían mejor matándola? —pregunto, subiendo el tono de voz—. Lo más probable es que las serpientes que hay por aquí sean venenosas.

—¿Acaso no somos nosotros los que las molestamos a ellas? —Señala el río con el bastón—. ¿Quiénes somos nosotros para decidir a quién pertenece este territorio? De poder hablar, seguro que la serpiente diría que esta es su casa y que la estamos molestando. Y lo más probable es que el veneno sea su única defensa.

Como si nos hubiera oído, el chillido de un niño sacude el silencio. Y de pronto veo un chiquillo que saca del agua una serpiente pequeña, como si acabara de obtener un premio, y la arroja sobre sus amigos.

—Odio las serpientes y no quiero ni verlas cerca de mí.

Me cruzo de brazos y un escalofrío me recorre la espalda.

—¿De modo que defiendes que tus derechos están por encima de los de las serpientes?

—Pues sí.

Lo fulmino con la mirada y le reto a llevarme la contraria.

—En ese caso, te recomiendo que nos alejemos del agua y volvamos al pueblo. De lo contrario, me temo que cuando nos crucemos con alguna serpiente y te veas obligada a echar a correr despavorida, acabes comprendiendo que esa superioridad de la que haces gala carece de fundamento.

La música de Bollywood a todo volumen y las risas nos dan la bienvenida cuando llegamos al pueblo. Hay una reunión de chicos con camiseta y vaqueros y mujeres vestidas con blusa y faldas de colores hasta la rodilla. De repente, se hace el silencio cuando aparece, montado a lomos de un pequeño elefante, un muchacho vestido con una chaqueta bordada roja de boda y pantalones de montar de color beis.

—¿Qué pasa? —pregunto.

Los hombres ayudan a desmontar al jinete y lo llevan a hombros hacia una mesa situada junto a una tienda de campaña. Las mujeres enlazan los brazos y forman una pared, impidiéndole que llegue a la mesa, encima de la cual veo una chica sentada.

—Es la ceremonia de la henna —responde Ravi—. Ese chico de ahí —Ravi señala el joven que iba a lomos del elefante— es el novio. Y la chica de la mesa es la novia. —El novio toma carrerilla para intentar acceder a la novia, pero las mujeres se mantienen firmes en su lugar e impiden su intento de alcanzar a su prometida. Hay risas y bromas cada vez que lo intenta y fracasa—. Es un ritual sagrado que forma parte de la boda. A pesar de que el casamiento es un acto físico, sus aspectos espirituales son los que más se celebran.

El día de mi boda, me vestí con el blanco tradicional y celebramos la ceremonia en la playa. Jamás se me pasó por la cabeza organizar una boda india.

—¿Por qué es sagrado?

—La están pintando con henna. Con dibujos sofisticados que simbolizan la intensidad del amor que el esposo sentirá por ella cuando se hayan casado. —Sentadas junto a la novia, sus amigas le pintan las manos y los pies. El novio hace otro intento de llegar hasta ella mientras las amigas, riendo, le plantan cara—. Las artistas incluyen sutilmente los nombres de la pareja en sus dibujos. La noche de bodas, el novio no podrá consumar el matrimonio hasta que localice esos nombres. —Ravi sonríe—. Hay muchas historias que hablan sobre novios que se han pasado la noche entera buscando los nombres.

Las amigas de la novia empiezan a cantar canciones en hindi y los hombres se les suman. Es como si el calor reinante no les importara, a pesar del sudor que mancha por la espalda su ropa.

—¿Qué están cantando? —pregunto, porque, a pesar de que capto algunas palabras, no consigo entender toda la canción.

—Bromean con la novia sobre su esposo y sus futuros suegros. Dicen que se pondrá tan gordo que un día se quedará dormido encima de ella y se quedará atrapada. Y le recomiendan que no cocine demasiado bien.

La multitud empieza a crecer. Los padres se suman a los hijos y los festejos continúan.

—¿Quién es toda esa gente?

—Una boda india pequeña tiene alrededor de doscientos invitados, pero se puede llegar hasta los seiscientos. —Junto a la hoguera, el *pujari* abre un coco y coloca flores y arroz crudo a su alrededor—. El coco representa la fertilidad —explica Ravi—. Las flores son por la belleza y el arroz simboliza el sustento.

A continuación, veo que el sacerdote echa mantequilla fundida al fuego para mantener la llama viva.

La fiesta se intensifica con la puesta de sol. La música sube de volumen y todo el mundo se pone a bailar. La futura novia se acerca a su prometido, que le dice alguna cosa al oído y ella echa la cabeza hacia atrás y rompe a reír.

Envidio su felicidad. Tienen toda la vida por delante y sus oportunidades son ilimitadas. El día de mi boda, estaba segura de que nada podría separarnos. Compartíamos tanta alegría que el dolor y la angustia me parecían imposibles. Mis pensamientos se desvían de nuevo hacia Amisha y sus decisiones. Viendo a esta pareja, no puedo evitar sentirme agradecida. Porque, mientras Patrick y yo estuvimos juntos, conocí la felicidad verdadera. Independientemente de la desesperación posterior, lo amaba, y me pregunto si siempre lo amaré.

43

Dos días después es el aniversario de mi primer aborto. Me pongo uno de los vestidos que compré en el mercado. Salgo, consciente de cada paso que estoy dando y preguntándome si estaré haciendo lo correcto.

Llego al templo, me descalzo y subo los peldaños.

—*Namaste.*

El lugar está tranquilo; se ven solamente algunas familias.

—Bienvenida. —El brahmán acepta la bandeja de frutas y flores que le entrego a modo de ofrenda—. Gracias. Tendrás una vida larga y feliz.

—Gracias a usted.

Me fijo en la cara de los distintos dioses. Son todos fascinantes.

—¿Buscabas alguna cosa en concreto? —me pregunta el brahmán.

—Solo venía a preguntar... —Me interrumpo y busco las palabras más adecuadas—. No a preguntar..., tal vez a buscar respuestas. —Vuelvo a intentarlo—. ¿Es esa la diosa Parvati?

—Sí, y Durga. —Señala la estatua que está al lado de la primera diosa—. Ambas son fuerzas muy poderosas.

Me arrodillo delante de las dos diosas, colocadas la una junto a la otra en elegante armonía. Tienen los ojos de cristal de color lavanda y las manos pintadas en dorado. Cierro los ojos, me imagino a mis bebés jugando, y su risa es un bálsamo para las heridas que se niegan a cicatrizar. Habría acallado su llanto con abrazos y me habría sumado a sus risas. Les habría entregado mucho más de mí de lo que jamás he dado.

—Mi abuela frecuentaba este templo —explico a las silenciosas esculturas—. No llegué a conocerla, pero no me cabe la menor duda de que era mucho más fuerte de lo que yo podré llegar a ser jamás. —En este momento, me siento más joven de lo que en realidad soy e incluso más ingenua—. Pero ahora estoy aquí para pediros un hijo —susurro.

Me caen las lágrimas y mi tristeza se niega a darme un respiro. Hundo la cara entre las rodillas para esconderme del brahmán y de la mirada de las diosas. Me escondo del mundo y de mí misma, sin saber aún cuál es mi lugar.

—¿Jaya?

Amit se acerca hacia mí, vacilante.

Me seco rápidamente las lágrimas. Han pasado horas y las estatuas sagradas están envueltas en sombras.

—¿Amit? ¿Qué tal estás, *beta*?

—Bien. —Lleva una bandeja con flores y fruta. Ve que he estado llorando—. ¿Y tú? ¿Estás bien?

—Tu bisabuelo dice que en los templos hay mucho poder. —Me paso la mano por la cara una última vez y confío en haberme limpiado todo rastro de lágrimas—. A lo mejor me he quedado atrapada en él. —Le paso un brazo por los hombros—. Me sorprende verte por aquí en pleno día. ¿No tienes colegio?

—Hoy nos han dado permiso para salir antes. —Mira a su alrededor—. ¿Puedo preguntarte una cosa?

—Por supuesto. Lo que quieras.

Me dirijo con él hacia el fondo del templo para tener más intimidad.

—¿Tú crees en los milagros? —Veo que duda, pero aguarda impaciente mi respuesta—. Pareces muy inteligente —dice, con una expresión sincera de admiración.

—En primer lugar —contesto, sonriéndole—, si tengo que creerme lo que cuenta tu *dada* Ravi, no te llego ni a la suela de los zapatos en lo que a las matemáticas se refiere. El primero de la clase, dicen. —Mi cumplido le lleva a ruborizarse—. Y lo que yo crea carece de importancia. —Lo esquivo y no respondo directamente a su pregunta—. Lo que importa es lo que tú pienses. ¿Crees tú en los milagros?

—Misha. —Se queda dudando, pero al cabo de un buen rato continúa—: La polio, contra eso no se puede hacer nada. —Fija la vista en las columnas de mármol—. Por eso vengo aquí a diario a traer ofrendas con la esperanza de que Dios la cure. —Hace una pausa y percibo el movimiento nervioso de su garganta—. Para que pueda correr y jugar como el resto de nosotros.

Miro fijamente al niño que tengo delante. Es todo un hombre sin ni siquiera haber cruzado aún los límites de la infancia. Me parece imposible que una familia, un linaje, sea capaz de hacer gala de tanta lealtad.

—¿Lo sabe tu *dada* Ravi? —le pregunto.

—No quiero que esté al corriente de mis falsas esperanzas. —Amit pierde la mirada en la distancia—. En América, ¿has visto alguna vez que las oraciones sean respondidas con milagros?

—Cada día hay milagros —digo, aunque jamás haya sido testigo de ninguno y haya dejado de creer en los milagros después de mis abortos—. ¿Es eso lo que quieres para tu hermana?

—Sí —contesta. Señala las estatuas—. Y no puedo hacer otra cosa sino rezar.

Al caer la tarde, me acerco al café, entro en la cabina telefónica y marco el número que conozco de memoria. Se me corta la respiración cuando empiezo a escuchar el remoto sonido de llamada.

—¿Diga?

La voz de Patrick llega desde el otro extremo de la línea y suena igual que la última vez que hablamos. Caigo en la cuenta de que para él es casi medianoche. Me siento de repente como una imbécil y me pregunto si estará con alguien.

—Hola —respondo, cuando él dice otra vez «Diga»—. Soy yo.

El sonido de su voz me ha cogido desprevenida. Cuando empezamos a salir, hablábamos durante horas por las noches. Su voz se convirtió rápidamente en la calma de mi tormenta y en la animadora de mis aspiraciones. Pero, cuando me dejé arrastrar por la tristeza, olvidé por completo lo mucho que lo necesitaba.

—¿Jaya? —Se oye un sonido de fondo e imagino que estará colocando bien las almohadas para apoyarse mejor en ellas—. No te esperaba. ¿Va todo bien?

—Sí —respondo rápidamente—. Ya sé que es tarde. No he calculado la hora que era hasta que ya había marcado el número. —Estoy diciendo tonterías, pero no puedo evitarlo—. Si Stacey está ahí, me sabría mal...

—Stacey no está aquí —dice Patrick, interrumpiéndome—. No nos hemos vuelto a ver desde que te lo conté.

—Oh. —Me quedo en silencio, pasmada. Estaba segurísima de que ella era la gota que había colmado el vaso de un matrimonio destrozado por el dolor. Confusa, anhelo preguntarle más al respecto, pero me contengo. La época en que yo era la confidente de Patrick queda muy lejos—. Lo siento.

—¿Qué tal estás? —Ha bajado mucho la voz y, a pesar de la distancia física que nos separa, percibo su confusión—. Intenté llamarte, pero la línea se cortó.

—Sí, yo podía oír tu voz pero tú no podías oír la mía. Volví a llamarte, pero...

Me callo. Tengo la sensación de que hace años de aquella llamada. En aquel momento, estaba tan solo empezando a conocer la historia de mi abuela y nunca me habría imaginado cómo se desarrollaría.

—Colgaste tú. Por lo de Stacey —dice Patrick, rompiendo el silencio.

No confirmo la respuesta que conoce de sobra.

—Te llamo para darte las gracias por estar allí cuando lo de los abortos —le digo aceleradamente—. Hoy es el aniversario del primero. —Cuando oigo que coge aire, engullo el nudo de lágrimas que se aloja en mi garganta y rezo para poder seguir adelante sin romper a llorar—. Intentaste estar a mi lado. Entonces no me di cuenta, pero ahora lo veo.

—Te echo de menos —dice, sorprendiéndome. Es lo último que esperaba que me dijera. Noto que cambia el auricular de un oído al otro y sé que está encendiendo la lámpara de la mesita de noche—. Y entonces también te eché de menos..., muchísimo.

De forma espontánea, la esperanza florece dentro de mí. Lo echo de menos en mi vida. La historia de Amisha me ha hecho tomar conciencia de lo valioso que es el amor. Con Patrick di nuestro amor por sentado, y cuando la situación se volvió dura me alejé de él, segura de que sola sería más fuerte. Pero amarlo no era una carga; tampoco una bendición. Éramos dos personas que se querían desesperadamente la una a la otra y construían una vida conjunta. Con él, podía respirar y era feliz.

—Estaba perdida —musito. Acerco las rodillas al pecho y las envuelvo con el brazo que me queda libre—. El dolor lo oscureció todo.

—Siento mucho no haber podido acompañarte debidamente en ese proceso —reconoce. El dolor que me ha estado presionando hasta ahora en el pecho se afloja de repente—. Quería hacerlo, pero no sabía cómo.

Cuando mi llanto estalla por fin, noto que Patrick inspira hondo y adivino que también él lucha por controlar sus emociones.

—Gracias por haberlo intentado —le respondo—. Siento mucho no habértelo dicho nunca.

—Estamos casados —señala, sin aparentemente percatarse del tiempo verbal que ha utilizado—. Era mi responsabilidad. —Al ver que no digo nada, añade—: He estado leyendo los artículos que has escrito para el blog. Son fabulosos.

Suelto una carcajada entre tantas lágrimas.

—Me parece que aún los lees a través de esas gafas de color de rosa, ¿no? —bromeo. Por muchos borradores que escribiera, Patrick siempre me decía que mis trabajos eran magníficos—. Es bueno saberlo.

Su risa responde a la mía, y luego nos quedamos los dos callados. Hay muchísimas cosas que me gustaría decirle, pero sé que ya no tengo derecho a hacerlo. Patrick ha dejado de ser mi paño de lágrimas y mi confidente. Al alejarme de mi matrimonio, he perdido a mi mejor amigo y a mi amor.

—Te echo de menos —reconozco—. Mucho más de lo que pensaba.

Siempre que alguno de nuestros amigos anunciaba que iba a divorciarse, me preguntaba cómo era posible que el vínculo se rompiera hasta el punto de olvidar por completo el amor. Cuando Patrick y yo nos separamos, estaba tan centrada en lo que nos había roto como pareja que no me paré a pensar en lo que nos había unido. Ahora, noto que dentro de mí florece una pequeña semilla de esperanza, aunque la voz de la precaución, la que exige que me mueva con pies de plomo, me dice que me lo tome con calma.

—¿Cuándo vuelves? —le pregunta Patrick al silencio.

—No lo sé. —Mi editora me ha propuesto algunos encargos que puedo realizar desde aquí. Me sienta bien ir haciendo algún trabajo además de escribir artículos para el blog—. Estar en este lugar... —Pienso en la historia de Amisha y en su viaje—. Creo que me está ayudando a curarme.

—Me alegro. —Se calla y me pregunto si, tal y como me sucede a mí, le da todavía miedo dejarme entrar de nuevo en su vida—. He estado hablando con tus padres —dice, sorprendiéndome—. Pero les he pedido que no te comentaran nada —explica, antes de que pueda quejarme—. Solo quería asegurarme de que seguías bien.

—Patrick... —empiezo a decir, pero paro. Quiero censurar mis palabras, pero brotan por sí solas—. Me gustaría que los abortos nunca se hubieran producido —musito. La precaución me aconseja mantener ocultos mis pensamientos, pero estoy harta de tener que reprimir todo lo que siento—. Deseaba tantísimo formar una familia contigo. Deseaba que fuésemos padres.

—Lo sé, cariño. —Su voz rebosa dolor—. Yo también quería eso contigo, más que nada en el mundo.

Cuando las lágrimas me hacen imposible seguir hablando, Patrick sigue al teléfono y escucha mi llanto. A pesar de los océanos y los países que nos separan, me ofrece consuelo, y, por primera vez desde que empezó mi dolor, lo dejo acceder a mí.

44

Llego al orfanato a altas horas de la noche. He intentado dormir, pero el recuerdo de la conversación que he mantenido con Patrick me ha mantenido despierta. Hemos hablado durante horas sobre recuerdos del pasado y sobre el dolor, que parecía imposible superar. He empezado a contarle retazos de la historia de Ravi. Aunque al principio tenía mis dudas, su interés ha acabado animándome. Durante esas horas, ha sido como si no nos hubiéramos separado nunca.

Subo la escalera pensando que soy una tonta por ocurrírseme visitar ahora a los niños, cuando con toda probabilidad estarán durmiendo. Llamo una vez, flojito. Decido que, si no contestan enseguida, volveré a casa.

—¿Sí? —Abre la puerta la cuidadora que conocí en el transcurso de mi última visita. Sus ojos muestran sorpresa al reconocerme—. *Shrimati,* pero ¿qué haces aquí?

Me permite pasar. La estancia está oscura y solo se vislumbra el parpadeo de una luz en la habitación del fondo. A pesar de que la mayoría de los niños duerme, oigo que hay alguno agitado.

—Disculpa. Ya sé que es tarde. —Hablo sin levantar la voz—. No sabía muy bien a qué hora se acostaban los niños, pero he pensado que podría venir y... —Me encojo de hombros y meto las manos en los bolsillos de mi pantalón pirata—. Para ver si podía pasar un rato con ellos.

No sé si la cuidadora encuentra raro que yo aparezca de visita a estas horas, pero no dice nada.

—Siempre hay un par de niños que se despierta con hambre. —Me guía hacia la pequeña cocina y veo que hay un cazo de leche hirviendo en el hornillo—. ¿Podrías ayudarme a llenar los biberones?

—Por supuesto. —Veo que encima de un paño hay unos cuantos biberones secándose—. ¿Estás despierta toda la noche?

—La mujer que suele relevarnos por las noches se ha puesto enferma, así que no nos queda otro remedio que turnarnos.

La cuidadora trabaja con eficiencia y rapidez. Tiene manchas de leche y comida en la ropa. Se ha recogido el cabello en un moño, pero no puede evitar que le caigan algunos mechones sueltos alrededor de la cara.

Acabo de llenar los biberones justo en el instante en que el llanto de un niño resuena en toda la habitación. Cuando la cuidadora se dispone a atenderlo, le digo:

—¿Puedo?

La cuidadora asiente con la cabeza; cojo al pequeño en brazos y empiezo a darle el biberón.

Con la espalda apoyada en la pared, me deslizo hasta quedarme sentada en el suelo con el bebé en mi regazo. Come hambriento del biberón hasta que lo acaba casi entero. El niño acostado a mi lado se acurruca contra mi cuerpo para recibir calor y protegerse de la frialdad de la noche. Noto que me vibra la garganta de pura felicidad.

—Lo haces bien —dice la cuidadora, que está dándole el biberón a otro niño.

—Tenía hambre. Ignora mi torpeza porque quiere comer.

—Cuando se acaba la leche, el niño sigue chupando. Retiro con cuidado la tetina de la boca para que no trague aire. Le acaricio la mejilla y le limpio los hilillos de leche que le ensucian la barbilla—. ¿Qué te llevó a dedicarte a esto? ¿A cuidar de estos niños?

Me coloco el bebé en el hombro y le doy unos golpecitos en la espalda. Tarda poco en eructar. Cuando su cuerpo se relaja con el sueño, lo dejo con cuidado en el suelo.

—Me crie en un orfanato. —Acuna a la niña que tiene en brazos, que no para de llorar, y la consuela cuando el llanto aumenta—. Estaba destinada a ello. —Le acerco otro biberón—.Tú no tienes ninguno, ¿verdad?

—¿Cómo lo sabes? —pregunto, pasado un momento. Me apetece cambiar de tema, reservarme la explicación de que intenté ser madre y fracasé.

—Porque coges a los niños como una madre primeriza. Insegura pero emocionada —responde.

Me encierro en mí misma y recuerdo los innumerables libros que leí sobre todas estas cosas, desde cómo calmar a un bebé que llora hasta cómo criar un niño feliz. Pero no hay estudio que supere la experiencia de cuidar de un bebé de verdad. Y pienso que, incluso en una habitación repleta de niños, sigo estando sola. Respiro hondo para sosegar los nervios antes de preguntar:

—¿Y tú? ¿Tienes alguno?

—Mis hijos son todos estos niños. —Bosteza, claramente agotada—. Mi familia me abandonó igual que las familias de estos bebés los abandonaron a ellos. —Mira la estancia y su rostro refleja el amor que siente por sus protegidos—. Solo nos tenemos los unos a los otros.

—Son afortunados de tenerte.

—En noches como esta, creo que podría estar de acuerdo contigo —dice la mujer, riendo e intentando disimular otro bostezo—. ¿Y qué es lo que te trae a llamar a nuestra puerta en plena noche?

—Estaba pensando en los hijos que no he tenido y me he encontrado sin darme cuenta aquí —respondo, con más sinceridad de la que pretendía.

—¿Estás pensando en adoptar uno?

—¿Qué? —Aunque Patrick mencionó en su día la adopción, nunca volvimos a comentarlo. Cuando soñaba con un hijo, era siempre de mi vientre, la viva imagen de Patrick o la mía. La adopción equivalía a admitir el fracaso y no estaba preparada para ello—. No, nunca me lo he planteado.

—Lo siento. Lo he interpretado mal, entonces.

—¿Se adoptan muchos niños?

—Cuando estamos en un año propicio, sí que se adoptan algunos. —La mujer le dice alguna cosa a una niña más mayor que se despierta sollozando. La pequeña corre hacia ella y se acomoda en su falda—. Llegan aquí solos y salen como una familia. Si la desesperación no fuera la única motivación, seguro que habría más gente que acabaría conociendo la felicidad que proporciona darle un hogar a un niño.

—¿A qué te refieres?

—¿Acaso no todos los padres sueñan con tener a su propio hijo? ¿Con criar a alguien que sea un reflejo de ellos? —pregunta—. Los padres que llegan aquí son los que han aceptado que su sueño está muerto. Son los que han pasado de la desesperación a la resignación. No pueden tener un hijo propio, pero su corazón sigue estando vacío. Y cruzan esa puerta con los brazos abiertos.

—Pero el niño no es ni su reflejo ni la continuación de su linaje.

—Cierto. Pero, en ese momento, el pequeño los convierte en una familia. Y los padres se marchan de aquí sabiendo que ser madre o ser padre es un regalo, independientemente de cómo se consiga serlo. —Devuelve a la niña al lugar donde antes estaba durmiendo—. Ojalá no fueran solo los pocos que se ven obligados a tomar ese camino los que acabaran conociendo la recompensa que proporciona entregar tu corazón a un niño que tú no has engendrado.

He estado esperando a que mi cuerpo obrara un milagro, y se me ha negado. Estos niños están esperando también un milagro: que el destino les traiga alguien a quien amar. Me imagino cómo sería si uno de estos pequeños fuese mío, y, de pronto, mi corazón me parece más ligero y mi mente se siente en paz. Me quedo aquí, ayudando, hasta que sale el sol y amanece un nuevo día.

AMISHA

45

Nueve meses y dos días después de estar con Stephen, Amisha se puso de parto bajo la oscuridad de la luna nueva. A pesar de que había seguido cumpliendo con sus deberes con sus hijos y con la casa, había perdido toda su motivación. Curiosamente, el parto fue como un alivio: el dolor que le rasgaba el abdomen fue un respiro después de tantos meses de aturdimiento. Durante las pocas horas que la criatura luchó para llegar al mundo, Amisha fue capaz de olvidar su pérdida.

El llanto del bebé la despertó de sus pensamientos y con emoción observó cómo la comadrona extraía el cuerpo ensangrentado de su vientre y cortaba el cordón.

—Es una hija. —Con agua de un cubo, la comadrona le limpió la sangre—. ¿La noche de Amavasya? —Con pasos rápidos, succionó la mucosidad de la boca del bebé y envolvió la criatura en una manta de lana—. Estás maldecida.

Había una superstición muy extendida que afirmaba que una niña nacida en noche de luna nueva traía mala suerte.

Amisha desdeñó con un gesto de negación el comentario de la mujer. Demasiado agotada para discutir y ansiosa por ver a la recién nacida, extendió los brazos para recibir a su hija. Y contuvo la respiración cuando descubrió una réplica de Stephen mirándola. Abrazó al bebé y la besó con todo el deseo y el amor que sentía por el padre de la criatura.

—No eres una maldición sino un regalo —le dijo al bebé al oído. Y entonces mandó un mensaje silencioso a Stephen—: Nuestra hija ya está aquí —musitó, deseando, más que nada en el mundo, poder haber compartido con él aquel momento—. Gracias por habérmela dado —dijo, con los ojos llenos de lágrimas.

Ravi entró en el dormitorio después de que la comadrona lo autorizara a hacerlo. Se quedó junto a la cama, viendo cómo la niña lloraba pidiendo la leche de su madre.

—Es preciosa.

—Es igual que su padre —dijo Amisha, sin pensárselo dos veces—. La llamaremos Lena.

Deepak entró después de pagar a la comadrona por sus servicios. Ravi se apartó enseguida para ponerse a limpiar. Deepak miró a su hija, que había empezado a mamar del pecho de Amisha. Y no escondió su sorpresa.

—¿Has visto su piel? Es clara, más blanca que la piel de un brahmán.

—Es una bendición —replicó Amisha, y buscó una respuesta creíble—. En una ocasión, tu madre me dijo que una niña con piel clara es hija de una diosa, que nos es entregada en custodia.

Deepak siguió mirando fijamente al bebé y luego miró el rostro de Amisha, que se quedó a la espera, ansiosa, hasta que su esposo hizo un gesto de asentimiento y aceptación.

—Con esta tez, tendremos una cola de pretendientes en la puerta para pedir su mano en matrimonio. —En la India, la piel clara estaba considerada de un estatus superior. Sonriendo por fin, Deepak añadió—: Me alegro de haber ahorrado para la dote.

—Tiene que ir a América. —Amisha hizo acopio de todas sus fuerzas para elevar la voz—. Habrá que entregar su mano en matrimonio a un novio de América.

Era la única manera de apaciguar su sentimiento de culpa por haber privado a su hija de la vida que podría haber disfrutado con su padre en Inglaterra. Necesitaba garantizarle a Lena las oportunidades que ella no había podido tener. Era el regalo que Amisha quería hacerle a su hija, y al padre que Lena jamás conocería.

—Amisha... —Deepak se quedó pasmado ante tanta insistencia—. Tenemos por delante muchos años hasta que llegue el momento de tomar esta decisión. No sabemos que...

Amisha levantó la mano pidiéndole silencio.

—Deepak, respeto tu lugar y el mío; pero en esto no puedo permanecer callada. Dame tu palabra, ahora y delante de la niña que los guardianes del cielo acaban de darnos. No prometerás su mano a cualquiera. Tiene que ir a América.

Amisha sabía que Deepak podía negociar sin problema el matrimonio de Lena y sin necesidad de consultarla, ni a ella ni a su hija. Era algo que los hombres solían hacer fumando un cigarrillo o incluso en el templo, una conversación que acababa con un apretón de manos. Y luego el marido volvía a casa e informaba a su esposa y a su familia de que el matrimonio de la hija estaba decidido y que pronto tendría lugar la ceremonia de intercambio de azúcar moreno, el símbolo del compromiso.

—Amisha —empezó a decir de nuevo Deepak, mirando a la niña que ella tenía en brazos.

—Prométemelo, Deepak. —Amisha tapó a la pequeña con la sábana para protegerla de la mirada curiosa de su marido—. Por favor.

Acabó asintiendo.

—Te doy mi palabra, Amisha.

—Gracias.

Amisha cerró los ojos en paz y sucumbió finalmente al sueño, con la recién nacida durmiendo a su lado.

Las semanas posteriores al nacimiento de Lena fueron tranquilas. Por las noches, el bebé mamaba del pecho de Amisha. El color de ojos de Lena cambió muy pronto del marrón claro a una tonalidad verdosa, idéntica a la de los ojos de Stephen. En una ocasión, cuando Amisha sorprendió a Deepak mirándola fijamente, cogió a su hija en brazos y salió de la habitación. Continuaron con la vida habitual: Deepak en su papel de sustento de la casa y Amisha como madre y responsable del hogar.

—¿América? —preguntó Ravi un día que estaban a solas, meses después—. ¿Por qué allí, *shrimati*?

—Porque, si aquí no cambian las cosas, es un lugar donde podrá tener la oportunidad de ser lo que quiera ser —respondió Amisha—. Lo que ella decida. —Viendo que Ravi seguía mirándola, sin entender nada, intentó explicarse mejor—. ¿Qué somos tú y yo en esta vida? No tenemos derechos, no tenemos ningún lugar adonde ir excepto aquel que el destino considera que nos merecemos.

—¿Te habló el teniente sobre ese lugar? —preguntó Ravi.

—Sí —reconoció Amisha. Seguía recordando la conversación hasta el mínimo detalle—. En América, su linaje tendrá alternativas. Lena tendrá voz propia, Ravi. Su destino es ser libre.

—Pero estás hablando de un lugar que está en el otro extremo del mundo —dijo Ravi, presionándola—. ¿Piensas mandar a tu única hija tan lejos?

—Ya verás —dijo Amisha, sonriendo y emocionada solo de pensar en el futuro de su hija—. Regresará, mi niña. —Y estampó un beso en la frente de la pequeña.

—¿Y nuestro teniente? ¿Qué piensas hacer si vuelve?

Ravi empezó a fregar el suelo. La lluvia caía sin cesar día y noche, dejando las calles inundadas e incluso pequeños charcos dentro de la casa.

—No volverá —respondió Amisha, poniéndose triste.

Su despedida había sido para siempre, no le cabía la menor duda. Pero no pasaba ni un día ni una noche en los que no se preguntara dónde estaría Stephen y qué estaría haciendo. En el fondo de su corazón, estaba segura de que él también revivía los recuerdos de los momentos que habían compartido. Y Amisha no podía dejar de preguntarse cómo habría sido todo de haber tenido la oportunidad de poder estar juntos.

—¿Crees que habrá sobrevivido al fin de la guerra? —preguntó Ravi.

La guerra había terminado y, con ello, había llegado para la India la esperanza de libertad y de poner punto final al colonialismo.

—Sí. —Amisha sabía que Stephen estaba vivo. Era incapaz de imaginarse en un mundo en el que no estuviera también él. Era lo único que la salvaba, que por mucho que no pudieran estar juntos por las condiciones que imponía su nacimiento, estaban juntos en la tierra. Se despertaban y se dormían bajo las mismas estrellas y el mismo cielo. Notaban sobre la piel el calor de los mismos rayos de sol y sus noches estaban iluminadas por la misma luna—. Si no lo estuviese, lo sabría.

—Sí —reconoció Ravi—. Fui testigo de tu dolor por haberlo amado y haberlo perdido. —Miró a Lena y sonrió—. Y del nacimiento que volvió a dar luz a tu vida. —Se marchó a la cocina para ayudar a preparar la cena—. Aunque sea solo por eso, tiene que estar vivo.

46

Había pasado más de un año desde el nacimiento de Lena, y Amisha, tal y como había prometido, no había vuelto a escribir. En su interior no le quedaban palabras que poder enlazar ni había personajes que la obsesionaran en sueños. Cuando conseguía dormir, solo soñaba con Stephen.

La temporada del monzón había tocado a su fin y, como era habitual, después de las lluvias torrenciales llegaron los insectos. Los charcos y las cloacas eran caldo de cultivo, y, en un país incapaz de impedir que los vagabundos murieran en las esquinas, los mosquitos no eran más que una simple molestia.

Ravi había instalado mosquiteras en la zona donde dormían. Pero las picaduras a primera hora de la mañana y en cuanto se ponía el sol eran inevitables. Los niños no paraban de rascarse y a veces acababan incluso sangrando.

—¿Quieres que llame al médico?

Ravi estaba haciendo retales a partir de un viejo sari para utilizar la tela a modo de paños. A Lena le había subido la fiebre y Amisha acababa de entrar en casa cargada con un cubo de agua para darle un baño frío y aliviarla.

—Veamos cómo pasa la noche. Debe de haberse resfriado, porque esta mañana estaba tosiendo. —Amisha se dio un palmetazo en el brazo—. ¡Ay!

Soltó el cubo de agua y se derramó parte en el suelo.

—¿Qué pasa? —preguntó Ravi.

—Un mosquito imbécil —contestó Amisha, que pisó al atacante en cuanto se posó en el suelo.

—Vaya picadura —dijo Ravi, señalando el pequeño bulto rojo que acababa de aparecerle a Amisha en el brazo.

—Estupendo. Es el castigo que me merezco por haber matado a esa cosa asquerosa.

Amisha se echó a reír, mojándose los pies con el agua que había vertido.

Las punzadas de dolor empezaron tres días después de la picadura. En plena noche, Amisha se vio sorprendida por un ataque de fiebre y náuseas. Avanzó a trompicones hasta la parte posterior de la casa y apenas le dio tiempo a salir antes de vomitar con todas sus fuerzas. Empezó a temblar y los dientes le castañetearon.

—¡Samir! —gritó. Entró como pudo en casa—. ¡Samir!

—¿Mamá? —La buscó en la oscuridad, medio dormido. Y, en cuanto la vislumbró en el suelo, corrió hacia ella para ayudarla a incorporarse—. ¿Mamá? ¿Qué te pasa?

—Ve a buscar a Ravi, por favor —dijo Amisha con un hilo de voz.

Samir obedeció corriendo. Cuando las náuseas la atacaron de nuevo, Amisha apenas pudo llegar fuera. Vomitó bilis y luego, cuando ya no le quedaba nada en el cuerpo, siguió teniendo arcadas.

—*¡Shrimati!* —exclamó Ravi al verla. Iba despeinado y aún en camisón—. ¿Qué ha pasado?

El vómito empezó de nuevo. Ravi le retiró el pelo hacia atrás y le pidió a Samir que fuera a buscar agua. El hijo mayor de Amisha regresó con un vaso lleno en cuestión de segundos. Ravi sostuvo la cabeza de Amisha y, con cuidado, le acercó el vaso a la boca.

—Bebe a pequeños sorbitos —le advirtió. Amisha apartó el vaso, pero Ravi se lo acercó de nuevo con delicadeza—. Tienes que beber, *shrimati.*

Amisha medio bebió, pues casi todo el contenido le resbaló por la barbilla. Ravi le secó la frente y la barbilla con la manga del camisón.

—Algo va mal —dijo Amisha, apoyándose en Ravi—. Mi cuerpo...

Notaba punzadas de dolor en todas las terminaciones nerviosas, un peso inmenso en la cabeza y la visión se le nublaba.

—Te pondrás bien —dijo Ravi, intentando convencerla y tratando de convencerse a sí mismo—. Eres buena madre y te has concentrado tanto en la enfermedad de Lena que has acabado tú también enferma. —Con la ayuda de Samir, la metieron en la casa, pasando junto a los demás niños que seguían durmiendo en el suelo. En cuanto Amisha estuvo instalada en la cama, Ravi le dijo a Samir—. Necesitamos un médico. Enseguida.

Después de examinar a fondo a Amisha, el médico sacó de su bolsa una docena de pastillas y se las entregó a Samir.

—Es un virus. Dale una cada cuatro horas para la fiebre.

—¿Cuánto tiempo estará enferma? —preguntó Ravi, que observaba la escena de pie junto a la pared. Amisha estaba tendida en la cama, casi inconsciente.

—Tendría que superarlo en un par de días —respondió el médico—. Necesita mantenerse hidratada. El virus no le hará daño, pero la pérdida de líquidos sí que podría ser grave.

Ravi contó el dinero guardado en el armario y se lo entregó a Samir, que a su vez se lo entregó al médico.

—Llámame si empeora —dijo el médico, sonriendo al ver la cantidad generosa de dinero—. Sea la hora que sea.

—Ahora vete a dormir, *beta* —le dijo Ravi a Samir en cuanto se hubo marchado el médico—. Me quedaré aquí y por la mañana le mandaremos un telegrama a tu padre. —Viendo que Samir quería quedarse junto a su madre, insistió—: Yo te despertaré, *beta,* si necesitara alguna cosa. —Posó la mano en la cabeza del jovencito para consolarlo—. Duerme. *Shrimati* se llevaría una decepción si mañana no pudieras ir al colegio.

Samir se frotó los ojos.

—¿Seguro que me despertarás?

Al ver que Ravi respondía con un gesto de asentimiento, Samir sonrió aliviado. Gateó hasta donde dormían sus hermanos menores, hasta el lugar que normalmente ocupaba Amisha, y los atrajo hacia él. Y acunado por el ritmo regular de su respiración, cayó finalmente dormido mientras Ravi montaba guardia al lado de Amisha.

Cuando Deepak llegó dos días más tarde, Amisha apenas podía mantenerse sentada en una silla. Ravi había estado alimentándola continuamente con una dieta a base de *sharbat* de limón. Deepak se acercó a su mujer y le presionó un hombro con la mano.

—¿Amisha?

—Está débil —le informó Ravi, manteniendo un tono de voz servil.

—Amisha —repitió Deepak, sacudiéndola. Cuando vio que parpadeaba, suspiró aliviado. Cogió el vaso de *sharbat* y se lo acercó a la boca—. Tienes que beber —dijo.

Pero el líquido se resbaló por su barbilla y se le derramó sobre el regazo.

Amisha abrió lentamente los ojos y se quedó mirando a ambos hombres.

—Has venido —musitó, viendo a Stephen. Bebió un buen trago de líquido y sonrió con agrado, alegrándose por la intimidad de aquel intercambio. Notaba una presión intensa en la cabeza, pero intentó ignorarla y aferrarse a aquel momento—. Pensé que no volvería a verte nunca más.

—He venido en cuanto recibí el telegrama —dijo Deepak.

—¿Has visto a nuestra hija? —Ansiosa por enseñarle a Stephen la preciosa criatura que habían engendrado, miró a su alrededor en busca de Lena—. Es el único deseo que he mantenido a diario, que pudieras verla. —Al no localizar a Lena, le suplicó a Ravi—: Tráeme al bebé, por favor. —Cogió con fuerza la mano que suponía de Stephen—. Tiene tu sonrisa.

—*Shrimati.* —Ravi se obligó a sonreír y subió la voz para silenciar la de Amisha—. *Sahib* ya sabe lo bonita que es tu hija. Pero ahora lo único que le preocupa eres tú. —Se colocó frente a Amisha y cogió el vaso—. Me aseguraré de que se bebe el resto, *sahib.*

—¿Qué ha dicho el médico? —preguntó Deepak mientras, detrás de ellos, Amisha volvía a amodorrarse.

—Que es un virus. Le ha dado una medicina para la fiebre, pero nos ha asegurado que se pondrá bien. —Ravi señaló las pastillas—. Se las he ido machacando dentro del *sharbat.*

—Asegúrate de que se lo bebe todo. —La calma sustituyó la ansiedad de Deepak en cuanto se enteró del diagnóstico—. Estaré en el molino. Si hay algún cambio, envía a alguien para que me avise.

47

Pasaron tres días con pocos cambios en el estado de Amisha. Ravi y Bina se encargaban de los niños y de la casa mientras Deepak trabajaba en el pueblo. La tercera noche, Deepak llegó a casa en el momento en que Ravi estaba intentando darle a Amisha un poco de *naan* con patatas.

—¿Come? —preguntó Deepak, desde el umbral.

—Un poco —respondió Ravi, dándole la buena noticia—. Ya es algo, así que podemos estar contentos.

—Amisha. —Deepak tomó asiento al lado de la cama. A pesar de que Amisha se había incorporado hasta sentarse, apenas podía mantener los ojos abiertos—. Te he traído una cosa —dijo, levantando la voz para captar su atención.

Deepak lucía ojeras muy pronunciadas y la situación le tensaba la mandíbula.

En una ocasión, Amisha le había confesado a Ravi que temía que los niños vieran a Deepak más como su tío favorito que como su padre. A pesar de que por sus venas corría la misma sangre y de que se alegraban de tenerlo allí cuando estaba en casa, Deepak no conocía a sus hijos. Sus miedos o las cosas que los calmaban seguían siendo un misterio para él. Ignoraba sus aspiraciones y cuáles eran sus intenciones en cuanto a continuar con el negocio, como él había hecho con su padre. Pero desde su última llegada a casa, los niños buscaban apoyo en su padre. Y él les estaba ofreciendo todo el que podía.

Amisha se volvió finalmente hacia él. Le colgaba el labio inferior y le costaba centrar la mirada. Tras haber perdido casi cinco kilos se había quedado en los huesos. Deepak le cogió entonces la mano, se la abrió y depositó en ella unas llaves. Amisha se quedó mirándolas y miró a continuación a Deepak, confusa.

—¿Qué es? —preguntó con gran esfuerzo.

—Las llaves de la escuela. —Deepak miró los ojos sorprendidos de Amisha. Y luego miró de refilón a Ravi y esperó unos instantes, como si tratara de encontrar las palabras más adecuadas para expresarse—. Sé que era importante para ti, así que he pensado que te gustaría.

—¿Has comprado la escuela? —Amisha acarició las llaves que Stephen llevaba siempre encima cuando el centro estaba en funcionamiento. Cuando los británicos se marcharon, la escuela quedó clausurada—. ¿Cómo?

—Vikram comentó que el gobierno no iba a darle uso y he pensado que te ayudaría. —Deepak meneó la cabeza, como si no entendiera muy bien por qué aquel edificio tenía un valor para su esposa—. Se te veía feliz cuando estabas allí.

—¿Lo habías notado? —susurró Amisha. Al ver que Deepak se encogía de hombros, deseó preguntarle por qué la había obligado entonces a mantenerse lejos de allí. Durante las últimas semanas, cuando le había negado el permiso para asistir a la escuela, había creído odiar a su marido—. ¿Te gustaba?

—Te veo ahora, destrozada por este virus, y pienso que daría cualquier cosa por tenerte como estabas antes —dijo Deepak, respondiendo con sinceridad—. Cuando ibas a la escuela.

Amisha luchó por contener las lágrimas que amenazaban con aparecer. Era la primera vez que Deepak le decía, con tantas palabras, que la amaba. Se había olvidado de él durante el periodo de tiempo en que Stephen había pasado a ocupar todos sus pensamientos. Y ahora, aunque seguían siendo desconocidos, estaba intentando estar a su lado.

—Una buena parte de nuestro dinero se ha ido en esta compra. —Deepak se puso tenso al ver su silencio—. Sería aconsejable no hacer grandes adquisiciones hasta que los niños sean adultos.

—Gracias —susurró por fin Amisha.

Lo vio marchar y se quedó dormida con las llaves en la mano.

Amisha tardó varios días en reunir las fuerzas necesarias para hacer el desplazamiento. Con Ravi acompañándola, se dirigió a la escuela. Habían transcurrido ocho días desde el inicio de la enfermedad. Y cada día que pasaba le consumía más energía, debilitándola aún más. Amisha subió lentamente la escalera de acceso a la escuela que había cambiado su vida para siempre. Con manos temblorosas, introdujo la llave en la cerradura. No había vuelto a poner los pies en el edificio desde que Stephen se había marchado. Lo consideraba parte de su pasado y, a pesar de que estaba a escasa distancia de su casa, había asumido que la escuela y ella estaban destinadas a no compartir nunca más nada en la vida. Pero ahora era su propietaria y podía recorrer con total libertad sus pasillos vacíos y visitar el jardín sin miedo a sufrir represalias o ser acribillada a preguntas. Todo aquello era suyo, un regalo del marido al que había traicionado.

Amisha, con los pensamientos perdidos en tiempos pasados, entró en la escuela con Ravi. Y con los recuerdos pisándole los talones, fue examinando las aulas vacías. Sus pasos resonaban en el silencio y daba la sensación de que eran las primeras personas que recorrían aquellos pasillos. Pero, en realidad, aquellos espacios estaban llenos de fantasmas. Amisha podía oír las risas de los alumnos, y los maestros impartiendo sus clases con una seriedad que en realidad pretendía disimular sus ansias por enseñar. Acarició pizarras y borradores y continuó el recorrido hasta llegar a la puerta que daba acceso al jardín.

—¿Es esto real? —dijo Ravi, cuando Amisha abrió la puerta.

—Amigo mío, esto es un paraíso en nuestro pequeño pueblo.

Las sandalias de Amisha se hundieron en la tierra. Allí, enterrados bajo las flores y envolviendo las raíces de los árboles, estaban sus recuerdos con Stephen. Allí, los fantasmas no la obsesionaban, sino que la llamaban y le instaban a olvidar el dolor de la pérdida y a regocijarse con la emoción de haber sido amada. Anheló poder regresar a la época en la que Stephen y ella estaban juntos, aun encontrándose separados. En aquel jardín, habían bailado siguiendo el ritmo de una música silenciosa.

—No estoy bien, Ravi. —Al alcanzar la sombra de su haya, se giró hacia él. Las ramas del árbol se extendían por encima del terreno estéril. De espaldas al árbol, se enfrentó a lo que hasta aquel momento no había podido aceptar—. Necesito que me hagas una promesa.

—*Shrimati* —dijo Ravi, negándose casi a escucharla.

—Préstame atención —le ordenó Amisha. Empezaba a temerse lo peor. Su cuerpo se había debilitado y su mente entrelazaba tiempos pasados con el presente. Confundía los nombres de los niños y a veces no podía diferenciar sus caras. Temía lo incomprensible. Su cuerpo estaba vivo, pero su mente se estaba marchitando—. Cuando yo muera, quiero que le cuentes a mi hija mi historia.

—Amisha, no pronuncies esas palabras. —Ravi se dirigió a ella por su nombre por primera vez en su vida. Tenía que convencerla de que no le pasaría nada malo. De que tenía por delante toda una vida por vivir y que su amistad duraría eternamente—. No permitas que el cielo te oiga. Podría acabar creyéndote.

—El cielo ha demostrado que, por mucho que el sol brille cada día, posee una mano oscura —dijo Amisha, llorando—. ¿Cómo pretendes que crea que tengo un mañana cuando hoy me siento tan perdida? —Las lágrimas le resbalaban por las mejillas—. Si me haces esa promesa, me harás mucho más bien que cualquier medicina. Por favor, Ravi —suplicó, uniendo las manos.

—Tienes mi promesa, *shrimati.*

Ravi le cogió ambas manos y las presionó con fuerza. Amisha sabía que él le daría lo que fuera, que lo único que tenía que hacer era pedírselo.

—Gracias —dijo Amisha, y se quedó con la mente en blanco—. ¿Ravi?

Le temblaba la voz y se vio obligada a reclinarse contra el árbol, buscando desesperada su apoyo.

—¿Quieres que mande llamar al médico? —preguntó Ravi.

—No.

Amisha hizo un gesto negativo. La cabeza le pesaba y, por mucho que lo intentara, la sensación de carga no desaparecía. Se frotó el cráneo y luego empezó a tirarse del pelo, desesperada por aliviar la presión. El movimiento se volvió frenético y acabó arrancándose un mechón.

—¡Para, *shrimati!* ¡Para!

Ravi intentó apartarle las manos. Y ella se debatió contra él, deseosa de que el dolor por haber perdido pelo la distrajera de la agonía.

—¡Apártate! —gritó Amisha, sin verlo.

Intentó concentrarse, recordar quién era Ravi, pero en aquel momento era un desconocido. Le golpeó en la cabeza y en el vientre. Oyó un grito y ni siquiera se dio cuenta de que lo había proferido ella. Siguió pegándole, más y más.

Se echó entonces a reír, porque, sin saber por qué, pensaba que todo aquello era un juego.

—Estoy escribiendo un relato —dijo—. Mis hijos están jugando.

Sus tres chicos le lanzaban un balón y ella sonreía dichosa porque hacía un día espléndido, brillaba el sol y todo era perfecto.

—Stephen. —Amisha extendió los brazos y abarcó el vacío—. Ten a nuestra hija. —Empezó a dar palmas de alegría y a mover la cabeza a un lado y al otro, buscando a sus hijos hasta encontrarlos—. Samir, Jay, venid, *beta.* Traed a vuestro hermano. —Su rostro resplandecía de felicidad—. Stephen está aquí y me ayudará igual que te ayudó a ti, Ravi —dijo Amisha, con la mirada perdida. Y, dirigiéndose a Stephen, susurró—: Siento mucho haberte despedido de aquella manera.

Y, entonces, empezó a notar de nuevo las punzadas de dolor y perdió la voz. Trató de llevarse una mano a la boca, pero la presión era espantosa. Se quedó ciega incluso con los ojos abiertos. Intentó extender entonces los brazos, pero sus extremidades se negaban a responderle. Intentó también gritar, decirles a todos que algo iba mal.

—¡No te vayas! —chilló.

Pero Stephen empezó a retroceder, llevándose con él a Lena. Los niños siguieron jugando y pronto los perdió por completo de vista. Intentó aferrarse a Ravi, pero alcanzarlo era imposible. Empezaba a oscurecer y estaba completamente sola. Palpó a su alrededor en busca de una rama, pero el mundo continuaba girando e, instantes después, cayó al suelo, cobijada por la sombra del haya.

RAVI

48

Los brahmanes dicen que es energía oscura. —Deepak acababa de regresar de una visita al templo, donde había estado hablando con los *pujaris*—. Los demonios han entrado en su cuerpo y están jugando con su mente. —El médico se había lavado las manos con respecto al asunto y le había comunicado a Deepak que solo Dios podía acudir ahora en ayuda de Amisha. Deepak miró fijamente a Amisha, que estaba acostada, profundamente dormida y con las muñecas y los tobillos atados a la cama para impedir que se lesionase—. Vendrán a casa y llevarán a cabo una ceremonia. Los niños no tendrían que estar presentes.

—Bina se los llevará enseguida a casa de tu hermana —dijo Ravi, con los nervios a flor de piel.

Ravi y Bina sacaron a los niños de la casa para ir a buscar un *rickshaw.*

—Yo no voy —dijo Samir, y sus hermanos se quedaron mirándolo. Desde que Amisha había caído enferma, Samir era el que había estado continuamente al lado de su madre—. Yo me quedo aquí —insistió, con la barbilla temblorosa.

—Los brahmanes nos ayudarán a curarla —contestó Ravi, intentando calmar a un chico que ya había visto demasiadas cosas. Por eso consideraba su deber protegerlo e impedir que viera nada más. Reacio a contarle lo de los demonios, le explicó—: Vienen a rezar por ella.

—Pues, entonces, rezaré con ellos —replicó Samir, cruzándose de brazos.

Ravi sabía que el niño quería lo mismo que él: ayudar de todas las maneras posibles. Cogió a Samir de la mano.

—Estoy seguro de que Dios escuchará las oraciones del hijo de *shrimati* más que las de cualquier otro. Pero tu padre ha pedido que la casa esté vacía para que los brahmanes puedan hacer mejor su trabajo. Por favor.

De pequeño, a Ravi le habían enseñado que la muerte era cuestión de tiempo, que no había que temerla ni combatirla. Que la vida era un castigo y el tiempo que pasábamos en la tierra, una dura experiencia. Para un intocable, la muerte representaba una liberación de las miserias de la vida y una bienvenida vuelta al olvido.

Ravi, sin embargo, no estaba seguro de que la muerte significara reunirse con Dios. La pregunta para la que no tenía respuesta era que, si Dios existía, ¿por qué había intocables? De pequeño, Ravi había visto cómo sus tías y sus tíos iban apagándose hasta acabar muriendo en cualquier esquina. Le contaban que simplemente estaban profundamente dormidos. Que dormían igual que cuando él lo hacía y el mundo, gracias a la oscuridad, se volvía más amable.

La muerte era para ellos un regalo puesto que, una vez muertos, ya no tenían que temerle a la vida. La muerte los liberaba del terror de que los niños los apedreasen por el simple placer de divertirse. Los liberaba de no tener que pelearse con los perros callejeros por la comida y de que en, caso de erigirse vencedores, acabaran recibiendo una paliza por parte de seres humanos. La muerte era la libertad. Por eso no había que luchar contra la mano de la muerte, sino estrecharla y darle la bienvenida porque era la salvación.

Pero ante los graves problemas de salud que amenazaban a Amisha, Ravi no podía hacer otra cosa que rechazar esas enseñanzas. No podía celebrar ni agradecer la llegada de su enfermedad. Jamás aceptaría su fallecimiento como un regalo del cielo. Y haría todo lo que estuviera en sus manos para salvarla.

Samir accedió finalmente. Bina subió con los niños al *rickshaw.* Y Ravi los despidió desde la puerta y se quedó observando hasta que supo que los hijos de Amisha se alejaban de allí sanos y salvos. Solo entonces volvió entrar en la casa.

De pie junto a la pared, Ravi observó el quehacer de los sacerdotes, que llenaron treinta cuencos con *ghee* y prendieron a continuación las mechas de algodón. Colocaron después varillas de incienso en pequeños recipientes de latón y llenaron toda la estancia de humo.

Los sacerdotes más jóvenes hicieron sonar sus campanas y los de más edad empezaron a cantar, invocando a los dioses mientras el fuego ardía en los cuencos, generando una neblina. Angustiado, Ravi vio que dos de los sacerdotes se cernían sobre Amisha, a la altura de su cabeza, y seguían haciendo sonar las campanas. Los cánticos fueron aumentando de volumen, hasta convertirse en auténticos gritos, con la esperanza de expulsar de este modo los demonios.

Los debilitados pulmones de Amisha se llenaron de humo y empezó a toser.

—Agua —gimoteó—. Por favor.

Ravi se acercó dispuesto a acatar sus deseos, pero Deepak levantó la mano, ordenándole que se quedara quieto donde estaba. Incapaz de llevarle la contraria, Ravi se quedó en su lugar. Cada vez que se apagaba una varilla de incienso, los sacerdotes encendían tres más hasta que dejaron la habitación sin apenas oxígeno. Amisha gritaba, agonizando. Pero todo el mundo ignoraba sus gritos. De forma instintiva, Ravi dio un paso al frente, desesperado por alejarlos de Amisha. Tenía que protegerla, velar por su seguridad.

—Apártate —le ordenó Deepak.

—No hay ningún demonio —gritó Ravi, con el corazón destrozado por el sonido de aquellos gritos—. Diles que paren, por favor.

—¿Acaso tú puedes curarla? —preguntó Deepak. Al ver que Ravi guardaba silencio, añadió—: Es lo que me imaginaba.

Ravi se giró, incapaz de seguir mirando. Y cuando los gritos se hicieron más agudos, salió huyendo de la casa. Al tropezar por las prisas de alejarse de allí, recordó la primera vez que Amisha lo invitó a entrar. Bajó la cabeza y jadeó para intentar recuperar el aliento. Amisha lo había convertido en parte de su vida y de la vida de sus hijos en un momento en que él no tenía motivación alguna para seguir viviendo. Y, con ello, le había hecho sentir que valía algo por primera vez en su vida.

Se incorporó y continuó su huida, corriendo aún a más velocidad que antes. Las lágrimas le cegaban, pero siguió corriendo, desesperado por alejarse todo lo posible de allí. Amisha se lo había dado todo y, ahora que a ella la estaban dejando sin nada, lo único que él era capaz de hacer era huir.

49

Deepak sujetaba el látigo de cuero por el mango de madera.

—Los sacerdotes del templo creen que es nuestra última opción. La energía oscura la envuelve por todos lados y tenemos que extraérsela a latigazos —dijo, casi sin respirar.

Ravi miró fijamente a un hombre que ya no reconocía.

—¿Y has decidido azotarla? —replicó, sin el menor intento de disimular su rabia—. Está débil e impotente.

—¡No cuestiones mis decisiones! —gritó Deepak—. Es la única manera; de lo contrario, morirá. ¿Es eso lo que quieres?

—No se lo merece —rebatió Ravi, sorprendiéndose a sí mismo por su valor. Pero ya todo le daba igual. Le daba igual que Deepak lo azotase o lo despidiese. No estaba dispuesto a permitir que le hicieran aquello a Amisha.

—Yo sí que no me lo merezco, tenerla a ella en ese estado —dijo Deepak. Sus palabras resonaron en el aire, burlándose de los dos—. Los niños se merecen tener a su madre. ¿Qué vamos a hacer sin ella? ¿Acaso tienes respuestas? Si piensas que no es lo correcto, dime, ¿qué alternativas tengo?

—Se pondrá bien —insistió Ravi, aunque en el fondo de su corazón no lo creyese.

—Lo que me imaginaba: no tienes la solución. —Deepak le arrojó el látigo a Ravi. Le rozó el torso antes de caer al suelo a sus pies—. Los sacerdotes la atarán al haya del jardín y llevarán a cabo la ceremonia. Y, después, tú te encargarás del látigo. Han dicho que una vez por las noches y otra por las mañanas. Me han prometido que va a ser solo cuestión de días.

Ravi se quedó mirándolo, horrorizado.

—¿Esperas de mí que haga esto?

Deepak volvió la cabeza antes de responder.

—¿Quién crees que preferiría ella que lo hiciera? —Pestañeó, y Ravi se dio cuenta de que estaba luchando contra sus emociones—. En una ocasión me dijo que te confiaría incluso su vida.

—No puedo hacerlo —dijo Ravi, temblando.

—De acuerdo, contrataré otros hombres para que lo hagan. Del molino.

Deepak dio media vuelta, asqueado.

—No. —No podía permitir que le hicieran aquello. Que la azotaran como si fuera un animal—. Lo haré yo.

Extendió la mano para recibir el látigo.

Deepak lo recogió del suelo y se lo entregó.

—Pronto la tendrán preparada.

Deepak miraba fijamente a la mujer que le había dado cuatro hijos y había estado siempre a su lado, antes incluso de que se hiciese hombre. Los brahmanes la había atado con cuerdas, de pies y manos, en el tronco del haya del jardín de la escuela, dejándole los hombros y el vientre al aire. Amisha tenía la cabeza doblada hacia delante, los ojos cerrados, el cuerpo aparentemente sin vida.

—¿Te quedarás? —le preguntó Ravi a Deepak. Le temblaban las manos y estaba sudando. Al ver que Deepak negaba con la cabeza, replicó, empleando un tono desafiante poco característico de él—: Entonces, vete. Déjame hacer en paz el trabajo que me has encomendado.

Deepak se encogió al oír sus palabras. Miraron los dos a la mujer que amaban. La mujer que había mejorado la vida de ambos y que ahora luchaba por la suya. Sin nada más que decir, Deepak abandonó el jardín y se alejó de la escuela.

Ravi se arrodilló delante de Amisha y posó las manos en sus pies, un gesto que ella le había prohibido hacer muchos años atrás.

—Perdóname, por favor —musitó.

Las lágrimas de Ravi se derramaron sobre los pies de Amisha y rápidamente las limpió, avergonzado por haberse permitido tocarla.

Se despojó lentamente de la túnica y dejó al descubierto su espalda y su torso. Cogió entonces el látigo, sujetando con una mano el mango y con la otra el cuero. Tiró con fuerza de la piel sin curtir, hasta que le sangró la palma. Con un movimiento preciso, Ravi levantó la otra mano y echó el látigo hacia atrás para azotarse la espalda. Y a continuación, lo movió hacia delante, debilitando con intención la inercia, y permitió que el cuero se estampara contra el vientre de Amisha, que gritó, sin que su mente fuera capaz de comprender el origen de aquel dolor.

Ravi repitió la maniobra, y se fustigó la espalda hasta que sus heridas empezaron a sangrar. Con cada latigazo contra su propio cuerpo, debilitaba el sufrimiento de desollarla a ella. Su piel se inflamaba y se arrugaba luego a modo de respuesta. Y ella, con cada latigazo, profería un grito que helaba la sangre.

Amisha le suplicó a su desconocido atacante que parara. Le rogó que se apiadase de ella. Que lo sentía, chilló. Que imploraba su perdón. Que disculpase la conducta que la había sentenciado a aquel castigo. Y a cada súplica de ella más fuerte se fustigaba Ravi, que tenía los ojos cegados por las lágrimas. No paró, sin embargo, hasta que quedó rodeado por un charco de su propia sangre y las manos le quedaron entumecidas.

Amisha dejó caer la cabeza. Su mente, por fin, la había sumido en la inconsciencia. Ravi se derrumbó a sus pies y aplastó la cara contra el suelo. La angustia le provocó convulsiones.

—Lo siento —sollozó—. Lo siento mucho, *shrimati.*

Suplicó su perdón por haberla torturado con las manos que ella había estrechado, brindándole su amistad. Por ser precisamente él —el compañero en quien Amisha tanto había confiado y al que tanto había querido, su amigo— quien la había hecho sangrar de aquella manera. Y cuando la sangre de ambos empezó a confundirse en el charco del suelo, levantó la vista hacia el cielo, hacia un dios con el que jamás había hablado, y le pidió que agraciara a su amiga con el regalo de la muerte.

Después de los azotes de Ravi, Amisha permaneció atada al árbol durante dos días. Los sacerdotes habían insistido en su esperanza de que los demonios acabaran impacientándose y abandonaran su cuerpo para ir a atribular a otro. Y, cuando Deepak le ordenó repetir su trabajo, Ravi le dijo:

—Antes de volver a hacer eso, me corto las manos.

—Es la única manera —replicó Deepak—. Si no lo haces tú, se lo encargaré a otro hombre.

—Pues, en ese caso, encárgaselo a dos, porque yo pienso plantarme delante de ella y esa gente tendrá que matarme antes de poder tocarla —dijo Ravi, negándose a mantener la boca cerrada. Le debía a Amisha una voz, como mínimo, puesto que ella era incapaz ahora de hablar por sí misma—. Le queda poco tiempo en esta tierra. Déjala morir en paz. Se lo merece.

Deepak se marchó al molino. Cuando Ravi lo mandó a buscar un día después, Deepak llamó al médico. Amisha seguía atada al árbol, inmóvil, y el médico le buscó el pulso. Estaba muerta.

Prepararon la cremación y el funeral. Ravi ayudó a desatar las cuerdas que mantenían sujeto al árbol el cadáver de Amisha. La depositaron con cuidado en una camilla de madera y trasladaron el cuerpo hasta el lugar donde se había erigido la pira. La montaña de madera era elevada y con delicadeza depositaron sobre ella a Amisha, vestida ahora con un sari blanco. Deepak y Samir, su hijo mayor, prendieron fuego a una antorcha y encendieron la pira. Los asistentes presenciaron en silencio el baile de llamas, que engulleron rápidamente el cuerpo.

Cuando no quedó nada de ella, Deepak abrió la urna que contenía las cenizas de Amisha y las dejó volar por los aires y esparcirse por el suelo. Algunas, más ligeras que las demás, volaron libres hacia más lejos, alzándose por encima de las nubes hacia el horizonte, conduciendo por fin a Amisha hacia lugares con los que únicamente había podido soñar.

JAYA

50

Estamos sentados en el porche y el pueblo empieza a cobrar vida bajo los rayos del sol. Las lágrimas resbalan por mis mejillas mientras Ravi acaba de contarme cómo murió Amisha.

—¿Cuál fue la causa? —musito.

—Encefalitis, provocada por la picadura de un mosquito. —Ravi traga saliva sin cesar para tratar de combatir sus emociones. A mí me cuesta también controlar las mías—. Las alucinaciones son consecuencia de una inflamación cerebral.

—¿De un mosquito? —pregunto con incredulidad.

—Por si te sirve de consuelo, tu abuela lo aplastó y nadie más sufrió su envenenamiento.

Ravi coge el bastón y se lo pega al cuerpo.

—¿Y cómo supiste que fue encefalitis?

—Años más tarde, la enfermedad se convirtió en una epidemia. El gobierno empezó a prestarle atención a medida que aumentaba el número de víctimas. —Bajando la voz, añade—: Y aconsejó a la población quedarse dentro de casa o cubrirse, en caso de tener que salir al exterior, después de la temporada del monzón. —Mueve la cabeza, en un gesto de rabia—. Los síntomas eran los mismos.

—Mi madre no tiene ni idea de todo esto.

Me duelen todas las cosas que se le han ocultado. Mi madre tenía derecho a conocer la historia del pasado que sentó las bases de su futuro.

—Lo sé —afirma Ravi—. Después de aquello, tu abuelo no mencionó prácticamente nunca a tu abuela. —Une las manos en el regazo—. Fue nuestro secreto..., el modo en que trató a tu abuela durante sus últimos días.

—¿Pero por qué azotarla? ¿Y el humo? —dije, intentando, sin conseguirlo, eliminar el tono de angustia de mi voz.

—Vivíamos en tiempos distintos, Jaya —responde Ravi, claramente arrepentido y torturado—. Las alternativas entonces eran muy limitadas. Nuestro país ha recorrido un camino muy largo en el poco tiempo que llevamos de libertad.

—Ojalá la hubiera conocido.

Anhelo la abuela que nunca llegué a conocer. Lloro su muerte y lamento el modo en que se produjo.

—Tu abuela se habría sentido orgullosa de ti —dice Ravi. Cuando lo miro a los ojos, añade—: Pero pienso que debe descansar en paz, sabiendo que su sacrificio no fue en vano. Tú sí que vives una vida llena de posibilidades, ¿no te parece?

—Pero mi madre no, ¿verdad? —pregunto—. El sufrimiento de mi madre empezó con la muerte de la suya.

—Sí —confirma Ravi—. Después de que tu abuela muriera, tu madre estuvo a punto de perderlo todo.

—Ravi —digo, dispuesta a preguntar, desesperada por saber más cosas, pero él levanta la mano.

—Hoy me gustaría pedirte algo de tiempo. —Se seca las lágrimas de la cara con una mano arrugada—. No creía que fuera a seguir llorando tanto su pérdida. —Destrozado, exhala un largo suspiro—. Pero me temo que estaba equivocado.

Me da unos golpecitos en el hombro antes de dejarme en el porche y volver a casa.

Nerviosa e inquieta, vago por las calles del pueblo. A cada paso que doy me pregunto si mi abuela y mi madre pasarían también por allí en su día. Paseo hacia las afueras de la ciudad. Al cabo de un buen rato, estoy desorientada y ya no sé ni dónde me encuentro ni cuántos kilómetros he recorrido.

Mi madre ha meditado desde que yo puedo recordar. Y siempre me ha parecido que cuando más feliz estaba era cuando cerraba los ojos y se perdía en sus pensamientos. Viendo su amor por la disciplina, intenté imitarla en numerosas ocasiones. Pero nunca jamás conseguí acallar los pensamientos que llenaban mi mente. Desde el trabajo hasta los embarazos, y todo lo que pudiera haber entre medias, mis sentidos estaban invariablemente abrumados por los sucesos diarios. Cuando le pregunté a mi madre cuál era su secreto para conseguirlo, me dijo que se trataba de encontrar la paz en el momento, de renunciar al control de la vida. En aquel momento no entendí a qué se refería, pero ahora me pregunto si aquella fue su única manera de sobrevivir a todas las pérdidas que había sufrido desde tan pequeña.

Las revelaciones de estas últimas semanas han sido apabullantes. Vine a la India para escapar de los giros que había dado mi vida y encontrar la manera de sobrellevar mis pérdidas. Pero ahora me siento incapaz de comprender el alcance de las pérdidas a las que tuvieron que enfrentarse mi abuela y mi madre. Con la historia de mi abuela, me he visto transportada a un mundo desconocido que, por otro lado, forma tanta parte de la historia de mi madre y de la mía como el linaje que compartimos con ella. Por muy alejada y separada que esté de los tiempos de Amisha, sin este pueblo y su obsesionante historia jamás habría sido quien soy.

Sin darme cuenta, me descubro en la puerta de la escuela. Busco la llave en el lugar donde la guarda escondida Ravi y la introduzco en el cierre de seguridad con cadena de la puerta. A pesar de que Ravi y yo hemos paseado un montón de veces por los pasillos desiertos, ahora, sola, lo veo todo bajo otra luz. Accedo al jardín donde imagino a Amisha buscándose a sí misma y encontrando, en vez de eso, a Stephen.

Mi abuela nunca creyó en que el amor fuera un derecho al que pudiera acceder, ni en la posibilidad de ser valorada por sus escritos. Pero yo había alcanzado el éxito en ambos sentidos y nunca había tenido que hacer ningún sacrificio por ello. Cuando Amisha se vio obligada a decidir, se negó a alejarse de los hijos que la necesitaban. Pero al mismo tiempo que hizo el sacrificio de permanecer en la India, se aseguró la promesa de América para mi madre. Lamento no haber llegado a conocer a mi abuela. Me gustaría haber conocido a esa mujer con la que comparto mi sangre. Aunque la fortaleza que en su día corrió por las venas de Amisha me ha sido esquiva hasta el momento.

Las palabras de la cuidadora resuenan de nuevo en mi cabeza. La historia que Ravi me ha relatado con todo detalle se repite en mi mente hasta convertirse en lo único que soy capaz de oír. Contemplo el jardín e intento pensar en cómo honrar la memoria de Amisha y conseguir estar a su altura.

Cuando llego a casa, veo un *rickshaw* parado en la puerta. Me acerco, llena de curiosidad, justo en el momento en que sale de su interior un hombre después de haber pagado al chófer. Cuando se gira, se me corta la respiración.

—¿Patrick? —murmuro. Lleva la cara cubierta con una barba de dos días. La camisa y el pantalón vaquero, arrugados. Una gran bolsa de viaje colgada de un hombro y el maletín del ordenador del otro—. ¿Qué haces aquí?

Doy unos pocos pasos para quedarme delante de él. Extiendo los brazos para abrazarlo aunque, insegura, los repliego enseguida. Después de la conversación que mantuvimos me siento más cercana a él que antes de los abortos, pero, teniendo en cuenta todo lo que ha pasado entre nosotros, sigo aún llena de dudas.

—He venido a verte. —Me coge la mano y tira de mí hasta que me encuentro entre sus brazos. Me rodea por la cintura y me estrecha con fuerza. Voy con calzado plano, así que me veo obligada a ponerme de puntillas para poder descansar la cabeza en su hombro. Me envuelven el amor y el deseo, sensaciones que me recuerdan cómo era lo nuestro antes—. Espero que te parezca bien —dice, con la boca pegada a mi cabello.

—Sí. —Me aparto un poco para mirarlo, sin poder todavía creérmelo—. Más que bien.

La esperanza gira como un torbellino a mi alrededor, pero me fuerzo a recordarme que una sola conversación no sirve para que los años de dolor desaparezcan de un plumazo. Aprieto los puños para combatir la necesidad de acariciar la barba crecida que cubre sus mejillas y descender luego hacia su camisa.

—¿Podríamos hablar en algún lugar más íntimo?

Hay un matiz en su voz que le traiciona y deja ver su agotamiento y su nerviosismo.

—Sí, por supuesto. —Le indico la casa—. Pasa, pasa.

Me sigue por las escaleras de acceso al porche y espera a que abra la puerta. Entramos, deja las bolsas en el recibidor y mira luego a su alrededor.

—¿Es la casa donde pasó su infancia tu madre?

—Sí. —Me siento tremendamente orgullosa de mi humilde entorno—. Es el lugar donde mi abuela escribió sus historias. —Intento verlo todo a través de los ojos de Patrick y recuerdo mi propia reacción cuando llegué. Ahora sé que lo que en aquel momento me pareció pequeño e intrascendente es la cuna de los sucesos que conformaron el destino de mi familia—. El lugar donde estoy descubriendo quién soy —digo en voz baja.

—¿Y quién eres? —pregunta Patrick.

Se acerca a mi lado. Me mira a los ojos y espera mi respuesta.

—Alguien que necesitaba volver a unir todas las piezas de su persona —respondo en voz baja—. Necesitaba descubrir... —Hago una pausa—. Necesitaba descubrir quién soy. Quién es mi madre. Sea cual sea el papel que represento en la vida, necesitaba estar segura de mí misma. —Patrick mueve la cabeza en un gesto de asentimiento para indicarme que me está entendiendo y entonces le pregunto—: ¿Por qué has venido, Patrick?

Necesito que me diga la verdad, que me diga qué siente su corazón, aunque sea tan solo para ayudarme a entender qué siente el mío.

Aparta la vista un instante y luego vuelve a mirarme a los ojos.

—Tú no fuiste la única que se quedó destrozada con los abortos. Yo no podía ni respirar —reconoce. Se pasa la mano por el cuello antes de guardarla en el bolsillo del vaquero—. Quería salvarte, salvarnos, pero me pareció más fácil huir.

—Stacey —digo, y Patrick asiente.

—Pensé que me ayudaría a olvidar. Fui un estúpido. —Hace un intento de acariciarme la mejilla pero entonces, como si acabara de darse cuenta de lo que está haciendo, se para—. Eres todo lo que tengo. Todo lo que necesito. —Traga saliva y sus ojos se llenan de lágrimas—. Siento mucho haberme marchado.

—¿Qué pasó? —pregunto, temerosa aún de creer lo que está sucediendo.

—Sin ti no fue más fácil —responde, hablando despacio—. Tenía la sensación de que al final solo vivíamos con dolor, pero, cuando me marché, empecé a echar de menos todo lo que eras tú. Tu sonrisa, tu forma de reír, tu obsesión con asegurarte de que todas y cada una de las palabras que escribías eran perfectas. —Respira hondo—. Empecé a echar mucho de menos a mi mejor amiga. A mi esposa.

Los últimos retazos de oscuridad se difuminan por completo con sus palabras. Pienso en mi abuela y en la decisión que tomó en esta casa, entre el amor y su vida. Una decisión que jamás nadie tendría que verse obligado a tomar, pero ella lo hizo con elegancia y con un corazón que siempre antepuso a los demás.

Patrick es el hombre al que siempre he amado. Incluso cuando tenía el corazón destrozado, era a él a quien pertenecía. Perdiéndome a mí misma, creí haberlo perdido también a él para siempre. Pero ahora lo tengo delante de mí, con los brazos abiertos y entregado. Sin previo aviso, se me inundan los ojos de lágrimas y la felicidad se hace un hueco en mi corazón.

—¿Son eso lágrimas de felicidad? —pregunta, mientras me las seca con el pulgar.

—Sí. —Después de tanto tiempo navegando sin rumbo, me cuesta creer que haya podido encontrar a Patrick de nuevo—. Te quiero —musito, con la sensación de haberme quitado un peso enorme de encima—. Siempre te he querido. Incluso cuando ni siquiera me acordaba de ello.

—Cariño. —Su boca encuentra la mía y me abro a él, a todos los recuerdos, a todas las risas, a todo el dolor y el amor—. Te quiero.

Sus lágrimas se mezclan con las mías. Desesperada por tocarlo, le levanto la camisa. Se aparta para que pueda quitársela. Le acaricio el pecho. Intenta desabrocharme el botón de la base de la nuca. Me río al ver lo que tiene que pelearse por abrir un tipo de cierre que desconoce por completo.

—Estás preciosa —dice, cuando decido hacerlo yo misma. Desliza la mano por la sencilla camisa de algodón que llevo, similar a las que lucen las mujeres del pueblo—. Nunca te había visto vestida así.

Una vez desabrochada la camisa, levanto los brazos y él tira de la prenda para pasármela por la cabeza. Nos desnudamos lentamente, saboreándonos. Entonces, Patrick me acaricia muy despacio el vientre, el lugar donde llevé a nuestros hijos durante un breve periodo de tiempo. Le cojo la mano y recuesto la frente contra la suya, lamentándolo con él. Nuestros labios se encuentran de nuevo.

Nos vimos arrojados a una tormenta que durante un tiempo demostró ser más poderosa que cualquiera de nosotros dos. Nuestras velas no lograron superar la furia del viento y estuvimos a punto de ahogarnos con la corriente. Y justo en el momento en que estaba segura de que el faro jamás conseguiría guiarme hacia buen puerto conocí la historia de mi abuela. Sus luchas y su determinación me enseñaron que todos y cada uno de nuestros días son preciosos y que el amor es algo que hay que proteger, porque es un tesoro muy valioso que solo los afortunados logran encontrar y conservar.

Patrick me coge en brazos y me lleva hasta el sofá, donde entre susurros me ofrece un bálsamo para nuestras heridas y un recuerdo de nuestro amor. Y cuando por fin alcanzamos el placer, cierro los ojos y lo abrazo con fuerza, agradecida por haber encontrado de nuevo a mi esposo.

RAVI

51

Deepak buscó esposa durante dos meses y dos días. Hizo correr la voz por la comunidad de que renunciaría a cualquier exigencia de dote. Janna le ayudó a filtrar las ofertas recibidas por parte de distintos padres, pero Deepak las rechazó absolutamente todas. Frustrada, Janna amenazó con dejar de ayudarlo.

—Amisha está muerta —le espetó Janna—. Cuanto antes aceptes este hecho, antes tendrán tus hijos una nueva madre.

Ravi, que estaba en aquel momento jugando con Lena mientras Bina se ocupaba de la cocina, guardó silencio. Se estaban encargando ellos de los niños mientras Deepak continuaba con su búsqueda.

—Elige a cualquiera —dijo finalmente Deepak—. Me da igual quién sea. Simplemente asegúrate... —Se interrumpió, mirando a Lena, que estaba jugando a dar golpes a un cazo con una cuchara—. Asegúrate de que está dispuesta a querer a los niños.

Janna eligió a una mujer cuya familia tenía fortuna pero cuyo corazón era gélido. La nueva esposa de Deepak, Omi, apreciaba poco a los niños que llevaba incluido aquel matrimonio. Se quejaba a menudo de que, donde quiera que mirara, la gente del pueblo solo hablaba de la amabilidad de Amisha y de lo mucho que quería a sus hijos.

—¡Estoy viviendo a la sombra de una mártir! —gritó un día Omi, meses después de haber contraído matrimonio—. Esta familia es muy afortunada por tenerme en casa. —Lena, asustada por los gritos, rompió a llorar—. ¡Calla! —vociferó Omi.

Para Omi, Lena era un reflejo de la mujer que la había precedido. Y como Lena no se calmó de inmediato, Omi le dio un bofetón. Lena cayó al suelo, llorando de dolor. Ravi corrió a consolar a la pequeña.

—¡No la toques! —gritó Omi, deteniendo a Ravi—. Si lo haces, le pegaré aún más.

—Por favor —dijo Ravi, implorando en nombre de una niña que no podía implorar todavía.

—¿Suplicas por la criatura que mató a tu *shrimati*?

—¿Qué? —Ravi no estaba seguro de haberla oído bien—. ¿Matar a *shrimati*?

—Nació la noche de Amavasya.

El nacimiento de una hija la noche de luna nueva, cuando estaba completamente envuelta en sombras, traía oscuridad a la familia. Pero Lena no. Jamás el bebé que tanto adoraba Amisha.

—Eso que dices es imposible.

—La niña nació bajo un velo de oscuridad y los demonios mataron a la madre —replicó Omi—. Es normal que alguien como tú intente protegerla.

Omi empujó a Lena contra la pared y la niña siguió llorando de miedo.

Aquel fue el principio de la tortura que aquella mujer ejerció sobre Lena. Omi le pegaba a la menor infracción que cometía y Lena lloraba y temblaba solo de verla. Los niños eran más mayores y podían huir de su madrastra yendo a la escuela y saliendo con otros niños. Pero Lena no tenía ninguna vía de escape.

Ravi intentó repetidamente interponerse entre aquella mujer y la hija de Amisha. Por dos veces, Omi acabó pegándole a él, pero a Ravi le dio igual. Eran dos oportunidades para Lena de salir ilesa. Desesperado, Ravi fue a buscar a Deepak al molino en una de las raras ocasiones en que este se encontraba en el pueblo.

—Le hace daño a Lena —le dijo Ravi a Deepak en cuanto tuvo oportunidad. Desde que había vuelto a contraer matrimonio, Deepak pasaba cada vez más tiempo fuera de casa y había veces en las que estaba meses sin aparecer—. Te suplico que le ordenes que pare —añadió Ravi al ver que Deepak no mostraba ninguna emoción—. Es la hija de *shrimati.*

—Y del teniente —contestó Deepak, dejando a Ravi mudo de sorpresa. Deepak le sostuvo la mirada a Ravi y meneó la cabeza—. Tú lo sabías. —Soltó una cruda carcajada—. Por supuesto que lo sabías. Le guardabas todos los secretos. Omi encontró las cartas que se enviaban Amisha y el teniente. Cartas de amor. —Se pasó la mano por sus ojos agotados. Y, con voz entrecortada, añadió—: Mi esposa me engañaba. Era una mentirosa.

—No, ella... —Ravi se esforzó por encontrar una explicación. Se había olvidado por completo de las cartas. Incluso estando Amisha moribunda, jamás se las había vuelto a mencionar, razón por la cual Ravi había dado por sentado que las había hecho desaparecer—. Era una buena persona. Esas cartas no significaban nada.

—¡No me mientas! —vociferó Deepak—. Amisha me traicionó. —Tenía los ojos fuera de sus órbitas y su boca esbozaba una mueca de asco—. Omi está criando una bastarda. Y solo por eso le debo mi gratitud y mucho más.

—Lena no es más que una niña. No se merece esto —suplicó Ravi, intentando que Deepak comprendiera la situación—. No sabes lo que es verla llorar de esa manera.

—Pues no lo veas. —Sus palabras estaban cargadas de rabia. Pensativo, se quedó mirando a Ravi antes de tomar una decisión—. Omi se ha quejado a menudo de la familiaridad con la que te mueves por la casa. Puede que tu conducta fuera aceptable para alguien como Amisha, pero Omi no se merece esto —dijo, devolviéndole a Ravi las palabras que acababa de pronunciar.

—¿Pero qué dices? —murmuró Ravi.

—Ya no considero aceptable que sigas trabajando en mi casa. —Deepak empezó a remover los papeles que tenía sobre la mesa—. Hoy es tu último día. Lena deja de ser asunto tuyo.

Sorprendido, Ravi se quedó mirándolo.

—Por favor, *sahib* —suplicó Ravi—. No era mi intención ofenderte. Haré lo que sea. Los niños...

—Los niños no son asunto tuyo —lo interrumpió Deepak—. Quedas despedido. —Ravi empezó a suplicarle de nuevo, a rogarle que le diera una oportunidad más, pero Deepak dijo—: Y una cosa más. Si algún día le mencionas a Lena, o a cualquier otra persona, quién es su verdadero padre, la dejaré en un orfanato y ni siquiera echaré la vista atrás. Tengo una reputación que mantener. —Se levantó y abrió la puerta—. Ya que eres un maestro en lo que a guardar secretos se refiere, imagino que este también te resultará fácil guardarlo.

Ravi lo intentó una vez más.

—El teniente. Se quedaría con la niña. Llámalo, por favor.

Deepak hizo un gesto de negación con la cabeza.

—El teniente murió en un accidente. Vikram recibió la noticia hace unas semanas.

Ravi contuvo un grito de tristeza. Recordaba las palabras de Amisha de que su único consuelo era poder vivir bajo el mismo cielo que Stephen. De seguir con vida, Amisha se habría enterado a buen seguro de su fallecimiento. Ravi se preguntó si el teniente se habría enterado de un modo u otro del de ella. Ahora, los padres de Lena ya no estaban en este mundo y la niña se había quedado sola de verdad. Destrozado, lo único que pudo hacer fue asentir e irse.

Encontró trabajo en el ayuntamiento, como recogedor de las heces que dejaban por la calle los animales. Durante los años que siguieron, consiguió ver semanalmente a los hijos varones de Amisha, que le hablaban sobre lo que hacían y sobre Lena. Con voz rota, le explicaron a Ravi que Omi había dejado de pegar a Lena pero que la llamaba la *apasakuna,* el mal presagio. Lena intentaba mantenerse siempre alejada de la vista de su madrastra y procuraba no despertar su ira. Deepak seguía con sus viajes, pero, cuando estaba en casa, apenas le dirigía la palabra a Lena.

Descorazonado, Ravi escuchaba los relatos cada semana. Animaba a los chicos a rendir bien en sus estudios y les regalaba dulces para celebrar sus cumpleaños y sus logros. Le resultó fácil seguir en contacto con los chicos, pero con Lena era distinto, puesto que su libertad de entrar y salir era muy limitada y cualquier relación con ella acabó siendo imposible.

Pasaron los años, y Samir y Jay, contradiciendo los deseos de Deepak, se marcharon a estudiar con beca a Inglaterra. Paresh se preparaba para partir hacia Australia, también contradiciendo los deseos de su padre, cuando fue un día a buscar a Ravi.

—Hay dos ofertas de matrimonio para Lena —le explicó Paresh. Tenía las facciones muy similares a las de Deepak y su voz sonaba también como la de su padre—. Una es de un chico de otro estado, hijo de una familia de costureros. Omi quiere que la mandemos bien lejos.

Cuando Paresh dejó de hablar, Ravi le preguntó:

—¿Y la otra?

—De un chico que piensa irse a América para ser médico. —Paresh se rascó la nuca—. No ha habido más.

Cuando Lena era pequeña, Omi había hecho correr la voz de que era una niña con mal agüero. Había alertado a la gente del pueblo de que les convenía mantenerse alejados de ella. Culpaba a la niña de la muerte de su madre y celebraba *pujas* con regularidad para limpiar la casa de su energía negativa. Contaba historias sobre las conductas extrañas de Lena, pese a que esta jamás había sido otra cosa que una niña muy cariñosa. La gente del pueblo no había tardado mucho en creerse todas las patrañas de Omi y, por el bien de sus hijos y sus familias, todo el mundo se había mantenido alejado de la niña. Verla sufrir le producía a Omi un placer morboso.

—A mí me ha comentado que querría casarse con el chico que será médico, pero... —Paresh se interrumpió.

—¿Pero?

—Omi ha dicho que no. Que la dote es demasiado elevada —respondió Paresh—. Es un chico muy cotizado, ya que acabará siendo médico en América. —Ravi se dio cuenta de que Paresh quería lo mejor para su hermana—. Lena ha estado llorando mucho. El chico y ella se han ido viendo de pasada y se gustan. Se lo ha suplicado a papá, pero él se niega a escucharla. Yo lo he intentado también, pero sin éxito.

Las prolongadas ausencias de Deepak desde el fallecimiento de Amisha habían creado un conflicto entre los chicos y su padre. Su tolerancia con respecto a la forma en que Omi trataba a Lena no había hecho más que exacerbar el problema. Ravi agradecía que los chicos siguieran confiando en él después de tanto tiempo. Samir y Jay recordaban muy bien la época que Ravi había pasado en casa y a menudo hablaban de lo mucho que Amisha valoraba su amistad. Paresh, que confiaba en sus hermanos mayores, había establecido también un estrecho vínculo con él.

—Papá va a anunciar el compromiso dentro de unos días. —Paresh fijó la vista en el pueblo y sus pensamientos se perdieron entre el gentío—. Si Lena se ve obligada a vivir el resto de su vida con el chico de los vestidos... —Se calló y tragó el nudo que se le había formado en la garganta—. Se merece ser feliz.

Ravi se duchó en el baño exterior público que su familia y él compartían con diez familias más. Utilizó el mismo jabón para limpiarse el cuerpo y el pelo de la suciedad del trabajo. Se vistió apresuradamente con una túnica y unos pantalones limpios. Con un peine roto, desenredó los nudos del cabello.

Después de calzarse un par de sandalias, echó a andar hacia el molino. Durante el trayecto hacia la fábrica, le asaltaron los recuerdos de su primer encuentro con Amisha.

—Si puedes oírme, *shrimati* —dijo para sus adentros—, ayúdame a hacer lo correcto para tu hija.

Al entrar, sonó la campanilla de la puerta. El director no era el mismo que el que había años atrás.

—¿Está *sahib* aquí? —preguntó Ravi.

Ravi se secó el sudor de las palmas de las manos en el pantalón mientras esperaba. Cuando Deepak apareció detrás del director cinco minutos más tarde, Ravi no disimuló su sorpresa. Deepak tenía el pelo completamente gris y la cara cruzada por arrugas de preocupación. Había perdido mucho peso y la ropa colgaba de su frágil cuerpo.

—Ravi —dijo Deepak. Su rostro no traslucía la rabia de hacía quince años, sino solo cansancio—. Han pasado muchos años. —Le indicó con un gesto que lo siguiera hasta su despacho y tomara asiento en la silla destinada a las visitas—. ¿Qué tal seguís Bina y tú?

—Bien. —Ravi no le contó que no pasaba ni un día en el que Bina no hablara de los niños que había querido como si fueran suyos. Respiró hondo para coger ánimos antes de decir—: Ha llegado a mis oídos la maravillosa noticia de que se va a decidir el matrimonio de Lena. —Había ensayado mentalmente un centenar de veces todas y cada una de las palabras que pensaba pronunciar—. Paresh me comentó que su hermana quiere casarse con el chico que está estudiando para ser médico.

—¿Hablas con mi hijo? —preguntó Deepak, aunque en sus palabras no había energía, solo agotamiento—. ¿Le has contado la historia?

—No —se apresuró a asegurarle Ravi—. Te prometo, *sahib*, que no he dicho ni una palabra a nadie. —Intentó reorganizar sus ideas, temeroso de empeorar la situación—. Me lo comentó de pasada. Preocupado por su hermana.

—El matrimonio con el doctor no va a ser posible —dijo Deepak, aceptando aparentemente su explicación—. Omi considera que el costurero es mejor.

—Amisha quería que viviese en América —señaló Ravi, con un tono de voz más áspero de lo que pretendía—. La noche que nació Lena, le hiciste una promesa a Amisha. ¿La recuerdas?

Por el brillo de los ojos de Deepak, Ravi adivinó que lo recordaba muy bien.

—Sin yo saber nada, le prometí a mi esposa que enviaría a la hija de otro hombre a América —replicó Deepak. La ira encendió entonces su cara y dibujó una mueca de desprecio en las comisuras de su boca—. Fui un estúpido. Una niña con pelo castaño, piel blanca y ojos verdes. Creí a Amisha cuando me contó que Lena era mía. ¿Por qué pensar lo contrario? —Meneó la cabeza con asco—. No tengo motivo alguno para mantener mi promesa. Lena se casará con el costurero.

Se levantó, indicando de ese modo que la conversación había tocado a su fin.

—Regresó a por ella —dijo Ravi, desesperado. Deepak se detuvo de camino hacia la puerta y lo miró confuso—. El teniente la amaba. Quería que se marchase a Inglaterra con él. Le prometió criar a los niños como si fueran sus hijos.

—¿A una mujer hindú? —Deepak casi se dejó caer sobre la mesa—. ¿Un miembro del Raj?

—Sí. —Ravi rezó en silencio para que los dioses guiaran sus palabras—. Pero Amisha le dijo que no. Sabiendo incluso que la criatura que llevaba en su vientre era de él... —Ravi habló muy lentamente, dejando que las palabras calaran en su interlocutor—, dijo que no.

—¿Por qué? —imploró Deepak, con la voz quebrada—. Si sabía que la criatura no era mía, ¿por qué engañarme?

—Porque te quería —respondió Ravi, mintiendo, dispuesto a hacer cualquier cosa con tal de ayudar a Lena—. Y quería compartir su vida contigo. —Ravi terminó con las únicas palabras que creyó que podrían serle de ayuda—. *Shrimati* podría haber dado a luz a su hija en Inglaterra, pero confiaba en que tú la criaras. En que eso sería lo mejor para Lena. Se quedó en la India para estar a tu lado. Y pagó con su vida su lealtad hacia ti.

Ravi permaneció en todo momento apartado de la pequeña reunión. Omi se había negado a gastar en la boda más dinero del necesario. Había planificado la ceremonia en menos de tres días e invitado solo a los familiares más próximos. Paresh había invitado a Ravi a la boda pero le había advertido de que Omi no estaba al corriente. Ravi le había prometido observarlo todo desde lejos. Lo único que deseaba era ver contraer matrimonio a la hija de Amisha.

El *pujari* pronunció en hindi las palabras que unían a Lena y su marido para toda la vida. Les arrojó pétalos de rosa y agua bendita. El *pujari* ató luego un extremo del sari de Lena al traje del novio y pidió a continuación a la pareja que repitieran los siete juramentos antes de empezar a dar vueltas en círculo a la hoguera.

Cuando la ceremonia concluyó, hubo una pequeña ronda de aplausos. Ravi cerró los ojos, deseando en silencio que su amiga hubiera podido estar presente en la ceremonia de matrimonio de su hija. Lena se acercó a Paresh, que la estrechó en un abrazo, besó a su hermana en la coronilla y le deseó lo mejor. Al tratarse de una boda tan repentina, ni Samir ni Jay habían tenido tiempo para desplazarse y asistir a la ceremonia. Lena se agachó entonces para tocar los pies de Omi en señal de respeto. Omi se limitó a asentir y se apartó enseguida, negándose a abrazar a la hijastra que tanto odiaba. Después, Lena se acercó a Deepak y le tocó también los pies, repitiendo el gesto de respeto.

—Sé feliz —le dijo a la hija que no era suya—. Hazlo por tu madre.

Lena se quedó mirándolo a los ojos y Ravi vio que los de la chica se llenaban de lágrimas. Asintió, en un movimiento brusco.

—Lo haré, papá. —Lena miró entonces a su marido, que permanecía callado a su lado, antes de volver a mirar a su padre—. Gracias —musitó—. Por la boda. —Miró fijamente al hombre que la había criado y, con la barbilla temblorosa, susurró—: Y por haberme permitido casarme con el hombre que quería.

El esposo de Lena le cogió por un breve instante la mano y se la soltó. Y Ravi sonrió ante un gesto que tan solo una generación atrás habría sido censurado. Aquella muestra de cariño y apoyo habría llenado de felicidad a Amisha.

Deepak asintió y Ravi se dio cuenta de que estaba luchando contra sus emociones. Se dirigió entonces a su yerno y le dijo:

—Cuida de ella en América. Ahora mi hija te pertenece.

—Así lo haré, padre —contestó el marido de Lena, dirigiéndose a él respetuosamente con ese término—. Te lo prometo.

El marido de Lena le posó una mano en la espalda para guiarla entonces hacia el coche que su familia había alquilado. Abrió la puerta y le indicó a Lena que entrara antes que él. Cuando Lena se agachó para entrar en el automóvil, su mirada se cruzó con la de Ravi por encima del techo del vehículo. Lena se detuvo un instante al ver cómo lloraba aquel hombre y su rostro expresó su confusión. Levantando una mano, Ravi le ofreció a la hija de Amisha un saludo que fue tanto de felicitación como de despedida.

Aun sin tener probablemente ningún recuerdo de él, Lena levantó la mano para devolverle el saludo. Su esposo le dijo alguna cosa que Ravi no alcanzó a oír. Con un gesto de asentimiento, Lena apartó la vista y entró finalmente en el coche. La siguió su esposo y el automóvil se puso en marcha segundos después. Ravi siguió con la mirada fija en el vehículo hasta perderlo de vista y, cuando se disponía a marcharse, sorprendió a Deepak observándolo. Ravi unió lentamente las manos y le dio las gracias inclinando la cabeza. Sin esperar una respuesta, dio media vuelta y se marchó hacia su casa sabiendo que el deseo de Amisha se había hecho realidad.

JAYA

52

La temperatura desciende, y la sombra del árbol enfría aún más el ambiente. En el jardín reina el silencio, como si los animales supieran que allí falta algo. Las flores se cierran y las hojas del árbol parecen alicaídas, como si estuvieran de duelo.

—Mi madre era un mal presagio —musito, cuando Ravi concluye su historia—. ¿Su madrastra le echaba entonces la culpa de la muerte de Amisha? —Reprimo un sollozo. De repente, todo tiene sentido: su insistencia en cuanto a seguir todas las reglas, su empeño por procurar no dar nunca un paso equivocado. Su sufrimiento atormentado cuando perdí mis bebés. Su negativa a acercarse a nadie por miedo a que su energía pudiera hacer daño. La empujaron a creer que todo lo que saliera mal en su vida, lo que había salido mal en la vida de su madre y luego en la mía, era por su culpa—. Se considera a sí misma una maldición.

—Sí. —Ravi está demacrado y cansado. Fija la vista más allá de mí, con la mirada perdida—. Su madrastra advirtió a cualquiera que aspirara a casarse con ella de que su vida y la de los hijos que tuvieran quedarían maldecidas. Desde que era niña hasta que se casó, a tu madre le repitieron constantemente que era una maldición. Deepak nunca le dijo lo contrario. Así que, con el tiempo, ella acabó creyéndoselo. —Le tiemblan los hombros—. Y yo nunca pude contarle la verdad.

Como periodista, he visto y oído las crueldades que los seres humanos están dispuestos a cometer los unos contra los otros. Nos han entrenado para poder mantener cierta distancia emocional y poder relatar los hechos a los lectores. En los inicios de mi carrera me costó, pero no tardé mucho en encontrar el ritmo adecuado. Y enseguida fui reconocida por mi capacidad para saber contar las historias con una objetividad que los demás envidiaban.

Pero ahora, al descubrir cómo ha sido tratada mi madre, no logro mantenerme neutral. La rabia me supera. De poder elegir, exigiría ser capaz de cambiar su trayectoria en la vida. Pero no puedo alterar su pasado. Su fortuna ha sido vivir una vida que se ha negado a revelarme. Tal vez, guardar su secreto ha sido la única forma de aceptarlo que ha tenido a su alcance.

—¿Por qué Deepak nunca le pidió que volviera a casa?

—No lo sé —admite Ravi, confuso ante mi pregunta—. Podría ser por muchas razones: por la insistencia de Omi, por el miedo a que su reputación se fuese al traste si la historia salía a la luz. —Se le quiebra la voz—. Nunca me contó lo de la promesa.

—Pero antes de morir preguntó por ella, ¿no? —digo, intentando encontrarle la lógica a los actos de mi abuelo.

—A lo mejor, en ese momento, esperaba poder corregir las cosas que había hecho mal. —Hace una pausa—. Deepak quería a Amisha. No sé si llegó a recuperarse nunca de su traición y de su muerte. —Ravi suspira—. Era muy fácil echarle a Lena la culpa de todo.

—Mi madre ha tenido una buena vida. Junto a mi padre. —He sido testigo de los demonios que la han acosado siempre, pero, pensando en cómo podría haber llegado a ser su vida, sé que puede considerarse afortunada—. Y todo gracias a ti.

Me dispongo a continuar, a decirle a Ravi lo mucho que agradezco que en su día decidiera intervenir y alterar de ese modo el curso de la vida de mi madre, cuando veo que empieza a negar con la cabeza.

—La historia no está acabada. —Ravi levanta la mano—. No te lo he contado todo. —Presiona con fuerza el bastón—. He esperado toda la vida a poder aliviar la carga que pesa sobre mi alma, pero, ahora que ha llegado el momento de hacerlo, me doy cuenta de que la verdad me da miedo. —Me mira a los ojos y me echó atrás al ver su pavor. Antes de que me dé tiempo a preguntar, Ravi añade despacio—: Le mentí.

—¿A quién? —pregunto, aturdida.

—Él volvió. —Las palabras de Ravi apenas si son audibles. Se ha levantado una brisa que agita los árboles y hace que las flores se balanceen de un lado a otro en señal de protesta. Las lágrimas resbalan sin control por sus mejillas—. Después de que Amisha se despidiera de él, el teniente volvió a por ella.

—¿Stephen? —Sorprendida y confusa, intento encontrarle el sentido a lo que me está contando—. Si ella le dijo que no.

—Ella nunca lo supo. —El cuerpo de Ravi empieza a temblar—. Tres días antes de que le picara el mosquito, vino a la casa a buscarla. Amisha estaba en el río y yo estaba solo en casa. Le dije... —Ravi intenta recuperar el ritmo de la respiración—. Le supliqué que se marchase. Le dije que ella era feliz. Y él me creyó y me prometió que no volvería nunca más.

—No lo entiendo —musito. Me duele el corazón—. ¿Por qué lo hiciste?

—Si hubiese visto el bebé, lo habría sabido —explica muy lentamente Ravi—. Habría querido tener a su hija con él. Amisha habría tenido que elegir entre sus hijos varones y el bebé. —El llanto enmascara sus palabras—. Pensé que con ello estaba salvándola del sufrimiento. Pero la sentencié a muerte. —Levanta la cabeza y me mira a los ojos—. Por mi culpa, tu familia ha tenido que enfrentarse a mucho sufrimiento. —Su cuerpo tiembla de pena—. Lo siento muchísimo —dice llorando—. Ahora aún podría estar viva.

Pasmada, miro al hombre que ha cargado con este sentimiento de culpa durante toda la vida. Con voz quebrada, le digo muy despacio:

—Tú no sabías lo que iba a pasar. —Acerco mi mano a la de él mientras mis lágrimas caen libremente. Mi abuela se enfrentó a una decisión que nadie tendría que afrontar: escoger entre sus hijos o el hombre al que amaba—. Era una decisión imposible. —Me niego a criticar al hombre que ha vivido su vida con integridad y que apoyó siempre a su amiga sin juzgar sus actos—. Su muerte fue una tragedia, no culpa de nadie.

Bajo la cabeza y lucho contra mi congoja. Pero no puedo culpar al hombre cuyo único crimen fue intentar hacer lo correcto. Mis abortos, mi viaje a la India, mi reconciliación con Patrick..., todo esto me ha enseñado que el camino que uno sigue en la vida nunca está garantizado.

Por primera vez desde que empezó esta historia, intuyo el susurro de mi abuela. Me paro a escuchar, segura de estar oyendo su voz, animándome. Y desde el modo en que se balancean las ramas del haya hasta el color que adquieren las flores, creo que Amisha está en este momento con nosotros. Con suaves palabras, me está guiando para que ayude a Ravi.

—Eras su amigo. —Encierro su mano en la mía—. Amisha te quería y confiaba en ti. Le rompería el corazón saber que te echas la culpa de todo. No fue culpa tuya. No fue culpa de mi madre.

—La necesitaban tanto sus hijos como Stephen. La querían y tuvieron que vivir sin ella. —Ravi me acaricia la mejilla—. Y tú has tenido que vivir sin una mujer que te habría querido con locura. —Reacio a aceptar mi perdón, dice—: Y por eso estaré mortificado toda la eternidad.

Ravi se incorpora lentamente, se apoya en el bastón y echa a andar hacia su casa. Me quedo mirándolo hasta que lo pierdo de vista.

Paso el resto de la tarde contemplando en silencio el jardín de Amisha, repasando mentalmente todos los detalles de su historia. Patrick ha decidido pasar el día visitando el lugar para que Ravi y yo tengamos tiempo de terminar la historia. Cuando por fin se pone el sol, abandono el refugio de flores de mi abuela. Paro el primer *rickshaw* que encuentro y le pido al chófer que me lleve al pueblo. Una vez allí, entro en el café. Marco el número y espero a que suene en otro continente.

—¿Sí?

La voz de mi madre suena ronca por el sueño. Allí es noche cerrada.

—Mamá —digo, y hago una pausa. Con el tiempo, compartiré con ella la historia de su ascendencia y las circunstancias que la rodean. Pero, por el momento, necesito expresarle lo que siento—. Te quiero —musito.

—¿Jaya? —contesta, ya completamente despierta. Noto que se sienta en la cama y oigo que mi padre le está preguntando si todo va bien—. *¿Beti?*

—Te estoy tremendamente agradecida. Por todo lo que me has dado —continúo, con las lágrimas cerrándome la garganta.

El destino emitió su juicio y dictó sentencia sobre mi madre el día de su nacimiento. Estuvo destinada a vivir una vida sin la presencia ni los consejos de una madre. Y, a pesar de que la tristeza siempre la ha acompañado, ha cargado en silencio con el peso de su dolor. Siempre se consideró una persona maldita y por eso mantuvo en todo momento las distancias. Mi madre me ha querido de la única manera que sabía hacerlo y ha vivido toda su vida con esa vergüenza.

Lamento la necesidad de mi madre de mantener escondidos los hechos de su infancia. Pero debido a ello he viajado al otro extremo del mundo hasta un hogar que desconocía. Y, con mi viaje a la India —en la risa de su gente, en el alma herida de los mendigos de las calles, en la grandeza y en la tristeza—, he descubierto la verdadera historia de mi madre y de mi abuela. De las mujeres que me crearon. A pesar de que no existe manual alguno sobre cómo recorrer el camino de la vida, sé que si lo hago con la elegancia y el corazón de las mujeres que me precedieron habré vivido la vida con honor.

«Dios solo te da aquello que puedes gestionar». Se trata de una creencia muy extendida entre todo tipo de culturas e idiomas. Cuando empecé mi carrera como periodista, tuve que escribir un artículo sobre el funeral del estimado alcalde de una pequeña ciudad. Había estado veinte años en el cargo y dejaba una legión de votantes fieles y un hijo de corta edad. Después de escuchar esa frase en boca de muchos de los que acudieron a presentar sus respetos, la viuda acabó preguntándole a una amiga: «¿Y si resulta que no soy capaz de gestionarlo?». Era una pregunta con todo el sentido del mundo, aunque sin respuesta.

Mi abuela amaba a otro hombre y parió una criatura sin que él supiera que la niña era suya. Esta ascendencia y toda la historia que lleva detrás, que yo desconocía hasta ahora, ha conformado mi futuro. Y esa combinación me ha ayudado tanto a definirme como a crear límites y oportunidades.

Siendo mi abuela todavía muy joven, el destino representó su papel y falleció antes de haber vivido plenamente la vida. Su secreto permaneció guardado hasta ahora. El hombre al que siempre consideró su mejor amigo protegió sus confidencias incluso después de que ella muriera. Pero, con su historia, cargó con el peso de la culpa, puesto que estaba seguro de ser el culpable de su prematura muerte. Estaba seguro de que la decisión que en su día tomó con la esperanza de protegerla fue lo que la llevó a morir. Y, por mucho que podamos decirle, su sentimiento de culpa jamás podrá ser mitigado. Todo lo cual me lleva a plantear una pregunta: ¿fue la decisión que él tomó lo que la puso a ella en ese camino o, por el contrario, formaba la decisión parte de un destino imposible de ser reencaminado?

Yo he sufrido tres abortos. Y cada uno de ellos fue un resultado que jamás quise obtener. Con el tiempo, hice todo lo que estuvo en mi mano para alterar mis circunstancias, pero el destino demostró ser más poderoso. Aun así, la congoja de no poder parir un hijo pesa tremendamente, igual que la siguiente pregunta: ¿podría tomar yo alguna decisión que cambiase mi destino?

La vida es un rompecabezas con piezas que parecen estar cambiando constantemente de forma para alterar la imagen global. A menudo he estado segura de mi camino y he acabado eligiendo otro distinto. Tu alma gemela con dieciséis años acaba convirtiéndose en un acosador a los diecisiete (bromeo..., solo un poco). La universidad que sabía que sería ideal para mí decidió que yo no daba la talla, de modo que tuve que matricularme en otra. Hubo cambios elegidos por mí, mientras que otros fueron un desvío forzoso. Y todos me llevaron hasta lo que soy hoy en día.

Este es mi último artículo escrito desde la India. Estoy lista para volver a casa. Lo cual significa enfrentarme a la desesperación de la que en su momento hui. Regreso con motivaciones renovadas y entendiendo la vida de otra manera. Tal vez la vida sea una serie de decisiones aunque el destino esté ya escrito. Tal vez sea aceptar que lo imposible significa abrir otra puerta. Y tal vez eso implique que hay que mantenerse fuerte durante los momentos más duros. Mi oscuridad no ha desaparecido, pero empieza a aclararse. Con gratitud por todo lo que tengo y con un rayo de esperanza por lo que puedo llegar a ser, me libero del pasado y miro con expectación el futuro.

—¿Qué escribes? —me pregunta Patrick por encima del hombro.

Cuando me giro veo que va cargado con bolsas de recuerdos comprados en las tiendas del pueblo.

—Veo que has ido de compras.

—Sí —responde con timidez. Me muestra las bolsas—. Los niños del pueblo son de lo más convincente.

—Te han desplumado, veo —digo bromeando, pero con un hilo de voz.

Al notar él el cambio, deja las bolsas en el suelo.

—¿Va todo bien? —Me acaricia la mejilla—. ¿Has terminado el artículo?

Le cojo la mano y hago un gesto de asentimiento.

—He estado escribiendo sobre mi madre y todo lo que le pasó.

Anoche le presenté a Patrick a Ravi y a sus bisnietos. Como imaginaba, le gustaron tanto como a ellos les gustó él. Patrick se puso luego a jugar al fútbol en la calle con Amit, Misha y un grupo de niños del vecindario y, viéndolos, me sentí feliz como hacía mucho tiempo que no me sentía. Ravi, al ver mi reacción, se inclinó hacia mí y me dijo en voz baja:

«Es un buen hombre, ¿verdad? —Y después de ver mi gesto de asentimiento, añadió—: Es muy afortunado de poder contar con tu amor».

«Y yo de poder contar con el suyo», respondí, también sin levantar la voz.

—Sobre su infancia, sobre todo lo que tuvo que pasar... —digo, continuando con mi respuesta a Patrick, y me interrumpo para coger aire—. Todo eso explica muchas cosas. —Mi madre siempre temió acercarse en exceso a mí porque estaba segura de que todo lo que pudiera irme mal en la vida habría sido de un modo u otro por su culpa. Intentó protegerme, pero manteniendo las distancias—. Ravi me explicó una decisión que en su día tomó. Ha vivido con ello desde entonces. —Le paso el ordenador—. Decisiones. Destino o decisiones.

—¿Y tú? ¿Lo habrías hecho de otra manera? —pregunta, después de leer por encima lo que he escrito.

—No lo sé. Jamás habría tomado la decisión de perder a los bebés, pero, si tuviera la oportunidad de volver a empezar, ¿pasaría por todos esos embarazos frustrados? —Me paro a pensar en todos los años de esperanza que acabaron transformándose en un tiempo de desesperación—. De no haberlo intentado, siempre me habría quedado con la duda. —Es la primera vez que soy capaz de reconocérmelo a mí misma y de reconocer también que en mis manos he tenido algo que podría equipararse al control de la situación—. ¿Y tú?

Tarda en responder, pero finalmente dice:

—Tal vez. Perder lo nuestro además de los bebés fue duro. —Me acaricia la mejilla. Le cubro la mano con la mía y agradezco el contacto—. ¿Qué te pasaba en el apartamento?

Me está preguntando por mis episodios de oscuridad y pérdida de la noción del tiempo. En su momento me di cuenta de que le preocupaba, pero, si me hubiera preguntado entonces al respecto, yo no habría tenido la respuesta.

—Supongo que era el dolor. No sabía cómo gestionarlo e imagino que lo más fácil para mí era perder el conocimiento. —En cualquier otro momento, aquellos síntomas me habrían dado miedo, pero por aquel entonces ni siquiera advertía lo que me estaba pasando—. En cuanto llegué aquí, empezó a mejorar y al final acabó desapareciendo. —Señalo el ordenador—. Me parece que esta va a ser mi última publicación desde aquí.

Me mira a los ojos.

—¿Crees que estás preparada para irte?

—Sí, estoy preparada para volver a casa. —Le cojo la mano—. He estado pensando en una cosa que me gustaría comentar contigo. —Al ver que asiente, dedico la hora siguiente a detallarle las ideas que tengo sobre Amit y Misha. Y acabo contándole lo del orfanato—. Quiero adoptar un niño —afirmo, aunque dubitativa—. Sé que el proceso llevará un tiempo, pero... —Me interrumpo, a la espera de su reacción. Al ver que sonríe, noto que el peso que agobia mi corazón se aligera de repente.

Me estrecha entre sus brazos.

—Sí —dice—. Volvamos a casa con nuestro hijo.

53

Ravi llega a primera hora de la mañana. Patrick está pasando el día con Misha y Amit, que querían presentárselo a sus padres. Cuando abro la puerta, Ravi me parece más mayor y más agotado que nunca. Sonríe y me entrega un pliego de papeles.

—Tal y como te prometí, esto es lo que tu abuelo quería darle a tu madre. La razón por la que te pedí que te quedases a escuchar la historia.

Echo un rápido vistazo a los papeles y levantó la cabeza, sorprendida.

—¿Las cartas de Stephen a Amisha?

—Tu abuelo quería que tu madre supiese que fue una niña querida y deseada. —Se le quiebra la voz—. Porque sabía que nunca creyó que fuera así.

Contengo el llanto y abrazo los papeles.

—¿Por qué las conservó?

—Creo que al principio fueron una forma de autocastigo. Un recuerdo de la infidelidad de Amisha. —Ravi hace una pausa y su mirada se nubla cuando baja la vista—. Luego las guardó por tu madre. Antes de morir me dijo que no podía deshacer los errores que había cometido en el pasado, pero que confiaba en que estas cartas fueran un primer paso en el buen camino.

Miro las cartas por encima, leo sobre el apoyo incondicional de Stephen y sus profundos anhelos. Sus palabras detallan el amor que sentían el uno por el otro en un momento en el que no deberían haber sido más que amigos. Su amor nunca quedó más patente que cuando se vieron obligados a vivir separados.

—Se las entregaré a mi madre. —Me seco las lágrimas que aparecen de forma espontánea—. Gracias.

Aunque parece que fue ayer cuando Ravi me recibió en casa, han pasado muchas cosas desde entonces. Con su historia, me ha dado el regalo de mis orígenes y la salvación para mi madre. Solo por eso, estaré toda la vida en deuda con él.

—¿Qué te pasa, *beti*? —pregunta Ravi, cuando ve lo mucho que me está costando serenarme.

—Me marcho. —Al oír mi anuncio, su rostro refleja una mezcla de tristeza y resignación—. Ya va siendo hora.

—Con tu marido —dice, antes de que me dé tiempo a mencionarlo. Sonríe porque me comprende—. Desde su llegada estás feliz.

—Lo estoy —reconozco—. Sé lo afortunada que soy de poder disfrutar de su amor y, gracias a tu historia, y a la de mi abuela, ahora sé también lo importante que es aferrarme a ello.

—En ese caso, la historia ha cumplido su objetivo —señala Ravi con delicadeza—. ¿Y cuándo será?

—En pocos días —respondo—. Pero, antes, tienes que hacer algo por mí. Esta casa... —Hago una pausa, contemplo la pequeña morada y busco las palabras más adecuadas para expresarme. A pesar de que la gente que ha vivido aquí son simples seres humanos, su historia y su espíritu son enormes. Me han cambiado, y por ellos y su historia, les estaré siempre agradecida—. Quiero que tu familia y tú os trasladéis a vivir aquí.

—No, Jaya —contesta Ravi, levantando la mano en señal de rechazo y negando a la vez con la cabeza.

—Escúchame bien —digo, en absoluto dispuesta a echarme atrás—. He cambiado la titularidad de la escuela, de esta casa y del molino y lo he puesto todo a tu nombre. —Con las cartas de los distintos miembros de la familia renunciando a la propiedad, he necesitado solo unos pocos cientos de dólares para realizar el cambio—. Tú has cumplido con tu promesa, Ravi. Ahora te pido, por favor, que aceptes lo que mi abuela te habría querido donar.

—¿Después de todo lo que te he contado? —dice Ravi, mirando los documentos—. ¿Cómo puedes ofrecerme ahora esto?

—En una ocasión me dijiste que mi abuela no era perfecta, pero que su corazón siempre trató de hacer el bien a los demás. Creo que ella diría lo mismo de ti. —Busco las palabras más adecuadas—. Tú solo estabas intentando protegerla. Ella lo sabía.

—Cuando Amisha vivía, todo esto rebosaba felicidad y alegría. —Ravi mira a su alrededor y sus palabras resuenan de dolor—. Después, se convirtió en un mausoleo.

—Tú lo has tratado todo con cariño y amor desde entonces. Es tu hogar con todo derecho —Cuando veo que quiere volver a llevarme la contraria, digo—: Lo que define a las familias no es la sangre, sino el amor. —Le cojo la mano—. Si hoy le preguntaras a mi abuela quién es Ravi, te diría que eres su familia. —Ravi traga el nudo que se le ha formado en la garganta—. Podrías alquilar el edificio de la escuela para que le den algún uso comercial, incluso poner de nuevo en marcha el molino. Por favor, Ravi —insisto—, te lo pido por ella, por tu familia, di que sí. Ella habría querido que fuese tuyo.

—Nos has hecho un gran regalo —musita Ravi. Une las manos y saluda con una reverencia—. Gracias.

—Ah, y una cosa más —prosigo—. Lo que estoy a punto de ofrecerte no es... —Me interrumpo, porque no quiero de ningún modo insultarlo ni insultar su forma de vida.

—Dime, *beti* —replica Ravi, confuso.

Me pienso bien mis palabras.

—En Nueva York vivo en un apartamento muy amplio. Patrick es una persona maravillosa. —Pienso en el pasado y en todos los pasos que me han llevado hasta aquí. Por primera vez en tanto tiempo, contemplo el futuro—. No sé si se puede hacer algo, pero me gustaría tratar de ayudaros. —Pienso en mi madre y en mi infancia y encuentro las fuerzas para continuar—. Mi madre me ha enseñado que lo más importante que se le puede dar a un niño es apoyo y amor. Y te prometo que se lo daré absolutamente.

—¿Dárselo a quién? —pregunta Ravi, aún más confuso.

—A tus bisnietos —respondo rápidamente—. Deja que Misha y Amit vengan a América para que Misha pueda ser correctamente atendida por buenos médicos y puedan estudiar los dos allí. Me haría muy feliz poder proporcionarles esto.

—¿Jaya? —dice Ravi, mirándome a los ojos.

—Mi abuela tuvo el don de la escritura. Fue lo que le dio acceso a un mundo en el que se sentía feliz. Un mundo en el que encontró a Stephen y el amor verdadero. —Nunca jamás volveré a dar por descontados los regalos que me ha dado la vida—. Tu historia me ha demostrado que la vida no es siempre lo que queremos que sea, sino lo que podemos ser. Amit y Misha tienen una familia que los quiere y esta es su casa, pero para mí sería un honor convertirme en la persona que comparte otro mundo con ellos, aunque sea solo por una temporada corta.

—¿Serías tú entonces su acceso a ese mundo? —pregunta Ravi.

—No —replico—. Creo que ellos serían el mío.

EPÍLOGO

Ravi

Con el corazón rebosante de orgullo, Ravi deja a un lado el folleto. Las lágrimas le nublan la vista mientras observa a sus bisnietos bailando con Rokie, que ladra como muestra de camaradería. Todo está listo para que se marchen a América. Jaya ha enviado los billetes para Amit y Misha, junto con la información de un hospital infantil que hay cerca de su casa y que está especializado en ortopedia y tratamiento de la poliomielitis.

Ravi se lleva al pecho el luminoso folleto y se encamina despacio hacia la habitación de atrás. Cuando abre la puerta, le asaltan los recuerdos. La habitación que durante tantos años utilizó Amisha para escribir sus relatos le llama con ansia. Da lentamente los pasos, sin prisa por llegar a ningún lado. Cierra la puerta y deja que su familia siga celebrándolo como le apetezca.

—Gracias —le dice Amisha, desde los pies de la cama.

Ravi la mira. La ha visto muchísimas veces allí. Aunque nunca tan real y tan viva como ahora.

—Era tu historia y había que contarla —murmura Ravi, deseando, como siempre, que hubiera sido ella quien hubiera podido relatarla.

—Has hecho el trabajo mucho mejor de lo que lo habría podido hacer yo —le asegura Amisha, sin dejar de sonreír. Y esa sonrisa le alcanza los ojos cuando añade, en tono jocoso—: Te has convertido en un héroe, ¿verdad?

—Tú sí que has sido siempre mi heroína —reconoce Ravi, sintiendo el corazón ligero y libre del peso con el que ha tenido que cargar durante tantos años—. ¿Qué tal estás?

—Feliz —contesta ella, y ve que los ojos de Ravi se llenan de lágrimas.

—¿Stephen? —Su esperanza crece al ver su sonrisa.

—Sí. —Esta sencilla respuesta sirve para informar a Ravi de que se ha reencontrado con su verdadero amor—. He escrito algunas historias. —Extiende el brazo y abre la mano, invitándolo a acercarse a ella—. ¿Querrás leerlas?

—Eso siempre.

Ravi le da la mano y la mano de Amisha la estrecha y, en compañía de su amiga de toda una vida, comprende que por fin podrá ser completamente libre.

Jaya

Dos semanas antes de la llegada de los niños, recibo una carta en la que me explican que todo el plan está en marcha y que los pequeños están ya preparados para emprender el viaje. Al final de la carta, el nieto de Ravi me informa de su fallecimiento. Murió poco tiempo después de que recibieran las fotografías que Patrick y yo les enviamos de nuestra casa y de la escuela que mis padres nos han ayudado a encontrar para los niños. El nieto de Ravi dice que estuvo mirando con una sonrisa el catálogo de la escuela y de las instalaciones del hospital. Que luego se acostó y que encontraron su cuerpo sin vida a la mañana siguiente.

No derramo ni una sola lágrima al recibir la noticia del fallecimiento de Ravi. El hombre que conocí vivió para cumplir la promesa que había hecho años atrás. Me contó la historia de Amisha y se aseguró de que su legado fuera debidamente respetado. Gracias a él, mi madre y yo hemos encontrado nuestro camino de acercamiento. Cuando le relaté la historia, celebramos y lamentamos juntas el amor perdido que le dio la vida. Y cuando le expliqué nuestros planes de adoptar un pequeño del orfanato, me abrazó con los ojos llenos de lágrimas y me dijo que se moría de ganas de conocer a su nieto.

Cumplida su misión, Ravi se permitió por fin el sueño eterno. Y creo que Amisha estaría esperando recibir con los brazos abiertos al amigo más fiel que pudo tener en vida.

AGRADECIMIENTOS

Mark Gottlieb: agradeceré eternamente el día en que iniciamos nuestra colaboración. Tu valor es inestimable y me siento afortunada por poder trabajar contigo. Espero poder disfrutar toda la vida de tu amistad y seguir haciendo muchos libros junto a ti.

Danielle Marshall: la experiencia editorial contigo es siempre maravillosa. Gracias a ti, empecé a confiar en esta historia. Gracias por tus palabras de sabiduría y de apoyo.

Gabe y el equipo de edición: gracias por todo lo que hacéis, incluyendo todo el trabajo que lleváis a cabo entre bambalinas y que sirve para que todo funcione sin contratiempos. Os estoy profundamente agradecida.

Dennelle Catlett: gracias por todo el trabajo que realizas y por acercar los libros a los lectores. Todo mi agradecimiento.

Tanya Farrell: trabajar contigo es emocionante. Gracias de antemano por todo lo que haces.

Sarahlou C.: gracias, amiga mía, por entenderme siempre y por estar allí pase lo que pase. Eres la voz de la serenidad y la lógica cuando más la necesito. Te quiero como a una hermana..., aunque sigo diciéndote que no a esas vacaciones de locura. ☺

Tiffany Y. Martin: tu punto de vista y tus ideas para el libro son trascendentales. Siempre me ayudas a mejorar la historia. Gracias, porque siempre es un auténtico placer trabajar contigo.

Nicole Pomeroy, Sara Addicott, Jane Steele y Nicole Brugger-Dethmers: muchas gracias por todo vuestro esfuerzo, ideas y correcciones, porque ayudan a que este libro brille mucho más. Todo es mucho mejor gracias a vosotras.

A los lectores: gracias por leer mis relatos. No existen palabras para expresar mi más profundo agradecimiento.